普通高等教育"十一五"国家级规划教材
新世纪高等学校日语专业本科生系列教材
上海高校市级重点课程配套教材

总主编　谭晶华

日本文学概论

（近现代篇）

高　洁　高丽霞　编著

上海外语教育出版社
SHANGHAI FOREIGN LANGUAGE EDUCATION PRESS

图书在版编目（CIP）数据

日本文学概论.近现代篇：汉文、日文／高洁，高丽霞编著.-- 上海：上海外语教育出版社，2022 (2025重印)
新世纪高等学校日语专业本科生系列教材
ISBN 978-7-5446-7220-7

Ⅰ.①日… Ⅱ.①高… ②高… Ⅲ.①日本文学—文学研究—近现代—汉、日 Ⅳ.①I313.064

中国版本图书馆CIP数据核字(2022)第041414号

出版发行：**上海外语教育出版社**
　　　　　（上海外国语大学内）邮编：200083
电　　话：021-65425300 (总机)
电子邮箱：bookinfo@sflep.com.cn
网　　址：http://www.sflep.com
责任编辑：陈知之

印　　刷：上海华教印务有限公司
开　　本：787×1092　1/16　印张 20.75　字数 368千字
版　　次：2022 年 8 月第 1 版　2025 年 8 月第 3 次印刷

书　　号：ISBN 978-7-5446-7220-7
定　　价：72.00 元

本版图书如有印装质量问题，可向本社调换
质量服务热线：4008-213-263

编者的话

　　本教材是 2019 年 12 月在中国大学慕课平台上线的《日本近代文学史》课程的配套教材，这大概是本教材与其他同类教材最大的不同之处。日本文学课程一直是日语专业的核心课程，虽然每所学校使用的课程名称并不完全相同，但是一定开设此类课程，因而本书首先推荐给大学日语专业的师生。

　　与此同时，在互联网技术驱动教学模式不断创新的今天，基于开放、共享、精练、多元等慕课特点设计教学内容，积极探索"互联网＋日语"的教学模式，实现课程资源的共享，大力推进微课和慕课建设，已经成为教学改革与创新的一大趋势。希望与在线课程相配套的本教材能够对于日语专业文学课程实现教学方法和教学模式的更新换代做出一定贡献。

　　日本近现代文学史是自明治维新以来直至今天日本近现代文学发展的历史，时间跨度超过 150 年，要想事无巨细地在一本教材之中涵盖近现代文学史的方方面面，不仅难度很大，也容易使学生迷失在无数的文学流派、作家、作品、文学刊物的名称之中，无法把握近现代文学史发展的整体脉络。因而本教材采用"点"与"面"相结合的方式，兼顾近现代文学在各个历史时期发展全貌的同时，辅以各时期处于主流地位的文学流派、经典作家及其作品等个案说明。

　　为了使学习者在学习中对日本近现代文学史有更多感性认识，在涉及文学流派、代表作家的每一节中，附有作家简略年谱、代表作评析、原文节选及对照译文。这一部分在在线课程中没有作为正式授课内容，而是以富媒体参考资

料的形式呈现。

作为教材，练习环节是不可或缺的。本教材在每一节后配备练习题，客观题旨在敦促学习者识记文学史常识，而主观题中的思考题则是考查学习者对该节主要内容的把握程度，讨论题有与社会历史语境相关的，更多的则是引导学习者思考该节涉及的内容在整个近现代文学发展史中的位置与意义。教师可以根据每个学校的实际情况，采用小组讨论或研讨发表等形式使用这部分练习内容。

目前各学校使用的日本近现代文学史教材中，以日语撰写的并不少。考虑到本教材与在线课程配套，而且各大高校中通过辅修专业、通识课程学习日本文学的学生也不在少数，为了使处于各个教育阶段的学习者，乃至社会上对日本文化、日本文学感兴趣的人都能阅读，本教材主要以中文撰写，仅仅在代表作节选部分使用了日文原文。期待有更多的读者能够通过本教材了解日本近现代文学，如能抛砖引玉，助力读者进一步阅读研究日本近现代文学，将是编者莫大的荣幸。

本教材是上海外国语大学日语专业近期推出的日本文学系列教材之一，《日本近现代文学名家名著导读》已由上海外语教育出版社出版，《日本近现代文学十五讲》也即将面世。三本教材相辅相成，互相补充，希望能够满足高校日语专业及研究生文学基础课程的需求。

本教材由高洁和高丽霞共同编写，高洁负责前七讲，高丽霞负责后三讲，高洁统稿。此外，在本教材的编写及在线课程拍摄过程中，上海外国语大学日语专业的青年教师和研究生参与其中，赵明哲老师拍摄了村上春树一节的视频并撰写文稿；余陈羽同学拍摄了菊池宽、叶山嘉树、小林多喜二、无赖派文学等四个微课视频并撰写文稿；郭婷同学（现在是郑州大学教师）拍摄了过渡期的文学、写实主义、浪漫主义等三个微课视频并撰写文稿；徐炜英同学拍摄了田山花袋、岛崎藤村、"第三新人"文学等三个微课视频并撰写文稿；张彩虹同学（现在是贤达学院教师）拍摄了横光利一这一节的视频并撰写文稿；王天然同学（复旦大学博士生，现在攻读博士后）拍摄了樋口一叶一节的视频并撰写文稿；励立蓉同学拍摄了川端康成、新感觉派、转向文学等三个视频。在此一并表示感谢！

教材的编写并非易事，本教材希望能够以在线课程配套教材的形式，推动

日本文学课程的教学改革，囿于编者能力，难免挂一漏万，祈望各位专家及广大读者批评指正！

高洁

2021 年 9 月 8 日

目录

第一讲

1 明治时期的文学（一）

1.1 明治文学概述

　　明治维新之后，江户幕府统治崩溃，取而代之的是由天皇亲政的明治新政府，日本走上建设近代国家的道路。政府高唱四民平等、开放进取，积极引进西方文明，改革旧秩序，为加入欧美列强的队伍，竭尽全力确立资本主义国家体制，迅速实现向近代国家的蜕变。

　　为此，明治政府建设现代化的军队，实现中央集权制下的国家统一，实施义务教育，并进一步于1889年（明治二十二年）发布宪法，1890年（明治二十三年）开设国会，从而基本确立了近代国家的新体制。之后又凭借在中日甲午战争、日俄战争中的胜利向国外扩张势力范围，开始踏上军国主义的侵略道路。

　　在这样的时代浪潮之中，日本文学也开始走上近代化的道路。日语的改良、诗歌的改良、小说的改良、戏剧的改良喧嚣一时，从而逐渐形成了新的文学观与新的近代文学。近代精神的萌芽，不能不与以往封建社会的压力产生对决，发生妥协。尽管如此，近代文学以近代自我的确立为目标，逐渐向近代社会的骨干力量——市民阶层渗透，表现出丰富多彩的个性。同时，由于明治维新以来急剧的变革，日本的近代文学在形成的过程中呈现出与西方文学迥然不同的独特面貌。

　　明治时期，小说这一适合于描写纷繁复杂的市民社会面貌的体裁逐渐占据文学的中心位置。写实主义的作品成为主流，与此同时理想主义、唯美主义的小说也有所尝试，文坛呈现丰富多彩的盛况。

　　明治初年的小说界尚被幕府时代以来的通俗小说作家所独占，其中假名垣鲁文的《安愚乐锅》描摹出文明开化期的世态。1877年（明治十年）以后，翻译小说开始盛行，利顿（Edward George Earle Bulwer Lytton）的《花柳春话》、儒勒·凡尔纳（Jules

Gabriel Verne）的《八十天环游地球》被译介到日本。同时，随着自由民权运动的高涨，出现了政治小说，矢野龙溪的《经国美谈》、东海散士的《佳人奇遇》陆续出版。这一时期，坪内逍遥提倡写实主义，作为这一理论的实践，发表了小说《当世书生气质》。进入明治二十年代以后，受其影响，二叶亭四迷创作了小说《浮云》，与此同时，森鸥外则从另一视角创作了小说《舞姬》，这两部作品都描写当时知识分子的苦恼，成为日本近代小说的开端。小说《浮云》的"言文一致"文体，又体现出当时日语改良运动的成果。

明治二十年代，保守思想与国粹主义风潮复活，砚友社的尾崎红叶继承了坪内逍遥的写实主义，发表了《两个比丘尼的色情忏悔》，其晚年的大作《金色夜叉》成为明治时期最为畅销的文学作品。同时，幸田露伴也在小说《五重塔》中以强有力的文体展现了东方的理想主义。女作家樋口一叶在《浊江》《青梅竹马》等作品中则发挥了出众的文学天分。

中日甲午战争之后，广津柳浪的《黑蜥蜴》等作品被称为"深刻小说"，而川上眉山的《书记官》、泉镜花的《夜行巡查》被称为"观念小说"。泉镜花后来在作品《高野圣僧》《歌行灯》中展现出独具特色的神秘浪漫的文风。而广津柳浪、泉镜花等对社会的关心则被内田鲁庵所继承，内田的小说被称为"社会小说"。

另一方面，德富芦花创作《自然与人生》、国木田独步创作《武藏野》，开始从与大自然关联的角度来观察人。独步晚年在小说《穷死》《竹栅门》中描写了下层社会人们的不幸。

明治三十年代中期至明治四十年代是自然主义与反自然主义对立的时代。自然主义文学发源于法国，被介绍到日本后，产生了一系列模仿之作，这被称为"前期自然主义"。之后，日本的自然主义走上自己独特的发展道路，呈现出缺乏社会性、实证性，暴露人性的丑陋，详细描写个人体验的倾向。尽管如此，这种独具特色的日本自然主义文学，还是达到了很高的文学水准。

由诗歌创作转为散文创作的岛崎藤村，1906 年凭借小说《破戒》确立了作家的地位，又创作了小说《春》《家》。而 1907 年田山花袋的小说《棉被》则成为决定日本自然主义文学走向的作品。花袋在之后的三部曲《生》《妻》《缘》中描写了自己的家族，在小说《乡村教师》中刻画了因病夭折的年轻代课教师的孤独。他将自己的创作方法命名为"平面描写"。而作为砚友社系统的作家开始文学创作的德田秋声则凭借小说《新家庭》《霉》也成为自然主义文学作家；原为诗人的岩野泡鸣自发表中篇小说《耽溺》

之后开始创作长篇小说，最年轻的正宗白鸟则创作了短篇小说《去往哪里》《泥人偶》等。

明治四十年代，自然主义文学占据文坛主流，在其影响之下，森鸥外与夏目漱石仍然坚持以深厚的修养和广阔的视野，以及从容不迫的态度观察创作对象，并从理性、伦理的高度进行批判，成为反自然主义的领袖人物，被称为"余裕派""高踏派"。

另一位作家永井荷风也站在反自然主义的立场，创作出解放感觉、追求官能之美的新小说，小说《隅田川》中呈现出享乐、唯美的倾向。而谷崎润一郎的《刺青》则以一种浓烈的美学意识追求女性之美，由此华丽登上文坛。

一、文学史知识练习题

1. 请判断以下关于明治文学的陈述是否恰当。恰当的请在句子后面的括号里打勾（√），不恰当的请在括号里打叉（×）。

（1）明治时期，小说这一描写纷繁复杂的市民社会面貌的体裁逐渐占据文学的中心位置，写实性的作品成为主流。（　　　）

（2）中日甲午战争之后，被称为"深刻小说"的《夜行巡查》发表。（　　　）

（3）德富芦花的《自然与人生》和国木田独步的《武藏野》这两部小说从与大自然关联的角度来观察人。（　　　）

（4）明治二十年代中期至明治三十年代是自然主义与反自然主义对立的时代。（　　　）

2. 请根据提示，选择合适的选项。

（1）以下哪部作品决定了日本自然主义文学的走向？（　　　）

    A.《破戒》   B.《新家庭》   C.《耽溺》   D.《棉被》

（2）以下哪部作品描写了当时知识分子的苦恼，成为日本近代小说的开端？（　　　）

    A.《浮云》   B.《金色夜叉》   C.《我是猫》   D.《五重塔》

（3）继承坪内逍遥写实主义的是以下哪一位作家？（　　　）

A. 森鸥外 　　　　　B. 幸田露伴 　　　　　C. 尾崎红叶 　　　　　D. 夏目漱石

（4）以下哪一种文学思潮是明治四十年代占据主流的文学思潮？（　　　）

A. 反自然主义 　　　　B. 写实主义 　　　　C. 自然主义 　　　　D. 理想主义

二、思考题

明治时期在日本近代文学史上占据怎样的地位？产生了哪些代表作家和文学流派？

三、讨论题

明治维新给日本社会带来了哪些变化？对日本近代文学的形成产生怎样的影响？

1.2 过渡期的文学——从近世到近代

　　福泽谕吉是日本人耳熟能详的人物，因为日本人生活中所使用的一万日元纸币上的头像就是福泽谕吉。他是明治初期的启蒙思想家，也是著名的学者、作家。虽然福泽谕吉创作的作品并非小说，但正是福泽谕吉大力宣传的启蒙思想，推动了日本近代文学的诞生。他可以称得上是日本文学从近世过渡到近代这一时期举足轻重的人物。

　　一般来说，过渡期文学指的是从明治初期到明治二十年代，即 1868 年到 1886 年这将近 20 年间的文学。在这 20 年当中，又可分为两个阶段。第一阶段是"明治"前 10 年。此时仍为前代文学，也就是近世文学的继承期，没有产生能称得上是新文学的作品。这一阶段，延续了近世文学传统的戏作文学和以福泽谕吉为代表的启蒙文学呈并存之势。

　　戏作文学方面，多是一些为了消磨时光的滑稽小说，总体来说文学价值较低。稍具文学价值的是假名垣鲁文的《安愚乐锅》和成岛柳北的《柳桥新志》，这两部作品均是对文明开化期的滑稽现象进行讽刺的小说。其中，假名垣鲁文尤擅长以幽默的笔致对当时东京的社会面貌进行讽刺描写。

　　启蒙文学则是指文明开化期诸启蒙学者的文学。他们以"用西洋的新思想、新科技对日本国民进行启蒙"为自己的使命，代表性的作品有福泽谕吉的《劝学篇》《西洋事情》和中村正直的《西国立志编》等。这些作品所提倡的是以出人头地、飞黄腾达为目的的"实学"，对当时的年轻人产生很大影响。

　　从明治十年之后开始的第二阶段，出现了翻译文学和政治小说。这些连接新旧时代的过渡文学，促进了真正意义上的近代文学的诞生。从明治十一年开始，欧洲文学的翻译风潮逐渐兴起，许多欧洲文学的名作被译介到日本。其中引起较大反响的有：英国

莎士比亚的剧作、法国凡尔纳的《八十天环游地球》、雨果的《悲惨世界》等。这些翻译文学的一个重要特点是：比起文学价值，更注重介绍先进国家的风俗人情、科学知识和政治体制等。

之后，在翻译文学的影响下出现了政治小说。它们多与翻译文学有着深厚的渊源，或是从翻译文学的原作中获得灵感，或是对其原作进行改写。政治小说多是由日本国内的政治家或社会活动家所写，以对国民进行政治启蒙和政党宣传为目的，由于不是专业小说家，所以文学价值大都较低。较著名的有：矢野龙溪的《经国美谈》、东海散士的《佳人奇遇》以及末广铁肠的《雪中梅》等。

逐渐地，"文学"从消遣性的戏作发展成为新文化所需的要素之一，地位得到提升。在此之后，大家耳熟能详的坪内逍遥、森鸥外、夏目漱石等文坛大家陆续涌现，明治文坛渐渐呈现出绚烂之势。由此我们可以看出，过渡期文学具有重要的历史意义，它们对日本近代新文学的发生和发展做出了不可忽视的贡献。

福泽谕吉简略年谱

1835 年，出生于摄津国大坂堂岛（今大阪府大阪市福岛区），父亲福泽百助是丰前国中津藩（今属九州大分县中津市）的下等武士。

1836 年，父亲去世，福泽谕吉回到中津（今大分县）。

1849 年左右开始，14—15 岁的谕吉开始阅读各种汉文书籍。

1854 年，19 岁的谕吉前往长崎学习"兰学"，这成为他人生的转折点。此后谕吉拜访了长崎的火炮专家山本物次郎，在荷兰语翻译的指导下开始学习荷兰语。

1855 年，因与介绍谕吉认识山本的奥平壹岐不和，谕吉途经大坂前往江户（今东京），途中在大坂加入绪方洪庵的适塾。期间，因患伤寒，曾暂时回到中津休养。

1856 年，谕吉再次前往大坂求学。同年，由于长兄去世，身为次子的他成为福泽家的户主。

1857 年，谕吉成为适塾的塾长。他在塾中抄写研读荷兰语的原著，并根据书中的理论进行化学实验等。

1858 年，谕吉和古川正雄结伴前往江户，担任在江户的中津藩邸内设立的兰学塾的讲师。这个小规模的兰学塾后来成为庆应义塾的前身，因此这一年便被定为庆应义塾大学的创立之年。

1859 年，谕吉前往横滨，开始通过字典等自学英语。

1859 年冬，为了交换《日美修好通商条约》的批准文本，日本决定派遣使团乘坐美国的军舰 Powhatan 号前往美国，咸临丸作为护卫舰。福泽谕吉作为咸临丸军官木村摄津守的助手，于 1860 年前往美国。

1860 年，福泽谕吉在美国游历。回国后，福泽谕吉决定放弃荷兰语，专教英语，把兰学塾改为英学塾，同时也受雇于幕府，从事政府公文的翻译。

1862 年冬天，日本派遣以竹内下野守为正使的使节团出使欧洲各国，福泽谕吉随行。通过这几次参加海外使团的经历，谕吉痛感在日本普及西学的重要。回国后，他写了《西洋事情》等书，开始西学的启蒙运动。

1868 年后，将兰学塾更名为"庆应义塾"，专心从事教育活动。

1881 年，"明治十四年政变"后与政府要人绝交。

1882 年，创办日报《时事新报》，遵循不偏不倚的立场，引导社会舆论。

1898 年，因脑出血而病倒，一度康复。

1901 年 2 月 3 日长逝，享年 66 岁。

《劝学篇》作品介绍

《劝学篇》是由明治时期著名的启蒙思想家、教育家，庆应义塾（即今庆应义塾大学）创始人福泽谕吉于 1872—1876 年陆续发表的 17 篇论文汇总而成，共计销售了 340 万部，是当时的畅销书，此后多次被教科书采纳，直至今天仍然被广泛阅读。

开篇一句"天不生人上之人，也不生人下之人"最为有名，但其实与该书的内容并无太大关联。17 篇论文内容丰富多样，但贯穿始终的主题是一致的，那就是批判以往的封建道德，提倡西方的合理主义和自由主义。

节选及译文

初　编

「天は人の上に人を造らず人の下に人を造らず」と言えり。されば天より人を生ずるには、万人は万人みな同じ位にして、生まれながら貴賎上下の差別なく、万物の霊たる身と心との働きをもって天地の間にあるよろずの物を資り、もって衣食住の用を達し、自由自在、互いに人の妨げをなさずしておのおの安楽にこの世を渡らしめ給うの趣意なり。されども今、広くこの人間世界を見渡すに、かしこき人あり、おろか

なる人あり、貧しきもあり、富めるもあり、貴人もあり、下人もありて、その有様雲
と泥との相違あるに似たるはなんぞや。その次第はなはだ明らかなり。

『実語教』に、「人学ばざれば智なし、智なき者は愚人なり」とあり。されば賢
人と愚人との別は学ぶと学ばざるとによりてできるものなり。また世の中にむずかし
き仕事もあり、やすき仕事もあり。そのむずかしき仕事をする者を身分重き人と名づ
け、やすき仕事をする者を身分軽き人という。すべて心を用い、心配する仕事はむず
かしくして、手足を用うる力役はやすし。ゆえに医者、学者、政府の役人、または大
なる商売をする町人、あまたの奉公人を召し使う大百姓などは、身分重くして貴き者
と言うべし。

身分重くして貴ければおのずからその家も富んで、下々の者より見れば及ぶべから
ざるようなれども、その本を尋ぬればただその人に学問の力あるとなきとによりて
その相違もできたるのみにて、天より定めたる約束にあらず。諺にいわく、「天は富
貴を人に与えずして、これをその人の働きに与うるものなり」と。されば前にも言え
るとおり、人は生まれながらにして貴賤・貧富の別なし。ただ学問を勤めて物事をよ
く知る者は貴人となり富人となり、無学なる者は貧人となり下人となるなり。

初　编

"天不生人上之人，也不生人下之人"，这就是说天生的人一律平等，不是生来
就有贵贱上下之别的。人类作为万物之灵，本应依凭身心的活动，取得天地间一切物资，
以满足衣食住的需要，大家自由自在、互不妨害地安乐度日。但如环顾今日的人间世界，
就会看到有贤人又有愚人，有穷人又有富人，有贵人又有贱人，他们之间似乎有天壤之
别。这究竟是怎么一回事呢？理由很明显。

《实语教》说："人不学无智，无智者愚人。"所以贤愚之别是由于学与不学所造成的。
加之，世间有困难的工作，也有容易的工作，做困难工作的叫做身份高的人，做容易工
作的叫做身份低的人。大凡从事操心劳神和冒风险的工作是困难的，使用手足从事劳力
的工作是容易的。因此把医生、学者、政府官吏、做大买卖的巨商和雇用许多帮工的富
农叫做身份高的贵人。

由于身份高贵，家里也自然富足起来，从下面的人看来就高不可攀了。但如追根
溯源，就可以知道这只是因其人有无学问所造成的差别，并不是天命注定的。俗语说："天

不给人富贵，人们须凭勤劳来获得富贵。"所以如上所述，人们生来并无富贵贫贱之别，唯有勤于学问、知识丰富的人才能富贵，没有学问的人就成为贫贱。

（群力 译）

一、文学史知识练习题

1. 请判断以下关于明治文学的陈述是否恰当。恰当的请在句子后面的括号里打勾（√），不恰当的请在括号里打叉（×）。

（1）"过渡期的文学"即从近世过渡到近代的文学。（　　　）

（2）总体来说，滑稽小说文学价值较低。（　　　）

（3）假名垣鲁文和东海散士是著名的滑稽小说作者。（　　　）

（4）从明治十年之后开始，出现了翻译文学和政治小说。（　　　）

（5）政治小说多以对国民的政治启蒙和政党理想的宣传为目的。（　　　）

2. 请根据提示，选择合适的选项。

（1）一万日元纸币的头像是谁？（　　　）

  A. 福泽谕吉　　　　B. 中村正直　　　　C. 樋口一叶　　　　D. 末广铁肠

（2）以下哪一个属于滑稽小说？（　　　）

  A.《安愚乐锅》　　　　　　　　B.《西洋事情》

  C.《西国立志编》　　　　　　　D.《八十天周游世界》

（3）以下哪一个不属于启蒙文学？（　　　）

  A.《西洋事情》　　B.《劝学问》　　C.《西国立志编》　　D.《柳桥新志》

（4）以下哪一位不是政治小说作家？（　　　）

  A. 矢野龙溪　　　　B. 东海散士　　　　C. 成岛柳北　　　　D. 末广铁肠

（5）以下哪一个不属于翻译文学？（　　　）

    A.《哈姆雷特》   B.《八十天周游世界》

    C.《悲惨世界》   D.《柳桥新志》

二、思考题

过渡期文学有哪些代表性的文学种类？请简要列举代表作家。

三、讨论题

过渡期文学在日本近代文学史上具有怎样的历史地位？

1.3 / 写实主义

　　不同于西方近代文学的发展，日本近代文学并没有以浪漫主义文学为开端，反而是以写实主义文学的诞生迎来了近代文学的曙光。写实主义的代表人物有两位，一位是学习英国文学的坪内逍遥，另一位则是学习俄国文学的二叶亭四迷。

　　坪内逍遥是日本写实主义的创始者，同时也是日本近代文学理论的奠基人。他于1885写作的《小说神髓》是日本近代文学史上最早的一本系统性的文学理论著作。此书分为上下两卷，上卷是文学理论，下卷是方法论。其中，坪内逍遥提出了"心理的写实主义"观点。他认为小说应以近代西洋文学所提倡的写实主义为根本，以心理描写为中心。同时，他还强烈主张从小说中清除道德的教训和功利主义成分，提倡小说作为艺术的纯粹价值。《小说神髓》被誉为日本近代文学"破晓的钟声"，可以说它确定了日本近代小说此后的发展方向。

　　基于《小说神髓》的理论，坪内逍遥创作了《当世书生气质》这部长篇小说。小说以英学塾的学生"小町田"和名叫"田次"的艺妓为主人公，描写了英学塾中"书生"们的生活。其创作意图值得称赞，但作为作品来说尚不成熟，未达到《小说神髓》所提倡的理论高度。

　　而二叶亭四迷在扬弃坪内逍遥朴实的写实论的基础上，于1886年写作《小说总论》，深化了写实主义的理论。作为创作实践，1887年二叶亭四迷创作了长篇小说《浮云》，被誉为日本近代写实主义文学的开山之作，且被译介到我国，受到广泛的关注。

　　《浮云》描写一个普通小职员内海文三的失败人生，以市井的平常人物为男女主人公，通过文三的恋人阿势、势利眼的叔母阿政、善于阿谀奉承的圆滑青年本田升等人物凸显了人间的世态炎凉；通过对文三的心理描写，表达了作者对于时代和社会深刻的忧

虑。此外，值得一提的是这部小说的文体，该作以言文一致体书写，将日常会话语言作为书面的文学语言，是一部创新的作品，对此后日本近代文学的文体改革产生极大影响。

在写实主义之后，以尾崎红叶和幸田露伴为代表的拟古典主义盛行起来。之后，处于写实主义延长线上的自然主义文学渐渐占据文坛主流。虽然此后坪内逍遥和二叶亭四迷都未能创作更多的写实主义佳作，而且日本的近代写实主义也存在理论和实践上的不足，但两位作家及其著作在日本近代文坛上的地位和功绩仍是不可否认和忽视的。

二叶亭四迷简略年谱

1864 年 4 月 4 日，出生于江户市谷。父亲是地方的下级武士，明治维新后成为小官吏。

1868 年 11 月，随母亲、祖母移居名古屋。

1871 年 8 月，就读于名古屋藩学校。

1872 年 5 月，从藩学校退学。10 月，移居东京的麴町区饭田町。

1875 年 5 月，随父亲移居松江。

1878 年 3 月，再次搬往东京。5 月，就读于森川塾（私立学校）。10 月退学。

1880 年 2 月到 4 月间再度在森川塾就读。自 1878 年以来三年间三次报考陆军士官学校，均未被录取。

1881 年 5 月，就读于东京外国语学校。

1886 年 1 月，因不满学校被东京商业学校合并而退学。拜访坪内逍遥。4 月，发表《小说总论》。

1887 年 6 月，发表《浮云》。

1888 年，翻译一些屠格涅夫的作品。

1889 年 8 月，供职于内阁官报局。从事英、俄文报纸的翻译工作。

1893 年 1 月，与福井结婚。

1894 年 12 月，长女出生。

1896 年 2 月，离婚。出版《单恋》。

1897 年 12 月，从内阁官报局辞职。

1898 年 11 月，成为海军编修书记。

1899 年 7 月，辞去海军编修书记一职。9 月，成为东京外国语学校教授。

1902 年 5 月，辞去东京外国语学校教授一职。前往中国哈尔滨德永商会工作。9 月，离开哈尔滨，由以前的校友川岛浪速介绍任北京京师警务学堂事务长。

1903 年 7 月，辞职归国。

1904 年 3 月，成为大阪朝日新闻驻东京办事员。8 月再婚。

1906 年 10 月，开始连载作品《面影》。

1907 年 10 月，开始连载小说《平凡》。

1908 年 6 月，被派往圣彼得堡工作。

1909 年 3 月，因肺结核入院治疗。4 月，经伦敦坐船返日治疗。5 月 10 日，客死于由科伦坡至新加坡的途中。享年 45 岁。

1910 年，朝日新闻社出版作品全集。石川啄木负责校对。

《浮云》作品介绍

《浮云》是作家二叶亭四迷的处女作，1887 年 6 月小说第一篇由金港堂出版时，署名为坪内逍遥的本名——"坪内雄藏"。该小说共由三篇组成，第三篇没有完结作家就搁笔了。该作尝试以言文一致的文体，深入刻画人物的心理，一般被认为是日本近代小说的开山之作。

小说主人公内海文三博学多识、品行方正，但性格内向，家境并不富裕。父亲去世后，他在叔父家中生活。叔父的女儿阿势开朗漂亮，又有教养，文三对她抱有好感。阿势的母亲阿政势利刻薄，一度想让阿势与文三缔结婚约。但文三遭到免职后，周围人的态度发生极大变化。阿政开始对文三日益冷淡，反对文三与阿势的婚事。与此同时，文三的同事本田升开始积极讨好阿势。本田升对上司阿谀奉承，一心想要出人头地，阿势开始对他另眼看待，阿政更是极力推动这门婚事。文三决定找阿势谈心，如果阿势不肯接受，自己就离开这个家。小说到此处情节就中断了。

作家二叶亭四迷毕业于东京外国语学校俄语专业，深受俄罗斯文学影响。小说《浮

云》描写了在明治社会的官僚制度和功利主义之中近代知识分子的孤独与挫折，堪称日本近代写实主义的先驱之作。

节选及译文

第一回　アアラ怪しの人の挙動

　　千早振る神無月ももはや跡二日の余波となった二十八日の午後三時頃に、神田見附の内より、塗渡る蟻、散る蜘蛛の子とようようぞよぞよ沸出でて来るのは、孰れも頤を気にし給う方々。しかし熟々見て篤と点検すると、これにも種々種類のあるもので、まず髭から書立てれば、口髭、頬髯、頤の鬚、暴に興起した拿破崙髭に、独の口めいた比斯馬克髭、そのほか矮鶏髭、貉髭、ありやなしやの幻の髭と、濃くも淡くもいろいろに生分る。髭に続いて差いのあるのは服飾。白木屋仕込みの黒物ずくめには仏蘭西皮の靴の配偶はありうち、これを召す方様の鼻毛は延びて蜻蛉をも釣るべしという。これより降っては、背鱠よると枕詞の付く「スコッチ」の背広にゴリゴリするほどの牛の毛皮靴、そこで踵にお飾を絶さぬところから泥に尾を曳く亀甲洋袴、いずれも釣しんぼうの苦患を今に脱せぬ貌付。デモ持主は得意なもので、髭あり服あり我また奚をかもとめんと済した顔色で、火をくれた木頭と反身ッてお帰り遊ばす、イヤお羨しいことだ。その後より続いて出てお出でなさるは孰れも胡麻塩頭、弓と曲げても張の弱い腰に無残や空弁当を振垂げてヨタヨタものでお帰りなさる。さては老朽してもさすがはまだ職に堪えるものか、しかし日本服でも勤められるお手軽なお身の上、さりとはまたお気の毒な。

第一回　举止奇怪的人

　　寒风凛冽的旧历十月只有最后两天了。就在这二十八日下午三点钟的光景，从神田的城门，络绎不绝地涌出来一股散乱蠕动的人群，他们虽然都很留心自己的仪容，可

是，如果你仔细地对他们观察一番，真是形形色色各有不同。先从胡须来说，就有短胡、连鬓胡、络腮胡，既有昂然翘起的拿破仑胡，也有像哈巴狗须子似的俾斯麦胡，此外还有往下垂着的八字胡、狸鼠胡以及一些稀稀落落的胡子，真是各式各样，浓淡不一。除胡须以外，就是服饰上的一些区别了。有些人穿着白木屋百货店做的黑色西服，配上一双法国式的皮鞋，据说这样打扮的人差不多都是些得志小人。次一等的穿着，虽然并不十分合体，却是些用英国斜纹呢做的西服，蹬着一双硬邦邦的皮鞋，再配上长得拖地的方格西服裤。这些穿戴一眼望去虽然马上可以知道都是从旧货摊上买来的东西，但是穿着这样衣服的人却都得意洋洋，流露出一副"我既有胡子，又有衣服，还有什么可求的呢？"的神气，端着十足的架子，恰似被火烘弯了的枯枝一般挺着胸膛往回家的路上走。嗬，这有多么令人羡慕啊！跟在这些人后面陆陆续续走出来的，大半都是些头发斑白、弯腰驼背的人，在软弱无力的腰上，冷冷清清搭拉着空饭盒，脚步蹒跚地走回家去。尽管已经老朽了，却难得他们能胜任自己的职务！他们都是职位低微的人，可以穿日本服上班，这种打扮的人，的确令人同情！

（巩长金、石坚白 译）

一、文学史知识练习题

1. 请判断以下关于明治文学的陈述是否恰当。恰当的请在句子后面的括号里打勾（√），不恰当的请在括号里打叉（×）。

（1）日本近代文学并没有像西方近代文学那样以浪漫主义文学为开端，而是以写实主义文学的诞生迎来了近代文学的曙光。（　　　）

（2）二叶亭四迷是日本写实主义的创始者，同时亦是日本近代文学理论的创造者。（　　　）

（3）基于《小说神髓》的理论，坪内逍遥创作了《当世书生气质》这部长篇小说。（　　　）

（4）坪内逍遥于1888年创作了长篇小说《浮云》。（　　　）

（5）《浮云》这部小说是以言文一致文体书写的。（　　　）

2. 请根据提示，选择合适的选项。

（1）以下哪一位是写实主义的代表人物？（　　　）

    A. 坪内逍遥　　　　　B. 高山樗牛　　　　　C. 森鸥外　　　　　D. 芥川龙之介

（2）坪内逍遥的《小说神髓》创作于哪一年？（　　　）

    A.1873　　　　　　　B.1889　　　　　　　C.1885　　　　　　D.1887

（3）哪一部作品被誉为日本近代文学"破晓的钟声"？（　　　）

    A.《高野圣僧》　　　B.《小说神髓》　　　C.《十三夜》　　　D.《妇系图》

（4）以下哪一部作品是二叶亭四迷的作品？（　　　）

    A.《小说神髓》　　　B.《高野圣僧》　　　C.《小说总论》　　　D.《妇系图》

（5）二叶亭四迷在扬弃坪内逍遥朴实的写实论的基础上，于1886年创作的著作是哪一部？（　　　）

    A.《小说神髓》　　　B.《高野圣僧》　　　C.《小说总论》　　　D.《浮云》

二、思考题

《小说神髓》与《小说总论》这两部理论著作之间有着怎样的关系？

三、讨论题

日本近代文学的言文一致运动是怎样发展起来的？这场运动具有怎样的特殊意义？

1.4 / 浪漫主义

　　写实主义文学诞生之后，随着日本资本主义发展，西方浪漫主义、基督教文化渐渐传入，在此影响下，日本人的自我意识开始觉醒，更加注重自己的内心和情感，于是浪漫主义文学在日本登上了历史舞台。浪漫主义文学的先驱是森鸥外，他创作的《舞姬》《泡沫记》《信使》构成了留德纪念三部曲。继森鸥外之后，按时间顺序可将日本的浪漫主义文学分为三个时期。

　　第一期以 1893 年创刊的杂志《文学界》为中心。这一时期的代表是北村透谷的评论、樋口一叶的小说和岛崎藤村的诗歌。北村透谷从 1892 年起陆续发表了《厌世诗家和女性》《内部生命论》等评论，大胆提出了"恋爱乃人生之妙药"这一具有划时代精神的主张。

　　樋口一叶是一位彗星一般的才女作家，虽非《文学界》杂志的同人作家，却在《文学界》上发表了许多名作，其代表作品有《十三夜》《青梅竹马》等。而岛崎藤村的《嫩菜集》等诗作，则巧妙地把西方浪漫主义诗歌的表现手法和日本民族的传统表现形式糅合在一起，充满了青春的气息和奔放的浪漫情绪，充实了前期浪漫主义文学。

　　第二期以 1900 年创立的杂志《明星》为阵地，主要是与谢野晶子的诗歌、泉镜花的小说和高山樗牛的评论。与谢野晶子是这个时期最伟大的天才诗人，她的第一部短歌集《乱发》是一部大胆而直率地歌颂本能和爱欲的诗集，反映了诗人对封建旧道德的反抗，从这些诗中可以看出她作为一个新时代女性的独特之处。

　　泉镜花的小说《照叶狂言》《高野圣僧》《歌行灯》和《妇系图》等，描绘出一个又一个神秘、唯美、梦幻的世界，具有泉镜花独特的浪漫主义风格。高山樗牛则是一位广受欢迎的评论家，他的《论美的生活》在同时代文学评论中最具影响力。这篇

评论从"生命重于身体、身体重于衣物"的立场，提倡重视"尔等内心的王国"，鼓励人们大胆服从内心所想，追求幸福生活，内容别具一格。

第三期是明治四十年代之后的永井荷风、谷崎润一郎、北原白秋、吉井勇等人的唯美主义文学，也被称为新浪漫主义。这些作家摆脱了此前浪漫主义的影响，迎合唯美主义的思潮，用华丽的笔墨和丰富的词汇，凭感觉创作出充满异国情调和肉欲主义的作品。尤其是谷崎润一郎的《刺青》《麒麟》《恶魔》等作品描写了沉溺于美与性的官能世界，是这一时期的主要代表作。

日本浪漫主义虽不像欧洲浪漫主义那般声势浩大，但也在日本产生了重要影响。它一度占据了日本文坛的半壁江山，对日本人的思想、文学、文化、艺术都做出了不可磨灭的贡献。

泉镜花简略年谱

1873 年 11 月，出生于金泽市下新町。父亲是加贺藩的金属雕刻师。

1880 年，泉镜花进入养成小学校（今金泽市立马场小学校）读书。

1882 年，泉镜花的母亲过世（享年 28 岁），这对泉镜花打击很大，后年泉镜花的作品中不乏"母性"和"女性"色彩。

1887 年，自北陆英和学校退学，投考金泽专业学校未第，就读井波私塾。

1889 年，在朋友家中第一次阅读尾崎红叶的作品。

1890 年，立志成为小说家，前往东京想拜尾崎红叶为师。

1891 年，拜访尾崎红叶，作为门童住进红叶家里。

1892 年，在京都《日出新闻》上连载处女作《冠弥左卫门》。

1894 年，父亲去世。11 月，在《读卖新闻》上连载中篇小说《义血侠血》。

1895 年，发表《夜间巡警》和《外科室》，受到好评，被视为"观念小说"的代表作。

1899 年，在砚友社的新年宴会上邂逅伊藤铃，后来与其结婚。

1900 年，发表名作《高野圣僧》。

1903 年，10 月 30 日，尾崎红叶去世。

1905 年，因病前往逗子疗养，开始三年半的养病生活。

1907 年，发表《妇系图》，与 1910 年发表的《歌行灯》并称为其最具代表性的作品。

1909 年，回到东京，参加文艺革新会，标榜反自然主义文学。进入大正年代后，陆续发表了《天守物语》《棠棣花》和《战国新茶渍》等剧本，被称为唯美主义戏剧的杰作。

1927 年，以泉镜花为核心人物，成立了谈论文学的"九九九会"。

1937 年，入选帝国艺术院会员，被评价为"幻想文学的先驱"。

1939 年，7 月，发表生前最后的作品《缕红新草》。9 月 7 日上午 2 时 45 分，因肺癌去世，享年 66 岁。10 日，葬礼在芝青松寺举行，遗体葬于杂司谷墓地。

《高野圣僧》作品介绍

这是泉镜花发表于 1900 年、以第一人称创作的具有神话色彩的中篇小说。"我"在越前敦贺的旅店里听一个云游僧讲他过去的一段经历。事后"我"才知道这位僧侣是六明寺的高僧，名叫宗朝。宗朝年轻时，一次在去往信州的路上迷了路，遇到大蛇的袭击，天黑后好不容易在深山里找到一座孤零零的茅屋。茅屋里面住着一个白痴，还有他美貌的妻子和一个老汉。

美女把宗朝带到瀑布下洗澡，回来后，老汉说："你怎么原样回来啦？"当晚，奇禽怪兽围着茅屋叫了一夜，宗朝则专心念诵《陀罗尼经》。第二天，宗朝上路后，仍无法忘记昨晚的美女，想还俗与美女一起生活。就在他想折返的时候，遇见卖马归来的老汉。老汉告诉他：自己卖的马是昨晚被女子用妖术变的，那些贪恋女子美色、与其发生关系的男子都被她变成了野兽。宗朝闻听此言，吓得赶紧跑走了。

小说中崎岖的山路，象征着人生苦难的历程；美女和白痴结为夫妻，代表着封建的包办婚姻；那些淫荡的男子受到报应，统统变成畜生，而虔诚的云游僧则得以幸免。泉镜花精练优美的语言艺术，创造出一种扑朔迷离的氛围，读起来既离奇又逼真。

十

「とてもこの疲れようでは、坂を上るわけには行くまいと思ったが、ふと前途に、ヒイインと馬の嘶くのが谺して聞えた。

馬士が戻るのか小荷駄が通るか、今朝一人の百姓に別れてから時の経ったは僅じゃが、三年も五年も同一ものをいう人間とは中を隔てた。馬が居るようではともかくも人里に縁があると、これがために気が勇んで、ええやっと今一揉。

一軒の山家の前へ来たのには、さまで難儀は感じなかった。夏のことで戸障子のしまりもせず、殊に一軒家、あけ開いたなり門というてもない、突然破縁になって男が一人、私はもう何の見境もなく、

（頼みます、頼みます、）というさえ助を呼ぶような調子で、取縋らぬばかりにした。

（ご免なさいまし、）といったがものもいわない、首筋をぐったりと、耳を肩で塞ぐほど顔を横にしたまま小児らしい、意味のない、しかもぼっちりした目で、じろじろと門に立ったものを瞻める、その瞳を動かすさえ、おっくうらしい、気の抜けた身の持方。裾短かで袖は肱より少い、糊気のある、ちゃんちゃんを着て、胸のあたりで紐で結えたが、一ツ身のものを着たように出ッ腹の太り肉、太鼓を張ったくらいに、すべすべとふくれてしかも出臍という奴、南瓜の蔕ほどな異形な者を片手でいじくりながら幽霊の手つきで、片手を宙にぶらり。

十

"我已精疲力竭，觉得上不了坡。忽然从前面传来了马嘶声，激起了回响。

"是马夫回来了呢，还是驮着货呢？自从今天早晨告别了那个庄稼汉，还没过多久，可能只觉得三五年没见着能够与之说话的人了。既然有马，横竖也有人烟吧。因而精神振奋起来，我又摇动着身子走了一阵。

"没怎么觉得吃力就到了山里的一栋房子跟前。那是夏天，门窗都没关。其实这座孤零零的房子没有什么像样的门，劈头就是破破烂烂的檐廊，那儿坐着个男人。我也顾不得看那是个什么人，就用呼救的口吻央求道：

"'劳驾啦,劳驾啦。'

"我接着又说:'麻烦您。'

"但是他闷声不响。脖子软瘫瘫的,头歪得耳朵都快压在肩膀上了。两只稚气的眼睛大而无神,直勾勾地盯着站在门口的我。死样活气的,似乎连眼珠子都懒得转一下。身上穿的是浆洗过的半长不短的和服,袖子还不到胳膊肘那儿,胸脯上扎根细带子。那件和服似乎是用单幅料子做的,遮不住他那挺着的大肚皮。胖胖的肚子鼓鼓囊囊,活像是一面鼓。肚脐眼儿也是突出来的,奇形怪状,宛如倭瓜蒂。他用一只手摆弄着它,另一只手垂在半空中,手势像幽灵。

（文洁若 译）

一、文学史知识练习题

1. 请判断以下关于明治文学的陈述是否恰当。恰当的请在句子后面的括号里打勾（√），不恰当的请在括号里打叉（×）。

（1）继唯美主义之后,浪漫主义在日本近代文学史上登上了舞台。（   ）

（2）北村透谷大胆提出了"恋爱乃人生之妙药"这一具有划时代意义的主张。（   ）

（3）岛崎藤村的《嫩菜集》等诗作,巧妙地把西方浪漫主义诗歌的表现手法和日本民族的传统表现形式糅合在了一起。（   ）

（4）1900 年创办的《明星》杂志是浪漫主义文学的阵地。（   ）

（5）与谢野晶子是浪漫主义诗人中最杰出的代表,她的第一部短歌集是《嫩菜集》。（   ）

（6）高山樗牛是一位广受欢迎的评论家,他的《论美的生活》在同时代文学评论中最具影响力。（   ）

2. 请根据提示，选择合适的选项。

（1）下列哪一个不属于浪漫主义的诉求？（　　　）

    A. 寻求自我的确立 　　　　　　　　　　B. 寻求思想和感情的自由

    C. 寻求自我的扩充 　　　　　　　　　　D. 摒弃虚构，写实地进行描写

（2）下列哪一个不是浪漫主义产生的历史背景？（　　　）

    A. 资本主义的发展 　　　　　　　　　　B. 西方浪漫主义的影响

    C. 基督教文化的刺激 　　　　　　　　　D. 左拉主义的影响

（3）下列哪一个不是森鸥外的留德纪念三部曲？（　　　）

    A.《舞姬》　　　　B.《泡沫记》　　　　C.《青梅竹马》　　　　D.《信使》

（4）下列哪一位不是《文学界》的代表人物？（　　　）

    A. 北村透谷　　　　B. 森鸥外　　　　C. 樋口一叶　　　　D. 岛崎藤村

（5）下列哪一个不是北村透谷的作品？（　　　）

    A.《厌世诗家和女性》 　　　　　　　　　B.《十三夜》

    C.《何谓干预人生》 　　　　　　　　　　D.《内部生命论》

（6）下列哪一个不是樋口一叶的作品？（　　　）

    A.《泡沫记》　　　　B.《大年夜》　　　　C.《青梅竹马》　　　　D.《十三夜》

（7）下列哪一个不是泉镜花的小说？（　　　）

    A.《高野圣僧》　　　　B.《照叶狂言》　　　　C.《十三夜》　　　　D.《妇系图》

二、思考题

    日本的浪漫主义文学是在怎样的背景下产生的？其发展可以分为几个阶段？

三、讨论题

    在日本浪漫主义文学的发展历程中，森鸥外的文学创作发挥了怎样的作用？

1.5 / 樋口一叶的小说创作

一般说来，登上纸币的人物具有很强的文化意义，是在国家层面获得肯定与宣扬的标志，也表达着民众对于这一人物的高度认可和由衷喜爱。2004 年 11 月日本发行的五千日元纸币上第一次印上了女性的肖像。她就是明治时期知名女作家樋口一叶。

樋口一叶（1872—1896）原名樋口奈津，活跃在明治二十年代，被森鸥外称为"日本首位职业女性作家"。她自小天资聪颖，在和歌舍学习和歌，受到颇多赞扬。然而，由于家庭变故，一叶在 17 岁时成为一家之主，肩负起了赡养母亲和妹妹的重担，开始整日整夜为全家人的生活而苦恼。当时的日本社会并未给女性提供家庭以外的立足之地，最初，一叶只能通过开杂货铺、替人缝补和浆洗衣物来赚取微薄的收入。在那个男性作家主宰文坛的时代里，她最终做出大胆的选择，拜半井桃水为师学习写作，并于二十岁时初涉文坛，开始用文字赚取生活费。

1892 年，杂志《武藏野》刊登了一叶的第一部作品《暗樱》。不久，她的作品出现在《文学界》《文艺俱乐部》《每日新闻》《读卖新闻》等诸多杂志和报纸上。一叶一生共创作了 22 篇小说、44 册日记，并留下了不计其数的和歌、咏草和往来书信。然而，明治初期的传媒和出版尚不发达，写作带来的收入并不足以让一叶和家人过上良好的生活。1896 年，贫苦的一叶因肺结核不治身亡，结束了她二十四年零六个月的短暂生涯。

樋口一叶的代表作有《浊江》《大年夜》《十三夜》《青梅竹马》等。其中，作品《十三夜》首次发表于 1895 年 12 月的杂志《文艺俱乐部》上。作品从主人公阿关在娘家大门前的踟蹰开始。出身贫寒的阿关因机缘巧合嫁给了高级官吏原田勇，却在生下儿子之后开始遭受丈夫的奚落和冷暴力，不堪其苦的阿关决定抛下儿子离婚回娘家。尽管阿关的母亲支持女儿回娘家的决定，但父亲却让阿关为了自己的孩子、父母和弟弟回到丈夫家，

继续忍受现在的生活。

阿关在返回夫家的路上，与青梅竹马的录之助偶遇。本该有着不错人生前景的录之助，在阿关结婚后自暴自弃，最终成为人力车夫。此时的他们已经生活在完全不同的两个世界。重逢的两人并未多言，只是在十三夜的月光下静静离别，将各自的哀愁深埋在心中，走上了他们注定不同的人生道路。

在那个时代，只有成为贤妻良母才是女人唯一的出路，阿关想要离婚的念头背后有太多的苦难，她迈向娘家的脚步需要太多的勇气。阿关对于自我的追求被扼杀在萌芽状态，她要为人妻、为人母，成为孝顺的女儿和有用的姐姐，却唯独不能成为她自己。

樋口一叶被评论家相马御风称为"古日本最后的女性"，她为我们编织出的文学世界散发着日本趣味的典雅与幽香。同时，作品的字里行间也充满着浓浓的苦楚与矛盾。对于生活在明治时期的女性来说，"自我"到底是什么呢？它又在哪里呢？一叶也在通过自己的作品慢慢寻觅。

樋口一叶简略年谱

1872 年 5 月 2 日，出生于东京府第二大区一小区（今东京都千代田区）内幸町，东京府下级官吏樋口则义的第五子，本名奈津。

1877 年，进入私立吉川学校学习《小学读本》《四书》等（次年退学）。

1881 年，进入私立青海学校。

1884 年，跟随和田重雄学习和歌。

1886 年，进入中岛歌子的荻之舍。

1889 年，父亲去世。与涩谷三郎的婚约破裂。

1891 年，4 月，开始接受半井桃水的小说写作指导。

1892 年，3 月，在杂志《武藏野》创刊号上发表《暗樱》（『闇桜』）。4 月，在《改进新闻》上发表《别霜》（『别れ霜』），在《武藏野》上发表《袖带》（『たま襷』）。7 月，在《武藏野》终刊号上发表《五月雨》（『五月雨』）。10 月，在《甲阳新报》上发表《经文几案》（『経つくえ』）。11 月，在《都之花》上连载《无人赏识的乌木》

（『うもれ木』）。

1893 年，2 月，在《都之花》上发表《晓月夜》（『暁月夜』）。3 月，在《文学界》上发表《雪日》（『雪の日』）。8 月，开始创作随笔《流水园杂记》（『流水園雑記』）。12 月，在《文学界》上发表《琴音》（『琴の音』）。

1894 年，2 月，在《文学界》上连载《隐身花丛中》（『花ごもり』）。7 月，在《文学界》上连载《暗夜》（『暗夜』）。12 月，在《文学界》上发表《大年夜》（『大つごもり』）。

1895 年，1 月，在《文学界》上连载《青梅竹马》（『たけくらべ』）。4 月，在《每日新闻》上发表《悬挂在屋檐上的月亮》（『軒もる月』）。5 月，在《太阳》上发表《行云》（『ゆく雲』）。8 月，在《读卖新闻》上发表《蝉蜕》（『うつせみ』）。9 月，在《文艺俱乐部》上发表《浊江》（『にごりえ』）。12 月，在《文艺俱乐部》上发表《十三夜》（『十三夜』）。

1896 年，1 月，在《日本乃家庭》上发表《吾子》（『この子』），在《国民之友》上发表《分道》（『わかれ道』）。2 月，在《新文坛》上发表《里紫》（『裏紫』）（上）。4 月，病情恶化。5 月，在《文艺俱乐部》上发表《自焚》（『われから』），出版《通俗书简文》（『通俗書簡文』）。11 月 23 日去世。

《十三夜》作品介绍

首次发表于 1895 年 12 月的《文艺俱乐部》杂志上。

全文以第三人称的口吻叙述了阿关的故事，分为上下两篇。上篇描写已嫁给高级官吏的贫家女子阿关深夜偷访父母，哭诉自己的遭遇，说自己因在夫家受到不公待遇而想离婚回娘家。其父晓以人不光为自己而活之理，劝女返回夫家。下篇描写阿关在回家途中遇到少年时心仪的对象——如今成为人力车夫的录之助。与多年未见的好友一番交谈之后，阿关只是打发了他一些钱，依然无奈地选择了回夫家去。整个故事围绕着女性离婚这个线索展开，却以阿关不得不回到让她饱受委屈的夫家为结尾。作者着眼于封建制度压迫下女性悲惨的命运，将自己的女性身份融入其中，表现出对那个时代女性命运的无奈。

　父は歎息して、無理は無い、居愁らくもあらう、困つた中に成つたものよと暫時阿関の顔を眺めしが、大丸髷に金輪の根を巻きて黒縮緬の羽織何の惜しげもなく、我が娘ながらもいつしか調ふ奥様風、これをば結び髪に結ひかへさせて綿銘仙の半天に襷がけの水仕業さする事いかにして忍ばるべき、太郎といふ子もあるものなり、一端の怒りに百年の運を取はづして、人には笑はれものとなり、身はいにしへの斎藤主計が娘に戻らば、泣くとも笑ふとも再度原田太郎が母とは呼ばるる事成るべきにもあらず、良人に未練は残さずとも我が子の愛の断ちがたくは離れていよいよ物をも思ふべく、今の苦労を恋しがる心も出づべし、かく形よく生れたる身の不幸、不相応の縁につながれて幾らの苦労をさする事と哀れさの増れども、いや阿関こう言ふと父が無慈悲で汲取つてくれぬのと思ふか知らぬが決して御前を叱かるではない、身分が釣合はねば思ふ事も自然違ふて、此方は真から尽す気でも取りやうに寄つては面白くなく見える事もあらう、勇さんだからとてあの通り物の道理を心得た、利発の人ではあり随分学者でもある、無茶苦茶にいぢめ立る訳ではあるまいが、得て世間に褒め物の敏腕家などと言はれるは極めて恐ろしい我まま物、外では知らぬ顔に切つて廻せど勤め向きの不平などまで家内へ帰つて当りちらされる、的に成つては随分つらい事もあらう、なれどもあれほどの良人を持つ身のつとめ、区役所がよひの腰弁当が釜の下を焚きつけてくれるのとは格が違ふ、随がつてやかましくもあらうむづかしくもあろうそれを機嫌の好い様にととのへて行くが妻の役、表面には見えねど世間の奥様といふ人達の何れも面白くをかしき中ばかりは有るまじ、身一つと思へば恨みも出る、何のこれが世の勤めなり、殊にはこれほど身がらの相違もある事なれば人一倍の苦もある道理、お袋などが口広い事は言へど亥之が昨今の月給に有ついたも必竟は原田さんの口入れではなからうか、七光どころか十光もして間接ながらの恩を着ぬとは言はれぬに愁らからうとも一つは親の為弟の為、太郎といふ子もあるものを今日までの辛棒がなるほどならば、これから後とて出来ぬ事はあるまじ、離縁を取つて出たが宜いか、太郎は原田のもの、其方は斎藤の娘、一度縁が切れては二度と顔見にゆく事もなるまじ、同じく不運に泣くほどならば原田の妻で大泣きに泣け、なあ関さうでは無いか、合点がいつたら何事も胸に納めて、知らぬ顔に今夜は帰つて、今まで通りつつしんで世を送つてくれ、お前が口に出さんとても親も察しる弟も察しる、涙は各自に分て泣かうぞと因果を含めてこれも目を拭ふに、阿関はわつと泣いてそれでは離

縁をといふたも我ままで御座りました、成程太郎に別れて顔も見られぬ様にならばこの世に居たとて甲斐もないものを、唯目の前の苦をのがれたとてどうなる物で御座んせう、ほんに私さへ死んだ気にならば三方四方波風たたず、ともあれあの子も両親の手で育てられまするに、つまらぬ事を思ひ寄まして、貴君にまで嫌やな事を御聞かせ申しました、今宵限り関はなくなつて魂一つがあの子の身を守るのと思ひますれば良人のつらく当る位百年も辛棒出来さうな事、よく御言葉も合点が行きました、もうこんな事は御聞かせ申ませぬほどに心配をして下さりますなとて拭ふあとから又涙、母親は声たてて何といふこの娘は不仕合と又一しきり大泣きの雨、くもらぬ月も折から淋しくて、うしろの土手の自然生を弟の亥之が折て来て、瓶にさしたる薄の穂の招く手振りも哀れなる夜なり。

　　爹仰天长叹一声道："唉！真够苦的了，这叫人多为难！"他许久默默地凝视着闺女的脸。乍一看，她那头上梳个大圆髻、用金纸头绳结着鬈根、随随便便地披上黑丝绸外褂的风姿，虽然是自己的闺女，却不知什么时候具备了大家夫人的风度：当父亲的怎能舍得叫她改梳结发，用揽袖带把棉铭仙短套褂的袖子束起来，整天围着锅台转呢？而且她已经有了叫作太郎的孩子，如果由于一时的激愤而失去百年的幸福，将会成为人家的话柄；要是一旦恢复了斋藤主计的女儿的身份，那么哭也罢，笑也罢，决不能再被称作原田太郎的母亲了。虽然对丈夫并不留恋，但哪能割断母子之情呢？别离以后她一定加倍思念孩子，日子会过得更痛苦。生得标致是她的不幸。老爹虽然不忍心让闺女为了不相称的婚姻增加痛苦，但还是下了决心开口道：

　　"喂，阿关！要是我这样说，你一定以为我这个做父亲的不知道疼女儿，不肯答应你的要求。但爹不是骂你。因为你和他的出身不同，心里想的也自然不同。虽然你是诚心诚意服侍他，说不定你这种作风不合他的意。他并不是不讲道理的人，他聪明、能干、很有学问，不会无法无天地折磨你。说起来，在外面露头角的能干的人在家都是脾气挺暴的。在外面装得豪放豁达，回家来却对妻子发泄在外边所遇到的不快，当了他出气的对象的妻子当然是很痛苦的。不过，有那么个有出息的男子作丈夫，和那些腰上系着饭盒的区公所的下级官吏们回家帮老婆生炉子的情形不同，受些委屈是理所当然的。所以呀，可能女婿脾气乖张一些，不好伺候，不过设法讨他喜欢，保持家庭和睦才是妻子的本分。虽然从表面上看不出来，但世间那些太太们，不见得个个都是无忧无虑的吧。以为世上不幸的妻子只有你一人，就自然会增加埋怨的心情。但这是做妻子的人应尽的本分，尤其是你跟他的身份相差太远，比别人多痛苦些是免不了的。虽然你娘随便说大话，亥之能够挣现在这么多薪水，

还不是靠原田先生帮忙嘛。全家大小无形中受到他的恩惠，谁也不能说从来没沾过他的光。所以即使难过一些也罢，一来为父母，二来为兄弟，更为了儿子太郎，既然你有能耐忍到今天，难道今后的日子就不能忍耐了吗？讨来休书是可以，但从今以后太郎是原田家的孩子，你是斋藤家的女儿，一旦断了母子关系就不能再去瞧他的脸了。要是同样过不幸的生活，那么你就忍受做原田妻子的不幸吧！啊，阿关，我说得对不对？如果你想通了，就把一切都收在心里装作没事，今天晚上照样回去，跟过去一样谨慎地过日子吧！虽然你不说，你的父母，你的兄弟都体谅你的苦衷，大家为你分忧，要哭大家一齐哭吧！"

爹谆谆开导女儿，悄悄地擦了老泪。阿关"哇"的一声哭着说："听了您的教训，我方才明白要求离婚是我太任性。您说得很对，要是离别了，连太郎的脸都不能瞧的话，活着还有什么意思？即使逃避了眼前的苦，这又有什么用呢？就当自己是死了，才不至于惹起风波。孩子也好歹不必离开父母跟前。我竟想起方才那样无聊的事，连累您老人家听见不愉快的话。那么，就算是从今天晚上起阿关已经不在人世，只有她的灵魂守着孩子。这么一想，像受丈夫的折磨这么点小事，哪怕一百年也能忍受。您的教训我完全明白了。今后再不让爹娘听见这样的事了，请放心吧！"

阿关擦了擦眼睛，眼泪却马上一滴接一滴落下来。娘喊了一声："苦命的孩子！"抱着闺女两人痛哭一场。明净的月亮孤寂地挂在天空上，在屋里，只有兄弟亥之从后边堤坝上掐来插在瓶里的野生茅草，像招手似的摇晃着穗子。

（萧萧 译）

练　习

一、文学史知识练习题

1. 请判断以下关于明治文学的陈述是否恰当，恰当的请在句子后面的括号里打勾（√），不恰当的请在括号里打叉（×）。

（1）樋口一叶的第一部作品发表在杂志《文学界》上。（　　　）

（2）樋口一叶被森鸥外称为"日本首位职业女性作家"。（　　　）

（3）《十三夜》的主人公阿关坚持自我，离开虐待自己的丈夫，最终找到了自己的
　　　幸福。（　　　）

（4）樋口一叶在自己的文学世界里描述了明治时期日本全面西化、摩登时尚的一
　　　面。（　　　）

（5）樋口一叶为读者展现了不为男性作家所重视的另一种生活面貌。（　　　）

2. 请根据提示，选择合适的选项。

（1）以下哪部作品不是樋口一叶创作的？（　　　）

  A.《大年夜》   B.《舞姬》   C.《十三夜》   D.《青梅竹马》

（2）将樋口一叶称为是"古日本最后的女性"的是以下哪位？（　　　）

  A. 相马御风   B. 半井桃水   C. 森鸥外   D. 夏目漱石

（3）樋口一叶的头像登上的是哪一年版的日本纸币？（　　　）

  A.2007 年   B.2006 年   C.2005 年   D.2004 年

（4）樋口一叶的小说《十三夜》的主人公面临的困境是什么？（　　　）

  A. 阶级矛盾斗争问题   B. 社会贫富差距问题

  C. 社会性别歧视问题   D. 部落民歧视问题

（5）以下哪个选项不是樋口一叶的人生经历？（　　　）

  A. 樋口一叶自小遭遇家庭变故，承担起养家的重任。

  B. 樋口一叶师从森鸥外学习写作。

  C. 樋口一叶在《文学界》《文艺俱乐部》《每日新闻》等诸多杂志和报纸上发表过
   自己的作品。

  D. 樋口一叶的生命仅仅持续了二十四年零六个月。

二、思考题

  请简要陈述樋口一叶所属的文学流派及其文学创作特点，以及在日本近代文学史
  上的地位。

三、讨论题

《十三夜》的主人公阿关是明治时期日本女性的一个代表。她们隶属于家庭中的男性成员，要为以男性成员为中心的家庭奉献自己的一生。请结合明治时期日本的家庭制度、学校教育制度等方面的内容，谈谈"阿关们"所面临的问题。

第二讲

2 明治时期的文学（二）

2.1 / 自然主义

　　自然主义文学是明治中后期占据文坛主流的一个文学流派，主张艺术是自然的再现，以科学实证的态度对人世现象作客观真实的描写。明治三十九年（1906年）至明治四十三年（1910年）是这一文学思潮最为鼎盛的时期。

　　评论家片冈良一将日本自然主义文学思潮的发生发展分为5个时期，其中自明治三十三、三十四年（1900、1901年）至明治三十七、三十八年（1904、1905年）为前期，明治四十年（1907年）前后的三四年间为确立期，自明治末年至大正二、三年（1913、1914年）间为分化期，此后直至大正中期为成熟期，大正七年（1918年）前后至昭和初期为后期。

　　自然主义文学的代表作家有国木田独步、岛崎藤村、田山花袋、真山青果、正宗白鸟、德田秋声、岩野泡鸣等，代表性的评论家有长谷川天溪、岛村抱月、相马御风、片上天弦、中村星湖等。

　　自然主义文学最初起源于法国作家左拉的创作，后影响整个欧洲，是19世纪后半叶支配整个欧洲思想界的实证主义、科学主义在文学领域的反映。自然主义文学传入日本后，逐渐在日本发展成为具有日本特色的一种文学思潮，其中起决定性影响的是1907年田山花袋发表的小说《棉被》。花袋将自己的创作方法命名为"平面描写"，以一种旁观者的态度大胆描写现实中丑陋的自己。受此影响，此后日本的自然主义文学开始完全排斥虚构性，走向客观描写自己身边事实的道路。

　　自然主义文学试图确立自我的尊严与自由，但是在这一过程当中，不可避免地与束缚近代自我的"家"产生对决，正宗白鸟的《去往哪里》、田山花袋的《生》都是描写自我与"家"的冲突的作品。在这个意义上，岛崎藤村的小说《家》可以看作日本自然主义文学的又一代表作。

这种自我追求虽然在各个层面上否定封建的形式与封建权威，但是因为它主要采用从肉体方面描写个人事实的创作方法，缺乏思想性与社会性的视野，因而毫无能力改变平凡闭塞的人生，自1908—1909年达到巅峰之后，作为文学运动迅速走向衰落。就在此时，岩野泡鸣提出"新自然主义"，批判花袋"平面描写"所采取的旁观态度，发表小说《耽溺》，实践更加突出主观的所谓"一元描写"。花袋自己也自明治末年开始逐渐转向描写男女爱欲的心理，并表现出某种宗教倾向，应该说也是受到这种主观化的"内心描写"的影响。

　　1918年前后，正宗白鸟退隐故乡，岩野泡鸣病逝，田山花袋与德田秋声以五十岁寿辰为契机淡出文坛，岛崎藤村也进入沉默期。自然主义文学日益衰落，此后为葛西善藏以及嘉村礒多等人所继承。

　　自然主义文学在它出发之际，立足于科学的立场，采用以客观态度观照现实的写作方法，可以说推动近代写实主义走向了一个顶峰。与此同时，它打破封建秩序，在推动近代自我的确立上功不可没。由于自然主义文学过于拘泥于客观现实，只关注自己的身边杂事，最终发展成为私小说、心境小说。但是不能不说，这种私小说、心境小说是日本近代文学所形成的一种极端日本化的形式，从这个意义上来看，自然主义文学在日本近代文学史上留下了举足轻重的印迹。

练 习

一、文学史知识练习题

1. 请判断以下关于明治文学的陈述是否恰当，恰当的请在句子后面的括号里打勾（√），不恰当的请在括号里打叉（×）。

（1）自明治三十年至明治四十年，自然主义文学思潮最为鼎盛。（　　　）

（2）自然主义文学起源于法国作家左拉，后来影响整个欧洲，传入日本后，逐渐发展成为具有日本特色的一种文学思潮。（　　　）

（3）自然主义文学的代表作品《棉被》发表于1906年。（　　　）

（4）由于自然主义文学过于拘泥于客观事实，只关注自己的身边杂事，最终发展成为私

小说、心境小说。（　　　）

（5）著名评论家片冈良一将日本自然主义的发生发展分为前期、确立期、分化期、成熟
　　　期、后期五个时期。（　　　）

2. 请根据提示，选择合适的选项。

（1）以下哪位作家不是自然主义文学的代表作家？（　　　）

  A. 田山花袋　　　　B. 正宗白鸟　　　　C. 泉镜花　　　　D. 岛崎藤村

（2）以下哪一部作品没有描写自我与"家"的冲突？（　　　）

  A.《家》　　　　B.《去往哪里》　　　C.《生》　　　　D.《棉被》

（3）发表小说《耽溺》，主张"新自然主义"的是以下哪位作家？（　　　）

  A. 岛崎藤村　　　B. 岩野泡鸣　　　C. 德田秋声　　　D. 葛西善藏

（4）对日本自然主义文学起决定影响的是下列哪位作家？（　　　）

  A. 岛崎藤村　　　B. 田山花袋　　　C. 德田秋声　　　D. 葛西善藏

（5）下列作家与作品对应错误的一组是（　　　）

  A. 岛崎藤村—《破戒》　　　　　　B. 田山花袋—《生》

  C. 德田秋声—《暴躁的人》　　　　D. 正宗白鸟—《家》

二、思考题

  日本的自然主义文学起于何时？受何影响而起？具有哪些独特的特点？

三、讨论题

  自然主义文学对日本近现代文学影响深厚，这是为什么？

2.2 / 田山花袋

明治三十九年（1906年）是日本近代文学史上具有特殊意义的一年。二叶亭四迷的《面影》、岛崎藤村的《破戒》、夏目漱石的《我是猫》等多部对后世影响深远的作品都发表于这一年。这些小说展现了日俄战争后日本近代文学的多种可能性。

但是，二叶亭四迷在不久后离世，岛崎藤村和夏目漱石虽然继续保持了文坛一流作家的名声，但在写作风格上却发生了巨大变化。文学评论家中村光夫指出这一变化的原因之一在于明治四十年（1907年）田山花袋的小说《棉被》的出现。

小说《棉被》描写一位中年作家厌倦了枯燥乏味的家庭生活，暗自爱上了年轻貌美的女弟子芳子。芳子与他人恋爱后，主人公出于私心，百般阻挠，最终迫使她返回故乡，断送了这位明治新女性的前程。故事的结尾，主人公拥着芳子盖过的棉被，嗅着被上的气味，不由得流下失望与悲伤的泪水。

在描写方法上，田山花袋主张"无理想、无解决"的"平面描写论"，即"文艺不要判断哪个主义是正当的，哪个主义能够使人生获得圆满幸福"，"只要将从眼睛映入头脑里的活生生的情景，原原本本再现出来就够了"。他的"平面描写论"成为日本自然主义文学理论的核心，指导着自然主义文学的创作活动。

在艺术表现上，田山花袋主张大胆、露骨的表现方式，他在《露骨描写论》（1904）中提出："一切必须露骨、一切必须真实、一切必须自然"，描写要"露骨和大胆，始终是无所顾忌的"，"要大胆而又大胆，露骨而又露骨，甚至让读者感到战栗"。

小说《棉被》的基本情节取自作者田山花袋的一段真实经历，通篇都在白描作家一己的生活琐事，表现出性压抑的苦闷，结尾部分的暗示颇为露骨，确实做到了作家所标榜的"平面的描写、露骨的描写、大胆的描写"。

作品发表之初，评论家岛村抱月就指出："这是一篇充满肉欲的人、赤裸裸的人的大胆的忏悔。"中村光夫认为"《棉被》在田山花袋的作品中算不上杰作，但是从文学史意义上看却非常重要"。确实，小说《棉被》缺乏深刻的思想，也不具有任何社会意义，却成为后来日本文坛专写个人生活、进行自我暴露的"私小说"的滥觞。

田山花袋在《棉被》之后又陆续发表了《生》《妻》《缘》三部作品，进一步确立了自己的写作风格。同时，《棉被》之后的自然主义文学小说，如岛崎藤村的《家》、岩野泡鸣的《放浪》五部曲、德田秋声的《霉》等都开始呈现出描写作家自身或者身边事物的私小说倾向。

小说《棉被》的诞生被认为完成了日本自然主义文学从前期单纯模仿到后期具有日本特色的转变，并且确立了日本自然主义文学的发展方向，在日本近代文学史上意义重大。田山花袋本人也因这部作品被定位为日本自然主义文学的先驱。

田山花袋简略年谱

1872 年，1 月 22 日出生于栃木县邑乐郡馆林町 1462 号（今群马县馆林市本町一丁目），本名录弥，田山家次男。田山家世代在旧上州馆林城秋元藩供职，父亲田山鍿十郎，爱好和歌。

1878 年，进入馆林学校东校学习。

1881 年，随祖父前往东京，在京桥区南传马町（今中央区京桥）的书肆有邻堂当学徒。

1882 年，5 月回乡，重新进入馆林学校学习。

1883 年，在藩儒吉田陋轩的私塾休休草堂学习汉学，包括《四书五经》《文章规范》《唐宋八家文》《史记》《十八史略》《唐诗选》等。

1885 年，5 月，完成第一本汉诗集《城沼四时杂咏》，开始向杂志《颖才新志》投稿。

1888 年，进入神田仲猿乐町的日本英学馆（之后的明治学馆）学习英语。开始大量阅读西欧文学、元禄文学。

1891 年，5 月，拜访尾崎红叶，成为尾崎红叶的门生。10 月，发表小说处女作《瓜田》。

1892 年，3 月，小说《落花村》在《国民新闻》上连载，首次使用"花袋生草"的笔名。

1893 年，3 月，翻译托尔斯泰的《哥萨克兵》。开始学习德语。

1896 年，12 月与尾崎红叶合作发表《笛吹川》。结识岛崎藤村、国木田独步。

1899 年，2 月与伊藤重敏的次女结婚。9 月发表游记《南船北马》。

1901 年，2 月长女礼子出生。6 月发表小说《野花》。7 月发表游记《继南船北马》。

1902 年，3 月长子先藏出生。5 月发表小说《重右卫门的最后》。

1904 年，2 月次子瑞穗出生。冈田美知代来到东京拜访花袋。发表评论《露骨的描写》。3 月从军，参加日俄战争。9 月回到东京。

1905 年，1 月发表《第二军从征日记》。

1907 年，9 月发表小说《棉被》，引起强烈反响。

1908 年，1 月发表小说《一个兵卒》。3 月次女千代子出生。4 月小说《生》开始在《读卖新闻》上连载，7 月完结。10 月小说《妻》在《日本新闻》上连载，次年 2 月完结。

1909 年，10 月发表长篇小说《乡村教师》。三女整子出生。

1910 年，3 月小说《缘》在《每日电报》上连载，10 月完结。

1911 年，7 月《发》在《国民新闻》上连载，11 月完结。

1912 年，1 月发表小说《客》，7 月发表小说《女人的发》。

1913 年，1 月发表小说《奇怪的小包裹》，2 月发表小说《山雪》，5 月小品集《椿》出版。

1914 年，1 月小说《春雨》在《读卖新闻》上连载，4 月完结。4 月在《国民新闻》上连载《残花》，8 月完结。《周游日本》（前篇）出版。

1915 年，5 月《周游日本》（中篇）出版。8 月发表小说《小小的废墟》。10 月发表小说《合欢花》。

1916 年，1 月发表小说《毒药》《两个人的最后》。8 月《周游日本》（后篇）出版。9 月发表长篇小说《时过境迁》。

1917 年，1 月发表小说《礼拜》、长篇小说《被枪杀的一个士兵》。6 月出版《东京三十年》。11 月小说《残雪》在《朝日新闻》上连载，次年 3 月完结。

1918 年，1 月发表小说《芍药》《小春日》。7 月发表小说《白鸟》，12 月发表小说《灯影》。

1919 年，1 月《河边的春》在《大和新闻》上连载，4 月完结。4 月发表小说《再生》，5 月发表小说《弓子》。8 月《新芽》在《东京朝日新闻》上连载，12 月完结。

1920 年，9 月《恋草》在《读卖新闻》上连载，次年 2 月完结。

1921 年，2 月《早春》在《国民新闻》上连载，6 月完结。7 月《银盘》在《读卖新闻》上连载，次年 1 月完结。

1922 年，2 月《废站》在《福冈日日新闻》上连载，3 月完结。3 月发表小说《旷野之恋》。

6 月《两个人》在《每日新闻》上连载，7 月完结。

1923 年，3 月前往"满洲"各地旅行，6 月经朝鲜回到日本。

1924 年，5 月发表《东京震灾记》，11 月发表"满洲"、朝鲜旅行见闻《满鲜行乐》。

1926 年，1 月发表小说《通盛之妻》，5 月《恋爱的殿堂》在《大阪每日新闻》上连载，9 月完结。

1927 年，1 月小说《爱与恋》（后改名为《道纲之母》）在《妇人之友》上连载，12 月完结。5 月《心的珊瑚》在《读卖新闻》上连载，9 月完结。

1928 年，1 月小说《春草》在《妇人之友》上连载，12 月完结。10 月前往"满洲"、蒙古地区旅行。12 月因脑溢血住院。

1929 年，5 月查出患有咽喉癌。

1930 年，5 月 13 日病逝。

《棉被》作品介绍

中篇小说。1907 年（明治四十年）9 月刊载于《新小说》杂志。

小说主人公竹中时雄是一名作家，人到中年，事业平平，仍然需要通过帮忙编辑地理书来补贴家用。时雄与妻子之间育有三个子女，婚姻生活早已变得索然无味。单调乏味的日常令时雄感到厌烦，他只幻想着能与年轻貌美的女子来一段新的恋情。就在这个时候，时雄收到了神户女学院的学生横山芳子充满崇拜之情的来信。芳子在信中表示自己愿一生从事文学创作，恳求时雄收她为门生。时雄看她态度诚恳，不久便确立了师生关系。

横山芳子的来京打破了时雄原本单调乏味的生活。这位女门生相貌姣好、活泼开朗，是一名有着自我追求的新潮女性。被这样一位新潮的美丽女门生"老师""老师"地叫着，时雄开始对芳子暗生情愫，只是碍于师徒的关系，没有直接表露心意。芳子对他来说是增添生活色彩的花朵，是精神食粮。但是，这样的生活持续了一年多后，芳子却有了自己的恋人。想到这个给自己寂寞生活增添光彩的芳子可能被别的男人抢走，时雄感到无比的烦闷。为了拆散两人，他以各种理由百般阻扰，要挟芳子的恋人回乡，否则就让芳子父亲将芳子领回家。最终，芳子返回故乡，时雄重新回到从前寂寞、空虚的日子。

故事的结尾，时雄拥着芳子盖过的棉被，流下失望与悲伤的泪水。

　　小说创作于明治时期，基本情节取自作者自身的一段真实经历。明治维新后日本受到西方文化的影响，越来越关注个人的欲求，小说以大胆、露骨的笔调描述了一位在情欲与道德之间挣扎的中年男子的内心世界，在当时的文坛引起强烈反响。

 节选及译文

　　さびしい生活、荒涼たる生活は再び時雄の家に音信れた。子供を持てあまして喧しく叱る細君の声が耳について、不愉快な感を時雄に与えた。

　　生活は三年前の旧の轍にかえったのである。

　　五日目に、芳子から手紙が来た。いつもの人懐かしい言文一致でなく、礼儀正しい候文で、

　　「昨夜恙なく帰宅致し候儘御安心被下度、此の度はまことに御忙しき折柄種々御心配ばかり相懸け候うて申訳も無之、幾重にも御詫申上候、御前に御高恩をも謝し奉り、御詫も致し度候いしが、兎角は胸迫りて最後の会合すら辞み候心、お察し被下度候、新橋にての別離、硝子戸の前に立ち候毎に、茶色の帽子うつり候ようの心地致し、今猶まざまざと御姿見るのに候、山北辺より雪降り候うて、湛井よりの山道十五里、悲しきことのみ思い出で、かの一茶が『これがまアつひの住家か雪五尺』の名句痛切に身にしみ申候、父よりいずれ御礼の文奉り度存居候えども今日は町の市日にて手引き難く、乍失礼私より宜敷御礼申上候、まだまだ御目汚し度きこと沢山に有之候えども激しく胸騒ぎ致し候まま今日はこれにて筆擱き申候」と書いてあった。

　　時雄は雪の深い十五里の山道と雪に埋れた山中の田舎町とを思い遣った。別れた後そのままにして置いた二階に上った。懐かしさ、恋しさの余り、微かに残ったその人の面影を偲ぼうと思ったのである。武蔵野の寒い風の盛に吹く日で、裏の古樹には潮の鳴るような音が凄じく聞えた。別れた日のように東の窓の雨戸を一枚明けると、光線は流るるように射し込んだ。机、本箱、罎、紅皿、依然として元のままで、恋しい人はいつもの様に学校に行っているのではないかと思われる。時雄は机の抽斗を明

けてみた。古い油の染みたリボンがその中に捨ててあった。時雄はそれを取って匂い
を嗅いだ。暫くして立上って襖を明けてみた。大きな柳行李が三箇細引で送るばかり
に絡げてあって、その向うに、芳子が常に用いていた蒲団 —— 萌黄唐草の敷蒲団と、
線の厚く入った同じ模様の夜着とが重ねられてあった。時雄はそれを引出した。女の
なつかしい油の匂いと汗のにおいとが言いも知らず時雄の胸をときめかした。夜着の
襟の天鵞絨の際立って汚れているのに顔を押附けて、心のゆくばかりなつかしい女の
匂いを嗅いだ。

　性慾と悲哀と絶望とが忽ち時雄の胸を襲った。時雄はその蒲団を敷き、夜着をかけ、
冷めたい汚れた天鵞絨の襟に顔を埋めて泣いた。

　薄暗い一室、戸外には風が吹暴れていた。

　寂寞、空虚的生活再次光顾时雄一家。妻子大声训斥孩子的声音传到时雄的耳朵里，
使他感到很不愉快。

　生活又重蹈了三年前的覆辙。

　走后第五天，芳子来了信。这次用的不是往常亲切的言文一致体，而是彬彬有礼
的候文。上面写着：

　"昨夜安抵，勿念。此次，百忙中诸事挂念，甚感歉意。理应别前当面谢恩、致歉，
但因万感交集最后聚餐也未应允，还望谅察海涵。新桥别离，每当立于窗前，总觉褐色
礼帽映照其上，恩师身影至今历历在目。进入山北天空降雪，从湛井走十五里山路，只
有悲伤萦绕在心，切身体验一茶名句'积雪深五尺，最终栖身地？'。今日町中集市，
家父难以脱身，择日会致函谢忱。虽为失礼，由我代为致谢。虽有千言万语，无奈心慌
意乱，今日就此搁笔。"

　时雄遥想着落满积雪的十五里山路，以及被积雪覆盖的山中乡镇。他来到芳子走
后原封未动的楼上。对芳子的怀念和眷恋，使他想寻找昔日的一丝痕迹来缅怀她的音容
笑貌。这一天，武藏野寒风瑟瑟，屋后的老树被风刮得发出惊涛般的声响。时雄像分别
的那天一样，打开了东窗的一扇防雨板，阳光如同流水般地泄了进来。桌子、书籍、瓶子、
胭脂盘依然如故，他甚至感到，怀念的那个人，和往常一样去了学校。时雄打开了抽屉，
看见那里扔着一根沾有发油的旧发带。时雄拿起发带嗅了起来。过了一会儿，时雄站起
身打开了壁橱的拉门。只见三个大大的柳条包用细麻绳捆扎着，随时可以寄送出去。而
它的对面，叠放着芳子平常用的棉被——淡绿色蔓草花纹的褥子和相同花色的睡袍式棉

被。时雄拽出棉被，一股令人怀恋的发油味和汗味儿使他的心怦怦直跳。睡袍式棉被的天鹅绒被口污渍最多，时雄把脸贴在上面，尽情地闻着那令人怀恋的女人气味。

性欲、绝望、悲哀立刻向时雄袭来。时雄铺上褥子，盖上睡袍式棉被，把又凉又脏的天鹅绒被口捂在脸上哭了起来。

室内昏昏暗暗，屋外狂风大作。

（许昌福 译）

一、文学史知识练习题

1. 请判断以下陈述是否恰当，恰当的请在句子后面的号弧里打勾（√），不恰当的请在括号里打叉（×）。

（1）田山花袋的小说《棉被》发表于明治三十九年。（　　　）

（2）田山花袋的"平面描写论"是日本自然主义文学的理论核心，指导着自然主义文学的创作活动。（　　　）

（3）小说《棉被》的基本情节取自作者田山花袋自己的一段真实经历。（　　　）

（4）小说《棉被》具有深刻的思想及社会意义，是日本私小说的滥觞。（　　　）

（5）岛崎藤村的《家》、岩野泡鸣的《放浪》五部曲、德田秋声的《霉》都具有私小说的倾向。（　　　）

2. 请根据提示，选择合适的选项。

（1）被称为日本自然主义文学先驱的是以下哪位作家？（　　　）

　　A. 岩野泡鸣　　　　B. 田山花袋　　　　C. 德田秋声　　　　D. 永井荷风

（2）以下哪部小说被认为确立了日本自然主义文学的发展方向，是日本私小说的滥觞？（　　　）

A.《破戒》　　　　　B.《我是猫》　　　　　C.《棉被》　　　　　D.《面影》

（3）以下不属于田山花袋文学主张的是哪一项？（　　）

A. 艺术的描写　　　B. 平面的描写　　　C. 大胆的描写　　　D. 露骨的描写

（4）以下不属于田山花袋作品的是哪一部小说？（　　）

A.《生》　　　　　　B.《妻》　　　　　　C.《缘》　　　　　　D.《家》

（5）以下哪位作家不属于日本自然主义文学的作家？（　　）

A. 田山花袋　　　B. 岛崎藤村　　　C. 岩野泡鸣　　　D. 二叶亭四迷

二、思考题

1、请简述田山花袋的小说《棉被》的出现对日本近代文坛产生的影响。

2、请结合田山花袋的具体作品谈谈日本自然主义小说的特点。

三、讨论题

1、谈谈你对日本私小说的理解和看法。

2、请查阅资料，思考近代中国是否有类似于日本私小说的文学形式。

2.3 / 岛崎藤村

　　岛崎藤村的自然主义文学代表作《破戒》发表于明治三十九年（1906年），早于田山花袋的《棉被》。但是，同样作为日本自然主义文学的代表作，《破戒》的出现却没能决定日本自然主义文学的走向。事实上，岛崎藤村作为日本自然主义文学的代表作家之一，其作品有着自身的特色。

　　岛崎藤村最初是一名诗人，1891年大学毕业后任教于明治女校，期间结识了浪漫主义诗人北村透谷，开始诗歌创作。1897年起，岛崎藤村陆续出版了诗集《嫩叶集》《一叶舟》《落梅集》等，诗作以清新的风格见长，备受当时青年读者的欢迎。

　　但是，19世纪末20世纪初是日本近代史上一个变革与动荡的时期，浪漫主义诗人也无法做到独善其身。在当时日本表面繁荣的背后，是贫富差距的日益加大和社会问题的加剧，工人运动、社会主义运动此起彼伏。在这样的社会背景下，好友北村透谷因寻求个性解放的理想破灭，愤而自杀。此事令岛崎藤村意识到：诗固然能歌颂青春，但人生还有许多东西无法用诗的形式予以表达。

　　《落梅集》之后，岛崎藤村开始由诗歌转向散文和小说创作，同时也从浪漫主义转向自然主义。1906年，他的第一部长篇小说《破戒》出版，同田山花袋的《棉被》一起，被认为是日本自然主义文学的奠基之作。

　　小说描写"部落民"出身的小学教师丑松，为了避免遭受旧社会等级制度的迫害，严格遵守父亲的告诫，长时间隐瞒自己部落民的出身。但是曾经接受自由平等思想教育的丑松为隐瞒出身一事终日苦闷，他衷心敬仰敢于公开自己秽多身份、敢于直面社会等级制度的前辈猪子莲太郎。小说最后，丑松打破父亲的告诫，坦白了自己的出身，并获得学生、好友、恋人的谅解。

　　《破戒》由岛崎藤村自费出版，初版1500册很快被抢购一空，10天后重印，3个

月内印刷发行 4 次，在当时的读书界和评论界引起强烈反响。大作家夏目漱石称赞《破戒》"乃明治小说中足以传世的名作"。著名评论家岛村抱月也竭力推崇这部作品："《破戒》是我们文坛上近来的新收获。我不禁深深感到，小说界得此一篇，方达到一个更新的转折点。"

小说《破戒》提出了当时颇为严重的一个社会问题，即部落民问题，写出了他们在封建等级制度下所遭受的压迫，具有一定的社会意义。同时，也因为这部作品的社会意义，使得人们对这部作品的界定产生一定争议。

日本绝大多数学者认为《破戒》是自然主义文学作品，《破戒》是作者内心的告白，而告白是自然主义小说的一种手法。小说主人公丑松在"破戒"过程中的苦闷与忧伤实际上是岛崎藤村本人在社会压抑下的痛苦感受，是作者内在世界的表现。但中国学者大多认为《破戒》是岛崎藤村现实主义的优秀作品，是日本批判现实主义的重大收获。事实上，以既定理论来分析《破戒》很难说得清楚，争议的存在恰恰说明《破戒》是一部自然主义与现实主义相互交融、相互渗透的作品。

次年，田山花袋的代表作《棉被》出版，震撼当时的文坛，也影响了岛崎藤村的创作风格。他的作品不再过多关注社会问题，而是转向描写身边杂事，诸如家庭、家族、亲情的纠葛。

岛崎藤村的第二部长篇小说《春》描写了以北村透谷为中心的《文学界》同人的青春时代；第三部长篇小说《家》则是以他的家族为题材的自传性作品；另外还有描写自己与侄女之间的乱伦行为，并表达忏悔之意的小说《新生》等。这些作品具有鲜明的自然主义文学特色，岛崎藤村也由此成为与田山花袋并论的自然主义文学领袖。

总的来说，浪漫主义是岛崎藤村文学创作的出发点，在受到当时流行的自然主义文学思潮影响后逐渐转向自然主义。岛崎藤村小说中的人物大多存在现实生活中的原型，他是一位敢于剖析自己、揭露社会的作家，在日本近代文学史上占有重要地位。

岛崎藤村简略年谱

1872 年，3 月 25 日出生于筑摩县第八大区五小区马笼村（今岐阜县中津川市马笼），

是父亲岛崎正树与母亲缝的四男三女中的幺儿，本名春树。父亲岛崎正树为日本当代国学者，马笼地区的士绅、地方官。

1878 年，进入神坂学校学习。父亲教导亲笔书写《劝学篇》《千字文》《三字经》等。

1881 年，与三兄友弥一同前往东京求学。进入泰明小学，开始寄宿生活。

1884 年，跟随海军部官吏石井其吉学习英文。4 月，父亲来京，这也是与父亲最后一次见面。

1886 年，3 月从泰明小学毕业。进入三田英学校（今锦城中学）学习。9 月转学至共立学校（现开成中学），跟随木村熊二学习英语。11 月父亲正树去世。

1887 年，9 月进入明治学院普通学部。

1888 年，6 月在牧师木村熊二的影响下，受洗成为基督徒。

1890 年，开始大量阅读莎士比亚、歌德、拜伦等西方文学以及松尾芭蕉、井原西鹤等日本文学。

1891 年，6 月从明治学院毕业。

1892 年，1 月开始在《女学杂志》上发表译文、诗作，并结识北村透谷、星野天知等人。9 月开始在明治女校任教。

1893 年，1 月参与《文学界》的创刊。因恋上女学生佐藤辅子而感到自责，脱离教会并辞去明治女校的工作。

1896 年，9 月在《文学界》发表诗作《草影虫语》，开始展现出诗歌方面的才能。

1897 年，8 月发表处女诗集《嫩叶集》。

1898 年，6 月发表第二部诗集《一叶舟》。12 月发表第三部诗集《夏草》。

1899 年，4 月与明治女校毕业生、函馆市末广町秦庆治的次女冬结婚。

1900 年，5 月长女绿出生。8 月开始创作《千曲川风情》。

1901 年，8 月发表第四部诗集《落梅集》。

1902 年，3 月次女孝子出生。11 月发表第一部小说《旧主人》。

1904 年，开始创作小说《破戒》。1 月发表小说《水彩画家》。4 月三女儿缝子出生。

1905 年，5 月三女儿缝子死去。10 月长子楠雄出生。

1906 年，3 月自费出版长篇小说《破戒》。4 月次女孝子死去，6 月长女绿死去。

1907 年，1 月发表第一部短篇集《绿叶集》。6 月发表小说《街道树》。9 月次男鸡二出生。

1908 年，10 月自费出版长篇小说《春》。12 月三男蓊助出生。

1909 年，10 月为创作小说《家》，前往木曾福岛旅行。12 月出版第二部短篇集《藤村集》。

1910 年，1 月小说《家》在《读卖新闻》上连载，5 月完结。8 月四女柳子出生，妻子冬在分娩后去世。

1911 年，3 月次兄广助的次女驹子来到家中帮忙做家务。6 月《千曲川风情》在《中学世界》上连载，次年 8 月完结。11 月小说《家》分上下两卷出版。

1912 年，4 月出版第三部短篇集《食后》。

1913 年，4 月出版第四部短篇集《微风》。为结束与侄女驹子的关系，前往法国。8 月起《法兰西消息》断断续续在《朝日新闻》上连载。

1914 年，5 月《樱桃成熟时》前篇在《文章世界》上连载（次年 4 月完结，后篇于 1917 年开始连载，1918 年 6 月完结）。8 月第一次世界大战爆发，滞留法国。

1916 年，4 月从巴黎出发，7 月归国。9 月任早稻田大学讲师。

1918 年，5 月小说《新生》第一部在《朝日新闻》上连载（10 月完结，第二部次年 8 月开始连载，10 月完结）。

1920 年，9 月游记《外国人》在《朝日新闻》上连载（次年 1 月完结，续篇《法兰西纪行》1921 年 4 月起在《新小说》上连载，1922 年 4 月完结）。

1923 年，9 月关东大地震，著作的原版大半被烧毁。

1926 年，2 月《藤村全集》全六卷由研究社出版。

1927 年，1 月出版第五部短篇集《岚》。

1928 年，为创作《黎明之前》，由饭田前往木曾旅行。11 月与加藤静子再婚。

1929 年，4 月小说《黎明之前》在《中央公论》上连载（第一部于 1932 年 1 月出版，第二部从 1932 年 4 月开始连载，1935 年 11 月出版）。

1932 年，1 月《黎明之前》第一部由新潮社出版。

1935 年，11 月《黎明之前》第二部由新潮社出版。

1937 年，5 月游记《巡礼》在《改造》上连载。10 月因肾萎缩病倒，《巡礼》的连载中断。

1940 年，2 月游记《巡礼》出版。

1942 年，5 月前往京都、奈良旅行。秋天开始执笔创作《东方之门》。

1943 年，1 月《东方之门》开始在《中央公论》上连载（未完）。8 月 21 日因脑溢血病倒，8 月 22 日逝世。

《破戒》作品介绍

长篇小说。1906 年（明治三十九年）3 月由作者自费出版。

故事发生在明治时期，主人公濑川丑松所在的山村仍旧遗留着旧时代的习俗，存在着旧武士、商人、农民、僧侣、秽多五个阶层。其中秽多最为低贱，只能通过编制草鞋、大鼓、三弦之类的东西来维持生计，作为秽多的子孙想要在世上安身立命，唯一的希望只能是隐瞒自己的出身。丑松的父亲在他幼年时就带着家人搬离了秽多村，一家人隐瞒身份，丑松因此得以上学，并顺利从师范学校毕业，成为一名小学教师。丑松决心牢牢守住父亲对自己的告诫——"要隐瞒"。

但是，隐瞒出身的丑松慢慢变得多疑、忧郁。看到同样是秽多出身的大日向遭受侮辱，丑松感到既哀怜又恐惧，生怕自己哪天身份暴露也会有同样的遭遇。同时，丑松崇拜敢于公开自己秽多身份的前辈猪子莲太郎。这位前辈不仅没有隐瞒自己的出身，还著书立说，表达了对底层社会人民生活疾苦的关怀。丑松偷偷阅读猪子的书籍，越发感受到社会等级制度的不公，并从中获得了能量。丑松多次想要向这位前辈告白自己的出身，但是，父亲临终前的告诫就像是加在丑松心头的一把枷锁，令他三缄其口。就在这个时候，议员高柳利三郎从秽多出身的新婚妻子口中得知了丑松的身份，并将此秘密泄露给了丑松所在学校的老师。学校的校长本来就有排挤丑松、让自己的亲信代替其位置的想法，正好借此机会计划赶走丑松。另一边，猪子莲太郎死在了政治斗争之中。这位前辈的死反而给了丑松勇气，让丑松意识到自己必须要像男子汉一样宣布"我是秽多"。故事的最后，丑松打破父亲的告诫，在学生、好友、恋人面前告白了自己秽多的身份，并获得谅解。

丑松通过告白自己的出身摆脱了以往困扰自己的苦痛与恐惧，获得了精神上的自由。小说提出作为封建制度残留的部落民问题，具有一定的社会意义。

节选及译文

丑松はそれを自分の机の上に載せて、例のやうに教科書の方へ取掛つたが、軈て平素の半分ばかりも講釈したところで本を閉ぢて、其日はもう其で止めにする、それ

から少許話すことが有る、と言つて生徒一同の顔を眺め渡すと、『先生、御話ですか。』
と気の早いものは直に其を聞くのであつた。

　　『御話、御話——』
　　と請求する声は教室の隅から隅までも拡つた。

　　丑松の眼は輝いて来た。今は我知らず落ちる涙を止めかねたのである。其時、習
字やら、図画やら、作文の帳面やらを生徒の手に渡した。中には、朱で点を付けた
のもあり、優とか佳とかしたのもあつた。または、全く目を通さないのもあつた。丑
松は先づ其詫から始めて、刪正して遣りたいは遣りたいが、最早其を為る暇が無いと
いふことを話し、斯うして一緒に稽古を為るのも実は今日限りであるといふことを話
し、自分は今別離を告げる為に是処に立つて居るといふことを話した。

　　『皆さんも御存じでせう。』と丑松は嚙んで含めるやうに言つた。『是山国に住
む人々を分けて見ると、大凡五通りに別れて居ます。それは旧士族と、町の商人と、
お百姓と、僧侶と、それからまだ外に穢多といふ階級があります。御存じでせう、其
穢多は今でも町はづれに一団に成つて居て、皆さんの履く麻裏を造つたり、靴や太鼓
や三味線等を製へたり、あるものは又お百姓して生活を立てゝ居るといふことを。御
存じでせう、其穢多は御出入と言つて、稲を一束づゝ持つて、皆さんの父親さんや祖
父さんのところへ一年に一度は必ず御機嫌伺ひに行きましたことを。御存じでせう、
其穢多が皆さんの御家へ行きますと、土間のところへ手を突いて、特別の茶椀で食物
なぞを頂戴して、決して敷居から内部へは一歩も入られなかつたことを。皆さんの方
から又、用事でもあつて穢多の部落へ御出になりますと、煙草は燐寸で喫んで頂いて、
御茶は有ましても決して差上げないのが昔からの習慣です。まあ、穢多といふものは、
其程卑賤しい階級としてあるのです。もし其穢多が斯の教室へやつて来て、皆さんに
国語や地理を教へるとしましたら、其時皆さんは奈何思ひますか、皆さんの父親さん
や母親さんは奈何思ひませうか——実は、私は其卑賤しい穢多の一人です。』

　　丑松把这些东西放到自己的桌上，和往常一样讲起教科书的内容。可当他讲到一
半时，合上了书。"今天就讲到这，下面我有些话想跟同学们说。"说着，环顾了一下
学生们。"老师，要讲故事吗？"性急的孩子马上问。

　　"讲故事！讲故事……"
　　请求老师讲故事的声音在教室的各个角落响起。

丑松的眼里闪着亮光，现在他有些难以抑制不知不觉中流出的眼泪。这时，他把习字、图画、作业本等发给了学生。其中有的用红笔写了分数，还有的写着优、佳等字样，还有的似乎没有批改。丑松首先对此表示了歉意。他说，虽然很想给大家批改完作业，但现在已经没有时间了，其实，今天是最后一次跟大家一起上课，现在站在这里就是为了和大家道别的。

"大家都知道，"丑松浅显易懂地讲了起来，"如果把住在咱们这个山区的人划分一下，可以分出五种类型。那就是旧武士家族、城镇的商人、农民、僧侣，此外还有一个叫秽多的阶层。大家都知道，这些秽多至今聚集在城外，他们或是编制大家穿的麻衬草鞋，或是制作皮鞋、大鼓、三弦之类的东西，还有的以种地来维持生计。大家都应该记得，这些秽多每年至少有一次，手拿着一束稻子到大家的父亲或祖父那里去请安，这叫做拜访谢恩。秽多在这个时候，一定是双手伏地，跪在泥地房间，吃东西时也要用特意准备的碗，而且不可跨出泥地房间一步。假设大家有什么事到秽多部落去，你想抽烟一定会给你准备火柴，即使有茶也不能给端上来，这是自古以来的习俗。就是说，秽多是一个如此卑贱的阶层。如果有一个这样的秽多，来到这个教室，教大家国语或地理等课，到那时大家会怎么想，大家的父母又会怎么想呢？其实，我就是一个卑贱的秽多。"

（许昌福 译）

练习

一、文学史知识练习题

1. 请判断以下陈述是否恰当，恰当的请在句子后面的括号里打勾（√），不恰当的请在括号里打叉（×）。

（1）自然主义文学作家岛崎藤村最初是一名诗人，在结识浪漫主义诗人北村透谷后开始诗歌创作。（　　）

（2）岛崎藤村小说《破戒》的出现，决定了日本自然主义文学的走向。（　　）

（3）岛崎藤村身处的 19 世纪末 20 世纪初是日本近代史上一个变革与动荡的时期。（　　）

（4）小说《破戒》由岛崎藤村自费出版，很快被抢购一空，在当时的读书界和评论界引起强烈反响。（　　）

（5）日本学者和中国学者一致认为小说《破戒》采用了自然主义的创作手法，是日本自然主义文学的代表之作。（　　）

（6）岛崎藤村被认为是与田山花袋并列的自然主义文学领袖。（　　）

2. 请根据提示，选择合适的选项。

（1）岛崎藤村的哪部作品同田山花袋的《棉被》一起被认为是日本自然主义文学的奠基之作？（　　）

    A.《破戒》　　　　B.《新生》　　　　C.《家》　　　　D.《春》

（2）以下哪部诗集不是岛崎藤村的创作？（　　）

    A.《嫩叶集》　　　B.《一叶舟》　　　C.《落梅集》　　　D.《蓬莱曲》

（3）岛崎藤村的小说《破戒》提出的重要社会问题是什么？（　　）

    A. 情妇问题　　　B. 贫富差距问题　　C. 部落民问题　　D. 性别歧视问题

（4）小说《破戒》的主人公丑松的社会身份是什么？（　　）

    A. 大学教师　　　B. 文人　　　　　C. 小学教师　　　D. 政治家

（5）岛崎藤村的哪部作品描写了自己与侄女之间的乱伦行为，并借此表达了忏悔之意？（　　）

    A.《破戒》　　　　B.《新生》　　　　C.《家》　　　　D.《春》

二、思考题

1、请简述岛崎藤村创作小说《破戒》的时代背景。

2、请结合小说《破戒》的内容与创作背景，谈谈这部小说具有的社会意义。

三、讨论题

1、小说《破戒》中猪子莲太郎这个角色起到了什么作用？谈谈你对这个人物的理解。

2、请在进行课外阅读后，简要介绍一部日本自然主义文学的代表作品。

2.4 / 大逆事件之后的文坛

　　1910 年 6 月 2 日，幸德秋水在下榻的汤河原旅馆被捕，此后，日本全国陆续有数百名社会主义者被捕，这就是"大逆事件"的开端。所谓"大逆"，顾名思义就是大逆不道，以幸德秋水为首的社会主义者被怀疑企图刺杀天皇，犯下大逆不道的罪行，因而被捕。1911 年 1 月，包括幸德秋水在内的 24 人被判处死刑（后 12 人改判为无期徒刑）。

　　被告当中的确有 5 名恐怖分子，其中 4 名真正策划了暗杀天皇的计划，而另 1 名则谋划刺杀皇太子，幸德秋水虽然知道这个计划，但从未对此表示赞成。尽管如此，受到政府授意的法官将此作为一举消灭国内无政府主义者的大好机会，采用秘密审判的形式，最终达到了目的。

　　幸德秋水事件给当时及此后的日本近代文学带来极大影响。平野谦在《日本无产阶级文学大系》的序卷中对此做了详细说明，列举了大家熟知的森鸥外创作的《沉默的塔》《食堂》、石川啄木的《时代闭塞的现状》、永井荷风《花火》、木下杢太郎《和泉屋染物店》，还提及德富芦花的《谋叛论》、啄木的《日本无政府主义者阴谋事件及其附带现象》《墓碑铭》、佐藤春夫的《病》、正宗白鸟的《危险人物》、武者小路实笃的《桃色的房间》、田山花袋《残雪》、平出修的《逆徒》《计划》《畜生道》等。

　　其中德富芦花致信首相，反对死刑，并将写给天皇要求免除死刑的公开信寄给朝日新闻社。死刑执行之后，芦花非常愤怒，在第一高等学校的校友会上作了题为"谋叛论"的演讲。为此，校长新渡户稻造受到警告处分。

　　永井荷风受此事件刺激，决意放弃做一名近代作家，而是以一名封建时代戏作创作者的姿态韬光养晦。他在随笔《花火》中写道：

　　　作为一名文学家，我不能对此思想问题一直保持沉默。作家左拉曾为德雷福斯事

件伸张正义，被迫流亡国外。而我和世间的文学家们一样却没有说什么。我感到无法忍受良心的苛责，为自己是一名文学家而感到耻辱。此后，我决心将自己的艺术品位拉低到与江户时代的作者们同样的层次。我开始提着香烟袋，收集浮世绘，弹奏三弦琴。江户时代末期的戏作家及浮世绘画家不管是美国人的黑船驶入浦贺港，还是大老在樱田御门被暗杀，都做出一副天下大事与老百姓无关的姿态，只管创作淫书和春画，我现在非常理解，甚至对他们的这种态度有些尊敬呢。

大逆事件两个月后，石川啄木发表了《时代闭塞的现状》一文。他写道：

今天的我们仍然有着强烈的自我主张的需求。与自然主义诞生时一样，现在仍然处于丧失理想、迷失方向、找不到出口的状态，长期以来积蓄在内心中的力量无处可使。（中略）现在的青年呈现的内向的、自我毁灭的倾向很好地说明了这种理想丧失的可悲境况。而这正是时代闭塞的结果。

1911 年 5 月，桂太郎内阁在东京、大阪设立特高警察，禁止所有带有"社会"字样的出版物。一本名为《昆虫社会》的书被禁止发售，一度成为大家的笑谈。就连无法理解幸德秋水等社会主义者的正宗白鸟都曾被刑警跟踪，因为他的作品一直被贴着虚无主义的标签。

大逆事件反映出政府对于无政府主义、社会主义思想的极度恐惧，残酷镇压带来了社会闭塞的现状。而文坛对此的反应、诸多作家对此事件的愤怒不满、对幸德秋水的同情，也预示着接下来的大正文坛将会在夹缝之中追求文学创作的自由。

石川啄木简略年谱

1886 年，2 月 20 日生于岩手县南岩手郡日户村（今盛冈市玉山）。父亲是该村曹洞宗常光寺住持，母亲则是父亲的师妹。

1887 年，春天，父亲成为北岩手郡涩民村（今盛冈市涩民）宝德寺的住持，一家迁居涩民村，此处现建有石川啄木纪念馆。

1898 年，4 月毕业于盛冈高等小学，升入岩手县盛冈寻常中学，后因考试作弊退学。

1902 年，秋天前往东京，但没有找到合适的工作。

1903 年，2 月回到故乡。

1905 年，春天，举家迁至盛冈，后与堀合节子结婚，担负起抚养全家的经济重任。5 月出版处女诗集《憧憬》，作为明星派诗人活跃在由与谢野铁干主持的诗歌杂志《明星》。

1906 年，回到涩民村，担任母校的代课教师，同时利用业余时间创作了《云是天才》《面影》《葬礼队伍》。

1907 年，离开故乡，迁居北海道。

1908 年，晚春时节，前往东京，全力投入文学创作，写有《菊池君》《病院的窗》《母亲》《天鹅绒》《两条血痕》等 300 余页原稿，但无处发表，生活困窘。

1909 年，春天，终于被东京朝日新闻社录用，成为校对员。

1910 年，6 月，受到大逆事件的刺激，接受社会主义思想，阅读幸德秋水、克鲁泡特金的著作。9 月担任朝日诗坛的评委，年底出版处女诗集《一握砂》，一举成名受到诗坛瞩目。同时创作了后收录于诗集《悲伤的玩具》《叫子与口哨》的诗歌、评论《时代闭塞的现状》等代表作。

1912 年，4 月 13 日因肺结核去世，享年 26 岁。死后第二本诗集《悲伤的玩具》出版，著名的评论《时代闭塞的现状》也于死后发表。作者在诗歌中大胆直率地表达感情，这种"民众诗歌"的创作风格在其死后产生很大影响。

《时代闭塞的现状》作品介绍

大逆事件后，石川啄木创作了评论文章《时代闭塞的现状》，副标题为"强权、纯粹自然主义的最后及明日的考察"。1910 年，鱼住折芦曾发表评论《自然主义作为一种自我主张的思想》，石川啄木的文章是为了反驳该文而作。当时自然主义文学以其取材于真实生活而受到高度评价，石川啄木认为，自然主义存在一个根本矛盾，那就是"自我主张的倾向"与"科学的、宿命论式的、自我否定的倾向"之间的矛盾。鱼住认为自然主义思潮的一大特点就是"自我主张"，但啄木认为，两种相互矛盾的倾向之所以能够共容，不过是为了对抗共同的敌人——国家权力而采取的一种政治联姻。啄木与鱼住对日本社会现状的认识截然相反，他认为，在日本式的精神中从来没

有与国家的对立。日本青年从未认真思考过国家、权力与整个社会的问题，日本青年也会因征兵检查、教育问题、税收问题等抱有不满，但是并没有从思想上对此进行深入批判，而是避免与国家权力产生对立。石川啄木认为，父辈一般都将国家置于个人之上，而青年的爱国主义则与此不同，青年们认为国家必须强大，但是自己并不想为之奋斗，所谓正义人道都与自己关系不大，他们无暇顾及国家问题，而是忙于个人拼命赚钱。啄木认为，鱼住的思想不过是采用了个人独立于国家的形式，而实质上并不是从思想层面对国家提出批判，因而并不是真正与国家对立，而是披着个人主义形式外衣的对国家的服从。

节选及译文

　　かくて今や我々には、自己主張の強烈な欲求が残っているのみである。自然主義発生当時と同じく、今なお理想を失い、方向を失い、出口を失った状態において、長い間鬱積してきたその自身の力を独りで持余しているのである。すでに断絶している純粋自然主義との結合を今なお意識しかねていることや、その他すべて今日の我々青年がもっている内訌的、自滅的傾向は、この理想喪失の悲しむべき状態をきわめて明瞭に語っている。——そうしてこれはじつに「時代閉塞」の結果なのである。

　　見よ、我々は今どこに我々の進むべき路を見いだしうるか。ここに一人の青年があって教育家たらむとしているとする。彼は教育とは、時代がそのいっさいの所有を提供して次の時代のためにする犠牲だということを知っている。しかも今日においては教育はただその「今日」に必要なる人物を養成するゆえんにすぎない。そうして彼が教育家としてなしうる仕事は、リーダーの一から五までを一生繰返すか、あるいはその他の学科のどれもごく初歩のところを毎日毎日死ぬまで講義するだけの事である。もしそれ以外の事をなさむとすれば、彼はもう教育界にいることができないのである。また一人の青年があって何らか重要なる発明をなさむとしているとする。しかも今日においては、いっさいの発明はじつにいっさいの労力とともにまったく無価値である——資本という不思議な勢力の援助を得ないかぎりは。

時代閉塞の現状はただにそれら個々の問題に止まらないのである。今日我々の父兄は、だいたいにおいて一般学生の気風が着実になったといって喜んでいる。しかもその着実とはたんに今日の学生のすべてがその在学時代から奉職口の心配をしなければならなくなったということではないか。そうしてそう着実になっているにかわらず、毎年何百という官私大学卒業生が、その半分は職を得かねて下宿屋にごろごろしているではないか。しかも彼らはまだまだ幸福なほうである。前にもいったごとく、彼らに何十倍、何百倍する多数の青年は、その教育を享ける権利を中途半端で奪われてしまうではないか。中途半端の教育はその人の一生を中途半端にする。彼らはじつにその生涯の勤勉努力をもってしてもなおかつ三十円以上の月給を取ることが許されないのである。むろん彼らはそれに満足するはずがない。かくて日本には今「遊民」という不思議な階級が漸次その数を増しつつある。今やどんな僻村へ行っても三人か五人の中学卒業者がいる。そうして彼らの事業は、じつに、父兄の財産を食い減すこととむだ話をすることだけである。

　至此，现在的我们仅留有自我主张的强烈诉求。与自然主义文学发生时一样，我们仍然处于失去理想、失去方向、失去出口的状态之中，不知该如何处置长期以来郁结起来的力量。至今，我们仍然难以想象与已经断绝的纯粹自然主义相结合，今日青年的这种内向的、自我毁灭的倾向，正说明了这种丧失理想的可悲状态。而这又正是时代闭塞带来的后果。

　现在，我们应该前进的道路在哪里呢？假设这里有一位青年，想成为一名教育家。他明白，所谓教育就是时代提供出它的一切，供下一个时代使用。但今天的教育仅仅培养今天所需的人才，作为教育家，能够做的不过是永远重复着教学，讲授一些学科的初步知识。不然，他就无法在教育界立足。假设这里另有一位青年，想做出一个重要的发明创造。但是今天，所有的发明都与一切劳力一样，毫无价值——除非得到资本这一奇异的势力的支持。

　时代闭塞的现状并非仅仅停留在这些个体的问题上。今天，我们的长辈们很高兴地看到现在的学生作风日益踏实。可是，这种踏实不过是因为今天的学生在学校期间就必须担心毕业后的工作出路而已。而且，这些作风踏实的学生，每年数百名的大学毕业生中，有一半左右找不到工作，四处闲逛。尽管如此，他们还算是幸运的，还有数十倍、数百倍的青年人，已经在中途被剥夺了受教育的权利。半途而废的教育会让这些人也半

途而废。这些人一辈子勤劳努力，仍然每个月拿不到三十日元的工资。他们当然不会满足于现状。因此，现在的日本，所谓"游民"这个奇妙阶层的人数日益增多。无论多么偏僻的乡村，都有三五个初中毕业生，而他们每日却在啃老或者闲聊而已。

（高洁 译）

一、文学史知识练习题

1. 请判断以下陈述是否恰当，恰当的请在句子后面的括号里打勾（√），不恰当的请在括号里打叉（×）。

（1）1910 年至 1911 年，日本发生了著名的大逆事件。（　　　）

（2）幸德秋水事件给当时及此后的日本文坛带来极大影响。（　　　）

（3）包括幸德秋水在内的 12 人被执行死刑后，德富芦花在第一高等学校的校友会上作了题为"谋叛论"的演讲。（　　　）

（4）大逆事件后，石川啄木在随笔《花火》中表达了对幸德秋水事件的不满与愤怒。（　　　）

（5）1911 年 5 月，桂太郎内阁在东京、大阪设立特高课警察，禁止所有带有"社会"字样的出版物。（　　　）

2. 请根据提示，选择合适的选项。

（1）以下哪一位作家致信首相反对幸德秋水等人的死刑？（　　　）

    A. 森鸥外　　　　B. 石川啄木　　　　C. 永井荷风　　　　D. 德富芦花

（2）以下哪一位作家受幸德秋水事件的刺激，决意放弃做一名近代作家，而是以一名封建时代戏作家的身份韬光养晦？（　　　）

    A. 田山花袋　　　B. 德富芦花　　　C. 佐藤春夫　　　D. 永井荷风

（3）幸德秋水事件后，以下哪位作家发表了《时代闭塞的现状》一文？（　　　）

A. 正宗白鸟　　　　B. 武者小路实笃　　C. 平出修　　　　D. 石川啄木

（4）被贴着虚无主义标签的是以下哪位作家？（　　）

A. 木下杢太郎　　　B. 德富芦花　　　　C. 正宗白鸟　　　D. 武者小路实笃

（5）与幸德秋水事件无关的是下列哪一部作品？（　　）

A.《沉默的塔》　　B.《花火》　　　　C.《残雪》　　　　D.《河童》

二、思考题

何谓大逆事件？请简述大逆事件的起因及经过，谈谈日本文坛作家对大逆事件的反应。

三、讨论题

请在调查资料后，简述日本普通民众对大逆事件的反应及幸德秋水社会主义思想的特点。

第三讲

3 大正时期的文学（一）

3.1／大正文学概述

　　明治天皇的死与乃木大将的殉死给明治时期的人们带来巨大的冲击，同时也宣告了一个时代的结束。进入大正时期以后，第一次世界大战爆发，日本作为参战国，得以借机大力发展资本主义经济，呈现出异常繁荣的局面。经济的繁荣、生活的富裕促进了大正时期人道主义和民主主义的发展，同时也使劳资双方的对立日益激化。大正中期以后，经济陷入不景气，失业者增加，"米骚动"频发，社会陷入不安定的局面。与此同时，社会主义运动兴起，大正初期·中期萌发的对民众的同情，逐渐转变成"为劳动者而奋起"的主张，无产政党成立，各种政治活动和劳动运动日益高涨。另一方面，资本主义的繁荣促进了机器文明的进步，夺去了人们生活的部分经济来源，加之关东大地震在物质与精神两方面带来巨大冲击，使人们越发陷入不安的状态。

　　在这样的社会背景之下，明治末期，从反自然主义的立场出发的唯美主义文学和理想主义文学逐渐成为文坛主流；自然主义文学并未销声匿迹，力量仍然不可小觑，进而发展成为私小说。但是对于个人主义文学的批判之声鹊起，近代文学的理念受到动摇，逐渐分裂，从而形成多样化的局面。

　　大正时期，民主主义和自由主义的风潮席卷全社会，市民社会日趋成熟，近代精神得以确立。在小说创作领域，首先，明治时期活跃的作家创作日臻成熟，与同期海外文化思想的交流逐渐形成，新小说诞生，并支配文坛。但是由于后期经济不景气，社会矛盾激化，文坛的创作出现与现实游离的趋势。取而代之的是新现实主义的兴起，新思潮派和奇迹派文学登场，劳动文学也日益兴盛。

　　自然主义文学作家中，岛崎藤村的小说《新生》，田山花袋的《时间逝去》，德田秋声的《粗暴》，正宗白鸟的《港湾一带》，岩野泡鸣的《放浪》至《邪魔附体》五

部曲相继发表。

夏目漱石则先后创作了《行人》《心》《路边草》等，《明暗》成为文豪绝笔的未完之作。森鸥外转换到历史小说的创作中，发表了《阿部一族》《山椒大夫》以及史传《涩江抽斋》等。永井荷风与谷崎润一郎则分别发表了《竞艳》和《痴人之爱》。

白桦派中，武者小路实笃处于领导地位，创作了小说《幸福者》和《友情》，大正后期又进行"新村"建设，尝试将自己的思想付诸实践。志贺直哉发表了《在城崎》《和解》等心境小说性质的作品，以及唯一的长篇小说《暗夜行路》，成为白桦派的代表作家。有岛武郎则在作品《该隐的后裔》《诞生的苦恼》以及长篇小说《一个女人》中表现出对社会问题的强烈关注。

1916年（大正五年），第四次《新思潮》杂志创刊，芥川龙之介发表在该杂志上的小说《鼻子》受到夏目漱石盛赞，从而登上文坛。芥川大多取材古典，以充满机智的创意对素材进行近代性的阐释，留下了《戏作三昧》《枯野抄》等众多优秀的短篇作品。菊池宽则创作了《忠直卿行状记》《恩仇之外》等主题明快的作品，之后转向通俗小说创作。久米正雄创作了《考生手记》等作品，并以取材于与夏目漱石女儿恋爱经历的小说《破船》成为畅销书作家而获得成功。

与此同时，奇迹派作家广津和郎发表《神经病时代》，宇野浩二发表《仓库中》，葛西善藏发表《悲哀的父亲》《带着孩子》等作品，都延续了自然主义、现实主义的源流，对私小说的形成发挥了重要作用。另外，佐藤春夫、室生犀星等诗人也进行小说创作，春夫的《田园的忧郁》、犀星的《幼年时代》都构建了各自独特的文学世界。

大正时期，劳动文学兴盛，大正中期劳动者出身的作家宫岛资夫创作了《矿工》，宫地嘉六创作了《煤烟的味道》。1921年（大正十年），杂志《播种人》创刊，涌现出叶山嘉树《生活在海上的人们》《水泥桶里的信》以及前田河广一郎《三等船客》、金子洋文《地狱》等优秀作品。

与此相对，横光利一、川端康成等新感觉派作家也开始文艺活动，二人分别发表了《日轮》《苍蝇》和《伊豆的舞女》。

一、文学史知识练习题

1.请判断以下陈述是否恰当，恰当的请在句子后面的括号里打勾（√），不恰当的请在括号里打叉（×）。

（1）大正时期最具影响力的文学流派是白桦派。（　　　）

（2）森鸥外、永井荷风、谷崎润一郎都是大正时期的作家。（　　　）

（3）《矿工》《田园的忧郁》《生活在海上的人们》《水泥桶里的信》都是奇迹派的代表作品。（　　　）

（4）芥川龙之介创作《鼻子》受到夏目漱石称赞，作家由此登上文坛。（　　　）

（5）夏目漱石发表《该隐的后裔》等作品，表达了对社会问题的强烈关注。（　　　）

2.请根据提示，选择合适的选项。

（1）夏目漱石的哪部作品被称为"文豪绝笔的未完之作"？（　　　）

    A.《行人》　　　　　B.《心》　　　　　C.《路边草》　　　　　D.《明暗》

（2）下列哪一个不属于大正后期出现的文学流派？（　　　）

    A. 新思潮派　　　　B. 奇迹派　　　　C. 劳动文学　　　　D. 白桦派

（3）下列哪一位不属于自然主义文学的作家？（　　　）

    A. 岛崎藤村　　　　B. 田山花袋　　　　C. 正宗白鸟　　　　D. 久米正雄

（4）下列作家和作品对应正确的是（　　　）。

    A. 有岛武郎—《在城崎》　　　　　　B. 武者小路实笃—《一个女人》

    C. 志贺直哉—《暗夜行路》　　　　　D. 菊池宽—《幸福者》

（5）下列哪一位不属于奇迹派的作家？（　　　）

    A. 广津和郎　　　　B. 森鸥外　　　　C. 宇野浩二　　　　D. 葛西善藏

二、思考题

请简要论述大正文学繁荣局面出现的历史背景。

三、讨论题

请在查阅资料后，简要列举大正文学在日本近代文学史上最知名的文学流派，并对当时该流派作家的作品被译介到中国的情况进行梳理。

3.2 / 白桦派

白桦派由 1910 年 4 月创刊的《白桦》杂志同人为中心而形成。该杂志至 1923 年因关东大地震停刊为止,共刊行 14 年,中间从未休刊,累计出版杂志 160 期,持续时间之长、影响力之大,堪称战前文学同人杂志中的佼佼者。

《白桦》创刊之时,成员以学习院出身的贵族子弟为主,主要人物有武者小路实笃、志贺直哉、有岛武郎、有岛生马、里见弴、长与善郎、仓田百三、柳宗悦、木下利玄、千家元麻吕等。

芥川龙之介曾评价《白桦》杂志的创刊犹如给停滞闭塞的文坛打开一扇天窗,带来了清新之气。《白桦》与杂志《昴星》《三田文学》《新思潮》一起成为反自然主义的根据地,翻开了大正文学的新篇章,成为 1910 年代称霸文坛的文学流派。

白桦派同人出身于能够充分感受市民社会自由的家庭。作为明治时期建设功勋的父辈们的下一代,他们发挥各自的禀性与天分,坚持着武者小路实笃所说的"和而不同"的姿态。他们中的每个人都自成一家,没有一人掉队,这在同人杂志中是很罕见的。

自《白桦》创刊伊始,他们就不为既成的文坛权威所动,没有师承任何门派,可以说是自学成才。初期,白桦派文学聚焦于"为了自我"这一点,大胆肯定个人主义。第一次世界大战爆发后,白桦派开始转向人道主义,引领了大正中期的一大风潮。此后,武者小路实笃开始致力于"新村"建设,劳动文学兴起,白桦派的魅力遂逐渐消退。

武者小路实笃是白桦派最具代表性的评论家,对"白桦"理论的形成功不可没。而志贺直哉从在创刊号上发表《到网走》开始,陆续发表了《范的犯罪》《在城崎》《伙计之神》等代表作,与武者小路实笃的理论一起,成为在艺术性方面支撑白桦派的支柱。此外,有岛武郎的《一个女人》、里见弴的《你和我》、长与善郎的《项羽与刘邦》都

是发表在《白桦》杂志上的代表作。

白桦派反对专事暴露丑恶人性的自然主义文学，也不同意追求官能享乐的唯美主义，主张"自我尊严"，重视伦理道德，肯定积极的人性，强调"通过个人或者个性来发挥人类意志的作用"。

由于《白桦》杂志大受好评，随之诞生了很多卫星杂志，诸如《自我》《生命之河》《贫穷的人》《善之生命》等。《白桦》杂志积极吸收摄取外国文学，以礼赞的态度介绍托尔斯泰、斯特林堡、罗曼·罗兰、惠特曼、莫里斯·梅特林克等人的作品。同时，《白桦》杂志不仅是一本文学杂志，也是一本美术杂志，集中介绍以罗丹为代表的后期印象派画家的作品。

《白桦》杂志停刊以后，白桦派同人又陆续创办了杂志《不二》《大调和》《心》等，搭建了老牌自由主义者的阵地，不经意中为巩固保守思想的基石做出了贡献。这也说明，虽然创刊伊始，白桦派的同人都是贵族学校——学习院的异端分子，但最终还是保持了某些学习院色彩的东西。

练　习

一、文学史知识练习题

1. 请判断以下关于白桦派文学的陈述是否恰当，恰当的请在句子后面的括号里打勾（√），不恰当的请在括号里打叉（×）。

（1）《白桦》创刊初期，成员主要以贫民子弟为主，代表人物有武者小路实笃、志贺直哉等人。（　　）

（2）《白桦》《昴星》《三田文学》《新思潮》被称为反自然主义的根据地。（　　）

（3）白桦派后期，主张"为了自我"的个人主义明显。（　　）

（4）白桦派积极吸收外国文学，介绍了托尔斯泰、斯特林堡、罗曼·罗兰等人的作品。（　　）

（5）武者小路实笃的理论与志贺直哉的创作被称为在艺术性方面支撑白桦派的支柱。（   ）

2. 请根据提示，选择合适的选项。

（1）下列哪部作品不是发表在《白桦》杂志上的？（   ）

    A.《一个女人》   B.《你和我》   C.《心》   D.《项羽与刘邦》

（2）以下哪一点不属于白桦派的主张？（   ）

    A. 反对自然主义文学   B. 强调伦理道德

    C. 肯定积极的人性   D. 言文一致

（3）以下哪一本杂志不属于由《白桦》诞生的卫星杂志？（   ）

    A.《自我》   B.《生命之河》   C.《新思潮》   D.《善之生命》

（4）下列哪部作品不是志贺直哉的代表作？（   ）

    A.《到网走》   B.《范的犯罪》   C.《伙计之神》   D.《你和我》

（5）下列哪一位作家属于白桦派？（   ）

    A. 木下利玄   B. 夏目漱石   C. 芥川龙之介   D. 森鸥外

二、思考题

白桦派文学的理论领导者是哪一位？请简述他的文学思想。

三、讨论题

白桦派文学对中国五四新文化运动之后兴起的新文学产生了一定的影响。请以周作人为例，搜集相关资料，在进行调查研究后，作简要说明。

3.3 / 志贺直哉

　　志贺直哉被誉为日本文坛的"小说之神"。他是大正前期大受欢迎的文学流派白桦派的代表作家，然其文学成就并没有随着白桦派的衰落而黯然失色。虽不能称为高产作家，但是在他60年的创作生涯中，他的文学一直受到关注。他自然而精练的文体，为他带来了"小说之神"的美誉。

　　志贺直哉家境富裕，从小一直住在祖父家中，使得志贺和父亲关系疏远。祖父直道是二宫尊德最忠实的弟子。18岁时，志贺认识了内村鉴三，为其个性所吸引，以后的七年间一直奉内村为师，受基督教的氛围熏染，养成了"憧憬正义，憎恶不正虚伪的性情"。志贺作品中一以贯之的对于不调和、不正、不自然的近乎洁癖的伦理观，大多来自内村与祖父的影响。对于祖父参与开发的足尾矿山引起的严重矿毒事件，志贺亲赴当地进行调查，与身为实业界大腕的父亲发生激烈冲突，以后多年一直与父亲处于对立状态。

　　27岁时，志贺直哉与同样从学习院毕业的武者小路实笃、有岛武郎、里见弴一起创办《白桦》杂志，被称为"白桦派"。白桦派同人站在理想主义与人道主义的立场，相信人的可能性，祈祷生命力的提升与自我的充实。白桦派尊重人的个性，为人们带来希望的文学成为大正文坛的主流。志贺在创刊号上发表《到网走》，此后几乎每期都在杂志上发表短篇小说，逐步确立了其作家地位。这一时期的代表作有《大津顺吉》《正义派》《克洛蒂斯的日记》《清兵卫与葫芦》《范的犯罪》等。

　　志贺因与自家女佣的结婚问题以及大学退学等原因与父亲关系日益恶化后，离家搬至广岛县的尾道，在尾道开始创作长篇小说《时任谦作》。该作的青年主人公试图在与父亲的争执中坚持自我，但作品的创作并不顺利，一度中断。此后志贺多次搬家，不

顾父亲反对与武者小路实笃的表妹结婚，婚后长女夭折。遭遇这些变故后，志贺一度停止了文学创作。直到1917年（大正六年），志贺在《白桦》上发表《在城崎》，表现出对于生命本质的重新审视。同年，他与父亲达成和解，家庭生活安定，文学创作进入成熟期，此后陆续发表了《好人物的夫妇》《赤西蛎太》《和解》《伙计之神》《篝火》《河边的住宅》等代表作。

与父亲的抗争一直是志贺创作的动力，自与父亲达成和解后，志贺的心境发生变化，文学创作呈现一种和谐的指向。他在中断的《时任谦作》的基础上开始创作小说《暗夜行路》，描写一直坚持自我的主人公在和谐的大自然的背景中逐渐实现与他者融合的心路历程。该作可以视为志贺直哉文学的集大成之作。志贺也因其作品中现实主义的精确笔触被奉为"小说之神"，大受推崇。

志贺直哉简略年谱

1883年，2月20日出生于宫城县石卷町。

1885年，举家前往东京，与祖父母一起居住。祖父是旧相马藩的藩士，参与足尾铜矿的开发。

1889年，进入学习院初等学校学习。

1895年，8月母亲去世，父亲迎娶了继母。

1901年，夏天，拜访内村鉴三，此后7年间频繁出入其宅。同年，计划前往受足尾铜矿矿毒污染的受害地区，与父亲发生冲突。

1902年，在学习院结识武者小路实笃、木下利玄等人。

1906年，9月进入东京帝国大学英文专业学习，与里见弴成为好友。

1910年，4月与武者小路实笃等一起创办同人杂志《白桦》，在创刊号上发表小说《到网走》。6月，发表《剃刀》。从大学退学。

1911年，4月发表《浊头》。

1912年，9月发表《大津顺吉》《克洛蒂斯的日记》。10月，因与父母关系不睦，离家迁至广岛县的尾道居住，开始创作小说《时任谦作》（后更名为《暗夜行路》）。

1913 年，1 月发表《清兵卫与葫芦》，8 月被山手线电车撞伤，10 月发表《范的犯罪》。前往城崎温泉进行伤后疗养。

1914 年，夏天登伯耆大山。12 月，与武者小路的表妹康子结婚。

1915 年，9 月迁居千叶县我孙子。

1917 年，5 月发表《在城崎》，8 月发表《好人物的夫妇》，与父亲关系缓和。9 月，发表《赤西蛎太》，10 月发表《和解》。

1920 年，1 月至 3 月连载《一个男人，其姐之死》，后又发表《伙计之神》。9 月，发表《真鹤》。

1921 年，1 月发表《暗夜行路》前篇。

1922 年，1 月开始陆续连载《暗夜行路》后篇。

1925 年，4 月由京都迁至奈良居住。

1926 年，6 月出版美术图录《座右宝》。

1933 年，9 月发表《万历赤绘》。

1937 年，4 月发表《暗夜行路》的最后部分，终于完成这部长篇小说的创作。

1941 年，7 月成为日本艺术院会员。

1946 年，1 月发表《灰色的月亮》。

1949 年，11 月被授予文化勋章。

1954 年，1 月发表《牵牛花》。

1971 年，10 月 21 日去世，葬于青山墓地。

《暗夜行路》作品介绍

长篇小说，自 1921 年（大正十年）开始断断续续进行连载。1914 年，作家曾计划在《东京朝日新闻》上连载小说《时任谦作》，后搁笔。后来包括 1919 年（大正八年）的手稿在内，随着志贺直哉境遇与心境的变化，构思也发生着变化，前后共历时 26 年终于完稿。该作并非采用私小说的手法，而是虚构的作品，主人公时任谦作一直摸索，力图获得精神上的平静与自足，并在此过程中获得成长。作品与作家的心境有重合之处。

主人公时任谦作为了开始新的生活，迁居尾道，得知自己是父亲出国后祖父与母亲乱伦生下的孩子这一秘密后，谦作痛苦彷徨。好不容易重新面对生活的谦作迎娶了直子，可直子却在自己离家时与其表兄犯下错误。无法摆脱苦恼的谦作只身前往鸟取县的大山，闭门不出。在这里，谦作感到自己融入了大自然，获得了心灵的净化，心境趋于调和，打算原谅一切，却患上重病，卧床不起。直子闻讯赶来，看见谦作"充满爱意的柔和的目光"，下定决心与此人相伴一生，绝不再分开。

节选及译文

　　疲れ切ってはいるが、それが不思議な陶酔感となって彼に感ぜられた。彼は自分の精神も肉体も、今、この大きな自然の中に溶け込んで行くのを感じた。その自然というのは芥子粒程に小さい彼を無限の大きさで包んでいる気体のような眼に感ぜられないものであるが、その中に溶けて行く、――それに還元される感じが言葉に表現出来ない程の快さであった。何の不安もなく、睡い時、睡りに落ちて行く感じにも多少似ていた。一方、彼は実際半分睡ったような状態でもあった。大きな自然に溶け込むこの感じは彼にとって必ずしも初めての経験ではないが、この陶酔感は初めての経験であった。これまでの場合では溶け込むというよりも、それに吸い込まれる感じで、或る快感はあっても、同時にそれに抵抗しようとする意志も自然に起るような性質もあるものだった。しかも抵抗し難い感じから不安をも感ずるのであったが、今のは全くそれとは別だった。彼にはそれに抵抗しようとする気持ちは全くなかった。そしてなるがままに溶け込んで行く快感だけが、何の不安もなく感ぜられるのであった。

　　静かな夜で、夜鳥の声も聴えなかった。そして下には薄い靄がかかり、村々の灯も全く見えず、見えるものといえば星と、その下に何か大きな動物の背のような感じのするこの山の姿が薄く仰がれるだけで、彼は今、自分が一歩、永遠に通ずる路に踏出したというような事を考えていた。彼は少しも死の恐怖を感じなかった。然し、若し死ぬならこのまま死んでも少しも憾むところはないと思った。然し永遠に通ずるとは死ぬ事だという風にも考えていなかった。

彼は膝に肘を突いたまま、どれだけの間か眠ったらしく、不図、眼を開いた時には何時か、四辺は青味勝ちの夜明けになっていた。星はまだ姿を隠さず、数だけが少なくなっていた。空が柔らかい青味を帯びていた。それを彼は慈愛を含んだ色だと云う風に感じた。山裾の靄は晴れ、麓の村々の電燈が、まばらに眺められた。米子の灯も見え、遠く夜見ヶ浜の突先にある境港の灯も見えた。或る時間を置いて、時々強く光るのは美保の関の燈台に違いなかった。湖のような中の海はこの山の陰になっている為未だ暗かったが、外海の方はもう海面に鼠色の光を持っていた。

他疲倦极了。疲倦变成奇妙的陶醉感，向他逼来。谦作觉得自己的精神与肉体逐渐融入大自然中。大自然像气体一样，无法用眼睛看到，以无限大包围着小如芥子的他，他慢慢融入其中。——回到大自然的感觉是一种无法用言语形容的快感，近似平静入睡时的感觉。其实他已进入半睡眠状态。这种融入大自然的感觉，未必是他第一次的经验，可是这种陶醉感却是第一次。以前，与其说是融入，毋宁说是被吸入，即使有某种快感，也常自然而然兴起反抗的念头，而且常因难以反抗而感到焦虑不安。现在的情形却完全不同。他根本无意反抗，只感觉到心甘情愿融入的快感，而且毫无不安。

沉静的夜里，听不见夜鸟鸣声。下面薄雾缭绕。村庄灯火完全看不见。看得见的只有星辰和此山的轮廓。山的形象微微倾斜，仿佛庞大动物的背脊。他想，只要一步就可踏入通往永恒的路。他丝毫没有感觉到死亡的恐惧。如果要死，就这样死去，一点也不遗憾，但他并不认为，通往永恒就是死。

他以肘支膝，仿佛睡了好一会，蓦然张开眼睛，不知何时周围已泛白，白中带绿。星星尚未隐身，只是数量逐渐减少。天空带着柔柔的蓝。他觉得那是满含慈爱的颜色。山腰的雾霭渐散，山麓村庄的灯光远远看来稀稀疏疏。米子的灯看得见。远处，夜见滨尖端的导航灯清晰可见。隔一段时间就发出强光的必是美保关的灯塔。湖一般的中海因为被这座山挡住，还很暗。外海那边，海面已有深灰色的光。

（李永炽 译）

一、文学史知识练习题

1. 请判断以下关于志贺直哉文学的陈述是否恰当，恰当的请在句子后面的括号里打勾（√），不恰当的请在括号里打叉（×）。

（1）白桦派站在理想主义与人道主义的立场，相信人的可能性，祈祷生命力的提升与自我的充实。（　　　）

（2）志贺直哉与父亲关系恶化后，搬到广岛，开始创作长篇小说《时任谦作》。（　　　）

（3）志贺直哉于 1927 年在杂志《白桦》上发表了小说《在城崎》。（　　　）

（4）小说《暗夜行路》可以视为志贺直哉文学的集大成之作。（　　　）

（5）志贺直哉称得上是一位高产作家。（　　　）

2. 请根据提示，选择合适的选项。

（1）以下哪位作家被誉为日本的"小说之神"？（　　　）

　　　A. 夏目漱石　　　　B. 志贺直哉　　　　C. 森鸥外　　　　D. 有岛武郎

（2）以下哪位作家不属于白桦派？（　　　）

　　　A. 武者小路实笃　　B. 有岛武郎　　　　C. 里见弴　　　　D. 川端康成

（3）以下哪一部作品不是志贺直哉的创作？（　　　）

　　　A.《到网走》　　　　　　　　　　B.《大津顺吉》

　　　C.《清兵卫与葫芦》　　　　　　　D.《新生》

（4）以下哪一部作品不是在志贺直哉创作成熟期所创作的？（　　　）

　　　A.《好人物的夫妇》　　　　　　　B.《河边的住宅》

　　　C.《暗夜行路》　　　　　　　　　D.《范的犯罪》

（5）以下哪一部作品不属于志贺直哉与其父亲达成和解后所创作的？（　　　）

　　　A.《和解》　　　　B.《正义派》　　　C.《暗夜行路》　　　D.《篝火》

二、思考题

志贺直哉在日本近代文学史上被誉为"小说之神"，这主要是就志贺文学的哪些特点而言的？请作简要说明。

三、讨论题

《暗夜行路》是志贺直哉唯一一部长篇小说，请简要说明其创作过程、主要情节以及作家在该作中追求的主题。

3.4 / 森鸥外

　　森鸥外是可以与夏目漱石并称的日本近代文学巨匠，应该说森鸥外活跃的时期要长于夏目漱石。在明治初期，森鸥外就积极译介外国文学、文化、思想，在启蒙运动中发挥了重要作用。日本战败以后，随着战后民主主义席卷日本的知识界，对于一生作为民间知识分子活跃的夏目漱石和曾经与政界、军界关系密切的森鸥外，人们的评价逐渐拉开差距，但是这并不影响森鸥外在日本近代文学史上的地位。

　　森鸥外出生于石见国（今岛根县）鹿足郡津和野町，因森家世世代代担任津和野藩藩主家的主治医生，作为长子的森鸥外也注定要继承家业，一生从医。森鸥外从小接受了严格的家庭教育，曾在藩校学习"四书五经"和"左国史汉"等中国典籍，还学习了荷兰语。到东京后，森鸥外又学习了德语，从东京帝国大学毕业后进入陆军担任军医。与夏目漱石一样，森鸥外也曾公费留学，到德国学习卫生学与军阵医学。在德国期间，森鸥外大量阅读文学、哲学、美学与艺术书籍，吸收欧洲文化。回国后，森鸥外成为启蒙运动的知名评论家，并以雅文体发表小说《舞姬》，书中表达了自我意识觉醒的青年受挫的历程。

　　此后，森鸥外作为军医参加了中日甲午战争和日俄战争，并一度左迁至九州的小仓。回到东京后，出于对当时流行的自然主义文学的对抗意识，以及受到夏目漱石文学创作的刺激，他创作了《青年》《雁》等小说。森鸥外还在自己的书房"观潮楼"举办文学沙龙，成为文坛的指导者。

　　大正元年（1912 年），明治天皇驾崩后，乃木大将夫妇双双殉死，这件事对森鸥外影响很大。此后，森鸥外开始转向历史小说的创作，发表了《兴津弥五右卫门的遗书》《阿部一族》《高濑舟》等代表作，不久后开始以彻底的"尊重史实"的态度，投入以《涩

江抽斋》为代表的史传的世界。

自陆军军医的最高职位医务局长退休后，森鸥外担任了帝室博物馆馆长兼图书馆馆长、帝国美术院院长、临时国语调查会会长等要职。但是森鸥外之墓按照本人遗嘱，仅署名"森林太郎之墓"。

森鸥外的成就并不限于文学创作方面，他是一名优秀的陆军军医，又活跃在媒体上，进行启蒙、批评、报道；与此同时他还是一名翻译家，翻译过德国美学著作和大量的欧洲文学作品。他也是一名历史研究者，晚年倾注很大精力于历史考证。在日本近代文学史上，能够在如此多的领域取得成就的作家应该说寥寥无几。

森鸥外的文学创作可以说是他对自己终身所处俗世的一种自我救赎。初期以《舞姬》为代表的作品以及以《即兴诗人》为代表的译作呈现出浪漫主义倾向，进入大正时期以后，他采取一种超脱的姿态，在文学创作中与俗世中的权威相对峙，并最终在历史研究中找到能够充分发挥自己资质的领域。特别是森鸥外创作的史传开创了一种前无古人、后无来者的文学体裁。

森鸥外简略年谱

1862 年，1 月 19 日出生于石见国鹿足郡津和野横堀（今岛根县津和野町），本名林太郎。父亲森静男为津和野藩藩医。

1869 年，进入藩校养老馆学习汉学。

1872 年，6 月随父亲前往东京。10 月，寄宿在亲戚西周府邸，在本乡的进文学舍（私塾）学习德语。

1873 年，卖掉津和野町的房子后，祖母与母亲也一同来到东京。

1874 年，1 月升入东京医学校（后来的东京大学医学部）。

1881 年，7 月大学毕业，迁居至父亲经营的橘井堂医院所在的南足立郡千住町。12 月成为陆军军医。

1884 年，6 月被派往德国留学，研究陆军卫生制度及卫生学。

1888 年，9 月回国，担任陆军军医学舍教官。

1889 年，1 月担任《东京医事新志》主笔。3 月，创刊杂志《卫生新志》。与海军中将赤松则良的长女赤松登志子结婚（次年离婚）。8 月发表诗集《面影》。10 月创刊杂志《栅草纸》。12 月创刊杂志《医事新论》。

1890 年，1 月发表小说《舞姬》。8 月发表小说《泡沫记》。

1891 年，8 月被授予医学博士学位。9 月与坪内逍遥展开"没理想论争"。

1892 年，7 月刊行《水沫集》。11 月发表《即兴诗人》（—1901 年）。

1893 年，11 月担任陆军军医学校校长。

1894 年，11 月到达大连，作为军医，参加中日甲午战争。

1895 年，5 月回到日本。8 月，赴中国台湾担任台湾总都督府陆军局军医部长。9 月回到日本。

1896 年，1 月创刊杂志《目不醉草》。4 月，父亲森静男去世。

1898 年，10 月担任近卫师团军医部长兼军医学校校长。

1899 年，6 月调任小仓，担任第 12 师团军医部长。

1902 年，1 月与大审院检察官荒木博臣的长女荒木阿志结婚。3 月，调回东京，担任第 1 师团军医部长。10 月，创刊杂志《万年草》。

1904 年，4 月作为第 2 军军医部长参加日俄战争。

1906 年，1 月回到日本。6 月开始与贺古鹤所等举办和歌沙龙"常磐会"（后来，元老山县有朋也加入）。

1907 年，3 月在家中举办"观潮楼歌会"。11 月担任陆军军医总监兼陆军省医务局长。

1908 年，5 月担任文部省临时假名书写调查委员会委员。

1909 年，3 月发表口语体小说《半日》。7 月，被授予文学博士学位，发表小说《情欲生活》，刊载该小说的《昴星》杂志被禁止发售。

1910 年，2 月就任庆应义塾大学文学科顾问。3 月发表小说《青年》（—1911 年 8 月）。

1911 年，3 月发表《妄想》（—4 月）。9 月，发表小说《雁》（—1913 年 5 月）。

1912 年，发表《仿佛》。10 月，发表第一篇历史小说《兴津弥五右卫门的遗书》。

1913 年，1 月发表小说《阿部一族》。

1914 年，1 月发表小说《大盐平八郎》。

1915 年，1 月发表小说《山椒大夫》，7 月发表《鱼玄机》。

1916 年，1 月先后发表《高濑舟》《寒山拾得》《涩江抽斋》（—5 月）。3 月母亲峰子去世。6 月发表史传《伊泽兰轩》（—1917 年）。

1917 年，10 月发表《北条霞亭》（—1920 年）。12 月，就任帝室博物馆总长。

1919 年，9 月担任帝国美术院首任院长。

1921 年，6 月担任临时国语调查会会长。

1922 年，7 月 9 日病逝，葬于向岛弘福寺，后墓地迁至三鹰市禅林寺。

《雁》作品介绍

长篇小说。1911—1913 年连载于《昴星》杂志上。1915 年由籾山书店出版。

故事发生在东京上野附近。明治十三年（1880 年），东京帝国大学在读的"我"与冈田同住在上条公寓，因为傍晚散步、逛旧书店而熟识。某日冈田在无缘坂，遇见一位美丽女子浴后归家，两人打了一个照面。此后每经过这户人家，女子都坐在窗口含笑注视着他。冈田下意识地脱帽行礼，女子寂寞的微笑变成了灿烂的笑容。两人互生情愫，却默默无言。

"我"也是事后听说，女子名叫小玉，是高利贷者的小妾。她出身贫苦，与卖糖人儿的老父相依为命，曾经被流氓警察骗婚。为了拯救父亲，她接受了暴发户末造的包养，悄无声息地守在小房子里，每天等待侍奉末造。人言可畏，她渐渐意识到自己的屈辱地位，开始憧憬真正的人的生活。有一次，小玉饲养的红雀受到青蛇攻击，冈田斩蛇相救，于是小玉对冈田愈发痴情。就在小玉决心表白的傍晚，不巧"我"约了冈田散步，经过无缘坂的时候，小玉久久站在门前，冈田却加快了脚步。"我"希望自己处在冈田的位置，同小玉说话，像对待妹妹一样爱护帮助她。后来，冈田在不忍池边无意间打死一只大雁。他获得了留学德国的机会，即将启程。小玉和冈田从此擦肩而过，而"我"把自己的见闻拼合成这个故事。

偶然被飞石击中的大雁，象征着薄命的小玉。《雁》在森鸥外创作中最具长篇的结构性。小说生动地再现了近代初期大学生之间的交往、东京的市井生活、风物人情，对下层女性深表关切和同情。

　　岡田に蛇を殺して貰った日の事である。お玉はこれまで目で会釈をした事しか無い岡田と親しく話をした為めに、自分の心持が、我ながら驚く程急劇に変化して来たのを感じた。女には欲しいとは思いつつも買おうとまでは思わぬ品物がある。そう云う時計だとか指環だとかが、硝子窓の裏に飾ってある店を、女はそこを通る度に覗いて行く。わざわざその店の前に往こうとまではしない。何か外の用事でそこの前を通り過ぎることになると、きっと覗いて見るのである。欲しいと云う望みと、それを買うことは所詮企て及ばぬと云う諦めとが一つになって、或る痛切で無い、微かな、甘い哀傷的情緒が生じている。女はそれを味うことを楽みにしている。それとは違って、女が買おうと思う品物はその女に強烈な苦痛を感ぜさせる。女は落ち着いていられぬ程その品物に悩まされる。縦い幾日か待てば容易く手に入ると知っても、それを待つ余裕が無い。女は暑さをも寒さをも夜闇をも雨雪をも厭わずに、衝動的に思い立って、それを買いに往くことがある。万引なんと云うことをする女も、別に変った木で刻まれたものでは無い。只この欲しい物と買いたい物との境界がぼやけてしまった女たるに過ぎない。岡田はお玉のためには、これまで只欲しい物であったが、今や忽ち変じて買いたい物になったのである。

　　お玉は小鳥を助けて貰ったのを縁に、どうにかして岡田に近寄りたいと思った。最初に考えたのは、何か品物を梅に持たせて礼に遣ろうかと云う事である。さて品物は何にしようか、藤村の田舎饅頭でも買って遣ろうか。それでは余り智慧が無さ過ぎる。世間並の事、誰でもしそうな事になってしまう。そんならと云って、小切れで肘衝でも縫って上げたら、岡田さんにはおぼこ娘の恋のようで可笑しいと思われよう。どうも好い思附きが無い。さて品物は何か工夫が附いたとして、それをつい梅に持たせて遣ったものだろうか。名刺はこないだ仲町で拵えさせたのがあるが、それを添えただけでは、物足らない。ちょっと一筆書いて遣りたい。さあ困った。学校は尋常科が済むと下がってしまって、それからは手習をする暇も無かったので、自分には満足な手紙は書けない。無論あの御殿奉公をしたと云うお隣のお師匠さんに頼めばわけは無い。しかしそれは厭だ。手紙には何も人に言われぬような事を書く積りではないが、とにかく岡田さんに手紙を遣ると云うことを、誰にも知らせたくない。まあ、どうしたものだろう。

　　这是冈田打蛇当天发生的事。阿玉同以前只用眼睛打招呼的冈田，亲切地谈上了

几句话，她的心情不知怎的竟起了急剧的变化，连她自己也感到吃惊。对一个女人来说，有些东西她虽然想要，但还不到想买的地步，比如手表啦戒指之类。每次打商店的橱窗经过，她总要瞅上一眼，但还不曾特地进过哪家商店。只不过是办别的事，路过时顺便去瞧瞧罢了。想要的欲望，同要买的计划，终究不能实现，她感到失望，产生了某种浮烦的、隐隐的淡淡哀伤。她以咀嚼这种情绪为乐事。与此相反，有时一个女人想要买到手的东西想得急切，也会感到极其痛苦，沉不住气，并为那件东西所苦恼。即使她明知再过几天就会轻易到手，她仍然是迫不及待。她会不顾寒暑、黑夜，还是雨雪天，一冲动起来，就要立即去买到手。干高买这行的女人，也并非用特殊材料做成的。她只不过把想要的东西和想买的东西之间的界限弄模糊罢了。在阿玉看来，冈田以前只是属于她想要的东西，如今一转眼，变成了想买到手的东西了。

自从冈田救了小鸟以后，阿玉总想借这个缘分，设法接近冈田。起先她打算让阿梅带点什么礼品去酬谢一番。可是买什么好呢？买藤村的豆馅包送给他吧，这未免有点不明智。这太一般了，谁都会这样做。倒不如用碎布缝个肘垫送去更好。可是，这样做会让冈田觉得可笑，简直像天真少女之恋嘛。她怎么也想不出一个好法子来。再说想出送点什么了，最后又怎样叫阿梅送去呢？前些日子，倒请人在仲街印了名片，不过只添上一张名片，还嫌美中不足。真想挥上短短几笔。唉，真叫人为难啊！自己只念完普通小学，就停学了，后来甚至练字的工夫也没有，所以自己连一封像样的信也写不出来。据说邻居那位师傅曾在大府邸做过事，请他帮个忙也未尝不可。然而，自己又不愿意。虽然信中不打算写些什么不可告人的事，但好歹不想让别人知道自己曾给冈田写过信。唉，这是怎么回事呢？

（叶渭渠 译）

练 习

一、文学史知识练习题

1. 请判断以下关于森鸥外文学的陈述是否恰当，恰当的请在句子后面的括号里打勾

（√），不恰当的请在括号里打叉（×）。

（1）森鸥外是与夏目漱石并称的一位日本近代文学巨匠。（　　　）

（2）森鸥外自德国回国后，发表小说《舞姬》，表达了自我意识觉醒的青年受挫折的历程。（　　　）

（3）大正元年（1912年）明治天皇驾崩，乃木大将夫妇双双剖腹殉死这件事对森鸥外的文学创作产生了很大影响。（　　　）

（4）森鸥外出于对自然主义文学的对抗意识以及受到夏目漱石文学创作的刺激，创作了小说《舞姬》。（　　　）

（5）森鸥外创作的史传开创了一种前无古人后无来者的文学体裁。（　　　）

2.请根据提示，选择合适的选项。

（1）以下哪一部森鸥外的作品是以"雅文体"写成的？（　　　）

    A.《青年》　　　　B.《舞姬》　　　　C.《雁》　　　　　　D.《涩江抽斋》

（2）以下哪一部森鸥外的小说不属于历史小说？（　　　）

    A.《阿部一族》　　　　　　　　B.《兴津弥五右卫门的遗书》

    C.《舞姬》　　　　　　　　　　D.《高濑舟》

（3）以下哪一部作品不属于森鸥外的初期三部曲？（　　　）

    A.《舞姬》　　　　B.《泡沫记》　　　　C.《信使》　　　　　D.《雁》

（4）下列不属于森鸥外身份的是（　　　）。

    A. 翻译家　　　　　　　　　　B. 历史研究者

    C. 陆军军医医务局长　　　　　D. 画家

（5）下列哪一部作品是森鸥外依据史实创作的？（　　　）

    A.《舞姬》　　　B.《涩江抽斋》　　　C.《高濑舟》　　　　D.《阿部一族》

二、思考题

森鸥外在日本近代文学史上占据怎样的地位？属于哪一文学流派？

三、讨论题

结合森鸥外代表作《舞姬》的阅读，谈谈森鸥外文学创作的特色。

3.5 / 夏目漱石

夏目漱石可以说是日本近代文学史上最著名的作家。2000年下半年，日本四大知名报社之一的朝日新闻社协同日本文学团体共同举办了日本"千年(1000—2000)文学者"民意评选，从20569张由作家和文学爱好者填写的选票中，筛选出日本千年文学家50人。其中，夏目漱石得票3516张，高居榜首。

日本人一般将夏目漱石称为"国民作家"，因为他家喻户晓，人人皆知。中小学国语课程都选用他的作品作为教材，可以说几乎所有的日本人都读过他的作品。文学史家公认他为日本近代文学史上最杰出的代表作家，将他和森鸥外并列为日本近代文学的两位巨匠。日本发行的千元钞票的票面上采用了他的头像作为标志，他也是日本第一个登上钞票票面的作家。那么，为什么夏目漱石在日本近代文学史上拥有如此崇高的地位呢？

首先，夏目漱石称得上是日本明治知识分子的代表。他毕业于东京帝国大学，曾作为日本政府第一批公派留学生前往英国留学，归国后担任东京第一高等学校及东京帝国大学的讲师，堪称明治社会的精英。夏目漱石后来曾在《满韩漫游》一书中提及他的很多同学，其中既有"南满洲铁道株式会社"的副总裁，更有帝国大学的教授，无一不是支撑明治国家的栋梁，但在该书中都被漱石以幽默戏谑的口吻加以讽刺。1911年2月间，日本文部省决定授予五六位知名人士博士称号，其中就有夏目漱石，但是漱石最终没有接受，由这件事可以看出漱石尊重个人意志，不肯屈从权势的态度。

1914年11月，应学习院之邀，漱石作了题为《我的个人主义》的演讲。面对着出身高贵、家境优越的学习院的学生，漱石主张既要尊重自己，也要尊重他人的存在；使用手中的权力，要懂得伴随而来的义务；显示自己的财力，必须履行随之而来的责任。

其实早在 1911 年 8 月漱石所作的著名演讲《现代日本的开化》中就已体现出他敏锐的时代认识：指出明治维新以来日本文化是在大量吸收西方文化的背景下发展起来的，日本文化的进步不是"内发的"，而是"外发的"。

1904 年 11 月，漱石应高滨虚子之约，动笔写作《我是猫》，原本只是打算创作一篇"写生文"而已，因受到好评，又写了续篇，最终成为漱石的第一部长篇小说。此后漱石的部部作品都好评如潮，十分畅销。1907 年 4 月，为了专心文学创作，夏目漱石辞去教职，受聘进入朝日新闻社，成为专属作家。离开大学，加入报社，成为职业作家，这在当时的社会上引起一场轰动。入社之后，漱石发表的第一部作品是长篇小说《虞美人草》，报上刚刚刊登预告，就已经满城皆知，发表后更是受到好评。

1915 年 6 月至 9 月，漱石在《朝日新闻》上连载了自传体小说《路边草》，1916年 5 月开始准备写作长篇小说《明暗》，12 月 9 日，因胃溃疡恶化去世，享年 49 岁。由此《明暗》成为一部未完的作品，既是漱石文学创作的终点，同时又是作家在文学创作上到达另一巅峰之作。写作《明暗》期间，夏目漱石共创作有 75 首汉诗，11 月 12日他在最后一首汉诗中写道：

无题

真踪寂寞杳难寻，欲抱虚怀步古今。

碧山碧水何有我，盖天盖地是无心。

依稀暮色月离草，错落秋声风在林。

眼耳双忘身已失，空中独唱白云吟。

"则天去私"是漱石追求的理想境界，从临终前一个月创作的这首汉诗中可以看出，漱石感觉自己已经达到了无私无我、大彻大悟的境界了。

我们可以以"饱含文明批评，不断对近代日本提出质疑的大知识分子的文学"来总结夏目漱石的文学。漱石曾在自己的文艺理论著作《文学论》的序言中，自叙研究英国文学的经历和困惑。他从小受汉文学的熏陶，曾以为英国文学与汉文学相同，但学习之后才发现两者差异很大。前者是现代概念的语言艺术，后者则是传统的经世学问。为了解决东西方文学概念的冲突，夏目漱石决定摆脱当时一般的"文学"定义，从心理学和社会学的角度重新探究"文学"的本质。夏目漱石认为尽管日本文学会受西方文学的影响，但前进的方向并不必然与西方文学相同，西方的审美标准不能成为评判日本文学价值的基准。因此，需要摆脱进化论史观，寻找一种能够涵盖东西方文学的研究框架。应该说，漱石一生的文学创作正是对此的实践，并取得了巨大成功。

1867 年，2 月 9 日庚申之日（旧历正月初五），出生于江户牛込马场下横町（今东京都新宿区喜久井町）。按照迷信的说法，庚申之日出生的小孩将来会成为江洋大盗，必须在名字里加入"金"字才行，因而被起名为金之助。

1868 年，被送给曾是父亲书童的盐原昌之助做养子。

1874 年，进入第一大学区第五中学区第八公立小学，即位于浅草寿町的户田学校读书。

1875 年，12 月，因养父母离婚，重新回到夏目家。

1876 年，5 月，转学到第一大学区第三中学区第四公立小学，即位于市谷柳町的市谷学校。在小学就读期间，1878 年 2 月 17 日，金之助的《正成论》一文刊登在学生们自办的传阅杂志上，这是作家夏目漱石最早发表的文章。

1878 年，4 月，又转入第一大学区第四中学区第二公立小学——锦华学校。

1879 年，3 月，免试进入东京府立第一中学，这是当时东京唯一的一所中学。

1881 年，1 月，母亲去世。从东京府立第一中学退学，进入二松学舍学习汉文，此后一生喜爱汉诗文。

1883 年 7 月，离开二松学舍，转入成立学舍，在外过起自己做饭的寄宿生活，同时努力学习英语。

1884 年 9 月，17 岁时升入东京帝国大学预备校，在这里与日本近代俳句的创始人正冈子规相识，两人成为终生挚友。

1889 年，以汉文撰写关于子规《七艸集》的评论文章，首次使用"漱石"这一笔名。

1890 年，23 岁时，因英语成绩优秀，考取东京帝国大学文学院英文科。

1892 年，4 月，为了躲避征兵，漱石提出分家申请，形式上将户籍更改为北海道后志国岩内郡吹上町。当时规定，户主户籍在北海道的可以免除兵役，因此从这时起直到 1913 年为止，漱石的户籍一直都在北海道。

1893 年，7 月，26 岁从大学毕业后，随即继续攻读研究生，同时担任东京专门学校、东京高等师范学校的英语教师。这一时期，漱石曾去镰仓圆觉寺的分寺——归源院参禅十余天。

1895 年，4 月，28 岁时，辞去东京高等师范等学校的教职，前往四国爱媛县的松山中学任教。松山是正冈子规的故乡，而且松山中学给予漱石每月 80 日元的高薪（与

前任美国教师相同，比校长还高 20 日元）。同年 8 月，子规回松山养病（肺结核），也不回自己家，而是与漱石住在一起，极大地激发了漱石进行俳句创作的热情。

1896 年，29 岁时，转到熊本的第五高等学校（月薪 100 日元），与贵族议院书记长中根重一的长女镜子（当时 19 岁）结婚。

1897 年，6 月，父亲去世。

1900 年，5 月，漱石入选日本政府第一批高中教师出国留学公派项目，前往英国留学，学习英语教学法与英国文学。留英期间漱石学习刻苦，同时对学习英国文学的意义产生怀疑，加之由日本与西方之间巨大的落差带来沉重的心理打击，孤独感越发强烈，以致陷入极度的神经衰弱。

1903 年，1 月回到日本。担任东京第一高等学校的讲师，同时以在英国留学期间撰写的《文学论》初稿在东京帝国大学讲授文学理论课程。该书于 1907 年正式出版。

1904 年，11 月，应高滨虚子之约，动笔写作《我是猫》，自 1905 年 1 月开始在杂志《子规》上连载。原本漱石只是打算创作一篇"写生文"而已，因受到好评，又写了续篇，最终成为漱石的第一部长篇小说。

1905 年，在《帝国文学》1 月刊上发表《伦敦塔》，在《学灯》1 月刊上发表《克莱伊尔博物馆》，在《子规》4 月刊上发表《幻影之盾》，在《七人》5 月刊上发表《琴之空音》，在《中央公论》9 月刊上发表《一夜》、11 月刊上发表《薤露行》。

1906 年，在《帝国文学》1 月刊上发表《趣味的遗传》，连同 1905 年的六篇作品结集成为《漾虚集》（漱石的书房名之"漾虚碧堂"，语出杜甫诗句"春水漾虚碧"）。4 月发表中篇小说《哥儿》，9 月发表《草枕》。自 11 月起，每星期四下午三点以后，有志于文学创作的青年及漱石的弟子聚集在漱石家中向漱石求教，这就是日本近代文学史上著名的"星期四聚会"。内田白闲、野上弥生子等小说家，安倍能成、和辻哲郎等学者，包括当时还是学生,后来成为著名小说家的芥川龙之介、久米正雄等都曾参加"星期四聚会"。

1907 年，3 月，为了专心文学创作，辞去教职，受聘进入朝日新闻社，成为专属作家。入社之后，漱石发表的第一部作品是长篇小说《虞美人草》。

1908 年，在《朝日新闻》上连载小说《坑夫》《梦十夜》《三四郎》和《文鸟》。这个时期漱石最重要的创作成果是在《朝日新闻》上陆续连载的以中青年知识分子的恋爱问题为主题的小说《三四郎》《其后》《门》，后被称为漱石文学的"前期三部曲"。

1909 年，连载《永日小品》和《其后》。之后，应老同学中村是公（时任"南满

洲铁道株式会社"副总裁）的邀请，前往中国东北和朝鲜，9 月 2 日启程，10 月 17 日回到东京，旅程共计 46 天。回国之后，漱石开始创作《满韩漫游》，自 10 月 21 日至 12 月 30 日分别在《东京朝日新闻》和《大阪朝日新闻》上连载。

1910 年，43 岁完成小说《门》的创作之后，胃溃疡发作，听从医生劝告，8 月前往修善寺温泉疗养，不料在疗养地突发胃出血，一度陷入危笃状态。

1911 年，2 月间，日本文部省授予博士称号，漱石给文部省写信，表示希望谢绝博士称号。

1912 年，连载《春分之后》《行人》。

1914 年，连载小说《心》。写就《心》之后，又因胃溃疡发作，卧床月余。11 月，应学习院之邀，作了题为《我的个人主义》的演讲。

1915 年，6 月至 9 月，在《朝日新闻》上连载自传体小说《路边草》。

1916 年，5 月开始准备长篇小说《明暗》，这部作品一直写到 11 月 21 日，翌日漱石就卧床不起，12 月 9 日，因胃溃疡恶化去世，享年 49 岁。

《草枕》作品介绍

夏目漱石发表成名作《我是猫》之时，正处于自然主义文学作家雄踞日本文坛之际。漱石并没有随波逐流加入这个行列，简单地罗列世态，而是追求人生的理想，带着闲情"余裕"观照人生，在当时被称为"余裕派"，而这一时期的创作风格被称为"低回趣味"。幽默讽刺的《我是猫》、描写"非人情"境界的《草枕》属于这一时期的代表作。

中篇小说《草枕》发表于 1906 年，体现了夏目漱石浪漫主义的极致。该作阐述了作者"非人情"的美学，即以面对"自然"的"无私"的目光观看人间世态。作者创作的意图只是为了在读者的头脑中留下一种美感，因此并不重视情节。开篇的"一边在山路攀登，一边这样思忖。发挥才智，则锋芒毕露；凭借感情，则流于世俗；坚持己见，则多方掣肘。总之，人世难居。"成为经典名句。

小说描写从东京来到九州温泉乡探访的画家，希望躲避利害与人情，远离日益西化的都市，寻找犹如汉诗所描写一般的世界。因此，画家将在旅途中遇见的马夫、茶店

老板娘都看作是"画中的人物""自然的点景"。画家的目的地是位于"那古井"的"志保田"家，他在那里邂逅了一位名叫那美的美丽女子，她离婚后回来住在娘家。在美丽的春色中，小说围绕着那美这个女人发生的各种事件而展开，充满艺术的唯美之感，流露出一种带有厌世情绪的人生观与文明观。因此，这部小说也可以视作一部思想小说。

节选及译文

　山路を登りながら、こう考えた。

　智に働けば角が立つ。情に棹させば流される。意地を通せば窮屈だ。とかくに人の世は住みにくい。

　住みにくさが高じると、安い所へ引き越したくなる。どこへ越しても住みにくいと悟った時、詩が生れて、画が出来る。

　人の世を作ったものは神でもなければ鬼でもない。やはり向う三軒両隣りにちらちらするただの人である。ただの人が作った人の世が住みにくいからとて、越す国はあるまい。あれば人でなしの国へ行くばかりだ。人でなしの国は人の世よりもなお住みにくかろう。

　越す事のならぬ世が住みにくければ、住みにくい所をどれほどか、寛容て、束の間の命を、束の間でも住みよくせねばならぬ。ここに詩人という天職が出来て、ここに画家という使命が降る。あらゆる芸術の士は人の世を長閑にし、人の心を豊かにするが故に尊とい。

　住みにくき世から、住みにくき煩いを引き抜いて、ありがたい世界をまのあたりに写すのが詩である、画である。あるは音楽と彫刻である。こまかに云えば写さないでもよい。ただまのあたりに見れば、そこに詩も生き、歌も湧く。着想を紙に落さぬとも璆鏘の音は胸裏に起る。丹青は画架に向って塗抹せんでも五彩の絢爛は自から心眼に映る。ただおのが住む世を、かく観じ得て、霊台方寸のカメラに澆季溷濁の俗界を清くうららかに収め得れば足る。この故に無声の詩人には一句なく、無色の画家には尺縑なきも、かく人世を観じ得るの点において、かく煩悩を解脱するの点において、

かく清浄界に出入し得るの点において、またこの不同不二の乾坤を建立し得るの点において、我利私慾の羈絆を掃蕩するの点において、――千金の子よりも、万乗の君よりも、あらゆる俗界の寵児よりも幸福である。

世に住むこと二十年にして、住むに甲斐ある世と知った。二十五年にして明暗は表裏のごとく、日のあたる所にはきっと影がさすと悟った。三十の今日はこう思うている。――喜びの深きとき憂いよいよ深く、楽みの大いなるほど苦しみも大きい。これを切り放そうとすると身が持てぬ。片づけようとすれば世が立たぬ。金は大事だ、大事なものが殖えれば寝る間も心配だろう。恋はうれしい、嬉しい恋が積もれば、恋をせぬ昔がかえって恋しかろ。閣僚の肩は数百万人の足を支えている。背中には重い天下がおぶさっている。うまい物も食わねば惜しい。少し食えば飽き足らぬ。存分食えばあとが不愉快だ。……

一边在山路攀登，一边这样思忖。

发挥才智，则锋芒毕露；凭借感情，则流于世俗；坚持己见，则多方掣肘。总之，人世难居。

愈是难居，愈想迁移到安然的地方。当觉悟到无论走到何处都是同样难居时，便产生诗，便产生画。

创造人世的，既不是神，也不是鬼，而是左邻右舍的芸芸众生。这些凡人创造的人世尚且难居，还有什么可以搬迁的去处？要有也只能是非人之国，而非人之国比起人世来恐怕更难久居吧。

人世难居而又不可迁离，那就只好于此难居之处尽量求得宽舒，以便使短暂的生命在短暂的时光里过得顺畅些。于是，诗人的天职产生了，画家的使命降临了。一切艺术之士之所以尊贵，正因为他们能使人世变得娴静，能使人心变得丰富。

从难居的人世剔除难居的烦恼，将可爱的大千世界如实抒写下来，就是诗，就是画，或者是音乐，是雕刻。详细地说，不写也可以。只要亲眼所见，就能产生诗，就会涌出歌。想象即使不落于纸墨，胸膛里自会响起璆锵之音；丹青纵然不向画架涂抹，心目中自然映出绚烂之五彩。我观我所居之世，将其所得纳于灵台方寸的镜头中，将浇季溷浊之俗界映照得清淳一些，也就满足了。故无声之诗人可以无一句之诗，无色之画家可以无尺幅之画，亦能如此观察人世，如此解脱烦恼，如此出入于清净之界，亦能如此建立独一无二之乾坤，扫荡一切私利私欲之羁绊。——正是在这些方面，他们要比千金之子、

万乘之君，比所有的俗界的宠儿都要幸福。

居于此世凡二十年，乃知此世自有可居之处，过了二十五年，方觉悟到明暗一如表里，立于太阳之下，便肯定出现影子。至于三十年后的今天，我这样想——欢乐愈多则忧愁愈深，幸福愈大则痛苦愈剧。舍此则无法存身，舍此世界则不能成立。金钱是宝贵的，宝贵的金钱积攒多了，睡也睡不安稳。爱情是欢乐的，欢乐的爱情积聚起来，反而使人觉得没有爱情的往昔更可怀念。阁僚的肩膀支撑着几百万人的足跟，背负着整个天下的重任。吃不到美味的食物会觉得遗憾，吃得少了不感到餍足，吃得多了其后也不会愉快……

（陈德文 译）

一、文学史知识练习题

1. 请判断以下关于夏目漱石文学的陈述是否恰当，恰当的请在句子后面的括号里打勾（√），不恰当的请在括号里打叉（×）。

（1）日本人一般将夏目漱石称为"国民作家"。（　　　）

（2）夏目漱石与森鸥外并称为日本近代文学的巨匠。（　　　）

（3）1911年8月，夏目漱石在著名的演讲《现代日本的开化》中体现出敏锐的时代认识。（　　　）

（4）夏目漱石可以说是当时洞悉日本社会现状、具有清醒社会认识的知识分子的代表。（　　　）

（5）夏目漱石追求的理想境界是"则天去私"。（　　　）

2. 请根据提示，选择合适的选项。

（1）日本千元钞票的票面上采用了以下哪一位作家的头像？（　　　）

A. 森鸥外　　　　　　B. 夏目漱石　　　　　C. 岛崎藤村　　　　D. 志贺直哉

（2）以下哪一部作品是夏目漱石发表的第一部长篇小说？（　　　）

A.《我是猫》　　　　B.《虞美人草》　　　C.《明暗》　　　　D.《路边草》

（3）以下哪一部作品是夏目漱石于 1915 年 6 月至 9 月在《朝日新闻》上连载的自传体
小说？（　　　）

A.《无题》　　　　　B.《路边草》　　　　C.《明暗》　　　　D.《虞美人草》

（4）以下哪一项是夏目漱石的文艺理论著作？（　　　）

A.《我的个人主义》　B.《路边草》　　　　C.《文学论》　　　D.《明暗》

（5）以下哪一部小说是夏目漱石最后创作的未完之作？（　　　）

A.《虞美人草》　　　B.《路边草》　　　　C.《明暗》　　　　D.《心》

二、思考题

夏目漱石的笔名来自中国哪个典故？"则天去私"是漱石文学追求的目标，请由此入手，简要说明漱石文学受到中国传统文学观与西方文学的影响。

三、讨论题

夏目漱石因何被誉为"国民作家"？请思考漱石文学在日本文坛经久不衰、被奉为日本近代文学经典的原因。

第四讲

4 大正时期的文学（二）

4.1 《新思潮》杂志

　　从明治末年直至今日，《新思潮》杂志历经十几次变化，培养了众多作家。第一次《新思潮》杂志创刊于 1907 年，主编为小山内薰，由潮文阁发行，致力于介绍西方近代戏剧及文艺动向，第二年停刊。第二次《新思潮》杂志于 1910 年创刊，此后至第十七次《新思潮》杂志为止，中间屡屡停刊，后又复刊，每次仍使用《新思潮》杂志名称，但为了区分，在前面冠以"第×次"以示区别，同人多为东京大学文科的学生。第二次《新思潮》杂志由新思潮社发行，同人有和辻哲郎、谷崎润一郎等人，1911 年停刊。其中，谷崎润一郎凭借《麒麟》《刺青》等作品受到关注。第三次《新思潮》杂志于 1914 年发行，同人有山本有三、丰岛与志雄、久米正雄、芥川龙之介、菊池宽、成濑正一、松冈让等人，同年 9 月停刊。久米正雄凭借《牛奶屋的兄弟》，丰岛与志雄凭借《湖水和他们》登上文坛。第四次《新思潮》杂志于 1916 年创刊，由东京堂刊行，同人有久米正雄、芥川龙之介、菊池宽、成濑正一、松冈让等五人，芥川龙之介发表小说《鼻子》，获得夏目漱石盛赞，登上文坛。1917 年发行特别号"漱石先生追慕号"后停刊。

　　以第三次与第四次《新思潮》杂志同人为中心形成了"新思潮派"，他们注重理智，讲究技巧，主题处理明快，又被称为"新理智派""新技巧派"，成为大正中后期白桦派势力减弱之后新兴的文学流派。久米正雄的戏曲《阿武隈殉情》、菊池宽的戏曲《父归》、松冈让的小说《青白端溪》等名作都是刊登在该杂志上的代表作。

　　新思潮派反对自然主义的创作方法，也反对白桦派的理想主义，坚持自由主义的立场，发挥个性特色，主张抓住现实的片段来解释生活的真实，从生活表面的伟大和美中去发现平凡与丑恶。作品多以普通人的生活为描写对象，或选择一些历史人物，重新

分析他们的心理和感情。20 世纪 20 年代后期，随着无产阶级文学运动的兴起，此派作家逐渐分化。芥川龙之介在"茫然的不安"中自杀身亡，而菊池宽、久米正雄则转向通俗小说创作。

　　第五次《新思潮》杂志于 1918 年创刊，仍由新思潮社刊行，同人有村松正俊、中户川吉二等 7 人，1919 年停刊。第六次《新思潮》杂志于 1921 年创刊，同人有川端康成、今东光、酒井真人等，此后横光利一也开始给杂志投稿。以此次同人川端康成、今东光、酒井真人等为主形成了"新感觉派"。此文学流派深受构成派、达达派影响，多采用现代派的表现手法，站在小市民的立场上表现日本近代社会的崩溃，成为昭和初期最具代表性的文学流派。

　　日本战败后，《新思潮》杂志仍继续出版，中岛健藏、伊藤整等曾为第十四次杂志撰稿，三浦朱门、曾野绫子、有吉佐和子等则参与了第十五次《新思潮》杂志。

一、文学史知识练习题

1. 请判断以下关于大正文学的陈述是否恰当，恰当的请在句子后面的括号里打勾（√），不恰当的请在括号里打叉（×）。

（1）以第二次和第三次《新思潮》杂志同人为中心形成了新思潮派。该派注重理智、讲究技巧、主题处理明快，又被称为"新理智派"和"新技巧派"，成为大正中后期白桦派衰弱后新兴的文学流派。（　　）

（2）第四次《新思潮》杂志于 1916 年创刊，由东京堂刊行，同人有久米正雄、芥川龙之介、菊池宽、成濑正一、松冈让等五人。（　　）

（3）新思潮派既赞成自然主义的创作方法，又赞成白桦派的理想主义。（　　）

（4）第六次《新思潮》杂志于 1918 年创刊，同人有川端康成、今东光等。（　　）

（5）新感觉派深受构成派、达达派的影响，多采用现代派的表现手法，站在小市民的立场上表现日本近代社会的崩溃，成为昭和初期最具代表性的文学流派。（　　）

2.请根据提示，选择合适的选项。

（1）以下哪一位作家不属于第四次《新思潮》杂志同人？（　　　）

    A. 久米正雄   B. 芥川龙之介   C. 川端康成   D. 菊池宽

（2）以下哪一项作者和作品的对应是错误的？（　　　）

    A. 久米正雄—《牛奶屋的兄弟》   B. 丰岛与志雄—《阿武隈殉情》

    C. 菊池宽—《父归》   D. 松冈让—《青白端溪》

（3）芥川龙之介因以下哪一部作品，获得夏目漱石盛赞，登上文坛？（　　　）

    A.《芋粥》   B.《罗生门》   C.《鼻子》   D.《竹林中》

（4）以下哪一位作家不属于新感觉派？（　　　）

    A. 川端康成   B. 今东光   C. 横光利一   D. 菊池宽

二、思考题

    《新思潮》杂志是日本近现代文学史上最著名的杂志之一，请简要说明该杂志每次的代表性同人及发表于该杂志的代表作品。

三、讨论题

    在日本近现代文学史上，文学杂志与作家的创作之间有怎样的互动关系？请在查找资料后，列举出日本近现代文学史上知名的文学杂志。

4.2 / 谷崎润一郎

　　谷崎润一郎是日本近代文学史上一位具有鲜明个人特色的作家。他一生著作颇丰，每个时期都有代表作诞生。有人批评他的文学脱离社会现实，没有理想，有人说他只是很会讲故事，但是时至今日，谷崎润一郎仍然拥有广泛的读者群，受到年轻读者的喜爱，这其中的原因究竟在哪里呢?

　　谷崎出生于东京日本桥，在保存有江户情调的平民区长大，这对于谷崎文学的形成产生了巨大影响。因父亲事业失败，谷崎只能勉强维持学业，最终还是因为学费滞纳而从大学辍学。在大学期间，谷崎开始文学创作，1910 年 (明治四十三年) 参与创刊第二次《新思潮》杂志，受到反自然主义文学运动兴起的激励，陆续发表《刺青》《麒麟》等作品，又参加"潘恩会"，结识永井荷风。第二年，他受到永井荷风的盛赞，从而确立作家地位。谷崎的作品中一直贯穿着超越伦理的对女性官能美的大加赞美、跪拜在美的面前的姿态。其特异的构思、题材与华丽的文体使其成为唯美主义的中坚作家。不过，同为唯美主义作家，永井荷风的创作中包含着文明批评的要素，而谷崎则不同，他的作品中呈现出一种绝对的官能崇拜的倾向，故而又被称为"恶魔主义"。

　　1923 年(大正十二年)关东大地震后，谷崎润一郎移居关西，从而发现了日本的古典美，加深了回归古典的倾向。自"恶魔主义"的集大成之作《痴人之爱》（1924 年）之后，他又陆续发表了《食蓼之虫》《吉野葛》《剪芦》《春琴抄》等一系列以古典文体创作的、采用传统的物语样式的作品。谷崎厌恶昭和时期的西洋化风潮，在随笔《阴翳礼赞》中赞美在阴暗之中寻找美才是日本的传统之美；在《文章读本》中重视"大和调"，号召写作之人不要拘泥于汉文调与西洋调。

　　第二次世界大战期间，谷崎完成了《源氏物语》的现代文翻译，1942 年开始创作小

说《细雪》，因连载遭禁，进入沉默期。战后他重新开始旺盛的创作活动，陆续发表了《少将滋干之母》《钥匙》《疯癫老人日记》等诸多佳作。

1933 年发表于《中央公论》杂志的小说《春琴抄》是谷崎的代表作。该作中，大阪道修町药材商的女儿春琴 9 岁失明，此后在弹奏三弦琴中找到生活的意义，侍奉春琴的佐助也跟随春琴学习弹琴。不久，春琴生下一个与佐助长相一模一样的孩子，但是对于二人的关系却矢口否认。春琴的一个弟子美浓屋利太郎是个放荡公子，他向春琴求婚，遭到严词拒绝。一天晚上，不知何人泼热水到春琴脸上，导致春琴毁容。佐助担心春琴伤心，自己用针刺瞎双目，成为盲人。该作在古典世界中表现了嗜虐者的恋爱欢喜与女性跪拜的极致。

《细雪》自 1943 年开始连载于《中央公论》杂志，战争期间一度中断，1948 年最终完稿。小说以 1935 年与谷崎成婚的松子夫人姐妹为原型，以大阪船场的旧家为舞台，在关西地区独特的风俗中描绘了四姐妹编织的优美画卷。该小说如华丽的画卷般描绘了关西地区一年四季的传统节日活动，如赏樱、捉萤火虫、赏月等风流雅事，将大阪平民老铺留存的精致的关西文化与战争、洪水等喧嚣的世态相对照，同时包含自传小说与风俗小说的要素，被视为谷崎润一郎唯美主义文学的一部巅峰之作。

谷崎润一郎简略年谱

1886 年，7 月 24 日出生于东京市日本桥区蛎壳町（今中央区日本桥人形町）。

1901 年，3 月从阪本小学高等科全科毕业，4 月进入东京府立第一中学（今日比谷高中）学习，结识辰野隆等人。

1905 年，9 月升入东京第一高等学校英法科。

1908 年，7 月，从第一高等学校毕业，进入东京帝国大学国文科学习。

1910 年，9 月与小山内薫、和辻哲郎等人创办第二次《新思潮》杂志，发表《诞生》《象》《麒麟》等作品。

1911 年，6 月发表《少年》。

1912 年，2 月发表《恶魔》。

1915 年，1 月发表《杀艳》。

1917 年，7 月发表《异端者的悲哀》。

1919 年，1 月发表《恋母记》。

1920 年，5 月担任大正活映（1920—1927，电影公司，位于横滨）脚本部顾问。

1923 年，9 月关东大地震发生时，人在箱根，决定迁居关西地区。

1924 年，3—6 月发表《痴人之爱》前半部分，11 月至翌年 7 月发表后半部分。

1928 年，3 月至 1930 年 4 月，发表《卍》，12 月至 1929 年 6 月发表《食蓼之虫》。

1930 年，8 月与妻子千代离婚。千代宣布与佐藤春夫结婚。

1931 年，1—2 月发表《吉野葛》，9 月发表《盲目物语》，10 月至翌年 11 月发表《武州公秘话》。

1932 年，11—12 月发表《剪芦》。

1933 年，6 月发表《春琴抄》。

1935 年，1 月与森田（根津）松子结婚。

1936 年，7 月出版《猫和庄造和两个女人》。

1937 年，6 月成为帝国艺术院会员。

1939 年，1 月至 1941 年 7 月出版《润一郎译源氏物语》全 26 卷。

1941 年，7 月成为日本艺术院会员。

1943 年，1 月自费出版《细雪》上卷。

1947 年，2 月出版《细雪》中卷，3 月至翌年 10 月发表《细雪》下卷。

1949 年，11 月被授予文化勋章，至翌年 3 月发表《少将滋干的母亲》。

1956 年，1—12 月发表《钥匙》。

1959 年，10 月发表《梦之浮桥》。

1961 年，11 月至翌年 5 月发表《疯癫老人日记》。

1965 年，7 月 30 日因心力衰竭去世，葬于京都市左京区法然院。

《痴人之爱》作品介绍

长篇小说，自 1924 年 3 月开始在《大阪朝日新闻》上连载，同年 11 月至翌年 7 月

又转为在《女性》杂志上连载。1925 年，由改造社出版了单行本。小说描写主人公河合让治在浅草的咖啡馆发现做服务员的 15 岁少女娜噢宓，身材如同西方人，非常洋气。让治打算把她打造成自己理想的女性后，与之结婚。不料，让治过度的西洋趣味反而激发了娜噢宓的"娼妇禀性"，虽然让治一度赶走了娜噢宓，但最终无法抗拒她身体的吸引力，如同奴隶一般侍奉娜噢宓。自由奔放的女主人公娜噢宓成为当时"摩登女郎"的典型，引起关注，甚至产生了一个流行词——"娜噢宓主义"。作品将大正时期摩登的社会风俗与作家独特的受虐心理巧妙地交织在一起，被视为谷崎润一郎在文学创作回归古典之前恶魔主义文学的集大成之作。小说中娜噢宓的原型是谷崎第一任妻子千代的妹妹，《女性》杂志连载开始之前，谷崎在说明中自称该作是"私小说"。

节选及译文

　　こう云う風に、私たち夫婦はいつの間にか、別々の部屋に寝るようになっているのですが、もとはと云うと、これはナオミの発案でした。婦人の閨房は神聖なものである、夫といえども妄りに犯すことはならない、——と、彼女は云って、広い方の部屋を自分が取り、その隣りにある狭い方のを私の部屋にあてがいました。そうして隣り同士とは云っても、二つの部屋は直接つながってはいないのでした。その間に夫婦専用の浴室と便所が挟まっている、つまりそれだけ、互に隔たっている訳で、一方の室から一方へ行くには、そこを通り抜けなければなりません。

　　ナオミは毎朝十一時過ぎまで、起きるでもなく睡るでもなく、寝床の中でうつらうつらと、煙草を吸ったり新聞を読んだりしています。煙草はディミトリノの細巻、新聞は都新聞、それから雑誌のクラシックやヴォーグを読みます。いや読むのではなく、中の写真を、——主に洋服の意匠や流行を、——一枚々々丁寧に眺めています。その部屋は東と南が開いて、ヴェランダの下に直ぐ本牧の海を控え、朝は早くから明るくなります。ナオミの寝台は、日本間ならば二十畳も敷けるくらいな、広い室の中央に据えてあるのですが、それも普通の安い寝台ではありません。或る東京の大使館から売り物に出た、天蓋の附いた、白い、紗のような帳の垂れている寝台で、これを

買ってから、ナオミは一層寝心地がよいのか、前よりもなお床離れが悪くなりました。

　彼女は顔を洗う前に、寝床で紅茶とミルクを飲みます。その間にアマが風呂場の用意をします。彼女は起きて、真っ先に風呂へ這入り、湯上りの体を又暫く横たえながら、マッサージをさせます。それから髪を結い、爪を研き、七つ道具と云いますが中々七つどころではない、何十種とある薬や器具で顔じゅうをいじくり廻し、着物を着るのにあれかこれかと迷った上で、食堂へ出るのが大概一時半になります。

　午飯をたべてしまってから、晩まで殆ど用はありません。晩にはお客に呼ばれるか、或は呼ぶか、それでなければホテルへダンスに出かけるか、何かしないことはないのですから、その時分になると、彼女はもう一度お化粧をし、着物を取り換えます。夜会がある時は殊に大変で、風呂場へ行って、アマに手伝わせて、体じゅうへお白粉を塗ります。

　ナオミの友達はよく変りました。浜田や熊谷はあれからふッつり出入りをしなくなってしまって、一と頃は例のマッカネルがお気に入りのようでしたが、間もなく彼に代った者は、デュガンと云う男でした。デュガンの次には、ユスタスと云う友達が出来ました。このユスタスと云う男は、マッカネル以上に不愉快な奴で、ナオミの御機嫌を取ることが実に上手で、一度私は、腹立ち紛れに、舞蹈会の時此奴を打ん殴ったことがあります。すると大変な騒ぎになって、ナオミはユスタスの加勢をして「気違い！」と云って私を罵る。私はいよいよ猛り狂って、ユスタスを追い廻す。みんなが私を抱き止めて「ジョージ！ジョージ！」と大声で叫ぶ。――私の名前は譲治ですが、西洋人は George の積りで「ジョージ」「ジョージ」と呼ぶのです。――そんなことから、結局ユスタスは私の家へ来ないようになりましたが、同時に私も、又ナオミから新しい条件を持ち出され、それに服従することになってしまいました。

　ユスタスの後にも、第二第三のユスタスが出来たことは勿論ですが、今では私は、我ながら不思議に思うくらい大人しいものです。人間と云うものは一遍恐ろしい目に会うと、それが強迫観念になって、いつまでも頭に残っていると見え、私は未だに、嘗てナオミに逃げられた時の、あの恐ろしい経験を忘れることが出来ないのです。「あたしの恐ろしいことが分ったか」と、そう云った彼女の言葉が、今でも耳にこびり着いているのです。彼女の浮気と我が儘とは昔から分っていたことで、その欠点を取ってしまえば彼女の値打ちもなくなってしまう。浮気な奴だ、我が儘な奴だと思えば思うほど、一層可愛さが増して来て、彼女の罠に陥って

101

日本近現代文学史

しまう。ですから私は、怒れば尚更自分の負けになることを悟っているのです。

　自信がなくなると仕方がないもので、目下の私は、英語などでも到底彼女には及びません。実地に附き合っているうちに自然と上達したのでしょうが、夜会の席で婦人や紳士に愛嬌を振りまきながら、彼女がぺらぺらまくし立てるのを聞いていると、何しろ発音は昔から巧かったのですから、変に西洋人臭くって、私には聞きとれないことがよくあります。そうして彼女は、ときどき私を西洋流に「ジョージ」と呼びます。

　　不知打何时起，我们夫妇开始在各自的房间分房睡觉，说起来，这也是娜噢宓的提议。她说，女人的闺房是神圣之地，丈夫亦不可胡乱侵犯。她自己先占了大房间，把隔壁那个小房间分给我住，虽然相邻，可两个房间并不是紧挨在一起的，中间还夹着一个夫妇专用的浴室和厕所，从这个房间到那个房间，必须通过这个中间地带。

　　娜噢宓每天在床上恍惚迷糊，似醒非醒，时而抽烟，时而读报，一直赖到十一点过后。香烟抽迪米特里诺牌的细长卷烟，报纸读的是东京的《都新闻》，外加传统和流行的服装杂志。其实她也不是阅读，只是看里面的照片——主要是西服款式设计及流行状况——一张张地仔细观赏。她的房间东和南两侧有窗，阳台的下方就是本牧的大海，清晨起就很亮堂。娜噢宓的房间相当宽敞，按日本式建筑计算，那房间足有二十铺席大。她的大床放置在房间的中央，且并非一般廉价的床铺，而是东京某使馆出售的。上方带有华盖罩顶，边上垂着白纱帷帐。自从购进这张床后，可能娜噢宓睡得特别舒心，比以前恋床更甚了。

　　洗脸之前，她会在床上喝红茶和牛奶，这时，女佣准备好了洗澡水。她起床后先去洗澡，洗完后再躺在床上接受按摩，随后梳头、修磨指甲。常言道"兵器有七种"，而她呢，各种化妆品及器具何止几十种，她用这些"兵器"在脸蛋上涂来抹去，不停地鼓捣摆弄。服装的选择也是挑肥拣瘦、游移不定。等一切打扮停当来到餐厅时，大概已经是下午一点半了。

　　吃过午饭到晚上的时间段，她无所事事。晚上或应邀出客，或邀人做客，再不就是上饭店去跳舞，总有活动。这时，她会再一次化妆，重换衣服。要是碰上西式的晚间聚会，那就更了不得，到浴室让女佣帮忙，将全身铺满白粉。

　　娜噢宓的交友也时常变化，滨田和熊谷打那之后就再没来过，有一段时间她很中意马卡涅尔，过了一阵，又有一位名叫杜根的男人取代了他，接着又交了一位叫尤斯塔斯的朋友。这个尤斯塔斯是比马卡涅尔更让人生气的家伙，在向娜噢宓献殷勤上很有一手。

有一次，气得按捺不住的我在舞会上当场揍了他一顿。于是引起轩然大波，娜噢宓袒护尤斯塔斯，骂我是"疯子"，于是我更加狂暴起来，把他追打得满场乱窜。大伙儿抱住我，大叫"乔治，乔治"——我的名字叫让治，可洋人以"George"来称呼我，就变成了乔治。——这次事件之后，尤斯塔斯不再上门，与此同时，娜噢宓又开出新的条件，我只能再次应允。

尤斯塔斯之后，理所当然地又出现了第二、第三个尤斯塔斯，如今，我变得相当老实温顺，连我自己都感到不可思议。人么，只要经历过一次恐惧，就会产生一种强迫的意念，永远残留在脑中。我至今无法忘却被娜噢宓抛弃时的苦痛体验，"你知道我的厉害了吧"，这句话至今缠绕在我的耳际。我早就知道她的水性杨花与恣睢任性，要是灭掉她的这个缺点，她就失去了其存在的价值。我觉得她越是放荡淫乱、越是恣肆妄为就越是可爱，从而陷进她的圈套。所以，我明白了一个道理：越恼怒自己就越吃亏。

人一旦失却自信便无可救药。眼下，我的英语已远远及不上她，通过实地的交往操练，她的语言能力自然会得到提高。每当我在西式聚会上听到她用英语向绅士、夫人们撒娇示好，流利异常地高谈阔论时，才知道她的发音原本就很出色，很有洋味儿，不少地方我还听不懂。她还会不时学着洋人的样子管我叫"乔治"。

（谭晶华 译）

练 习

一、文学史知识练习题

1. 请判断以下关于谷崎润一郎文学的陈述是否恰当，恰当的请在句子后面的括号里打勾（√），不恰当的请在括号里打叉（×）。

（1）在保存有江户情调的平民区长大，对谷崎文学产生了巨大影响。（　　　）

（2）谷崎润一郎受到反自然主义文学运动兴起的激励，陆续发表了《刺青》《麒麟》等作品。（　　　）

（3）谷崎润一郎于 1910 年参与创刊第三次《新思潮》杂志。（　　　）

（4）谷崎润一郎因受到永井荷风盛赞，确立了作家地位。（　　）

（5）谷崎润一郎因其作品中呈现出一种绝对的官能崇拜的倾向，所以又被称为"恶魔主义"。（　　）

2. 请根据提示，选择合适的选项。

（1）以下哪一部作品是谷崎润一郎"恶魔主义"的集大成之作？（　　）

    A.《麒麟》　　　　　　B.《痴人之爱》　　　　C.《春琴抄》　　　　D.《刺青》

（2）谷崎润一郎在哪一部作品中赞美在阴暗之中寻找美才是日本的传统？（　　）

    A.《细雪》　　　　　　B.《文章读本》　　　　C.《阴翳礼赞》　　　D.《吉野葛》

（3）以下哪一部作品被视为谷崎润一郎唯美主义文学的顶峰？（　　）

    A.《吉野葛》　　　　　B.《细雪》　　　　　　C.《春琴抄》　　　　D.《痴人之爱》

（4）以下哪一部作品不属于谷崎润一郎的创作？（　　）

    A.《少将滋干之母》　B.《食蓼之虫》　　　　C.《钥匙》　　　　　D.《隅田川》

（5）《细雪》这部作品描绘了日本哪个地区的传统节日活动？（　　）

    A. 关东地区　　　　　B. 关西地区　　　　　C. 北海道地区　　　D. 九州地区

二、思考题

谷崎润一郎的文学为何被称为"恶魔主义"？请以一部谷崎的代表作为例进行简要说明。

三、讨论题

从某种意义上说，谷崎文学具备为现在的年轻读者乐于阅读的特点。请结合你阅读的一部谷崎小说，谈谈你的感受和理解。

4.3 芥川龙之介

日本是一个自杀率很高的国家，近现代文学史上死于自杀的作家不在少数，日本第一位获得诺贝尔文学奖的作家川端康成就是自杀的。但是纵观整个近代文学史，只有一位作家的自杀成为一个具有文学史意义的事件，他就是芥川龙之介。

芥川龙之介于 1927 年 7 月 24 日服用过量的安眠药自杀，引起日本各大媒体争相报道。芥川在留下的遗书中说自己因为"茫然的不安"而选择自杀，但关于这种"茫然的不安"具体指的是什么，他的好友、作家同行、文学评论家众说纷纭。

广津和郎写道：

芥川自杀之时，正是自由主义即将被取代的时期。这位文坛冠军级别人物的自杀，可以说是文坛一批作家内心苦闷的象征，他们背负着以往文化的沉重包袱，进退维谷，神经紧张。芥川晚年的作品《点鬼簿》《齿轮》如同以往文化的地狱篇。

的确，芥川龙之介是最能代表大正时期文学精神的一位作家，他的自杀象征着"文坛一批作家内心的苦闷"。

佐藤春夫说：芥川"是以往文学的集大成者，但却没有开辟出新的道路"。在日本近代史上，明治时期被公认为一个伟大的时代，相比之下，大正时期没有那么辉煌，但是这个时期让明治时期播下的种子苗壮成长。在文学方面也是如此。

佐藤春夫认为："明治以来六十余年的日本近代文学吸收外国文学的养分，继承日本文学的传统，创造新的文体并使之成熟，这一切都在芥川文学中开花结果。""芥川以他敏锐的时代触觉与渊博的学识意识到在他这代人之后兴起的是与他完全绝缘的新文化"，"以中野重治、洼川鹤次郎等为代表的无产阶级文学方兴未艾"，应该说芥川的不安在很大程度上来源于此。

芥川的文学充分吸收了日本的传统文学与明治之后西方文学的养分，又使其脱胎换骨，施以近代的感觉和阐释。芥川尝试各种创作手法和文体形式，通过无懈可击的构思和布局创作了很多优秀的短篇小说，例如《罗生门》《地狱变》《竹林中》《秋山图》《杜子春》等。

但是，他又无法摆脱对于自己文学的疑问与不安。在芥川龙之介的眼里，刚从东京帝国大学毕业不久的中野重治让他感到可以信赖，同时又感到一种压迫感。这就如同整个大正文学，每位作家都按照各自的个性特长，进行各种文学创作的尝试和探索，从而促成了短篇小说的繁荣，但是却在即将到来的新文学浪潮面前感到无力。

其实自 1922 年以后，芥川龙之介作品的写实风格已经加强，作家的创作以现代小说为主。《一块土》取材于农民生活，同时《保吉的手帐》《大导寺信辅的半生》等自传风格的作品也开始增多。晚年的《一个傻子的一生》《河童》等作品则反映出了作家异常敏锐的神经和对人世社会的讽刺和绝望。

综上所述，可以说芥川龙之介是大正时期最具代表性的作家，他一生的文学创作，反映了以自由主义为核心的日本市民文学理念从成熟走向动摇与崩溃的过程；而他的自杀，反映出处于时代激烈变革时期知识分子内心的不安与危机意识。因而芥川的自杀称得上是从大正文学向昭和文学过渡的一个标志性文学史事件。

芥川龙之介简略年谱

1892 年，出生于今东京都中央区明石町，因辰年辰月辰日辰刻出生，被起名为龙之介。母亲在芥川龙之介 8 个月的时候突然精神失常，母亲的娘家芥川家没有儿子，所以被舅舅芥川道章收养，之后由姨妈抚养长大。

1898 年，进入江东小学学习。跟随宇治紫山的儿子学习英语、汉学和书法。

1902 年，4 月，升入小学高等科，与同学发行杂志《日出界》，负责编辑装帧。11 月，母亲去世。

1904 年，8 月，正式成为芥川家的养子。

1905 年，4 月，升入东京府立第三中学。一直成绩优秀，汉文能力突出。

1906 年，4 月，发行传阅杂志《流星》（后改名为《曙光》）。

1910 年，9 月，因成绩优异，免试进入东京第一高等学校文科。

1913 年，7 月，以第二名的成绩毕业，9 月，升入东京帝国文科大学英文专业。

1914 年，2 月，与丰岛与志雄等人发行第三次《新思潮》杂志。5 月，在该杂志发表处女作《老年》，9 月，发表戏曲《青年与死》。这一年，打算与自己喜欢的女子吉田弥生结婚，遭到家人反对。

1915 年，2 月，被迫与吉田弥生分手。11 月，在《帝国文学》发表小说《罗生门》，并未产生特别的反响。12 月开始，出席漱石山房的"星期四聚会"。

1916 年，2 月，与久米正雄、菊池宽等人发行第四次《新思潮》杂志，在创刊号上发表《鼻子》，受到夏目漱石盛赞，从而登上文坛。此后，陆续发表《孤独地狱》《父亲》等。9 月，发表《山芋粥》，受到文坛瞩目。10 月，发表《手帕》，作为新进作家的地位日益巩固。12 月开始，担任横须贺海军机关学校的英语教师。

1917 年，5 月，出版短篇小说集《罗生门》。这一年还发表了小说《偷盗》《游荡的犹太人》《黄粱梦》《某日的大石内藏助》《戏作三昧》等。

1918 年，2 月，与塚本文结婚。3 月，迁居镰仓，成为大阪每日新闻社社友。这一年发表了小说《地狱变》《开化的杀人》《基督徒之死》《枯野抄》等。

1919 年，3 月，辞去海军机关学校教职，仿效夏目漱石，成为大阪每日新闻社社员。4 月，回到田端的芥川家，与养父母一起生活。这一年发表了《毛利先生》《路上》《疑惑》《妖婆》等。

1920 年，发表《秋》《南京的基督》《杜子春》《奇怪的重逢》等。

1921 年，3 月，出版短篇小说集《夜来香》，作为大阪每日新闻社海外视察员前往中国，7 月回国。归国后，健康状况不佳。8 月，连载游记《上海游记》。这一年发表了《母亲》《好色》《奇遇》等。

1922 年，发表《莽丛中》《将军》《阿富的贞操》《仙人》等。出版小说集《山芋粥》《沙罗花》《邪宗门》。

1923 年，发表《侏儒的话》《保吉的手帐》等，出版短篇小说集《春服》。9 月，在田端家中遭遇关东大地震。

1924 年，发表《一块土》《金将军》等，出版短篇小说集《黄雀风》。10 月，叔父去世，妻弟塚本八洲咳血，芥川本人身心日益衰弱。

1925 年，发表《大导寺信辅的半生》等，出版《芥川龙之介集》《中国游记》。10 月，

完成《近代日本文艺读本》全5卷的编辑。因未经许可收录德田秋声作品而遭其抗议，又因版税分配问题，精神上受到打击，健康状况日益恶化。

1926年，1月，赴汤河原疗养，发表《湖南的扇子》《年底的一天》。2月，出版短篇小说集《某日的大石内藏助》《地狱变》。3月开始，熟读圣经，4月，向好友小穴隆一透露自杀之意。10月，在小说《点鬼簿》中首次吐露母亲精神失常。

1927年，1月，姐夫西川丰住宅毁于火灾，因曾投巨额保险，西川丰被怀疑故意纵火，最终卧轨自杀。姐夫死后，芥川四处奔走，解决姐夫欠下的高利贷。发表小说《玄鹤书房》。3月，发表小说《河童》《海市蜃楼》。5月，探望精神失常的作家宇野浩二。6月，出版短篇小说集《湖南的扇子》。7月24日，在田端家中服用过量药物自杀。

《齿轮》作品介绍

《齿轮》作为芥川龙之介的遗稿于1927年10月发表在《文艺春秋》杂志上。它是作家的遗稿中唯一一部纯粹的小说。小说由《雨衣》《复仇》《夜晚》《还没有？》《赤光》《飞机》等六章构成，每一章又都可以看作一篇独立的短篇小说。1927年1月，芥川龙之介的姐夫西川丰家中发生火灾，住宅全部烧毁。由于火灾发生之前，该房屋曾投保巨额保险，所以西川丰被怀疑有故意纵火的嫌疑，最终在留下高额债务后卧轨自杀。芥川龙之介一边忙于处理姐夫的后事，一边投宿在帝国旅馆，写作《河童》等小说。《齿轮》就取材于这期间作家的生活。小说没有连贯的情节内容，描写了自认为如同生活在地狱一般的主人公，为发疯和死亡的预感而恐惧，异常敏感的神经不断捕捉到各种奇异的幻觉。在视野中旋转着的半透明的齿轮、象征着死亡和绝望的穿雨衣的男子等意象交织在一起，构成了一个阴暗、恐怖、充满神经战栗的凄美的小说世界。

可以说，一直拒绝自我表白的作家，在这部小说中第一次讲述了即将走向死亡的自己内心的孤独和绝望。不过，《齿轮》并不是自然主义作家创作的"私小说"，作品中对各个意象的连接转承都做了巧妙设计，广津和郎评价《齿轮》的艺术技巧"冷静而又一丝不乱"。的确，虽然小说中描写了作家晚年行将崩溃的神经幻觉和乱象，但作品的艺术手法仍然是精心构成，天衣无缝。

　僕は或知り人の結婚披露式につらなる為に鞄を一つ下げたまま、東海道の或停車場へその奥の避暑地から自動車を飛ばした。自動車の走る道の両がわは大抵松ばかり茂っていた。上り列車に間に合うかどうかは可也怪しいのに違いなかった。自動車には丁度僕の外に或理髪店の主人も乗り合せていた。彼は裸のようにまるまると肥った、短い顋鬚の持ち主だった。僕は時間を気にしながら、時々彼と話をした。

　「妙なこともありますね。××さんの屋敷には昼間でも幽霊が出るって云うんですが。」

　「昼間でもね。」

　僕は冬の西日の当った向うの松山を眺めながら、善い加減に調子を合せていた。

　「尤も天気の善い日には出ないそうです。一番多いのは雨のふる日だって云うんですが。」

　「雨の降る日に濡れに来るんじゃないか？」

　「御常談で。……しかしレエン・コオトを着た幽霊だって云うんです。」

　自動車はラッパを鳴らしながら、或停車場へ横着けになった。僕は或理髪店の主人に別れ、停車場の中へはいって行った。すると果して上り列車は二三分前に出たばかりだった。待合室のベンチにはレエン・コオトを着た男が一人ぼんやり外を眺めていた。僕は今聞いたばかりの幽霊の話を思い出した。が、ちょっと苦笑したぎり、とにかく次の列車を待つ為に停車場前のカッフェへはいることにした。

　それはカッフェと云う名を与えるのも考えものに近いカッフェだった。僕は隅のテエブルに坐り、ココアを一杯註文した。テエブルにかけたオイル・クロオスは白地に細い青の線を荒い格子に引いたものだった。しかしもう隅々には薄汚いカンヴァスを露していた。僕は膠臭いココアを飲みながら、人げのないカッフェの中を見まわした。埃じみたカッフェの壁には「親子丼」だの「カツレツ」だのと云う紙札が何枚も貼ってあった。

　「地玉子、オムレツ」

　僕はこう云う紙札に東海道線に近い田舎を感じた。それは麦畑やキャベツ畑の間に電気機関車の通る田舎だった。……

　次の上り列車に乗ったのはもう日暮に近い頃だった。僕はいつも二等に乗ってい

た。が、何かの都合上、その時は三等に乗ることにした。

为了赴一熟人的婚礼，我拎着皮包从避暑地乘汽车赶往东海道的一个车站。汽车行驶的路两旁几乎全是繁茂的松树。能不能赶上上行列车实在说不准。汽车里除我之外还坐着一个理发店的老板。他的脸像枣子一样圆圆胖胖的，留着短短的络腮胡。我心里惦记着时间，嘴上还和他搭讪。

"现在的事真怪，听说 XX 先生的府上白天也在闹鬼。"

"白天也闹？"

我远眺对面冬日夕阳下山坡上的松树林，嘴里漫不经心地应对着。

"据说天气好的时候不闹，闹得最厉害的时候是下雨天。"

"那下雨天不是要被淋湿吗？"

"您真会开玩笑……不过据说是个穿雨衣的鬼呢。"

汽车响着喇叭直接停在车站口。我和理发店老板道了别，走进车站。但是果然上行列车在两三分钟前刚开走。候车室的长椅子上，坐着一个穿雨衣的男人，正心不在焉地往外看。我想起刚听说的闹鬼的事，微微苦笑一下。只好等下一趟火车，于是进了车站前的咖啡馆。

这家咖啡馆能不能叫做咖啡馆倒值得考虑。我坐在角落的桌子边，要了一杯可可。桌上铺的桌布是白底细蓝线的粗格子，但是脚上露出有点脏的麻地儿。我喝着有股胶臭味儿的可可，观察着没有客人的咖啡馆。在满是灰尘的墙上贴着几张什么鸡肉鸡蛋盖浇饭、什么炸猪排之类的纸条。

"本地鸡蛋、煎蛋卷"

看着这些纸条，我感觉到了靠近东海道铁路的乡村气息。这是电汽机车在麦地和洋白菜地之间穿过的乡下……

坐上下一趟上行列车的时候天已经快黑了。我总是坐二等车，偶尔因故也坐三等。

（宋再新 译）

一、文学史知识练习题

1.请判断以下关于芥川龙之介文学的陈述是否恰当，恰当的请在句子后面的括号里打勾（√），不恰当的请在括号里打叉（×）。

（1）芥川龙之介是明治时期最具代表性的一位作家。（　　　）

（2）芥川龙之介的文学充分吸收了日本的文学传统和明治以后西方文学的养分，又使其脱胎换骨，施以近代的感觉和阐释。（　　　）

（3）自 1922 年之后，芥川文学的写实性风格逐渐增强，文学作品以现实题材为主。（　　　）

（4）芥川一生的文学创作反映了以自由主义为核心的市民文学理念从成熟走向动摇与崩溃的过程。（　　　）

（5）芥川的自杀反映了处于时代变革时期，知识分子内心的不安与危机意识，因而芥川的自杀可以说是从明治文学向大正文学过渡的一个具有文学史意义的标志性事件。（　　　）

2.请根据提示，选择合适的选项。

（1）以下哪一部作品不属于芥川龙之介？（　　　）

    A.《地狱变》　　　　B.《杜子春》　　　　　　C.《刺青》　　　　　D.《秋山图》

（2）广津和郎评论说芥川的哪两部作品就如同以往文化的地狱篇？（　　　）

    A.《地狱变》《齿轮》　　　　　　　　　B.《齿轮》《点鬼簿》

    C.《地狱变》《点鬼簿》　　　　　　　　D.《杜子春》《点鬼簿》

（3）以下哪一部作品不是芥川龙之介的现代题材小说？（　　　）

    A.《罗生门》　　　B.《一个傻子的一生》　　C.《河童》　　　　D.《一块地》

（4）以下哪一部芥川的作品带有自传风格？（　　　）

    A.《一块地》　　　　　　　　　　　　　B.《大导寺信辅的半生》

    C.《一个傻子的一生》　　　　　　　　　D.《河童》

二、思考题

芥川龙之介晚年的作品较前期有何变化？请简要说明。

三、讨论题

芥川龙之介的自杀何以成为具有文学史意义的一大事件？请简要说明你的理解。

4.4 菊池宽

提起日本大正时期的文学，菊池宽可谓是该时期不容忽视的一位作家，同时他也是新思潮派的代表作家之一。

菊池宽于1888年12月26日生于香川县，自小成绩优异的他最终进入了第一高等学校，与芥川龙之介、久米正雄等结识成为好友并共同创刊了第三次、第四次《新思潮》杂志。大正时期是菊池宽创作的高峰时期。1916年，菊池宽在他与芥川共同创立的《新思潮》杂志上发表《屋顶上的狂人》《父归》；1919年在《中央公论》杂志上发表了《恩仇的彼岸》。1920年，在《大阪每日新闻》和《东京每日新闻》两大报刊上连载的《珍珠夫人》引起巨大的社会反响，使得菊池宽一跃步入人气作家的行列。

虽然菊池宽创作的大多是通俗文学而非纯文学，但他的作品情节设计新颖，结构严谨，对人物的刻画深刻，受到读者和作家的一致好评。他自己本人也标榜"生活第一，文学第二"，并不在乎自己被贴上"通俗文学作家"的标签。

1923年，菊池宽为了给青年作家更多创作空间，创办《文艺春秋》杂志。《文艺春秋》的创刊号仅售10钱，这个定价在当时可以说是异常便宜。加之其他作家的加盟，使得创刊号不久就销售一空，第5期更是达到了11000本的销售量，这在当时是非常惊人的。

1926年，菊池宽创立了文艺春秋社，该出版社也是现代日本最具影响力的出版社之一。1927年，芥川龙之介自杀。这个事件象征着大正时期文学的终结，身为芥川好友的菊池宽更是受到巨大打击。1935年，为了提携青年作家，同时也为了纪念自己的好友，菊池宽设立了两个奖项：纯文学领域的芥川龙之介文学奖与通俗文学领域的直木三十五文学奖。这两个奖项成为日本近现代文学史上最著名也是最具权威的两个文学大奖。

1937年，抗日战争爆发后，菊池宽宣称"在战争中国家让我做什么我就做什么"，展

开了"文艺枪后运动"，并成为日本文学报国会的议长，积极为日本军国主义效劳。二战结束后的 1947 年，菊池宽因为战争中的立场被美国 GHQ（驻日盟军总司令部）下达了公职追放的指令，终身不得在政府机关与民营企业的核心职位就职，后于 1948 年郁郁而终。

菊池宽除了写作，还对麻将和赛马抱有浓厚兴趣，甚至担任了日本麻将联盟的第一代总裁。他还拥有多匹赛马，并亲自撰写了《日本赛马读本》。

纵观菊池宽的一生，尤其是战争期间，人们对他的评价必然是有争议的。然而不可否认的是，他致力于创作通俗小说并取得了成功；他设立文学奖项、创刊文学杂志并创办出版社，为新生代青年作家铺平道路。菊池宽对于日本近现代文学所做出的贡献影响深远、独一无二，也是有目共睹的。

菊池宽简略年谱

1888 年，12 月 26 日生于香川县香川郡。

1908 年，因成绩优异，免除学费进入东京高等师范学校，但因无故缺席等原因于第二年被除名。

1910 年，在父亲四处借钱筹措之下，进入东京第一高等学校文科，但被卷入朋友的盗窃事件，最终退学，于 1913 年又入学京都帝国大学英文专业。

1914 年，参与创刊第三次《新思潮》。此时与芥川龙之介、久米正雄结识。

1916 年，创刊第四次《新思潮》，发表了戏曲《屋顶上的狂人》。同年，从京都大学毕业。师从文科大学文学部的教授上田敏。

1917 年，发表戏曲《父归》。

1920 年，连载在报纸上的小说《珍珠夫人》获得巨大成功，一跃成为人气作家。

1923 年，创办杂志《文艺春秋》，定价 10 钱。创刊号 3000 册立刻被抢一空，创刊号杂志封面即为芥川龙之介的《侏儒的话》。

1926 年，设立日本文艺家协会。

1927 年，芥川龙之介自杀。身为其好友的菊池宽受到很大打击，在其追悼会上大哭不止。

1935 年，为了鼓励青年作家创作，同时也为了纪念自己的好友，设立芥川龙之介奖和直木三十五奖。

1937 年，当选东京市议会议员。

1938 年，受日本内阁委托，开始"文艺枪后运动"。同年设立菊池宽奖，成为大日本著作权保护同盟会会长。

1942 年，成为日本文学报国会议长，解散了日本文艺家协会。

1948 年，3 月 6 日因狭心症去世。

《父归》作品介绍

《父归》是菊池宽 1917 年 1 月发表于《新思潮》（第四次）杂志的独幕剧剧本，发表之后并未受到关注，直至三年后的 1920 年，由第二代市川猿之助搬上舞台后受到盛赞，此后成为菊池宽的代表作。

该作以明治末年南海道小城市里的一个中产阶级家庭为舞台，描写一个四口之家，母亲、长子、次子、长女一起过着平静的生活，就在这时，20 年前与情妇一起离家出走的父亲回到家中。面对年老破落的父亲，母亲和次子打算接纳，但是一直身负父亲职责的长子却大为气愤。父亲无奈垂头丧气走出家门，在母亲和妹妹的哀求之下，长子最终追出去叫回了父亲。

该剧本结构清晰凝练，情节反转巧妙，描写亲人之间爱恨交织的感情，以近代的个人主义和合理主义为主题，直到今天仍然深受读者喜爱。

节选及译文

父　　じゃ、新二郎、お前一つ、杯をくれえ。

新二郎　　はあ。（杯を取り上げて父にささんとす）

　賢一郎　　（決然として）止めとけ。さすわけはない。

　母　　　　何をいうんや、賢は。

　（父親、激しい目にて賢一郎を睨んでいる。新二郎もおたねも下を向いて黙っている）

　賢一郎　　（昂然と）僕たちに父親があるわけはない。そんなものがあるもんか。

　父　　　　（激しき憤怒を抑えながら）なんやと！

　賢一郎　　（やや冷やかに）俺たちに父親があれば、八歳の年に築港からおたあさんに手を引かれて身投げをせいでも済んどる。あの時おたあさんが誤って水の浅い所へ飛び込んだればこそ、助かっているんや。俺たちに父親があれば、十の年から給仕をせいでも済んどる。俺たちは父親がないために、子供の時になんの楽しみもなしに暮してきたんや。新二郎、お前は小学校の時に墨や紙を買えないで泣いていたのを忘れたのか。教科書さえ満足に買えないで、写本を持って行って友達にからかわれて泣いたのを忘れたのか。俺たちに父親があるもんか、あればあんな苦労はしとりゃせん。

　（おたか、おたね泣いている。新二郎涙ぐんでいる。老いたる父も怒りから悲しみに移りかけている）

　新二郎　　しかし、兄さん、おたあさんが、第一ああ折れ合っているんやけに、たいていのことは我慢してくれたらどうです。

　賢一郎　　（なお冷静に）おたあさんは女子やけにどう思っとるか知らんが、俺に父親があるとしたら、それは俺の敵じゃ。俺たちが小さい時に、ひもじいことや辛いことがあって、おたあさんに不平をいうと、おたあさんは口癖のように「皆お父さんの故じゃ、恨むのならお父さんを恨め」というていた。俺にお父さんがあるとしたら、それは俺を子供の時から苦しめ抜いた敵じゃ。俺は十の時から県庁の給仕をするし、おたあさんはマッチを張るし、いつかもおたあさんのマッチの仕事が一月ばかり無かった時に、親子四人で昼飯を抜いたのを忘れたのか。俺が一生懸命に勉強したのは皆その敵を取りたいからじゃ。俺たちを捨てて行った男を見返してやりたいからだ。父親に捨てられても一人前の人間にはなれるということを知らしてやりたいからじゃ。俺は父親から少しだって愛された覚えはない。俺の父親は俺が八歳になるまで家を外に飲み歩いていたのだ。その揚げ句に不義理な借金をこさえ情婦を連れて出奔したのじゃ。女房と子供三人の愛を合わしても、その女に叶わなかったのじゃ。いや、

俺の父親がいなくなった後には、おたあさんが俺のために預けておいてくれた十六円の貯金の通帳まで無くなっておったもんじゃ。

　　新二郎　（涙を呑みながら）しかし兄さん、お父さんはあの通り、あの通りお年を召しておられるんじゃけに……。

　　賢一郎　新二郎！お前はよくお父さんなどと空々しいことがいえるな。見も知らない他人がひょっくり入ってきて、俺たちの親じゃというたからとて、すぐに父に対する感情を持つことができるんか。

　　新二郎　しかし兄さん、肉親の子として、親がどうあろうとも養うて行く……。

　　賢一郎　義務があるというのか。自分でさんざん面白いことをしておいて、年が寄って動けなくなったというて帰ってくる。俺はお前がなんといっても父親はない。

　　父　亲　那么，新二郎，你给我斟一杯吧。

　　新二郎　好的。（他拿起杯子，正要递给父亲）

　　贤一郎　（坚决地）慢点。不能给他斟酒。

　　母　亲　贤儿，你这是讲的什么话。

　〔父亲发出愤怒的眼光瞪着贤一郎。新二郎和阿种都低着头默默无语。〕

　　贤一郎　（兴奋地）我们是没有父亲的。我们哪里有过什么父亲呢？

　　父　亲　（压制着激烈的愤怒）你说什么！

　　贤一郎　（冷冰冰地）我们要是有父亲的话，也就不会在八岁的时候，和母亲牵着手，从筑港去投水自杀啦！那个时候，母亲弄错了，投在水浅的地方，这才得了救。我们要是有父亲的话，十岁的时候，也就不会去当小听差了。因为我们没有父亲，在童年的时候，才度过了没有任何乐趣的生活。新二郎，你上小学的时候，没钱买墨买纸哭哭啼啼的事，你忘记了吗？就连教科书，也不能买齐全，拿着手抄本去上学，受着小朋友们的嘲笑，弄得你哭起来，这事你忘记了吗？我们哪里有什么父亲，如果有的话，我们也就不会吃这么大的苦头了。

　〔阿高和阿种都在哭泣。新二郎满眼噙着泪。年老的父亲也从愤怒转变为悲哀。〕

　　新二郎　但是，哥哥，既然母亲都这么样地让步了，一切都忍让一些吧。

　　贤一郎　（愈加冷酷地）母亲是个女人家，她怎么想，我不知道。在我看来，我要是有父亲的话，这个人就是我的敌人。在我们小时候，每逢饿得要死或是遇到难过的事情，一跟母亲抱怨起来，母亲就说："这都是父亲造成的嘛，你们要恨的话，就恨你

们的父亲吧。"这已经成了她的口头禅。我要是有父亲的话，他就是叫我从小时候吃尽了苦头的敌人。我才十岁就到县衙门去当听差，母亲糊火柴盒，你们忘记了吗？——有一个月，母亲没有火柴盒的活儿，母子四人只得饿着不吃中饭。这些，莫非都忘记了吗？我之所以拼命努力，都是为了要向这个敌人报仇。我要争一口气，让这个丢掉了我们的人看一看，要他知道即使被父亲丢掉，我们照样能长大成人。我一点都不记得父亲可曾爱过我。我的父亲在我八岁以前，老是不在家到外边喝酒胡调，结果拖欠了债务，带着情妇一起跑掉，老婆孩子三个人的爱也敌不过那么一个女人。不仅如此，在父亲离家以后，连母亲给我储存的十六元的存单都不见了。

新二郎 （眼泪往肚里吞）但是，哥哥，父亲已经上了那么大的年纪……

贤一郎 新二郎！你不能尽说些分明虚假的话，什么父亲哪父亲哪！连认识也不认识的人，他突然走进家门，说是我们的父亲，我们能够立刻就对他产生父子的情感吗？

新二郎 但是，哥哥，终归是亲骨肉啦，不管他过去怎么样，就供养着他吧……

贤一郎 你说我们有这个义务吗？他自己做够了那么多寻欢作乐的事情，等老了不能动了，就回到家来。不管你怎么说，我是没有父亲的。

（雨甫 译）

一、文学史知识练习题

1. 请判断以下关于菊池宽的陈述是否恰当，恰当的请在句子后面的括号里打勾（√），不恰当的请在括号里打叉（×）。

（1）菊池宽主要活跃的时期是日本的昭和时期。（　　）

（2）菊池宽毕业于京都大学。（　　）

（3）《新思潮》是菊池宽和其他人一起创办的杂志之一。（　　）

（4）芥川龙之介与菊池宽是好友。（　　）

（5）为了让自己和好友的更多作品能够有发表的平台，菊池宽创立了文艺春秋社。（   ）

（6）菊池宽主要创作通俗文学而不是纯文学。（   ）

（7）为了纪念自己的好友芥川龙之介，同时也为了激励更多青年作家，菊池宽设立了芥川赏。（   ）

（8）菊池宽只是笔名，他的本名并不叫菊池宽。（   ）

2. 请根据提示，选择合适的选项。

（1）以下哪一个作品使菊池宽开始获得知名度？（   ）

    A.《恩仇彼方》   B.《父归》   C.《河童》   D.《珍珠夫人》

（2）以下哪一个是由菊池宽设立的文学奖项？（   ）

    A. 直木赏   B. 梅菲斯特赏   C. 本屋赏   D. 少爷文学赏

（3）以下哪一项不是菊池宽的兴趣爱好？（   ）

    A. 麻将   B. 写作   C. 围棋   D. 赛马

（4）《文艺春秋》杂志在当时的最高销量是第 5 期，曾销售多少册？（   ）

    A.10000   B.9000   C.8000   D.11000

（5）以下哪一部不是菊池宽的作品？（   ）

    A.《父归》   B.《屋顶上的狂人》   C.《罗生门》   D.《恩仇彼方》

（6）下列哪一个是属于纯文学领域的奖项？（   ）

    A. 芥川赏   B. 梅菲斯特赏   C. 本屋赏   D. 直木赏

（7）随着抗日战争爆发，菊池宽展开了臭名昭著的（   ）。

    A. 文艺笔后运动   B. 文艺枪后运动   C. 报国运动   D. 笔战争运动

二、思考题

1. 菊池宽创作的文学大多属于通俗文学。结合具体作品，简述这种"通俗"体现在作品中的什么地方。

2. 结合具体作家及其获奖作品，谈谈菊池宽设立的芥川奖对于青年作家的影响。

3. 如何看待菊池宽在二战期间积极参与"文艺枪后运动"一事?

三、讨论题

结合当时的时代背景和作品情节，讨论菊池宽的《父归》如此短小的篇幅，为何会引起巨大的社会反响。

第五讲

5 昭和时期的文学（一）

5.1 昭和文学概述（日本战败之前）

1923 年（大正十二年）的关东大地震给陷入经济不景气之中的日本以沉重打击，昭和初年，世界性的经济危机又波及日本，农村凋敝，城市中到处都是失业者。随之而来的是社会不安加剧，社会主义运动日益活跃。当然，当局对其镇压也日益残酷，1928 年（昭和三年），各地同时拘捕共产党员，史称"三一五事件"。之后，镇压愈发严酷，社会主义运动遭受毁灭性打击。与此同时，为了摆脱经济危机，日本开始向海外寻求出路，加强对中国大陆的侵略，九一八事变爆发。政治的主导权为军部所掌握，日本退出国际联盟，在卢沟桥事变后发动全面侵华战争，进而对美国宣战，开始太平洋战争，并最终于 1945 年 8 月全面战败。

在这样激荡的时代中，文坛内部也出现了激烈的对立，经历了巨大的变化。总的来说，这一时期，出现了无产阶级文学与现代主义文学以及既成的市民文学三足鼎立的局面。无产阶级文学遭到当局镇压后，开始出现"转向文学"。太平洋战争期间，除去两三例外，日本文坛几乎没有任何杰出的作品面世，出现文学的"空白时代"。

芥川龙之介的自杀开启了昭和时期的小说创作。首先是无产阶级文学、自明治大正时期发展起来的传统小说以及试图改革这一传统的现代主义小说这三大流派基本形成，之后，无产阶级文学在遭到镇压后陷入低谷，转向文学出现。现代主义文学也出现了新的走向，1937 年（昭和十二年）抗日战争爆发后，日本的小说界战时色彩日益浓厚，战争小说大量涌现，直至战败。

全日本无产者艺术联盟的机关杂志《战旗》创刊后，小林多喜二发表了《蟹工船》《党生活者》等作品，德永直在《没有太阳的街市》中描写了印刷工人的罢工运动。昭和前期，女性作家辈出，宫本百合子、野上弥生子、平林泰子、佐多稻子、壶井荣、冈本加乃子、

林芙美子、宇野千代等都活跃在文坛，其中不少是无产阶级文学阵营的作家。

现代主义小说方面，以横光利一、川端康成为代表的新感觉派引人注目，之后又出现了"新兴艺术派"，堀辰雄、井伏鳟二、梶井基次郎，以及发表了《冬宿》的阿部知二、《途中》的作者嘉村矶多堪称其中的代表。这些作家都个性鲜明，创作了独具特色的作品。

在转向作家中，中野重治通过《无法写小说的小说家》《歌之离别》等作品，岛木健作则通过《癫病》《生活的探求》等作品暗自坚持着对于时局的反抗。此外，还有武田麟太郎、高见顺等作家。牧野信一、丹羽文雄、石川达三、太宰治、石川淳、坂口安吾、尾崎一雄、中山义秀也登上了文坛。

随着战局日益严峻，文学家们作为报道员被派往战场，于是出现了大量战记小说。此外，为了鼓舞民族主义精神，农民文学、大陆文学、海洋文学也呈泛滥之势，真正的文学反而出现了空白。

在这样的时代背景之下，堀辰雄、太宰治等作家仍然坚守着自己的艺术阵地，新人作家中岛敦也是其中一员。此外，明治、大正时期以来文坛的大家幸田露伴、正宗白鸟、德田秋声、永井荷风、谷崎润一郎等都不为时代氛围所动，即便没有发表的可能，也仍然坚持文学创作。

练习

一、文学史知识练习题

1. 请判断以下关于昭和文学的陈述是否恰当，恰当的请在句子后面的括号里打勾（√），不恰当的请在括号里打叉（×）。

（1）1937 年抗日战争爆发后，日本的小说界战时色彩日益浓厚，战争小说大量涌现。（　　）

（2）太平洋战争期间，日本文坛出现了文学的空白期。（　　）

（3）在真正的文学出现空白的背景下，堀辰雄、太宰治、中岛敦仍然坚守艺术阵地。（　　）

（4）昭和初期女性作家辈出，其中有不少人是无产阶级文学阵营的作家。（　　）

（5）昭和时期以 1945 年日本战败为转折点，战前文学和战后文学呈现出完全不同的
面貌。（　　）

2. 请根据提示，选择合适的选项。

（1）以下哪一项不属于昭和初期形成的三大流派？（　　）

　　A. 无产阶级文学　　　B. 市民文学　　　C. 现代主义文学　　　D. 自然主义文学

（2）以下哪一流派遭到当局镇压后陷入低谷，开始出现"转向文学"？（　　）

　　A. 无产阶级文学　　　B. 市民文学　　　C. 现代主义小说　　　D. 自然主义文学

（3）现代主义文学中以横光利一、川端康成为代表的哪一流派引人注目？（　　）

　　A. 新思潮派　　　　　B. 新感觉派　　　　C. 颓废派　　　　　D. 新兴艺术派

（4）以下哪一位作家不属于新兴艺术派？（　　）

　　A. 堀辰雄　　　　　　B. 井伏鳟二　　　　C. 阿部知二　　　　D. 宫本百合子

（5）以下哪一项作家与作品的对应不正确？（　　）

　　A. 德永直一《没有太阳的街市》　　　　B. 小林多喜二一《蟹工船》

　　C. 阿部知二一《冬宿》　　　　　　　　D. 岛木健作一《途中》

二、思考题

1945 年日本战败之前的昭和文学具有哪些特点？请列举昭和时期兴起并走上高
潮的两种彼此对立的文学流派，简要说明其时代背景。

三、讨论题

太平洋战争爆发后，文坛作家们都采取了怎样的应对态度？请举例简要说明。

5.2 / 无产阶级文学的兴起

无产阶级文学并非日本近代文学史上的特殊现象，而是 1920—1930 年代席卷全世界的文学运动。1927 年 11 月，第一届国际革命作家会议在莫斯科召开。1930 年 11 月在哈尔科夫举行了第二届国际革命作家代表会议，国际革命作家联盟成立。如果说社会主义文学是 20 世纪世界文学的一部分，那么无产阶级文学则是 20 世纪二三十年代社会主义文学的主要表现形式，它在国际合作与联合之中，不断发展壮大。

日本的无产阶级文学直接受到这一世界性文学运动的影响，与此同时，又在日本独特的国情之下形成发展而来。1930 年，在乌克兰哈尔科夫召开第二届国际革命作家会议之际，日本无产阶级作家同盟首次派遣藤森成吉、胜本清一郎作为代表出席。无产阶级文学之所以能够在这样一种国际性联合组织的统领之下保持国际性合作，联合团结起来，是因为全世界都存在着同样的阶级对立与阶级斗争。

因而，无产阶级文学并不仅仅是一个文学流派、一个文学组织，而且是以基于社会生活基本对立关系之上的社会主义的人生观、热情与视野为内容的文学，与以往的个人主义文学相区别，在文学体裁、方法、组织和流派方面具有独特的特征。

1921 年，以杂志《播种的人》为中心开展的无产阶级文学运动，孕育了叶山嘉树的《卖淫妇》《生活在海上的人们》等充满浪漫主义与人道主义色彩的佳作。此后，以小林多喜二、中野重治、佐多稻子、德永直为代表的无产阶级文学作家发现并深入剖析了无产阶级革命运动中诞生的人性的飞跃，开辟了以往日本近代文学未曾有过的社会主义文学道路。

日本近代文学中人民的、革命的文学要素于明治三十年代曾出现在德富芦花的《黑潮》、岛崎藤村的《破戒》、田山花袋的《一个兵卒》等作品中。进入大正时期以后，以杂志《近代思想》和《生活与艺术》为中心，在无政府主义方面又有了新的发展。大

正五年宫岛资夫发表《坑夫》之后，劳动文学进一步发展，此后又出现民众艺术论，甚至此前文坛中出现的人道主义（包括白桦派以及广津和郎、年轻时的宫本百合子等）、反资本主义、反战倾向，都可以视作社会主义文学的一个源流。

劳动文学是社会主义文学的萌芽，黑岛传治的《电报》《二两铜钱》《猪群》、德永直的《没有太阳的街市》等作品是这一时期的佳作。1917年，大杉荣在《早稻田文学》上发表《为了新世界的新艺术》等评论，开启民众艺术论，可以视作无产阶级文学理论的先驱。1928年，全日本无产者艺术联盟成立，无产阶级文学无论在理论上，还是组织上、实际创作上都进入一个高潮。1931年，九一八事变爆发，无产阶级文学运动遭到残酷镇压，标志性的事件就是小林多喜二的牺牲。

自此，无产阶级文学放弃了有组织的运动，转而以《文化集团》《文学评论》《世界文化》等杂志为据点继续活动。这一时期，除宫本显治、藏原惟人等少数文学家之外，大多数无产阶级文学作家都进行"转向"，在转向文学中流露出深刻的苦恼，积攒再起的能量。

练 习

一、文学史知识练习题

1. 请判断以下关于无产阶级文学的陈述是否恰当，恰当的请在句子后面的括号里打勾（√），不恰当的请在括号里打叉（×）。

（1）日本无产阶级文学直接受到了社会主义文学运动的影响，同时又是在日本独特的国情下形成发展起来的。（　　）

（2）无产阶级文学只是一种文学流派和文学组织。（　　）

（3）无产阶级文学与以往的个人主义文学相区别，在文学题材、方法、组织和流派方面具有独特的特征。（　　）

（4）大正五年，宫岛资夫发表《坑夫》后，劳动文学进一步发展。（　　）

（5）大杉荣的《为了新世界的新艺术》可以视为无产阶级文学理论的先驱。（　　）

2. 请根据提示，选择合适的选项。

（1）以下哪一位作家不属于无产阶级文学的代表作家？（　　　）

      A. 小林多喜二　　　　B. 中野重治　　　　C. 德永直　　　　D. 横光利一

（2）叶山嘉树《卖淫妇》诞生于以下哪本杂志？（　　　）

      A.《播种的人》　　　B.《战旗》　　　C.《文学评论》　　　D.《文化集团》

（3）以下哪一部日本明治三十年代的作品没有包含人民和革命的文学要素？（　　　）

      A. 德富芦花《黑潮》　　　　　　　B. 岛崎藤村《破戒》

      C. 田山花袋《一个兵卒》　　　　　D. 小林多喜二《蟹工船》

（4）以下哪一部作品不属于劳动文学？（　　　）

      A.《电报》　　　　　　　　　　　B.《二两铜钱》

      C.《棉被》　　　　　　　　　　　D.《没有太阳的街市》

二、思考题

日本无产阶级文学的发展大致经历了几个阶段？请简要说明各个阶段的特点及代表作家、代表作品。

三、讨论题

日本政府加强对社会主义思想、特别是对共产党员的镇压之后，日本无产阶级文学作家很多都选择了"转向"。对于这些作家的转向，请谈谈你的理解。

5.3 / 叶山嘉树

　　提到无产阶级文学，就不能不提叶山嘉树这位作家。出生于官吏家庭的他从早稻田大学预科退学后，先后当过见习水手、收发员、临时工和记者，这种经历对他后来的文学创作产生了很大影响。

　　1920 年，叶山嘉树在筹划劳动文学失败之后加入了名古屋劳动者协会。从此，他开始积极参与各种劳动纠纷，也因此在"名古屋共产党事件"中被捕入狱。狱中，他创作了《卖淫妇》《生活在海上的人们》《狱中的半天》等作品。1925 年出狱后，他将这些作品在《文艺战线》等杂志上发表，一跃成为当时文坛的新晋作家之一。

　　其中，《生活在海上的人们》取材自叶山嘉树年轻时代在海上担任船员的亲身经历，描述了在第一次世界大战背景下的煤炭搬运船中遭受非人压迫的船员们决定奋起反抗的故事，是无产阶级文学作品中的杰作之一。

　　在他的另一篇代表作《水泥桶里的一封信》中，叶山嘉树用信件的形式描写一个工人掉进水泥厂球磨机里被碾碎，又在砖窑里被烧成水泥的故事。这封信为工人的妻子所写，她恳求不论是谁看到这封信的内容，都请回信告诉她包含着她爱人的水泥被用在了什么地方。作品深刻而细致地描写了处于社会底层的工人的生活现状，揭示了资本主义的残酷压迫。

　　随着思想控制愈加激烈，特务警察对于无产阶级文学运动的监控也愈发严密。1933年，小林多喜二被杀害，1934 年日本无产阶级作家同盟解散，日本的无产阶级文学在这一时期逐渐走向衰退。随着战争的持续，日本军国主义的气焰在日本国内日益高涨，日本的共产党员作家们都不得不开始"转向"，叶山嘉树也是其中一员。他于 1934 年离开东京，隐居长野县的一个小山村里。这一时期的文学作品思想情调都较为消沉，数

量也显著减少。1943 年，他积极支持"满洲"开拓运动，随移民团来到中国东北务农。日本战败后，他于 1945 年在回国途中病故。他的遗体被埋在德惠车站附近的电车线路旁，而遗发则由长女带回青山陵园，放在了"解放运动无名战士之墓"里。

叶山嘉树虽然是无产阶级文学作家，但相比当时目的性较强、构成也较为单一的无产阶级文学作品来说，他的作品中有对人与人之间自然感情的生动描写，在文学艺术层面达到了很高的成就。

叶山嘉树简略年谱

1894 年，3 月 12 日出生于福冈县京都郡丰津村。

1913 年，3 月升入早稻田大学高等预科文科，为了凑学费卖掉了老家的房子，结果还是因为学费不足被除籍。此时开始在货船上进行水手见习。

1917 年，在海上作为水手工作了一段时间后，回到故乡结婚。开始着手创作《在海上生活的人们》。

1921 年，6 月，以同僚之死为契机，试图创建"劳动者互助组合"，最终遭到阻挠未果。在多处发表关于劳动问题的演讲，于 10 月在舞鹤公园争议团本部遭到逮捕，收监于名古屋警察局。第二年 7 月出狱。1922 年 12 月，父亲荒太郎去世。母亲自杀未遂。

1924 年，6 月，母亲去世。10 月，于巢鸭警察局服役，以入狱的经历创作《牢狱里的半天》，发表于《文艺战线》10 月号上。

1925 年，3 月出狱。妻子失踪，5 月长男死亡，11 月次子死亡。11 月，在《文艺战线》上发表《卖淫妇》，一跃成为无产阶级文学界的新星作家。

1926 年，1 月，《水泥桶中的一封信》发表于《文艺战线》1 月号上。7 月，《卖淫妇》被翻译成中文。10 月，《生活在海上的人们》由改造社出版。这一时期，积极在各地发表关于劳动者、无产阶级的演讲。

1929 年，《生活在海上的人们》在新剧协会上演。

1932 年，4 月，因为无力支付房租和水电费，寄宿于友人菊江的老家。7 月，从左翼艺术家联盟中退出，创立劳农文学同盟。8 月，创立无产阶级作家俱乐部。

1933 年，3 月，参加叶山嘉树全集出版纪念会。9 月，在远东和平之友会与他人闲谈时，被招至警察局，第二天遭到特高警察调查，最终获释。因这个时期无产阶级文学遭受打压，叶山嘉树也不得不转向，隐居长野县。

1942 年，11 月，为出席日本文学报国会举办的第一届大东亚文学者大会，前往东京。第二年，以山口村的半周建国勤劳侍奉班班长的身份，来到伪满洲国北安省德都县，为期 7 个月。在勤务期间，作为文化指导员开展工作，因身体状况不佳于 9 月回国。

1945 年，6 月以"满洲"开拓团员的身份，带着长女百枝从山口村出发，前往"满洲"。8 月患上严重腹泻，10 月 18 日日本战败后回国途中，在吉林省德惠车站前去世，遗体被埋在德惠车站附近。

《水泥桶中的一封信》作品介绍

松户与三是水泥搅拌厂的工人，每天工作超过 11 小时，甚至没空清理被混凝土堵住的鼻子。这天快要下班时，他在搬水泥桶的时候发现一个小木盒。本来他不准备予以理睬，但想到还有孩子们和妻子要养，每天的工钱根本不够，于是打开了这个小木盒。木盒里是一张破布包裹着的纸片，原来是一封信。信中描述一个工人掉进水泥厂球磨机里被碾碎，又在砖窑里被烧成水泥的故事。这封信为工人的妻子所写，她恳求不论是谁看到了这封信的内容，都请回信告诉她包含着她爱人的水泥被用在了什么地方。松户一边喝着酒，一边看着这封信，涌起了将一切都破坏砸碎的欲望。

《水泥桶中的一封信》中，工人的身体掉进搅拌机被做成水泥，他的恋人无法拿回他的尸体，只能在信中求助他人告知自己恋人的身体被用在何处；而阅读信件的水泥工人松户身旁围绕着他的妻子和饿肚子的孩子，同样在家庭和阶级的双重压迫下无力反抗。该作品篇幅虽短，却深刻展现了资本主义压迫下被异化、物化的工人形象和他们所面临的残酷现实。

——私はNセメント会社の、セメント袋を縫う女工です。私の恋人は破砕器へ石を入れることを仕事にしていました。そして十月の七日の朝、大きな石を入れる時に、その石と一緒に、クラッシャーの中へ嵌りました。

仲間の人たちは、助け出そうとしましたけれど、水の中へ溺れるように、石の下へ私の恋人は沈んで行きました。そして、石と恋人の体とは砕け合って、赤い細い石になって、ベルトの上へ落ちました。ベルトは粉砕筒へ入って行きました。そこで鋼鉄の弾丸と一緒になって、細く細く、はげしい音に呪いの声を叫びながら、砕かれました。そうして焼かれて、立派にセメントとなりました。

骨も、肉も、魂も、粉々になりました。私の恋人の一切はセメントになってしまいました。残ったものはこの仕事着のボロ許りです。私は恋人を入れる袋を縫っています。

私の恋人はセメントになりました。私はその次の日、この手紙を書いて此樽の中へ、そうと仕舞い込みました。

あなたは労働者ですか、あなたが労働者だったら、私を可哀相だと思って、お返事下さい。

此樽の中のセメントは何に使われましたでしょうか、私はそれが知りとう御座います。

私の恋人は幾樽のセメントになったでしょうか、そしてどんなに方々へ使われるのでしょうか。あなたは左官屋さんですか、それとも建築屋さんですか。

私は私の恋人が、劇場の廊下になったり、大きな邸宅の塀になったりするのを見るに忍びません。ですけれどそれをどうして私に止めることができましょう！あなたが、若し労働者だったら、此セメントを、そんな処に使わないで下さい。

いいえ、ようございます、どんな処にでも使って下さい。私の恋人は、どんな処に埋められても、その処々によってきっといい事をします。構いませんわ、あの人は気象の確かりした人ですから、きっとそれ相当な働きをしますわ。

あの人は優しい、いい人でしたわ。そして確かりした男らしい人でしたわ。未だ若うございました。二十六になった許りでした。あの人はどんなに私を可愛がって呉れたか知れませんでした。それだのに、私はあの人に経帷布を着せる代りに、セメン

ト袋を着せているのですわ！あの人は棺に入らないで回転窯の中へ入ってしまいましたわ。

　私はどうして、あの人を送って行きましょう。あの人は西へも東へも、遠くにも近くにも葬られているのですもの。

　あなたが、若し労働者だったら、私にお返事下さいね。その代り、私の恋人の着ていた仕事着の裂を、あなたに上げます。この手紙を包んであるのがそうなのですよ。この裂には石の粉と、あの人の汗とが浸み込んでいるのですよ。あの人が、この裂の仕事着で、どんなに固く私を抱いて呉れたことでしょう。

　お願いですからね。此セメントを使った月日と、それから委しい所書と、どんな場所へ使ったかと、それにあなたのお名前も、御迷惑でなかったら、是非々々お知らせ下さいね。あなたも御用心なさいませ。さようなら。

　我是一名缝水泥袋的女工，我爱人是填石料的工人。十月七日那天早上，他把一块大石头装进碎石机时，自己也和那石头一起掉进去了。同伴们想上前抢救，可是他很快沉到石头底下去了。我爱人的身体和石头一起被碾碎，变成红色的小石块，落到传送带上，然后被传送带送进了粉碎筒。在那里，他经受着钢球的碾压，发出剧烈而悲愤的轰鸣声。就这样，他被碾成细细的粉末，再经过烧制，就变成了地地道道的水泥。他的骨头、他的肉体，连同他的灵魂，全都被碾得粉碎了。

　我的爱人，他变成了水泥，留下来的，只有这破布片了。我每天缝制的水泥袋，竟然是用来装我爱人的。我的爱人已经变成了水泥。第二天，我写了这封信，把它偷偷放进这个水泥桶里。您是工人吗？如果您是个工人，就请您可怜可怜我，给我回封信吧。我很想知道，这个桶里的水泥用来做什么了？我的爱人变成了多少桶水泥呢？又被用到什么地方去呢？

　我不忍心看见我的爱人变成剧场的走廊，或是豪宅的围墙。可是，我又怎么能制止得了呢？您如果是个工人，就请不要把这水泥用在那些地方吧。唉，算了吧，用在哪儿都行。我的爱人，不论被埋在什么地方，他都定会在那儿做好事。没关系，他一向踏实稳重，一定会有所作为的。他是个温柔善良的好人，又是个靠得住的男子汉。他还很年轻，刚满二十六岁。他是多么爱我啊！可是，最后我连件寿衣也没有给他做，却给他穿上了水泥袋！他连口棺材也没有，就这样进了旋转窑炉！他被埋葬在四面八方，这叫我怎样为他送殡呀？

您如果是个工人，就请给我回一封信吧。作为答谢，我把我爱人穿过的工作服的破布片送给您——就是包着这封信的布片。这块布上面沾满了石头粉末，也渗透着他的汗水。他曾经穿着这件工作服紧紧地拥抱过我……

我想拜托您一件事，请您告诉我这桶水泥的使用日期、详细的地点、用在什么地方以及您的姓名。如果方便的话，请一定一定要告诉我。望您多保重！再见！

（黄悦生 译）

练 习

一、文学史知识练习题

1. 请判断以下关于叶山嘉树的陈述是否恰当，恰当的请在句子后面的括号里打勾（√），不恰当的请在括号里打叉（×）。

（1）叶山嘉树来自普通的平民阶层。（　　　）

（2）叶山嘉树曾经因为参与劳动纠纷被捕入狱。（　　　）

（3）因为小林多喜二被杀害，叶山嘉树也不得不放弃无产阶级文学，成为"转向"作家。（　　　）

（4）叶山嘉树曾经到中国东北地区，参与务农运动。（　　　）

（5）叶山嘉树最终葬于日本青山陵园，碑上有由鲁迅题字的"叶山嘉树"四字。（　　　）

2. 请根据提示，选择合适的选项。

（1）以下哪一部作品不是叶山嘉树在狱中创作的？（　　　）

    A.《卖淫妇》　　　　　　　　　　　　B.《党生活者》

    C.《生活在海上的人们》　　　　　　　D.《狱中的半天》

（2）以下哪一本杂志是无产阶级文学杂志？（　　　）

    A.《文艺战线》　　　B.《三田文学》　　　C.《文艺春秋》　　　D.《世界文学》

（3）日本无产阶级作家同盟于哪一年解散？（　　　）

    A.1931 年　　　　　　　B.1932 年　　　　　　　C.1933 年　　　　　　　D.1934 年

（4）在《水泥桶里的一封信》中，信件本身是以什么人的口吻写成的？（　　　）

    A. 叶山嘉树　　　　　B. 工人的母亲　　　　C. 工人的妻子　　　　D. 工人的女儿

（5）叶山嘉树最终葬于日本何处？（　　　）

    A. 青山陵园　　　　　B. 德惠车站　　　　　C. 泷野陵园　　　　　D. 东京陵园

二、思考题

1. 在《水泥桶里的一封信》中，故事最后以看到这封信的工人一边看着自己六个孩子，一边喝着闷酒的场景结尾。结合整个作品，讨论这种结局设置的用意和对全篇故事的作用。

2. 叶山嘉树在青年时代有过各种各样的人生经历。简述这些经历对他的作品产生的具体影响。

三、讨论题

叶山嘉树虽然身为无产阶级作家，但其作品描写人物感情细腻，文学艺术的完成度较高。请结合具体作品，简要说明这种完成度是如何体现在作品当中的。

5.4 / 转向文学

日语中"转向"一词有两种意思，一是指从一种立场转到另一种立场，从一种信仰转为另一种信仰或者放弃信仰，可以理解为"背叛"之意；二是指从一种角度转到另一种角度，可以理解为"转变"之意。日本近代文学史中的"转向"通常是指社会主义者被动或主动放弃无产阶级信仰，开始另一种人生。

1931年，日本国内的军国主义势力急剧增强，在经历了"三一五"和"四一六"两次大搜捕，特别是1933年小林多喜二被法西斯分子杀害后，革命形势急转直下，日本无产阶级运动走向低潮。很多进步作家被逮捕，关入狱中被刑拘、拷打、判刑。

1933年6月8日，当时的日本共产党领导者佐野学、锅山贞亲在监狱内发表《告共同被告同志书》，宣布放弃共产主义信仰。这一转向声明对当时日本的共产主义运动造成极其严重的破坏，给党内外带来极大冲击。两年内转向出狱者达90%，只有宫本显治、藏原惟人等极少数人坚持了共产主义信仰。转向后出狱的作家们，陆续发表了以转向为主题的作品，转向文学时代就此出现。

在转向文学中，村山知义的《白夜》和岛木健作的《癞》最具代表性，引导着后来转向文学的走向。此外还有藤泽恒夫的《世纪病》、立野信之的《友情》、藤森成吉的《下雨的明天》、洼川鹤次郎的《风云》、德永直的《冬日枯景》、中野重治的《第一章》《村之家》等。

日本无产阶级作家出现大面积转向，但由于作家各自出身、境遇不同，导致转向文学内容宽泛而复杂，大体上可细分为五种类型。

第一种以中野重治和村山知义为代表。他们虽然写下了不反对天皇的保证书而获得释放，但他们并没有放弃马克思主义。在作品中，他们把自己转向前后的心理以私小

说形式呈现给读者，具有告白的性质。转向作家中野重治面对时代的黑暗，进行艺术性的彻底抵抗，他独特的文学活动尤其引人瞩目。中野重治经历了战前的无产阶级文学运动、战时的文学抵抗、战后民主主义文学运动的各个时期，其间他一边发表表达那个时代文学良心所在的诗歌、小说、评论、随笔，一边不断置身于政治和文学的尖锐紧张关系中进行活动。1934年出狱后，他深入思考，对自己在狱中"转向"时的孱弱和动摇没有加以掩饰，通过文学写作不断剖析，"在作为人和作家的第一义的道路上前进"。他陆续发表了五部转向小说，其中作品《村之家》提及转向文学的社会责任问题，表达了重新崛起的决心。

第二种情况是以岛木健作为代表的转向文学，作家彻底放弃了从前的无产阶级立场，完全按照新思想谋求自我变革；第三种则是以高见顺的长篇小说《应该忘掉过去》为代表的具有颓废倾向的作品，该作品嘲讽了那些在法西斯政权镇压下没有骨气的知识分子们；第四种情况则是转向后投靠日本法西斯主义政权的转向文学，是真正意义上的"转向"（叛变）文学，代表人物是林房雄；第五种则是像龟井胜一郎等创作的在宗教和古典中谋求再生的文学作品。

日本无产阶级文学运动衰退后，转向作家因思想上的挫折进行了自我反省，深化了对现实的认识。转向文学可以说是日本近现代文学史上一种独特的文学形式，对了解日本近现代文学的发展具有重要意义。

岛木健作简略年谱

1903年9月7日，出生于北海道札幌市，是家中最小的孩子，本名朝仓菊雄。父亲朝仓浩是北海道厅的小官吏，日俄战争期间被派往大连，1905年客死他乡，一家离散，母亲松子携菊雄和其兄八郎分家后，以缝纫和服为生。

1917年，从札幌师范学校附属小学退学后，一边在拓殖银行做勤杂工，一边在东本愿寺别院上夜校。这个时期沉迷于文学，向《文章俱乐部》投稿过短歌、俳句和小品文。

1920年，6月，患肺结核病倒。12月，《章三的叔父》入选《万朝报》举办

的短篇小说征文奖。

1923 年，深受克鲁泡特金《告青年》的影响。从北海中学毕业后，上京就职于帝国电灯股份公司，后因在关东大地震中受伤，返回札幌，进入北海道大学图书馆工作。

1925 年，辞职前往仙台，进入东北帝国大学法文学部选科，加入东北学联。结识玉城肇、林房雄、野吕荣太郎等人。

1927 年，在宫井进一的劝导下，加入共产党。过度疲劳导致旧病复发，咳血严重。生病期间，听闻芥川龙之介自杀事件深受打击。病情稍有好转后，为了县议员、国会议员普选选举奔走，身体状况再次恶化。

1928 年，赶往弹劾官吏干涉选举的演说会场途中，和宫井进一一起被捕，紧接着被起诉、收监。7 月，从高松被移送至大阪刑务所，10 月，一审被判五年徒刑。4 年后，在上诉审公审法庭上发表转向声明。

1934 年，基于狱中经历创作了处女作《癞》，由米村正一和大竹博吉转交给森山启和德永直，刊载于《文学评论》四月号。7 月相继发表《鲱渔场》（《文学评论》）、《盲目》（《中央公论》），巩固了作为新进作家的地位。10 月发表《苦闷》（《中央公论》），第一部创作集《狱》出版。11 月发表《医生》（《文学评论》）。

1935 年，相继发表《黎明》《县会》《毁灭后》《典型》《一个转机》《生活》《重建》等作品。10 月《黎明》出版。与相泽京结婚，移居世田谷。

1937 年，发表《妻子的问题》《对日本的爱》等作品，之后的两年多时间内较少创作短篇。6 月，《重建》一出版立刻被禁止发售。10 月，出版《生活的探求》。

1940 年，《满洲纪行》《人的复活》前篇出版。7 月开始于《新潮》连载《命运之人》。这一年，分别前往北海道、志贺高原、中国、九州、东北、新潟等地。

1944 年，11 月《基础》出版。第二年，《棉被》《黑猫》《赤蛙》《蜈蚣》等短篇脱稿。

1945 年，2 月发表《针》（《文艺春秋》），3 月开始执笔长篇小说，4 月写至约两百页（殁后发表于《创元》，题为《土地》，未完）。之后先后脱稿《病间录》《名附亲》《战灾慰问》等。6 月末病情加重，入住镰仓保养院。于太平洋战争结束后的 8 月 17 日去世。23 日，在镰仓文库举行了告别仪式。法名克文院纯道义健居士，葬于净智寺。

《癩》作品介绍

　　中篇小说，1934 年发表于《文学评论》杂志。这是岛木健作的处女作，根据其在狱中的实际经历撰写，也是他的代表作。小说中罹患麻风病，坚持信仰，拒绝"转向"的斗士冈田良造的原型，是早大建设者同盟成员三宅卯一郎，因从事工会运动被捕后，他被监押在病人牢房。作者曾与三宅卯一郎一起被关押在隔离病牢，牢房相邻。小说中的主人公太田可以看作作者本人。太田因患有严重的肺结核，被移送至隔离病牢，对于是否"转向"犹豫不决，心情暗淡，日益绝望。就在这时，曾经的同志冈田被收押进来。目睹身患麻风病的冈田仍然坚持信仰，拒不"转向"，坦然面对牢狱生活，太田受到极大的鼓舞和震撼。

节选及译文

　　数えがたいほどの幾多の悲惨事が今までに階級的政治犯人の身の上に起った。ある同志の入獄中に彼の同志であり愛する妻であった女が子供をすてて、どっちかといえばむしろ敵の階級に属する男と出奔し、そのためにその同志は手ひどい精神的打撃を受けてついに没落して行った事実を太田はその時まざまざと憶い出したのであったが、そうした苦しみも、あるいはまた、親や妻や子など愛する者との獄中での死別の苦しみも——その他一切のどんな苦しみも、岡田の場合に比べては取り立てて言うがほどのことはないのである。それらのほかのすべての場合には、「時」がやがてはその苦悩を柔らげてくれる。何年か先の出獄の時を思えば望みが生じ、心はその予想だけでも軽く躍るのである。——今の岡田の場合はそんなことではない、彼にあっては万事がもうすでに終っているのだ。そういう岡田は今日、どういう気持で毎日を生きているのであろうか、今日自分自身が全く廃人であることを自覚しているはずの彼は、どんな気持を持ち続けているであろうか、共産主義者としてのみ生き甲斐を感じまた生きて来た彼は、今日でもなおその主義に対する信奉を失ってはいないであろうか、それとも宗教の前に屈伏してしまったであろうか、彼は自殺を考えなかったであろうか？

　　これらの測り知ることのできない疑問について知ることは、今の太田にとってはぞく

ぞくするような戦慄感を伴った興味であった。——いろいろと思い悩んだあげく、太田は思いきって岡田に話しかけてみることにした。変り果てた今の彼に話しかけることは惨酷な気持がしないではないが、知らぬ顔でお互いが今後何年かここに一緒に生活して行く苦しさに堪えられるものではない。そう決心して彼との対面の場合のことを想像すると、血が顔からすーと引いて行くのを感じ、太田は蒼白な面持で興奮した。

　　至今为止，数不清的悲惨经历发生在这些政治犯身上。太田记得很清楚，一位同志入狱期间，他的同志、也是他亲爱的妻子抛弃孩子，与他敌对阶级的男人私奔，令这位同志精神上遭受沉重打击，最终沉沦下去。这些痛苦，包括与父母、妻子、爱人在狱中死别的痛苦，所有一切的痛苦，与冈田所承受的相比，都不值一提。其他的痛苦，时间都会慢慢缓解，想象着几年之后出狱的情景，也可以使人萌生希望，心头涌起一阵喜悦的波动。可是对于现在的冈田来说，万事皆休，毫无希望。他应该意识到现在的自己已经完全是一个废人了，他现在又是怎样的心情呢？以共产主义为生活的追求，完全在信仰中寻求生存意义的他，今天仍然没有失去对这一主义的信仰吗？还是已经在宗教面前屈服了呢？他难道没有考虑过自杀吗？

　　对于这些无从而知的疑问，太田怀着极大的兴趣，甚至令他为之战栗。反复纠结之后，太田决定去找冈田说说话。去面对已经面目全非的冈田，实在是一件残酷的事情，但是如果今后形同陌路地在这个监牢之中一起生活几年，那种痛苦更是令人难以忍受。太田下定了决心，想象着面对冈田的情景，不由得感到脸上渐渐失去了血色，满脸苍白的太田有些兴奋起来。

（高洁 译）

练 习

一、文学史知识练习题

1. 请判断以下关于转向文学的陈述是否恰当，恰当的请在句子后面的括号里打勾（√），不恰当的请在括号里打叉（×）。

（1）1935 年小林多喜二被法西斯杀害后，革命形势急转直下，日本无产阶级文学运动走向低潮。很多进步作家被逮捕、被刑拘、被判刑。（　　）

（2）中野重治并没有放弃马克思主义，他通过文学把自己转向前后的心理以私小说形式呈现给读者。（　　）

（3）以村山知义为代表的转向文学，彻底放弃了之前的无产阶级立场，重新谋求自我变革。（　　）

（4）日本无产阶级文学作家出现大面积"转向"，但由于作家各自出身、境遇不同，导致转向文学内容比较复杂。（　　）

（5）高见顺的长篇小说《应该忘掉过去》带有颓废倾向，嘲讽了那些在法西斯政权镇压下没有骨气的知识分子。（　　）

2. 请根据提示，选择合适的选项。

（1）日本国内的军国主义势力急剧增长，革命形势急转直下后，日本共产党领导者佐野学、锅山贞亲，于哪一年在监狱内发表了《告共同被告同志书》？（　　）

A.1933 年　　　　　　　B.1935 年　　　　　　　C.1937 年　　　　　　　D.1939 年

（2）当日本共产主义运动受到极其严重的破坏之时，两年内转向出狱者达 90%，只有极少数人坚持了共产主义信仰。他们包括：（　　）。

A. 藤泽恒夫、立野信之　　　　　　　B. 村山知义、岛木健作

C. 宫本显治、藏原惟人　　　　　　　D. 藤森成吉、窪川鹤次郎

（3）德永直的转向作品是哪一部？（　　）

A.《风云》　　　　　B.《冬日枯景》　　　　　C.《第一章》　　　　　D.《世纪病》

（4）下列转向文学作品中作家和作品搭配正确的是哪一组？（　　）

A. 村山知义—《癞》　　　　　　　B. 岛木健作—《白夜》

C. 藤泽恒夫—《友情》　　　　　　D. 中野重治—《村之家》

（5）转向后投靠日本法西斯主义政权，成为名副其实的"转向"（叛变）文学代表人物的是哪一位？（　　）

A. 林房雄　　　　　B. 岛木健作　　　　　C. 龟井胜一郎　　　　　D. 洼川鹤次郎

二、思考题

请简要说明日本近现代文学史上转向文学出现的原因、转向文学的特点及其不同类型。

三、讨论题

转向文学是日本近现代文学史上一个非常特殊的文学现象，请查阅相关资料，谈谈你对转向文学的认识。

5.5 / 小林多喜二

　　小林多喜二是许多中国读者耳熟能详的日本最为著名的无产阶级文学作家之一。他出生于日本北部秋田县一个贫穷村落的农家里。因为生活困苦，4岁时，一家人迁居北海道的港口，投靠开面包作坊的伯父，勉强维持生活。

　　小林多喜二从小参加劳动，过着半工半读的生活。他在求学期间开始热衷于文学创作，深受苏联作家高尔基、托尔斯泰和日本作家志贺直哉、叶山嘉树等人的影响。他的早期作品，如《杀人的狗》等短篇小说，展现了北海道底层人民的艰苦生活和自发反抗。

　　1927年，日本的无产阶级运动风起云涌，小林多喜二也于同年7月参加了北海道工人的总罢工，从此走上革命道路。1928—1929年，他积极参加日本共产党领导下的文学运动，写下许多著名的作品：报告文学《一九二八年三月十五日》记载了日本军警特务逮捕、迫害无产阶级革命者的行径；长篇小说《蟹工船》描写了渔工在非人的工作环境下从自发到自觉的斗争——这部发表在《战旗》上的长篇小说也使得小林多喜二的知名度大增，一跃成为无产阶级文学的旗手。1930年，小林加入共产党。入党后的小林先后写下《沼尾村》《党生活者》等著名中短篇小说，塑造了一批革命者的光辉形象。

　　然而，早在《蟹工船》发表时特务警察就盯上了小林多喜二，1933年2月20日他被逮捕，当晚遭到严刑拷问后被杀害，年仅29岁。小林的死讯震惊日本和世界。在日本，全国各地的工农组织不顾特务警察的阻挠和破坏，纷纷自发组织追悼和抗议集会；世界的许多进步作家纷纷电唁哀悼，鲁迅也代表中国人民发去了唁电。

　　在私人生活上，这位日本无产阶级的伟大战士与母亲之间的关系非常深厚，潜入地下后也不忘悄悄将稿费寄给自己的母亲，甚至在被特务警察拷问致死之际依然惦记着母亲，恳求特务至少让母亲知道自己的死讯。

小林多喜二曾经将自己的《蟹工船》寄给在文学上受到很大影响、同时也是当时文坛最为著名的作家志贺直哉，希望得到他的意见；而志贺直哉的回应则是"无产阶级运动意识使得作品本身失去了纯洁性"。确实，无产阶级文学在日本近现代文学史上不论是主题还是文学形式都是非常特殊的。

2008 年，《蟹工船》在日本的人气又突然上升，新潮出版社的文库版《蟹工船 党生活者》成为畅销作，销量突破 50 万部。作品畅销的背后，是日本工薪阶层不得不低工资长时间劳动的社会现实。79 年后再获追捧的"小林多喜二现象"也说明：虽然无产阶级文学在题材、主题上有一定的局限性，但小林多喜二文学中蕴含的对于劳动人民的深切同情和与其沉默不如奋起反抗的呼吁早就跨越了时代，在现代社会中依然具有警示性。

小林多喜二简略年谱

1903 年，12 月 1 日，生于秋田县北秋田郡。

1919 年，被选为校友杂志《尊商》的编修委员，在这个时期开始诗及小品等的创作。

1926 年，9 月，接触到叶山嘉树的《卖淫妇》，深受影响。

1927 年，开始科学社会主义相关的学习。10 月，在《校友会会志》3 月号上发表了《杀人的狗》，在《文艺战线》10 月号上发表了《女囚徒》。11 月，劳动艺术家联盟分裂，小林加入了前卫艺术家同盟组织。

1928 年，3 月，"三一五事件"中，小林周围的许多同志遭到检举。5 月，《战旗》创刊。10 月，开始着手创作《蟹工船》。小说《一九二八年三月十五日》发表于《战旗》的 11 月、12 月号。

1929 年，2 月，日本无产阶级作家同盟创立，被选入中央委员会。3 月，完成《蟹工船》。4 月，被小樽警察局拘留，家中遭到搜查。《蟹工船》发表于《战旗》5 月、6 月号，引起巨大反响。

1930 年，5 月，因向日本共产党提供资金援助，在大阪被警察逮捕。6 月 7 日，暂时获释，24 日，再次被捕。8 月，以违反治安维持法的罪名受到起诉，被收容在丰多摩

刑务所。入狱期间，因《蟹工船》被追加不敬罪的罪名。小说《工厂细胞》发表于《改造》4月、5月、6月号。

1931年，1月被保释出狱。7月，在作家同盟第一回执行委员会上，被选为常任中央委员和书记长。9月，在上野自治会馆进行演讲，被警察拘捕。10月，加入日本共产党。11月，来到奈良拜访志贺直哉。

1932年，2月，加入国际革命作家联盟。8月，完成中篇小说《党生活者》的创作。

1933年，2月20日，被筑地署特别高等警察逮捕，被拷问后于同日19时45分死去。官方发表死因是心脏麻痹，并阻挠尸体解剖，甚至拘捕了众多前来参加小林告别仪式的群众，火葬场也戒备森严。小林死后，日本全国各地都举行了抗议和悼念活动。死后，《党生活者》发表于《中央公论》4月、5月号。

《蟹工船》作品介绍

在堪察加半岛海域上有一艘捕捞螃蟹用于加工罐头的蟹工船"博光丸"。船上的工作环境十分恶劣，薪酬则极为低廉，工头浅川根本不把蟹工们当人看。因为蟹工船被认作为"工船"而非"航船"，因此蟹工船不在航海法的适用范围内；而同时蟹工船是船，又不能算作工厂，因此劳动法也不适用于它。就这样，蟹工船成为法律的真空地带，里面的劳工遭受着非人的待遇。

在结束一天的辛苦劳作后，工人们聚在一起聊天。其中一个劳工认为今生没有希望了，只有转世投胎才能改变命运。大家听后准备集体自杀，期待来世成为有钱人。然而在准备实施时，却没人愿意真正动手杀死自己。

在一次捕捞中，有两个劳工与大家失散了。他们漂流在海上，被一艘俄罗斯船所救。看到俄罗斯人伴随着欢快的音乐跳哥萨克舞，他们第一次感受到了什么是自由；两人也第一次感受到：即使对方是异国人，也同样是人类同胞。其中一个劳工趁监工不注意时试图逃走，却没有成功，遭到一顿毒打后被关进了厕所，他弥留之际的敲门声传到所有人的耳中。航行在寒冷海面上无处可逃的蟹工船就是人间地狱。一个年轻的杂夫深感绝望，纵身跳入了海中。而这两个劳工却回到了蟹工船上，他们认识到：不能一味梦想，

必须行动起来才能实现愿望，他们正是为了实现愿望才回来的。

劳工们终于团结起来举行罢工，痛打船长和工头。尽管由于日本海军的镇压使这场斗争最终失败，但劳工们并不气馁，在总结教训之后，再次暗中酝酿第二次罢工。

小说揭露了渔业资本家和反动军队对渔工进行残酷剥削的本质，生动地表现了日本工人阶级从自发反抗到自觉斗争的发展变化过程，是日本近现代文学史上无产阶级文学的启蒙之作。《蟹工船》是小林多喜二的代表作之一，也使得小林多喜二的知名度大增，一跃成为无产阶级文学的旗手。

节选及译文

「俺アもう今度こそア船さ来ねえッて思ってたんだけれどもな」と大声で云っていた。「周旋屋に引っ張り廻されて、文無しになってよ。——又、長げえことくたばるめに合わされるんだ」

こっちに背を見せている同じ処から来ているらしい男が、それに何かヒソヒソ云っていた。

ハッチの降口に始め鎌足を見せて、ゴロゴロする大きな昔風の信玄袋を担った男が、梯子を下りてきた。床に立ってキョロキョロ見廻わしていたが、空いているのを見付けると、棚に上って来た。

「今日は」と云って、横の男に頭を下げた。顔が何かで染ったように、油じみて、黒かった。「仲間さ入れて貰えます」

後で分ったことだが、この男は、船へ来るすぐ前まで夕張炭坑に七年も坑夫をしていた。それがこの前のガス爆発で、危く死に損ねてから——前に何度かあった事だが——フイと坑夫が恐ろしくなり、鉱山を下りてしまった。爆発のとき、彼は同じ坑内にトロッコを押して働いていた。トロッコに一杯石炭を積んで、他の人の受持場まで押して行った時だった。彼は百のマグネシウムを瞬間眼の前でたかれたと思った。それと、そして１／５００秒もちがわず、自分の身体が紙ッ片のように何処かへ飛び上ったと思った。何台というトロッコがガスの圧力で、眼の前を空のマッチ箱よりも軽く

フッ飛んで行った。それッ切り分らなかった。どの位経ったか、自分のうなった声で眼が開いた。監督や工夫が爆発が他へ及ばないように、坑道に壁を作っていた。彼はその時壁の後から、助ければ助けることの出来る炭坑夫の、一度聞いたら心に縫い込まれでもするように、決して忘れることの出来ない、救いを求める声を「ハッキリ」聞いた。——彼は急に立ち上ると、気が狂ったように、

「駄目だ、駄目だ！」と皆の中に飛びこんで、叫びだした。（彼は前の時は、自分でその壁を作ったことがあった。そのときは何んでもなかったのだったが）

「馬鹿野郎！　ここさ火でも移ってみろ、大損だ」

だが、だんだん声の低くなって行くのが分るではないか！彼は何を思ったのか、手を振ったり、わめいたりして、無茶苦茶に坑道を走り出した。何度ものめったり、坑木に額を打ちつけた。全身ドロと血まみれになった。途中、トロッコの枕木につまずいて、巴投げにでもされたように、レールの上にたたきつけられて、又気を失ってしまった。

その事を聞いていた若い漁夫は、

「さあ、ここだってそう大して変らないが……」と云った。

彼は坑夫独特な、まばゆいような、黄色ッぽく艶のない眼差を漁夫の上にじっと置いて、黙っていた。

"我呀，本想打算这回就不再上船了，可是……"在离这边不远的舱铺上，一个留着平头的年轻渔工，由于酒还没醒，浮肿的脸显得苍白，大声地说，"被荐头拉着到处逛，结果落得身上一个字儿也没有了，只好又来过几个月的地狱生活。"

大概是从同一个地方来的一个汉子，背向这边，跟他悄悄地在说些什么。

舱口舷梯上出现一双里八字脚，一个背着老式大布口袋的汉子，晃晃悠悠地从梯子上走了下来。他站在舱板上，举目四望，找到个空铺，就马上爬了上去。

"你们好。"他说着，向旁边的人点了点头。他的脸像涂上了什么似的，黑黝黝的。

"让俺也搭个伴儿吧。"

后来才晓得，这个人上船以前，在夕张煤矿当过七年矿工。这次瓦斯爆炸，差点送命。虽然这样的事，以前曾经历过多次，但这次他却忽然害怕起来，离开了矿山。瓦斯爆炸时，他正在一条坑道上推着矿车。就在他把装满煤块的矿车，推到别人的掌子面去的当儿，突然觉得好像有百只镁光灯在眼前倏地闪亮一下，不到五百分之一秒钟，自己的身子就

好似纸片一般飘了起来。好几辆矿车，由于瓦斯的压力，腾空而起，轻得像空火柴盒，嗖地飞了过去。后来，他就人事不省了。不知道过了多长时间，自己才又在呻吟声中苏醒过来。工头和壮工为了防止爆炸蔓延到其他地方，在坑道里打上堵墙，封闭巷道。这时候，他"清楚"地听见墙后有人呼救。这种声音，矿工只要听过一次，就会像用针扎进心窝一样，永生难忘。要救还是能够救出来的。他急忙站起来，发狂似的冲进人群，叫喊起来："不行呀！救人呀！"

（虽说以前我自己也打过这样的墙，但那时并不觉得什么。）

"混蛋！火势蔓延过来，损失就大了。"

可是，呼救声不是渐渐低下去了吗？他似乎想到了什么，就挥臂呐喊，猛地冲出坑道，摔倒了好几次，额头磕在坑木上，全身沾满泥和血。中途，他又被矿车轨道的枕木绊倒，像被抛了起来跌到小铁轨上，又昏厥过去了。

年轻的渔工听完以后说："哎，咱们这儿也差不多呀……"

矿山来的渔工，他那矿工特有的、怕光的、没有神采的黄眼珠，直盯盯地落在年轻渔工的身上，沉默不语。

（叶渭渠 译）

一、文学史知识练习题

1.请判断以下关于小林多喜二的陈述是否恰当,恰当的请在句子后面的括号里打勾（√），不恰当的请在括号里打叉（×）。

（1）小林多喜二是日本著名无产阶级文学作家之一。（　　　）

（2）小林多喜二出生于大都市东京。（　　　）

（3）高尔基、志贺直哉都是对小林多喜二影响巨大的作家。（　　　）

（4）小林多喜二积极参与了许多工人运动，其中就有北海道工人的总罢工。（　　　）

（5）小林多喜二死于肺结核，年仅 29 岁。（　　　）

2. 请根据提示，选择合适的选项。

（1）以下没有给予小林多喜二很大影响的作家是哪一位？（　　　）

　　A. 叶山嘉树　　　　B. 托尔斯泰　　　　C. 志贺直哉　　　　D. 大江健三郎

（2）以下哪一部不是小林多喜二的作品？（　　　）

　　A.《蟹工船》　　　B.《杀人的狗》　　　C.《党生活者》　　　D.《罢工》

（3）让小林多喜二一跃成为无产阶级文学运动领头人的作品是哪一位？（　　　）

　　A.《沼尾村》　　　　　　　　　　B.《蟹工船》

　　C.《水泥桶里的一封信》　　　　　D.《卖淫妇》

（4）2008 年，《蟹工船》突然再次成为畅销作品，销售量突破（　　　）部。

　　A.40 万　　　　　B.80 万　　　　　C.100 万　　　　　D.50 万

（5）小林多喜二于（　　　）年加入了日本共产党。

　　A.1928　　　　　B.1929　　　　　C.1930　　　　　D.1931

二、思考题

1. 结合具体作品，谈谈小林多喜二无产阶级文学的主要特征。

2.《蟹工船》是小林多喜二的代表作之一，结合作品与其创作 79 年后再获追捧的现象，谈谈无产阶级文学对于现代社会的警示意义。

三、讨论题

志贺直哉对于《蟹工船》的评价无疑是较为负面的。你又如何看待这部作品？谈谈自己的想法。

第六讲

6 昭和时期的文学（二）

6.1 / 新感觉派文学

　　1924 年，新感觉派作为日本最早的现代主义文学流派宣告诞生，在日本文坛上形成与自然主义文学、无产阶级文学三足鼎立的局面。日本文学史家一般认为，新感觉派的诞生和无产阶级文学的勃兴，揭开了日本昭和文学史的序幕。

　　二十世纪初欧洲兴起了现代主义文学运动，达达派、未来派、表现派、构成派等前卫的现代派文艺思潮影响日本，对日本现代派文学的诞生起了催化作用。一战后日本社会的动荡不安反映在文学领域，一部分作家开始对旧的文学传统、观念和表达方式产生怀疑和叛逆，加以否定和破坏。

　　评论家千叶龟雄最早将《文艺时代》作家们的出现和活跃称为"新感觉派的诞生"。同人杂志《文艺时代》由川端康成、横光利一、片冈铁兵、菅忠雄、今东光、石滨金作、中河与一等 14 人于大正十三年（1924 年）创刊。川端在《发刊词》中提出"我们的责任是革新文艺，进而从根本上革新人生中的文艺和艺术观念"。这批年轻作家希望以一种新的文艺冲破旧的束缚，打破文坛上令人窒息的停滞状态，同时对抗自然主义文学的衰微和无产阶级文学的勃兴。

　　新感觉派的"双璧"横光利一和川端康成在理论和创作上各有侧重。川端更多将重心放在理论活动上，除了"掌中小说"集《感情装饰》和中篇小说《浅草红团》外，其他有明显新感觉派特征的作品较少。而横光利一则更偏重于创作实践，从某种意义上说，新感觉派的文学实践主要依靠横光的《苍蝇》《头与腹》《春天马车曲》《太阳》《静静的罗列》以及其后的《上海》等作品。因此《文艺时代》也被人称作是以横光利一为中心的新感觉主义文学运动。 此外，可称得上新感觉派的代表作品还有：片冈铁兵的《幽灵船》《钢丝上的少女》、中河与一的《刺绣的蔬菜》《冰雪的舞厅》

今东光的《瘦新娘》等。

新感觉派文学主要通过主观感情和自我感受，反映当时日本社会分崩离析的状况，以及人们的情感波折、反常心理和颓废精神，这构成了新感觉派主要的思想特征：表现混乱不堪的社会、人的存在中的基本关系，以及人的生存价值。

横光利一的《苍蝇》借助一只死里逃生、落在马背上的大眼蝇的眼睛，展现了车夫和各类乘客之间的复杂关系，最后车夫打盹人马俱亡，蝇却悠然飞去。作者在这戏谑的悲剧中，强调了人生的无目的和命运的偶然性，嘲弄人的渺小，反映了现代社会中人们的无依无靠、苦闷彷徨。

在艺术表现手法上，新感觉派否定感性以外的任何东西，把感觉和感性抬到了首要地位，追求意念的闪现、离奇的形式，注重人物主观感觉的生动描摹、人物心理的细腻剖析和官能感觉的展示，深化了人物的感情和心理活动。

新感觉派常采用拟人、象征和暗示的手法，常通过新奇的文体和华丽的辞藻来表现主观感觉中的外部世界。例如横光利一《头与腹》中的描写："仁丹广告灯叭的一声，把整个脑袋都染红了"，"眼睛成了红蔷薇"等。

1926年，新感觉派内部很快分化，有的作家退出后参加了无产阶级文学运动，横光利一则转向了新心理主义。尽管这一文学派别存在时间很短，但在日本近代文学史中别具一格，影响非凡。

练 习

一、文学史知识练习题

1. 请判断以下关于新感觉派文学的陈述是否恰当，恰当的请在句子后面的括号里打勾（√），不恰当的请在括号里打叉（×）。

（1）新感觉派文学诞生后，日本文坛逐步形成新感觉派文学、自然主义文学、无产阶级文学三足鼎立的局面。（　　　）

（2）二十世纪初，兴起于欧洲的现代主义文学运动对日本现代派文学的诞生起了催化作

用。（　　）

（3）新感觉派的"双璧"横光利一和川端康成在理论和创作上各有侧重，川端的贡献更多在文学创作方面。（　　）

（4）片冈铁兵的《瘦新娘》、中河与一的《刺绣的蔬菜》《冰雪的舞厅》、今东光的《幽灵船》《钢丝上的少女》等，都可以称得上是新感觉派文学的代表作品。（　　）

（5）新感觉派文学主要通过主观感情和自我感受，反映当时日本社会分崩离析的状况，再现人们的情感波折、反常心理和颓废精神。（　　）

（6）1926年，新感觉派很快分化，有的作家退出后参加了无产阶级文学运动，横光利一则转向新心理主义。（　　）

2. 请根据提示，选择合适的选项。

（1）新感觉派文学作为日本最早的现代主义流派是在哪一年宣告诞生的？（　　）

    A.1924年　　　　　　B.1925年　　　　　　C.1926年　　　　　　D.1923年

（2）最早将《文艺时代》作家们的出现和活跃，称之为"新感觉派的诞生"的评论家是（　　）。

    A. 川端康成　　　　　B. 千叶龟雄　　　　　C. 中河与一　　　　　D. 横光利一

（3）下列哪一位人物不属于《文艺时代》同人？（　　）

    A 片冈铁兵　　　　　B 今东光　　　　　　C 石滨金作　　　　　D 石川啄木

（4）下列哪一部作品不是横光利一创作的新感觉派作品？（　　）

    A《苍蝇》　　　　　　B《春天马车曲》　　　C《上海》　　　　　　D《千羽鹤》

（5）川端康成的作品中明显带有新感觉派特征的中篇小说是哪一部？（　　）

    A《雪国》　　　　　　B《古都》　　　　　　C《浅草红团》　　　　D《睡美人》

二、思考题

请简要说明新感觉派文学在日本近现代文学史上的地位与受到的评价。

三、讨论题

　　请在查阅资料后，谈谈日本新感觉派文学对中国近现代文学的影响。

6.2 / 横光利一

1948 年 1 月，川端康成在一位朋友的葬礼上致悼词：

值此国家败亡寒风劲吹之际，又失去你这温暖的依傍，寒天之下，我心欲碎。

世人提及我时，总是跟在你的名字之后。想来，这一大众习惯已有 25 年之久。

留在你身后的我的寂寞，你可知晓？

世界级文学大师川端康成的名字总是列在他的名字之后被提及，此人是何许人也？他就是日本新感觉派文学的旗手、被称为"文学之神"的横光利一。

横光利一是现代日本文坛上"新感觉派"的代表作家。川端康成、中河与一、片冈铁兵等都是这一流派的成员。新感觉派一反现实主义平板单调的写作手法，力求表现手法的新颖，推崇被主观歪曲的印象以及奇特的感觉描写。那么横光利一作为新感觉派的第一人，其作品又有什么特别之处呢？

横光利一在 1923 年发表的小说《太阳》中，有这么一段话：

他捡起一块小石子扔到树林里。树林里的几片叶子抖落了月光，窃窃私语起来。

在 1924 年发表的小说《头与腹》中，横光利一开篇这样写道：

正午。特快列车满载着乘客高速奔驰。沿线的车站如石头一般被纷纷抹杀。

这种新奇的拟人和比喻在当时的文坛并不多见，因此引起文坛众多非议。面对文坛的批评和指责，同为新感觉派成员的片冈铁兵撰文反驳，认为唯有这样的描写才足以体现新时代的新感觉和新生活。

横光利一不但在语言上进行了"与国语的野蛮血战"，还在叙述手法上另辟蹊径。在 1923 年发表的小说《苍蝇》中，全文没有通常意义上的主人公，而是从苍蝇的视角展开描述。这种视角有意识地借鉴了当时的新兴技术——摄影机。这一新奇的叙述方法

使《苍蝇》这篇小说呈现出现代主义特质，成为新感觉派文学的名篇。

而要说起横光利一新感觉派的集大成之作，必然要提及《上海》这一长篇小说。这部小说是横光利一于1928年4月在上海逗留一个月左右后，以中国的五卅运动为背景而创作的作品。作品中有一段话是对当时的国际大都市上海的金融掮客进行的描写：

他们以微笑和敏捷为武器，穿梭在银行与银行之间。他们手中股票的买进卖出差价，成为东方和西方活动力的源泉，不停地涨涨落落。

这段话虽然只有三言两语，但却惟妙惟肖地展现了上海金融掮客的面貌，体现了横光利一新感觉派的独特写作功力。

不仅如此，横光利一还不断追求文学创新，其作品在20世纪30年代初逐渐向新心理主义转变。在小说《上海》中，其新心理主义的写作手法已初见端倪。而1930年发表的小说《机械》，是其新心理主义作品中的代表作。该作品的叙述借鉴了普鲁斯特小说的联想手法，长句连绵。正是这部小说把横光利一推上了"文学之神"的宝座。

著名作家、评论家中村真一郎评价横光利一说：

他总是站在时代的前沿，毫不退缩，为了解决新课题，不断更新方法。他终生都保持着要做这样的美学实验者的信念。

正是因为横光利一不断追求艺术创新，才使他成为排名于川端康成之前的新感觉派第一人，进而在文坛封神。

横光利一简略年谱

1898年3月17日，出生于福岛县北会津郡东山村大字汤本川向的旅馆"新泷"，是身为铁路设计技师的父亲梅次郎（时年31岁）、母亲小菊（时年27岁）的长子。

1904年4月进入大津市寻常小学。

1906年6月因为父亲前往朝鲜工作，随母亲回到娘家三重县阿山郡东柘植村，在那里度过了小学时代的大半时期。

1909年5月移居滋贺县大津市，转校到西寻常小学。

1911年，进入三重县立第三中学（今三重县立上野高级中学）。

1913 年开始寄宿生活。这一时期接触了夏目漱石、志贺直哉的作品。阅读了片上伸翻译的陀思妥耶夫斯基的《死屋手记》，后年横光回忆说通过这部作品接受了"文学的洗礼"。

1916 年不顾父亲的反对进入早稻田大学高等预科文科，沉迷于文学，开始向文艺杂志投稿。3 月，在校友会会报上登载《夜晚的翅膀》《第五年级修学旅行记》，写作风格奇特而具象征性。

1917 年 1 月，以神经衰弱为理由，从大学休学。7 月《神马》作为佳作刊登在被认为是文坛登龙门杂志的《文章世界》上。10 月，《犯罪》作为入选作品刊登在《万朝报》上，署名横光白步。

1918 年 4 月，编入英语科一年级。

1920 年，佐藤一英将横光介绍给菊池宽，之后终身师从菊池宽。同年恋上友人小岛的妹妹君子。

1921 年，转入政治经济学科，但因长期缺席和未缴纳学费而被开除学籍。同年，在菊池宽的家中与川端康成相遇，与川端成为终生好友。同年入教成为一名基督教徒。

1922 年 8 月 29 日，父亲客死朝鲜京城（享年 55 岁），横光只身前往朝鲜，料理父亲后事。

1923 年 1 月，菊池宽创办杂志《文艺春秋》，在菊池宽推荐下，从第二期开始，横光与川端康成一起成为《文艺春秋》同人。5 月，在该杂志上发表《苍蝇》，在《新小说》上发表以卑弥呼为题材的小说《太阳》，成为知名新人作家。6 月，与 17 岁的小岛君子结婚。

1924 年 5 月，第一部作品集《御身》由金星堂出版，《太阳》作为《文艺春秋》丛书出版发行。10 月，与川端康成、今东光、中河与一等文艺春秋同人创办《文艺时代》。这本杂志成为新感觉派文学的据点。横光在《文艺时代》上发表了《头与腹》。评论家千叶龟雄在《新感觉派的诞生》一文中，把文章开头"正午。特快列车满载着乘客高速奔驰。沿线的车站如石头一般被纷纷抹杀"的表达方式，命名为"新感觉派"。同年，电影导演衣笠贞之助将《太阳》拍摄成电影。

1926 年 1 月，在《文艺时代》上发表《拿破仑与顽癣》。同年，横光与片冈铁兵、岸田国士、池谷信三郎等人建立新感觉派电影联盟。横光与川端康成编剧、衣笠贞之助导演的默片《疯狂的一页》（小说原作者为川端康成）上映。6 月 24 日，妻子小岛君子去世。

1927 年 1 月，《春天乘着马车来》由改造社出版，2 月发表《花园思想》，由菊池宽做媒，与日向千代子再婚，11 月 3 日，长子象三出生。

1928 年 1 月，在《新潮》杂志发表评论《新感觉派和共产主义文学》，2 月在《创作月刊》上发表《关于文学唯物论》，引发形式主义文学论争。

1928 年 4 月开始，在上海逗留约 1 个月。同年开始创作《上海》的第一篇《澡堂与银行》，到 1931 年为止的四年时间里，断断续续在《改造》上发表了长篇小说《上海》。

1930 年 8 月，执笔《机械》，发表在《改造》9 月号上。这篇小说把横光推上了"文学之神"的宝座。9 月，受到"南满洲铁道株式会社"的邀请，与舟桥圣一一起到当时的"满洲"旅行。11 月到 12 月，第一部报纸小说《寝园》在《东京日报》和《大阪每日新闻》上连载。

1932 年，横光的新感觉派文学集大成之作《上海》和《寝园》出版发行。

1933 年 1 月 3 日，次子佑典诞生。

1934 年，在《改造》的 1 月到 9 月刊上连载《徽章》，后来由《改造》出版发行。

1935 年 1 月，成为芥川文学奖的评审委员。4 月，在《改造》上发表《纯粹小说论》，提出"纯文学即通俗小说，除此之外，文艺复兴绝无可能"的观点。主张《徽章》中的"我"是"自己看自己"的"第四人称"。

1935 年 8 月到 12 月，在《东京日报》《大阪每日新闻》上连载《家族会议》。

1936 年 2 月 20 日，38 岁的横光作为东京日日新闻以及大阪每日新闻的欧洲特派员，从神户启航赴欧半年。途经上海见到鲁迅和改造社社长山本实彦。从新加坡、槟榔屿、科伦坡和开罗经由地中海，乘船旅行一个月到达欧洲。

1937 年 4 月至 1946 年 1 月为止 11 年左右，在《东京日日新闻》《大阪每日新闻》上连载以其赴欧经历为蓝本的长篇小说《旅愁》（未完成）。

1938 年 11 月开始，去中国旅行 40 天。

1940 年，成为日本文学家会议的发起人。10 月，与菊池宽、高见顺、林芙美子等人一起参加"文艺枪后运动"讲演会，前往四国。

1941 年 5 月，参加"文艺枪后运动"中部地区班。

1942 年 5 月，日本文学报国会策划运营"大东亚文学家会议"，横光参与了大会决议案的起草。

1943 年，《旅愁》第三篇出版。3 月 31 日，作为海军报道班员，接受战时征兵，4 月前往新几内亚，但由于生病未能成行。但是，在之前的 1942 年初夏以及之后的 1943

年 8 月曾被派遣到拉巴尔附近两次。

1946 年 6 月，小田切秀雄在新日本文学会的机关杂志《新日本文学》上发表《文学中战争责任的追究》，文中认为"菊池宽、横光利一等人是最大且直接的战争责任者"，主张开除其文学界的公职。横光利一被文坛追究战争责任。

1947 年 12 月，以疏散时的日记为体裁的小说《夜之鞋》发行，河上彻太郎评价其为横光的最大杰作。

1947 年 12 月 15 日，小说《洋灯》执笔期间，胃剧痛，意识不清。除胃溃疡外，于 12 月 30 日并发急性腹膜炎，下午 4 点 13 分去世，享年 49 岁。

《苍蝇》作品介绍

1923 年（大正十二年）5 月，横光利一在《文艺春秋》杂志上发表了《苍蝇》，这篇小说以及同一时期发表的《太阳》使横光利一在文坛上一举成名。小说的故事梗概如下：

盛夏的驿站空空荡荡，一只苍蝇从蜘蛛网上挣脱后，掉在地上，又飞到马背上。车夫在驿站旁边的包子铺前和别人下棋。一个农妇跑到驿站，想坐马车到城里，看望自己病危濒死的儿子，她生怕看不到儿子最后一面，心急如焚。这时又来了一对青年男女，看样子是私奔的，简单的对话透露出二人的焦急和担心。接着又来了一对母子，小男孩看见马，调皮地和马说话。最后来的是一个乡村绅士，昨夜刚赚了一大笔钱，志得意满。这些人都在等待着马车出发，却没人知道马车什么时候出发，知道的大概只有包子铺里的包子。因为有洁癖的车夫要吃谁都没碰过、刚出笼的热包子，这是他长年独身生活每一天里最好的慰藉。马车终于要出发了，农妇第一个爬到马车上。车夫把包子揣进围裙，赶着马车出发，落在马背上的苍蝇又飞到了马车顶上。能说会道的乡绅和周围人攀谈起来，小男孩望着马车外的田野景色，唯一察觉车夫睡着的，只有苍蝇。不久，没有车夫驾驭的马车从悬崖上坠落，只有苍蝇飞走，再次逃出了生天。

从故事梗概中可以看出，苍蝇的视角有意识地借鉴了当时的新型技术——摄影机。机械一般的苍蝇之"眼"，让人感觉到在不动声色的叙事底层潜在的语言一体性。叙述

者的视角与苍蝇相叠合，产生了犹如观看电影画面一般的文学效果。小说的美学价值集中体现在其叙述风格与语言上。

节选及译文

一

真夏の宿場は空虚であった。ただ眼の大きな一疋の蠅だけは、薄暗い厩の隅の蜘蛛の巣にひっかかると、後肢で網を跳ねつつ暫くぶらぶらと揺れていた。と、豆のようにぼたりと落ちた。そうして、馬糞の重みに斜めに突き立っている藁の端から、裸体にされた馬の背中まで這い上った。

二

馬は一条の枯草を奥歯にひっ掛けたまま、猫背の老いた馭者の姿を捜している。

馭者は宿場の横の饅頭屋の店頭で、将棋を三番さして負け通した。

「何？文句をいうな。もう一番じゃ。」

すると、廂を脱れた日の光は、彼の腰から、円い荷物のような猫背の上へ乗りかかって来た。

（中略）

十

馬車の中では、田舎紳士の饒舌が、早くも人々を五年以来の知己にした。しかし、男の子はひとり車体の柱を握って、その生々した眼で野の中を見続けた。

「お母ア、梨々。」

「ああ、梨々。」

馭者台では鞭が動き停った。農婦は田舎紳士の帯の鎖に眼をつけた。

「もう幾時ですかいな。十二時は過ぎましたかいな。街へ着くと正午過ぎになりますやろな。」

馭者台では喇叭が鳴らなくなった。そうして、腹掛けの饅頭を、今や尽く胃の腑の中へ落し込んでしまった馭者は、一層猫背を張らせて居眠り出した。その居眠りは、馬車

の上から、かの眼の大きな蠅が押し黙った数段の梨畑を眺め、真夏の太陽の光りを受けて真赤に栄えた赤土の断崖を仰ぎ、突然に現れた激流を見下して、そうして、馬車が高い崖路の高低でかたかたときしみ出す音を聞いてもまだ続いた。しかし、乗客の中で、その駅者の居眠りを知っていた者は、僅かにただ蠅一疋であるらしかった。蠅は車体の屋根の上から、駅者の垂れ下った半白の頭に飛び移り、それから、濡れた馬の背中に留って汗を舐めた。

　馬車は崖の頂上へさしかかった。馬は前方に現れた眼匿しの中の路に従って柔順に曲り始めた。しかし、そのとき、彼は自分の胴と、車体の幅とを考えることは出来なかった。一つの車輪が路から外れた。突然、馬は車体に引かれて突き立った。瞬間、蠅は飛び上った。と、車体と一緒に崖の下へ墜落して行く放埒な馬の腹が眼についた。そうして、人馬の悲鳴が高く一声発せられると、河原の上では、圧し重なった人と馬と板片との塊が、沈黙したまま動かなかった。が、眼の大きな蠅は、今や完全に休まったその羽根に力を籠めて、ただひとり、悠々と青空の中を飛んでいった。

一

　盛夏的驿站空空荡荡。仅有一只大眼苍蝇粘在马厩昏暗角落里的蜘蛛网上。它用后腿蹬着蛛网，摇摇晃晃地抖动了一阵子，接着，就像豆子一样啪嗒一声掉了下来。然后，它从被马粪压歪了的麦秆尖上爬到了裸露的马背上。

二

　马的大牙上挂着一根枯草，寻找着驼背老车夫的身影。

　老车夫正在驿站旁边的包子铺前下象棋。他已经连输了三盘。

　"不玩了吗？别说废话，再下一盘嘛。"

　阳光透过房檐，从他的腰部直照到有如滚圆的行李一样的驼背上。

（中略）

十

　马车里，乡村绅士在夸夸其谈，不一会儿就使乘客们变得跟他像多年的知己似的。只有那个男孩子一个人抓住车厢的柱子，灵动的眼睛一直看着野外的景色。

　"妈妈，梨梨！"

　"啊，梨梨。"

　驭座上，车夫停下了马鞭。农妇看到乡村绅士腰带上的表链子，问道：

"几点了？过了十二点了吗？到城里要过了中午了吧。"

驭座上喇叭也不响了。围裙里的包子早已进了车夫的空空的肠胃，他开始打起盹来，后背显得更驼了。那只大眼苍蝇眺望着那几块静寂的梨园，仰望着在盛夏的阳光下呈现赤红色的红土断崖，俯视突然出现的激流，然后又聆听到马车在高低不平的高高的悬崖路上行走时发出的嘎吱嘎吱声响。这时车夫仍在打盹。可是，在乘客当中，知道车夫在打盹的人，好像只有这只苍蝇。苍蝇从车篷飞到车夫耷拉着的那花白头上，然后停在汗湿了的马背上，去吮吸那上面的汗水。

马车来到了悬崖顶上。马沿着透过眼罩展现在前方的路开始进入舒缓的弯道，可是，这时，它没能考虑自己的身体和车体之间的宽度，一个车轮偏离了路基。突然，马被车体拖住，直立了起来。刹那间，苍蝇飞了起来。于是，苍蝇看到了和马车一起坠下悬崖的那匹放荡不羁的马儿的肚子。接着人和马发出一声尖锐的悲鸣。河滩上，人和马还有板条堆叠在一起，寂静无声、一动不动。大眼苍蝇这时用力展开它那经过休息完全恢复过来的翅膀，独自悠然地向蓝天飞去。

（商雨虹 译）

练 习

一、文学史知识练习题

1. 请判断以下关于横光利一文学的陈述是否恰当，恰当的请在句子后面的括号里打勾（√），不恰当的请在括号里打叉（×）。

（1）横光利一和川端康成同为新感觉派成员，在提及这一流派成员时，他的名字总是列在川端康成之后。（   ）

（2）横光利一的小说《苍蝇》并无通常意义上的主人公，而是从苍蝇的视角展开叙述。（   ）

（3）横光利一新感觉派文学的集大成之作是《机械》。（   ）

（4）《上海》这部小说是横光利一新心理主义文学的代表作。（　　）

（5）《上海》是横光利一以上海五卅事件为背景创作的作品。（　　）

2. 请根据提示，选择合适的选项。

（1）下面哪一部作品不是横光利一的作品？（　　）

    A.《机械》   B.《太阳》   C.《上海》   D.《山之声》

（2）"他捡起一块小石子扔到树林里。树林里的几片叶子抖落了月光，窃窃私语起来。"
这句话出自以下哪部作品？（　　）

    A.《头与腹》   B.《太阳》   C.《上海》   D.《山之声》

（3）横光利一逐渐向新心理主义转向，其创作倾向已经初见端倪的是以下哪一部作
品？（　　）

    A.《陵园》   B.《太阳》   C.《上海》   D.《春天乘着马车来》

（4）《苍蝇》这部小说有意识地借鉴了当时哪一种新兴技术？（　　）

    A. 电影   B. 摄影机   C. 照相机   D. 电视

（5）把横光利一推上"文学之神"宝座的是以下哪一部作品？（　　）

    A.《机械》   B.《太阳》   C.《上海》   D.《头与腹》

二、思考题

简要陈述横光利一的作品体现了新感觉派文学的哪些特征，后期他的写作风格
有了哪些变化？

三、讨论题

为何说横光利一是排名于川端康成之前的新感觉派文学第一人，后来他又为
何转向了新心理主义的创作？

6.3 / 新兴艺术派

1928年—1930年间，日本文坛发生"形式主义文学论争"，无产阶级文学与以新感觉派为代表的艺术派之间对立加剧。1929年末，以反马克思主义、拥护艺术的自律性为主旨的"十三人俱乐部"（浅原六朗、尾崎士郎、冈田三郎、饭岛正、久野丰彦、龙胆寺雄、中村武罗夫、楢崎勤、佐佐木俊郎、嘉村矶多、加藤武雄、川端康成、翁久允等）成立，1930年4月，又有19名成员加入（舟桥圣一、阿部知二、井伏鳟二、雅川滉、今日出海、堀辰雄、小林秀雄、神西清、深田久弥、吉村铁太郎、永井龙男、保高德藏、中村正常、吉行英介等），成立了"新兴艺术派俱乐部"，中心人物是龙胆寺雄，推动者则是1928年6月以《是谁践踏了花园？》举起反无产阶级文学大旗的《新潮》杂志主编、作家中村武罗夫及其背后的新潮社。

龙胆寺雄因参加《改造》杂志的文学大赛获奖而崭露头角。他的作品没有新感觉派那种知性的沉重，文笔轻快华丽，描写近代都市生活享乐消费的一面，充满新鲜的感觉，主张现代主义。

而"新兴艺术派俱乐部"这一组织的集体成果仅有《艺术派综艺》一书，此外则是新潮社刊行的24本《新兴艺术派丛书》，以及春阳堂发行的《摩登东京 圆舞曲》。不过上述作品集的执笔者并非都是"新兴艺术派俱乐部"成员。

"新兴艺术派俱乐部"的成立及其活动与当时的时代背景密不可分。首先，大正末年、昭和初年，随着出版业的发展，文艺同人杂志盛行，众多文学新人聚集在同人杂志之下，形成文坛预备军。与此同时，新闻行业的权力增强，各大杂志竞相招聘专属知名作家。其次，第一次世界大战后，随着社会不安与思想对立的加剧，是采取殉教般的态度投入政治运动，还是在个人的小圈子里逃避现实，成为知识分子不得不面临的抉择。

而就在此时，美国文化的盛行，强化了社会上的享乐风气。

虽然新兴艺术派反对马克思主义，但是并没有可以与之对抗的理论和世界观，只能强调艺术的自律，与商业资本相结合。出版机构的需求最终超越了作家个人的意志，使得艺术派主流的现代主义陷入近代都市生活追求刹那享乐的爵士乐般的狂躁之中，导致"色情、怪诞、无意义"的作品大为流行。

这一流派的有趣之处在于，中心人物并无太大成就，反而是一直保持自己特色的嘉村矶多、佐佐木俊郎，虽深受现代主义影响，但是却坚持个人修养的井伏鳟二、舟桥圣一、阿部知二，以及处于边缘的依托纯文学杂志《文学》的川端康成、堀辰雄、小林秀雄等文学成就更高。以伊藤整、堀辰雄为代表掀起新心理主义，更有意识、更自觉、更系统地引进西欧小说的新方法。而阿部知二提倡主知主义文学，优先知性的批判性观察和描写。

新兴艺术派也可以说是一种颓废主义，在新感觉派失去内在的自我，感觉功能与都市主义结合之后，以一种带着虚无的哀愁描写市民消费享乐的一面。在这个意义上，川端康成的《浅草红团》可以视为其代表作。丹羽文雄、石坂洋次郎等同时代作家中受其影响的并不在少数。

堀辰雄简略年谱

1904 年，12 月 28 日生于东京麴町。

1921 年，由府立三中毕业后，进入东京第一高等学校理科学习，结识神西清、小林秀雄等。

1923 年，拜访室生犀星，室生又将堀辰雄介绍给芥川龙之介，此后堀辰雄一直奉二人为师。在一高读书期间，在《校友会杂志》上发表随笔和诗歌。后因肋膜炎休学一年。

1925 年，从第一高等学校毕业后，升入东京帝国大学国文科。

1926 年，4 月与中野重治等创办同人杂志《驴马》，但却并没有参与无产阶级文学运动。后加入小林秀雄创办的杂志《山茧》，发表小说和诗歌。

1927 年，芥川龙之介自杀，堀辰雄受到很大打击，宿疾肋膜炎发作。

1929 年，2 月在《文艺春秋》杂志发表《笨拙的天使》，登上文坛。3 月由东京帝国大学毕业，毕业论文的题目是《芥川龙之介论》。

1930 年，11 月，在《改造》杂志发表《圣家族》，被认为是同期艺术派的代表作家。

1933 年，5 月创办杂志《四季》，此后培养了立原道造、津村信夫等后辈诗人。10 月发表《美丽的村庄》。

1934 年，与矢野绫子订婚。

1935 年，与矢野绫子一起入院，在富士见高原疗养所休养。12 月 6 日，矢野绫子去世。

1936 年，因未婚妻之死，创作《起风了》。

1937 年，发表取材于古典文学的《蜉蝣日记》。

1941 年，3 月发表《菜穗子》，11 月发表《旷野》。

1942 年，《菜穗子》获得第一届中央公论社文艺奖。

1943 年，发表游记小品文集《大和路·信浓路》，战争后期疏散至信州信浓追分。

1946 年，致力于复刊杂志《四季》，又创刊杂志《高原》，因一直与病魔斗争，战后仅 3 月发表一篇《雪上的足迹》。

1947 年，一度病情危笃。

1950 年，《堀辰雄作品集》获得第四届每日出版文化奖。

1953 年，5 月 28 日在信浓追分家中去世，葬于东京多磨陵园。

《起风了》作品介绍

中篇小说，堀辰雄的代表作。小说由《序曲》《春》《起风了》《冬》《死亡阴影笼罩着的山谷》等五章构成。其中《序曲》《起风了》发表于 1936 年 12 月的《改造》杂志，《冬》发表在 1937 年 1 月的《文艺春秋》杂志上，《春》于 1937 年 4 月发表于杂志《新女苑》，《死亡阴影笼罩着的山谷》发表在 1938 年 3 月的《新潮》杂志上。1938 年 4 月单行本由野田书房出版。

1933 年夏，作者与矢野绫子在轻井泽相识，翌年两人订婚，但绫子于第三年的冬

天死去。《起风了》描写的就是绫子的死和两人之间的爱情。主人公"我"在夏天的高原遇见了少女节子，不久两人订婚。但节子患有肺结核，两人同赴八岳山麓的疗养院，在疗养院里开始了两人独特的爱情生活。"我身边这个温暖芬芳的存在、那略微急促的呼吸、那握着我的柔软双手，还有那微笑"之外再无其他，在这种单调的日子里，节子坚信着"我"的话："以后回想起我们现在这段生活，该有多么美啊！""我"也被节子对生命的执着而感动，两人互相慰藉，日子平静温暖而幸福。冬天里节子死去。"我"一个人在没有人影的山谷别墅里，阅读《安魂曲》，在孤独中体味节子之死的意味。

在爱情中超越死亡，坚信永生，这种对"生"和"爱"的赞颂超越了"死"的主题。小说代表了堀辰雄的最高艺术成就，成为昭和文学史上独放异彩的作品。矢内原伊评论它是"以散文谱写的最纯粹的诗、生和死交相辉映的悲歌。其纯净凄美的抒情、其纤细而又明暗交错的强韧诗情，都值得献上最高的赞美之词"。

节选及译文

それらの夏の日々、一面に薄の生い茂った草原の中で、お前が立ったまま熱心に絵を描いていると、私はいつもその傍らの一本の白樺の木蔭に身を横たえていたものだった。そうして夕方になって、お前が仕事をすませて私のそばに来ると、それからしばらく私達は肩に手をかけ合ったまま、遥か彼方の、縁だけ茜色を帯びた入道雲のむくむくした塊りに覆われている地平線の方を眺めやっていたものだった。ようやく暮れようとしかけているその地平線から、反対に何物かが生れて来つつあるかのように……

そんな日の或る午後、（それはもう秋近い日だった）私達はお前の描きかけの絵を画架に立てかけたまま、その白樺の木蔭に寝そべって果物を齧じっていた。砂のような雲が空をさらさらと流れていた。そのとき不意に、何処からともなく風が立った。私達の頭の上では、木の葉の間からちらっと覗いている藍色が伸びたり縮んだりした。それと殆んど同時に、草むらの中に何かがばったりと倒れる物音を私達は耳にした。それは私達がそこに置きっぱなしにしてあった絵が、画架と共に、倒れた音らしかった。すぐ立ち上って行こうとするお前を、私は、いまの一瞬の何物をも失うまいとするかのように

無理に引き留めて、私のそばから離さないでいた。お前は私のするがままにさせていた。

風立ちぬ、いざ生きめやも。

ふと口を衝いて出て来たそんな詩句を、私は私に靠れているお前の肩に手をかけながら、口の裡で繰り返していた。それからやっとお前は私を振りほどいて立ち上って行った。まだよく乾いてはいなかったカンヴァスは、その間に、一めんに草の葉をこびつかせてしまっていた。それを再び画架に立て直し、パレット・ナイフでそんな草の葉を除りにくそうにしながら、

「まあ！こんなところを、もしお父様にでも見つかったら……」

お前は私の方をふり向いて、なんだか曖昧な微笑をした。

那些连绵夏日，当你站在遍地芒草丛生的草原中聚精会神地作画，我便总是横身斜躺在近旁的一株白桦树荫里。于是到了黄昏时分，你搁下画笔来到我的身畔，随之便会有一段时间，我们俩伸手搂着彼此的肩膀，极目远眺天际那唯独周缘镶着茜红色的大团积雨云覆盖下的地平线。从暮色苍茫的地平线边，仿佛反倒有某种生命正待降生一般……

就在这样的一个午后（那是一个已近秋令的日子），我们俩将你画了半截的画作竖在画架上，躺在那棵白桦树荫里啃着水果。流沙般的云彩拂掠过苍穹。这时，忽然一阵风不知从何处吹来。我们的头顶上，在枝叶间偶一探脸的那一抹湛蓝忽而舒展忽而收卷。几乎与此同时，我们听见草丛里传来了呼的一声物体倒地的声响。好像是我们扔在那里不顾的油画连同画架一道摔倒的响声。你便想立即起身前去，我却硬将你一把拉住，不放你离开我的身畔，仿佛不愿失去眼前这一瞬间里的某样东西似的。你则听任我如此施为。

风乍起。合当奋意向人生。

我将手搭在偎依着我的你的肩头，口中反复吟诵着这行陡然脱口而出的诗句。然后你终于挣脱我，起身离去。尚未干透的画布在此期间已然沾满了草叶。你一面将它重新竖在画架上，用调色刀艰难地剔除那些草叶，一面说道：

"这可好，要是叫父亲瞧见了……"

你扭过脸来望着我，露出略带曖昧的微笑。

（施小炜　译）

练 习

一、文学史知识练习题

1. 请判断以下关于新兴艺术派文学的陈述是否恰当，恰当的请在句子后面的括号里打勾（√），不恰当的请在括号里打叉（×）。

（1）新兴艺术派俱乐部的推动者是《新潮》杂志主编、作家龙胆寺雄及其背后的新潮社。（　　）

（2）龙胆寺雄曾参加《改造》杂志的文学大赛获奖，他的作品文笔轻快华丽，描写现代都市生活享乐消费的一面，充满了新鲜的感觉。（　　）

（3）《艺术派综艺》《新兴艺术派丛书》《摩登东京 圆舞曲》这些作品集的执笔者都是新兴艺术派俱乐部的成员。（　　）

（4）新兴艺术派主张马克思主义，强调艺术的自律与商业资本相结合。（　　）

（5）以阿部知二为代表的主知主义文学主张优先知性的、批判性的观察和描写。（　　）

2. 请根据提示，选择合适的选项。

（1）以下哪一位作家不是新兴艺术派俱乐部的成员？（　　）

    A. 舟桥圣一　　　B. 阿部知二　　　C. 宫本百合子　　　D. 井伏鳟二

（2）下列不属于新兴艺术派集体成果的是（　　）

    A.《艺术派综艺》　　　　　　　　B.《新兴艺术派丛书》

    C.《是谁践踏了花园？》　　　　　D.《摩登东京 圆舞曲》

（3）下列不属于新兴艺术派特点的是（　　）。

    A. 都市　　　　　B. 欧洲文化　　　C. 享乐　　　　　D. 颓废

（4）以下哪一位作家是新心理主义的代表作家，更有意识、更加自觉、更系统地引进西欧小说的新方法？（　　）

    A. 井伏鳟二　　　B. 舟桥圣一　　　C. 阿部知二　　　D. 堀辰雄

（5）以下哪一位作家没有受到主知主义文学的影响？（　　）

    A. 川端康成　　　B. 丹羽文雄　　　C. 尾崎士郎　　　D. 石坂洋次郎

二、思考题

新兴艺术派是在怎样的背景之下出现的？这一派别与日本近现代文学史上诸如自然主义文学、白桦派等派别相比，具有怎样的特点？

三、讨论题

新兴艺术派是一个比较笼统的提法，请查找资料后，列举一两位代表作家及其代表作品，简要说明其文学创作特色。

6.4 / 川端康成

　　评论家奥野健男在《评传性的解说》中这样评价川端康成："他的文学明确体现了日本的传统美。他代表日本文学走向世界是最合适的。有趣的是川端文学并不代表明治以后日本近代文学的主流。他的基本文风和生活态度都不同于日本近代文学，可以称作是一个异端"，奥野健男认为这是"'川端文学柔美魔力'的一种奇怪的魅力在起作用"。

　　那么，川端文学富有魅力的世界是怎样构建起来的呢？

　　早在中学时代，川端就立志当一名作家，考入东京帝国大学后倾心于写作，和同学筹办《新思潮》杂志，发表小说《招魂节一景》，从而步入文坛。1924 年，川端康成毕业后，在菊池宽的介绍下结识了横光利一，他们共同创办了同人杂志《文艺时代》。川端站在时代前端为新感觉派的理论宣传摇旗呐喊，提出"只有新感觉主义，才是对自然主义最初的且是正当的反驳"。他发表的带有明显新感觉派色彩的作品有"掌中小说"集《感情装饰》、短篇小说《梅花的雌蕊》和中篇小说《浅草红团》等。

　　在此后的文学创作中，川端康成探索把西方现代主义文学和日本古典文学传统相结合的创作道路。1926 年《伊豆的舞女》问世，标志着川端开始形成自己的艺术个性，在作品中川端出神入化地挖掘舞女和"我"淳朴、怯生的内心感受，很好地表现了洁净而哀伤的少年男女的纯情，被誉为是"昭和时期的青春之歌"。这部作品非常明显地继承了平安王朝文学优雅而纤细、颇具女性美的传统，透过典雅与优美反映内在的悲哀和沉痛的哀愁，是一种日本式的感情抒发。

　　1933 年，川端康成和武田麟太郎等人创办《文学界》杂志，他们以创作自由为宗旨，主张艺术至上，反对文艺从属于政治，维护和争取创作自由。从 1935 年到 1945 年，川端康成隐居在镰仓，很少受到战争文学影响，身心沉浸在古典文学的世界里，埋头阅读

古本湖月抄《源氏物语》。在此期间的代表作有《水晶幻想》《抒情歌》《禽兽》《花的圆舞曲》《雪国》等。

长篇小说《雪国》的发表，标志着他的文学创作进入了鼎盛时期。该作品几经修改，前后历时十四年完稿。《雪国》以北国的汤泽为舞台，以情意绵绵和温柔幽婉的雪景描写，唤回"自然真切的自我真面目"。伊藤整评价说"《雪国》是将日本文学传统发扬到极致的近代抒情小说"，并将其与《枕草子》相媲美，认为"作者在岛村周围创造的世界：现实生活的描写、雪、房屋、家庭、风俗、昆虫等等，几乎近于抽象化……这种手法创造出来的世界，给予人们'纯真之美'的深刻印象，与现实人生之间存在很大距离"。

战后，川端为日本文坛参与国际交流而东奔西走，呕心沥血，曾长年担任日本笔会会长。1968年，川端获得诺贝尔文学奖，是第一位获此殊荣的日本作家。诺贝尔文学奖评选委员会盛赞《雪国》《古都》《千只鹤》三部代表作"以卓越的感受性技巧表现了日本人心灵的精髓"。

一般认为川端康成的艺术世界具有三大明显特征：一是唯美主义，二是抒情色彩浓郁，三是结构上的散文化。成就川端康成的是文学艺术的"美"，"美"又耗尽了他一生的心血，他的人生及创作是日本传统美在二十世纪的缩影。

川端康成简略年谱

1899年，6月11日，作为家中长子出生于大阪市天满（今北区）此花町一丁目七十九号。父亲川端荣吉是医生，母亲弦，长姐芳子。

1901年，父亲去世后，举家迁至母亲的老家，位于大阪府三岛郡丰里村三号。

1902年，1月，母亲去世，和祖父母一起回到原籍地大阪府三岛郡丰川村大字宿久庄字东村。姐姐寄养在姨母家中。

1906年，进入丰川村小学，9月，祖母去世，开始和祖父单独生活。3年后，长姐去世。

1912年，进入大阪府立茨木中学，小学时曾立志成为画家，升入小学高年级后，广泛阅读文学书籍，中学二年级时立志成为小说家。

1914年，5月，祖父三八郎去世，后来的《十六岁日记》（大正十四年发表）正

是这个时期生活的记录。两年后创作的小品《拾骨》（昭和二十四年发表），讲述的是处理祖父骨灰的事情。祖父去世后，变成孤儿，8月，寄居在丰里村的姨夫家中。

1917年，3月，从茨木中学毕业后上京，寄居在浅草藏前的表哥家中。9月，进入第一高等学校第一部乙类英文科。同期同学有石浜金作、酒井真人、铃木彦次郎等人，结识南部修太郎。度过三年的住宿生活，其间十分喜爱俄国文学。

1920年，3月，从第一高等学校毕业。4月，进入东京帝国大学文学部英文科。为创办第六次《新思潮》期刊，拜访菊池宽，此后长期受到菊池宽的眷顾。

1921年，2月，同石浜金作、酒井真人、铃木彦次郎、今东光等创办第六次《新思潮》杂志，并于该杂志发表小说《一纸婚约》。4月第2号上发表《招魂祭一景》，7月第3号上发表《油》。4月，从英文科转至国文科。12月，于《新潮》发表《南部式的作风》，得到第一笔稿费。在菊池宽家中结识横光利一。

1924年，3月，从东大国文科毕业，毕业论文题目为《日本小说史小论》。同年发表《篝火》（《南方的火》续篇）（《新小说》，3月）、《生命保险》（《文艺春秋》，8月）、《蝗虫与金琵琶》（《文章俱乐部》，9月）、《走向火海》《锯与分娩》（《现代文艺》，9月）、《非常》（《文艺春秋》，12月）。10月，同横光利一、片冈铁兵、今东光等二十人创刊《文艺时代》，并撰写创刊词，与片冈一起担任编辑。12月，于该刊发表《短篇集》（"掌中小说"）。

1926年，发表小说《伊豆的舞女》（《文艺时代》，1、2月）、《夏天的鞋子》《第四短篇集》等。与片冈铁兵、横光利一、岸田国士等人一起参与衣笠贞之助的新感觉派电影联盟，创作脚本《疯狂的一页》，不久，该联盟解散。

1930年，成为文化学院讲师。9月，于《改造》杂志连载《浅草红团》，12月，由先进社出版。

1935年，1月，文艺春秋社设立芥川奖，成为评选委员。陆续创作后收录于《雪国》的章节《物语》《徒劳》《萱之花》《火枕》《手毬歌》（昭和十二年6月，出版《雪国》，之后分期刊载了《雪中火场》《雪国抄》《续雪国》，昭和二十三年12月，《雪国》完稿）。5月，小说《禽兽》出版。10月，于《改造》杂志发表《童谣》。

1941年，受"满洲日日新闻"邀请，前往"满洲"旅行，由大连回国。7月《睡颜》出版。同月，受关东军邀请再次前往"满洲"，同高田保、火野苇平等人一起，在"奉天"与众人告别，途径北京、大连，一个月后回国。12月《爱的人们》出版。

1944年，4月，《故园》《夕阳》获得第六届菊池宽奖。7月，发表《一草一花》

（《文艺春秋》）。

1945 年，4 月，作为海军报道班成员前往鹿儿岛县鹿屋的飞行基地。5 月，与高见顺、久米正雄等人一同开设镰仓文库出租书店。

1948 年，发表小说《未亡人》（《改造》，1 月）、《再婚者》（《新潮》连载至八月）。3 月，小说《我的伊豆》出版。6 月，继志贺直哉之后担任日本笔会俱乐部会长。

1949 年，发表小说《阵雨》（《文艺往来》，1 月）、《住吉物语》（《个性》，4 月）、《千纸鹤》（《读物时事别册》，5 月）。10 月，前往广岛市探望原子弹爆炸受害者，12 月，《哀愁》由细川书店出版。这一年，成为横光利一奖的评选委员。

1952 年，2 月，《千纸鹤》（包括《山之音》的一部分）由筑摩书房出版，获得艺术院奖。8 月，《千纸鹤》由久保田万太郎导演改编为歌舞伎剧目。10 月发表《自然》，12 月发表《富士的初雪》。

1954 年，1 月，于《新潮》杂志连载《湖》，12 月完结。《山之音》由导演成濑巳喜男改编成电影。《山之音》由筑摩书房出版，获得第七届野间文艺奖。

1958 年，1 月，于《新潮》杂志发表《弓浦市》。3 月，在东京国际笔会的努力下，获得菊池宽奖。9 月，在西德的法兰克福国际笔会上被授予歌德奖，并被推选为国际笔会俱乐部副会长。10 月，《川端康成集（新选现代日本文学全集）》由筑摩书房出版。同年，因患胆结石在东大医院住院。

1960 年，1 月，在《新潮》杂志连载《睡美人》，次年 9 月完结。5 月，受美国国务省邀请渡美。7 月，出席在巴西里约热内卢和圣保罗召开的国际笔会，8 月回国。获得法国政府授予的艺术文化勋章。年末，从东大医院出院。

1961 年，1 月于《妇人公论》连载《美丽与悲哀》（昭和三十八年 10 月完结）。10 月，于《朝日新闻》连载《古都》，次年 1 月完结。11 月，获得第二十一届文化勋章。

1965 年，9 月，于《小说新潮》连载《玉响》（未完）。10 月，辞去日本笔会会长一职。同年，《美丽与悲哀》由导演篠田正浩拍摄成电影。

1968 年，9 月发表《选举事务长奋战记》（《文艺春秋》）。10 月，获得诺贝尔文学奖。辞去艺术院第二部长一职。

1972 年，4 月 16 日，口含煤气管自杀。

中篇小说，川端康成中期代表作。1935—1937 年分散刊载于《文艺春秋》《改造》，1937 年成书，1940 年开始续写，1947 年完成。1948 年由创元社出版。

小说以岛村的三次雪国旅行为线索，描写了驹子、叶子的人生、爱情和雪国的自然风土。岛村是个耽于幻想的舞蹈研究家，他在东京有家室，却对雪国念念不忘。驹子是在舞蹈师傅家学艺的姑娘，不幸师傅中风，师傅的儿子行男也病倒了。驹子为给行男治病，当了艺妓。叶子深爱行男，对驹子心怀嫉妒。

小说开篇是岛村第二次去往温泉村。火车穿过隧道，暮色中大地一片莹白。停车的间隙，叶子打开车窗叫住站长，她的声音"美得令人悲哀"。岛村注意到叶子在照料行男，她的面庞映在车窗玻璃上，眼眸与山野的灯火交叠，使岛村蓦然心动。岛村想起了驹子，当晚重逢，驹子已经入行当了艺妓，一年前相识的记忆翻然归来。驹子对镜晨妆，红颜白雪交相辉映。岛村眼里，驹子就像一条洁净透明的蚕，她的热烈真诚使岛村深深眷恋，又感到"徒劳"。岛村与驹子离别之际，叶子来车站寻找驹子，带来行男临终的口信，驹子却不肯回去。

岛村第三次到访雪国是一年后的红叶季节。秋虫落在铺席上纷纷死去，驹子心事重重。行男已死，叶子在墓前终日流连。岛村心怀愧疚，决定与驹子分手。结尾处放电影的茧仓起了大火，驹子和岛村赶往火场，皎洁的银河垂落眼前。叶子坠入火海，驹子发狂似的上前抱住她。嘈杂中，岛村感到银河在心头倾泻而下。

《雪国》取材于川端越后汤泽的旅行经历，是作家倾注心力最多的一部作品，表现出女性的纤细情感、含蓄的官能气氛、流动的象征世界。小说一经发表，便受到文坛推崇，被誉为"精纯的珠玉之作"，是"日本文学中不可多得的神品"。战后《雪国》被译成几十种文字，成为享誉世界的作品。评论家伊藤整称其为"日本近代抒情文学的经典"。

节选及译文

鏡の中の男の顔色は、ただもう娘の胸のあたりを見てゐるゆゑに安らかだといふ

風に落ちついてゐた。弱い体力が弱いながらに甘い調和を漂はせてゐた。襟巻を枕に敷き、それを鼻の下にひつかけて口をぴつたり覆ひ、それからまた上になつた頬を包んで、一種の頬かむりのやうな工合だが、ゆるんで来たり、鼻にかぶさつて来たりする。男が目を動かすか動かさぬうちに、娘はやさしい手つきで直してやつてゐた。見てゐる島村がいら立つて来るほど幾度もその同じことを、二人は無心に繰り返してゐた。また、男の足をつつんだ外套の裾が時々開いて垂れ下る。それも娘は直ぐ気がついて直してやつてゐた。これらがまことに自然であつた。このやうにして距離といふものを忘れながら、二人は果しなく遠くへ行くものの姿のやうに思はれたほどだつた。それゆゑ島村は悲しみを見てゐるといふつらさはなくて、夢のからくりを眺めてゐるやうな思ひだつた。不思議な鏡のなかのことだつだからでもあらう。

　鏡の底には夕景色が流れてゐて、つまり写るものと写す鏡とが、映画の二重写しのやうに動くのだつた。登場人物と背景とはなんのかかはりもないのだつた。しかも人物は透明のはかなさで、風景は夕闇のおぼろな流れで、その二つが融け合ひながらこの世ならぬ象徴の世界を描いてゐた。殊に娘の顔のただなかに野山のともし火がともつた時には、島村はなんともいへぬ美しさに胸が顫へたほどだつた。

　遥かの山の空はまだ夕焼の名残の色がほのかだつたから、窓ガラス越しに見る風景は遠くの方までものの形が消えてはゐなかつた。しかし色はもう失はれてしまつてゐて、どこまで行つても平凡な野山の姿が尚更平凡に見え、なにものも際立つて注意を惹きやうがないゆゑに、反つてなにかぼうつと大きい感情の流れであつた。無論それは娘の顔をそのなかに浮べてゐたからである。姿が写る部分だけは窓の外が見えないけれども、娘の輪郭のまはりを絶えず夕景色が動いてゐるので、娘の顔も透明のやうに感じられた。しかしほんたうに透明かどうかは、顔の裏を流れてやまぬ夕景色が顔の表を通るかのやうに錯覚されて、見極める時がつかめないのだつた。

　汽車のなかもさほど明るくはなし、ほんたうの鏡のやうに強くはなかつた。反射がなかつた。だから、島村は見入つてゐるうちに、鏡のあることをだんだん忘れてしまつて、夕景色の流れのなかに娘が浮んでゐるやうに思はれて来た。

　映在玻璃窗上的男人，目光只及姑娘的胸部，神情安详而宁静。虽然身疲力弱，但疲弱之中自是流露出一种怡然的情致。他把围巾垫在脑下，再绕到鼻子下面，遮住嘴巴，接着向上包住脸颊，好像一个面罩似的。围巾的一头不时落下来，盖住鼻子。不等

他以目示意，姑娘便温存地给他掖好。两人无心地一遍遍重复，岛村看着都替他们着急。还有，裹着男人双脚的下摆，也不时松开掉了下来。姑娘会随即发现，重新给他裹好。这些都显得很自然。此情此景，使人觉得他俩似乎忘却路之远近，仿佛要到什么地角天涯去似的。这凄凉的情景，岛村看着倒也不觉酸楚，宛如在迷梦中看西洋镜似的。这或许因为所看到的景象，是从奇妙的玻璃上映现出来的缘故。

镜子的衬底，是流动着的黄昏景色，就是说，镜面的映像同镜底的景物，恰像电影上的叠印一般，不断地变换。出场人物与背景之间毫无关联。人物是透明的幻影，背景则是朦胧逝去的日暮野景，两者融合在一起，构成一幅不似人间的象征世界。尤其是姑娘的脸庞上，叠现出寒山灯火的一刹那间，真是美得无可形容，岛村的心灵都为之震颤。

远山的天空还残留一抹淡淡的晚霞。隔窗眺望，远处的风物依旧轮廓分明。只是色调已经消失殆尽。车过之处，原是一些平淡无趣的寒山，越发显得平淡无趣了。正因为没有什么尚堪寓目的东西，反倒激起一股莫名的惆怅。无疑是因为姑娘的面庞浮现在玻璃上的缘故。映出她身姿的那方镜面，虽然挡住了窗外的景物，可是在她轮廓周围，接连不断地闪过黄昏的景色。所以姑娘的面影好似透明一般。那果真是透明的么？其实是一种错觉，在她脸背后疾逝的垂暮景色，仿佛是从前面飞掠过去，快得令人无从辨认。

车厢里灯光昏暗不亮，窗玻璃照出来的东西自然不及镜子清晰，因为没有反射的缘故。所以，岛村看着看着，便渐渐忘却玻璃之存在，竟以为姑娘是浮现在流动的暮景之中。

（高慧勤 译）

一、文学史知识练习题

1. 请判断以下关于川端康成文学的陈述是否恰当，恰当的请在句子后面的括号里打勾

（√），不恰当的请在括号里打叉（×）。

（1）川端康成是第一位荣获诺贝尔文学奖的亚洲作家。（　　　）

（2）《雪国》是川端康成的第一部短篇小说。（　　　）

（3）伊藤整对《雪国》评价很高，认为它是将日本文学传统发扬到极致的现代抒情小说。（　　　）

（4）川端文学中，初期作品以"伊豆小说"和"浅草小说"为代表，属于"肯定抒情世界"阶段。（　　　）

（5）川端康成认为日本以及东方的虚空和无，和西方的"虚无主义"本质上是不同的。（　　　）

（6）川端晚年作品很多都表现出"病态美""颓废美"与"老境美"。（　　　）

2. 请根据提示，选择合适的选项。

（1）川端康成于哪一年获得诺贝尔文学奖？（　　　）

　　　A.1964 年　　　　　　B.1968 年　　　　　　C.1970 年　　　　　　D.1971 年

（2）请问下列哪一部不属于川端康成的作品？（　　　）

　　　A.《雪国》　　　　　　B.《古都》　　　　　　C.《细雪》　　　　　　D.《千只鹤》

（3）川端在题为《日本的美与我》的演讲中详细阐述了自己文学创作的根源，大量引用和歌，介绍日本古典作品，其中没有提及的作品是哪一部？（　　　）

　　　A.《伊势物语》　　　B.《古今集》　　　　C.《源氏物语》　　　D.《平家物语》

（4）下列作品中不属于川端晚年"病态美""颓废美""老境美"的小说是哪一部？（　　　）

　　　A.《伊豆的舞女》　　B.《一只胳膊》　　　C.《湖》　　　　　　D.《睡美人》

（5）川端曾经仔细考察走访过作品《雪国》中出现的地点，请问该作品是以日本的哪个地方为舞台的？（　　　）

　　　A．石川县　　　　　　B．新潟县　　　　　　C．三重县　　　　　　D．熊本县

二、思考题

请结合川端康成的具体文学作品，简要说明川端文学在不同时期的特色。

三、讨论题

川端康成是日本第一位获得诺贝尔文学奖的作家，请查阅资料，结合诺贝尔文学奖评委会对川端文学的评价，谈谈川端获奖的原因。

第七讲

7 昭和时期的文学（三）

7.1 / 战争文学

　　早在明治时期，就已经出现以战争为题材的文学，国木田独步的《爱弟通信》、森鸥外的《歌日记》分别是中日甲午战争、日俄战争的从军记录，都以一种自然发生的形态，又以一种自我肯定的态度表现战争中朴素的英雄主义。与谢野晶子的诗歌《君勿死》则表达了一种源自私人情感的反对战争的心情，而试图从人性的角度剖析战争的文学始自田山花袋《被枪杀的一个士兵》、木下尚江的《火柱》。与此同时，出自军人之手的作品，例如樱井忠温的《肉弹》、水野广德的《此一战》，采用纪实手法，表达一种忠君爱国的情感。总而言之，战争文学从未进入以人的解放为目标的明治文学的主流之中，战争被看作一种自然现象，作家或对此产生本能的反应，或有意避开，没有人将战争纳入文学描写的对象。

　　直至无产阶级文学兴起之后，战争才被视为资本主义的一个阶段，开始成为文学描写的素材。其中，从理论上探讨战争文学的代表人物是黑岛传治。黑岛提出"反战文学论"，指出反战文学揭露战争的阶级本质，应该动员民众，将帝国主义战争转化为无产阶级对抗资产阶级的战争。也就是说，在无产阶级文学中，涉及战争的文学必定采取反战的态度，例如日本左翼文艺家总联盟曾编写的小说集《与战争而战——反军国主义小说集》。该小说集中收录了黑岛传治的《雪橇》和《盘旋的鸦群》，这两部作品均取材自西伯利亚出兵。黑岛的另外一部作品《武装的街市》，则以日本第一次出兵山东和济南事件为背景。

　　卢沟桥事变后，日本各大报社、杂志社争先恐后地派遣作家赶赴前线。石川达三《活着的士兵》根据作家参加南京战役的经历，真实再现了日本军队令人发指的残暴行径。为此，1938 年 3 月号的《中央公论》杂志被禁止发售，作家以"扰乱安宁秩序"为由

遭到起诉，并被判处有罪。这一事件决定了此后日本战争文学的走向。5 月份，参加徐州会战的火野苇平以日记体创作了小说《麦子与士兵》，描写一个士兵在战场上出生入死的经历，受到读者喜爱。

9 月份，石川达三、丹羽文雄、杉山平助、深田久弥等 22 名文学家奉内阁情报部之命，作为"笔部队"被派往武汉会战的战场。石川、丹羽、立野信之分别创作了《武汉会战》《不归的中队》《后方的土地》等作品，使当时的文坛呈现出浓厚的战时色彩。此后，火野又创作了《土地与士兵》《鲜花与士兵》等作品，越来越多的战争文学涌现出来，并呈现出由小说向日记体转变的倾向。

太平洋战争爆发后，在更加大规模的策划之下，更多的文学家作为报道班成员被军队征用，第一批共有 27 名作家前往南方战场。他们创作的战记有火野的《南方要塞》《士兵的地图》，井伏鳟二的《花街》等，都描写了战场上严酷的现实。此外，描写医院中伤兵生活的直井洁的《清流》等也受到关注。

日本战败以后创作的战争文学，采取与上述战时创作的作品截然相反的态度，揭露战争黑暗的一面。此外，大冈升平的《俘虏记》《野火》、梅崎春生的《樱岛》、野间宏的《真空地带》等则试图捕捉处于极限状况之下人的存在。此后，堀田善卫的《祖国丧失》《时间》《纪念碑》、安冈章太郎的《遁走》、小岛信夫的《墓碑铭》、远藤周作的《白色的人》《黄色的人》《海与毒药》等则注重从人的内心剖析战时体验。

石川达三简略年谱

1905 年，7 月 2 日出生于秋田县平鹿郡横手町，父亲是中学教师，曾在秋田中学、冈山县立高梁中学、冈山市私立关西中学任教。

1924 年，从关西中学毕业。

1925 年，进入早稻田第二高等学院学习。

1928 年，因无法缴纳学费从英文科退学。进入电气行业杂志《国民时论》工作，同时进行小说创作。

1930 年，辞去工作，以 600 日元退休金为资本，作为移民团成员远赴巴西，半年

后以结婚为由回国。

1935 年，根据巴西移民经历创作小说《苍氓》，发表于同人杂志《星座》，8 月获得第一届芥川文学奖。

1936 年，与梶原代志子结婚。

1937 年，发表小说《日阴村》。12 月作为中央公论特派员前往南京。

1938 年，3 月根据南京见闻，在《中央公论》杂志发表小说《活着的士兵》，为此《中央公论》杂志受到当局禁止发售的处分，总编与发行人均受到特高警察调查，被认定有罪。

1939 年，发表《武汉作战》。

1947 年，作为擅于捕捉社会问题的作家重新出发，发表《幸福的界限》《并非无望》。

1948 年，发表《满是泥巴》。

1949 年，发表《被风吹动的芦苇》。

1952 年，发表《最后的共和国》。

1953 年，发表《恶之悦》。

1955 年，发表《四十八岁的抵抗》。

1957 年，发表《人间之壁》。

1961 年，发表《我们的失败》。

1962 年，发表《伤痕累累的山河》。

1966 年，发表《金环蚀》。

1985 年，1 月 31 日去世。生前曾担任日本文艺家协会理事长、日本笔会会长，创设版权保护同盟。

《活着的士兵》作品介绍

1937 年 12 月 12 日，日本军队占领南京后，石川达三作为中央公论社的特派员前往中国。1938 年 1 月抵达上海后，乘坐火车前往南京。在南京采访了参与南京大屠杀的第 16 师团第 33 连队后，石川创作了小说《活着的士兵》。3 月，该作在《中央公论》杂志上发表。作品真实地描写了失去人性的前线士兵烧杀抢掠的暴行，揭露了战争必然

伴随着的罪恶行径。发表当时，作品中有关杀害无辜南京市民的场景、士兵们对于战争的悲观情绪等近四分之一的篇幅都被删除，但仍然因"具有反军队的内容，不适合当前的时局"，在发表第二天即被禁止发售。此后石川本人、杂志编辑及发行人以违反报纸法第 41 条"扰乱安宁秩序"的罪名受到起诉，石川本人被判入狱 4 个月，缓刑 3 年执行。日本战败后，1945 年 12 月，该作由河出书房出版单行本时，作家进行了修订，并且恢复了初次发表时被删除的内容。

节选及译文

　　一町も歩くと部落をはずれて四人は楊柳の並んだクリークとその両岸にひろがった田圃との静かな夕景色の中に出た。陽は落ちて空は赤かった。クリークの水に赤い雲の影が静かに映っていて、風もない和やかな秋であった。点々と農家はあるがどこにも人影はなかった。彼らは幾つかの支那兵の死骸を跳び越えてクリークの岸に立った。野菊の残りの花が水面に近く群れ咲いており、田圃にある砲弾の穴には新しい水が丸くたまっていた。

　　笠原は立ち止ってふり向いた。青年はうな垂れて流れるともないクリークの流れを見ていた。一匹の支那馬が水の中から丸々と肥えた尻を突き出して死んでいた。萍草が鞍のまわりをとり巻いて頭の方は見えなかった。

　　「あっち向け！……と言ってもわからねえか。不便な奴じゃ」

　　彼はやむなく自分で青年の後にまわり、ずるずると日本刀を鞘から引き抜いた。それを見るとこの痩せた鳥のような青年はがくりと泥の中に膝を突き何か早口に大きな声で叫び出し、彼に向って手を合わせて拝みはじめた。しかし拝まれることには笠原は馴れていた。馴れてはいてもやはり良い気持ではなかった。

　　「えい！」

　　一瞬にして青年の叫びは止み、野づらはしんとした静かな夕景色に返った。首は落ちなかったが傷は充分に深かった。彼の体が倒れる前にがぶがぶと血が肩にあふれて来た。体は右に傾き、土手の野菊の中に倒れて今一度ころがった。だぶんと鈍い水

音がして、馬の尻に並んで半身はクリークに落ちた。泥だらけの跣足の足裏が二つ並んで空に向いていた。

　三人は黙って引き返した。部落のあちこちに日章旗が暮れかけてまだ見えていた。火事の煙に炎の赤さが映りはじめていた。夕飯のはじまる時分であった。

　　四个人走了一百多米，出了村庄，来到小河边。河两岸都是柳树，放眼望去是静寂的田圃。夕阳西下，天空泛着红色。红色的云影静静地倒映在水面上，没有一丝风，是一个温和的秋日。附近星星点点有一些农家，却没有人影。他们跳过几具中国兵的尸体，站在岸边，只见晚开的野菊花一簇簇长在水边，田圃的弹坑里新积着水。

　　笠原停下脚步回头一看，青年低着头眺望着似乎并未流动的河水。一匹中国马露着圆滚滚的屁股，死在了河里。马鞍周围都是萍草，马头却看不见了。

　　"看那边！……说了也听不懂，真是不方便。"

　　无奈他绕到青年身后，一点点从刀鞘里拔出日本刀。瘦得像只鸟一样的青年见状扑通跪了下来，大声叫喊着什么，又朝着他双手合十，开始跪拜。笠原已经习惯被人跪拜了，但那感觉并不好。

　　"欸！"

　　青年的叫喊声刹那间停止，原野又恢复了夕阳下的一片寂静。头没有落地，但是伤口很深。身体尚未倒地，鲜血已经涌到了肩膀上。紧接着身体向右倒在河堤的野菊花里，翻滚了一下，扑通一声闷响，一半落在河里马屁股旁边，满是泥巴的两个脚底并排朝向空中。

　　三个人默默地返回去。暮色里村庄各处竖起了太阳旗，烟雾中看得见红红的火焰，正是要吃晚饭的时间。

（高洁 译）

一、文学史知识练习题

1. 请判断以下关于战争文学的陈述是否恰当，恰当的请在句子后面的括号里打勾（√），不恰当的请在括号里打叉（×）。

（1）无产阶级文学兴起后，战争才被视为资本主义的一个阶段，开始成为文学描写的素材。（　　）

（2）日本战败以后的战争文学与战败前的战争文字所采取的态度是一样的。（　　）

（3）日本左翼文艺家总联盟编写了《与战争而战——反军国主义小说集》，该小说集收录了黑岛传治的《雪橇》《盘旋的鸦群》，这两部作品均取材自西伯利亚出兵。（　　）

（4）石川达三提出"反战文学论"，指出反战文学应该揭露战争的阶级本质，动员民众将帝国主义战争转化为无产阶级对抗资产阶级的战争。（　　）

（5）卢沟桥事变后，越来越多的战争文学作品涌现出来，并呈现出由小说向日记形式转变的倾向。（　　）

2. 请根据提示，选择合适的选项。

（1）以下哪一位作家是从理论上探讨战争文学的代表人物？（　　）

    A. 黑岛传治　　　　B. 石川达三　　　　C. 森鸥外　　　　D. 国木田独步

（2）以下哪一部作品根据作家参加南京战役的经历，真实再现了日本军队的残暴行径？（　　）

    A.《武汉会战》　　　B.《俘虏记》　　　C.《野火》　　　D.《活着的士兵》

（3）以下哪一部作品不属于作家作为"笔部队"被派往战场而创作出的作品？（　　）

    A.《武汉会战》　　　　　　　　　B.《不归的中队》

    C.《后方的土地》　　　　　　　　D.《武装的街巷》

（4）以下哪一部作品不属于火野苇平？（　　）

    A.《麦子与士兵》　　　　　　　　B.《鲜花与士兵》

    C.《活着的士兵》　　　　　　　　D.《土地与士兵》

（5）以下哪一部作品不是日本战败后的作品？（　　　）

    A.《南方要塞》　　　　B.《真空地带》　　　　C.《墓碑铭》　　　　D.《祖国丧失》

二、思考题

抗日战争爆发后，日本文坛的战争文学日益受到关注，请在收集资料后，以一两位作家为例，简要说明此类战争文学的特点。

三、讨论题

石川达三《活着的士兵》出版后，很快被翻译成中文。请收集资料，进行调查研究，简要说明该作品在中日两国遇到的不同"待遇"，并进一步说明作者石川达三在该作之后文学创作出现的变化。

7.2 国策文学

1941年12月8日，日本偷袭珍珠港，太平洋战争爆发。日本国民为初战的胜利而陶醉，很多知识分子也融入到数十万、数百万国民为开战而高呼万岁的狂热之中。

1942年1月号《文艺》杂志上刊载了文学家们大表决心的诗文。其中高村光太郎发表《打击他们》一诗，歌颂必胜的军队和开战的大义，诗中写道：

大诏一出，如天上的太阳，

看！亿万国民容光焕发，心头激动。

在千军万马面前，

云破路开。

终于发现大敌之所在，

如今，我们即将决战。

间不容发，狠狠一击，

敌人已经胆战心寒。

夷酋们野心勃勃，

将其钢铁的爪牙倾向东亚，

围困我们已达两个世纪，

……

早在太平洋战争开战的前一年，1940年10月，首相近卫文麿就设立了"大政翼赞会"，加强对文化领域知识分子的控制。1942年5月，"日本文学报国会"成立，该组织得到内阁情报局和大政翼赞会的大力支持，目的是对文学活动进行全面控制，使文学家全面协助战争。"日本文学报国会"分为小说、戏剧文学、评论随笔、新诗、短歌、俳句、国文学、

外国文学 8 个分会，共计 3100 余名会员，推举德富苏峰为会长，发行机关报《文艺报国》。

同年 11 月 3 日至 10 日，以"日本文学报国会"为中心，提出"大东亚文艺复兴"的口号，在东京与大阪举行了第一次大东亚文学家代表大会，其中伪满洲国 6 名代表，汪伪政权 12 名代表，蒙古 3 名代表，朝鲜 4 名代表，中国台湾 5 名代表参加了此次大会。日本方面有菊池宽（任主席）等 31 名代表参会。1943 年 8 月于东京、1944 年 11 月于南京又分别召开了第二次、第三次大会。此后，在"文学报国"的口号下，到处举行"文艺报国讲演会"，文学家都变成了宣传战争的工具。

此外，日本政府还仿效纳粹德国，大量征用文学家，将他们派往前线充当报道员。文学家被征用之后，或者作为陆海军的随军文职人员，或者作为报道班成员、宣抚工作人员，被派往南方前线。例如，井伏鳟二等被派往马来方面，高见顺等被派往缅甸方面，阿部知二等被派往爪哇、婆罗洲方面，石坂洋次郎等被派往菲律宾方面，还有石川达三等人被派驻海军。

进入 1943 年后，战局已对日军不利，整个日本被卷入所谓的"决战体制"。1943 年 3 月，日本出版会成立，发行机关报《日本读书新闻》，攻击《中央公论》《改造》等杂志是自由主义，同时利用纸张分配草案，用削减纸张的办法对所谓"不良出版社"施加压力。正在《中央公论》上连载的谷崎润一郎的《细雪》由此被禁止刊载。

日本出版会着手整顿出版企业，1944 年 5 月止，将出版社和杂志总数整顿合并为原来的十分之一。与此同时，日本出版会又对出版社的计划和稿件进行审查，动辄禁止出版。1944 年，神奈川县特高警察处制造了所谓"横滨事件"，逮捕了《中央公论》《改造》杂志的编辑十余人，进而波及到日本评论社和岩波书店。内阁情报局以此为借口，命令《中央公论》和《改造》杂志停刊。

1944 年前后，很多文学家开始向地方疏散，"日本文学报国会"的活动日益削弱。所谓的"国策文学"最终随着日本的战败而退出历史舞台。

火野苇平简略年谱

1907 年，1 月 25 日出生于福冈县若松市（今北九州市若松区），本名玉井胜则。

父亲是若松港煤炭搬运业"玉井组"的头目。

1923年，升入早稻田第一高等学院学习。

1925年，在学期间自费出版童话集《卖脑袋的商店》。

1926年，进入早稻田大学英文科学习，与田畑修一郎一起创办同人杂志《街》。

1928年，在学期间入伍，编入福冈步兵第24连队，后退伍。

1929年，继承家业。

1931年，组建若松港搬运工人工会，担任总书记，指导工人运动。

1932年，2月上海事变发生后，前往中国，月底回国时在若松站前因赤化分子嫌疑被若松警署逮捕，释放后转向。

1934年，以火野苇平为笔名，在当地同人杂志重新开始文学活动。

1937年，发表《粪尿谭》，9月应征入伍，《粪尿谭》获得芥川文学奖。当时火野尚在中国杭州战场，颁奖仪式于战场举办，引起轰动。

1938年，根据参加徐州会战的经历，发表《麦子与士兵》，再次引起极大反响，被媒体盛赞为"士兵作家"。11月，发表《土地与士兵》，12月，连载《鲜花与士兵》，连同前两部作品并称"士兵三部曲"，成为畅销书。火野本人也成为战争期间的流行作家。

1940年，"士兵三部曲"获得朝日文化奖。

1944年，4月，作为报道班成员参加"英帕尔会战"，同年，参加在南京举办的第二次"大东亚文学者大会"。

1945年，9月，发表《悲哀的士兵》，决心搁笔不再创作。

1948年，5月，与尾崎士郎、上田广、林房雄等被追究战争责任，受到"追放"处分。

1949年，自1946年开始创作小说《青春与泥潭》，取材于作家参加"英帕尔会战"的经历，12月该作的"完结篇"正式发表。

1952年，在《读卖新闻》上连载《花与龙》。

1953年，10月发表《战犯》第一部。

1954年，发表《战犯》第二部。继承父业，担任洞海湾轮船给水株式会社社长。

1955年，1月，参加在印度新德里举行的亚洲各国会议，此后经由香港地区、中国大陆以及朝鲜回国。

1958年，受美国国务省邀请，在美国各地旅行。

1959年，12月，出版《美国探险记》。

1960年，1月24日，在若松市的家中服安眠药自杀。5月，遗稿《革命前后》获

得艺术院奖。

《麦子与士兵》作品介绍

　　1938年8月,发表于《改造》杂志,9月份由改造社出版单行本后,销售100万部以上,成为畅销小说。作家本人认为该作并非小说,而是从军记录,描写了1938年5月徐州会战中日本军队的实际情况,以及从军的民间媒体的傲慢态度。作者作为报道部员应征入伍之前脱稿的政治寓意小说《粪尿谭》于1938年3月获得第六届芥川文学奖,文艺评论家小林秀雄在杭州为火野苇平举行了"战地颁奖仪式"。而《麦子与士兵》则采用日记体的形式,是作者自1938年5月4日从上海出发,参加徐州会战后又于5月22日返回上海期间的记录。虽然是从军记录,但几乎没有激烈的战斗场面和战场上英雄事迹的描写,而是以淡淡的笔触描写士兵的日常生活、在一望无垠的小麦地里行军的士兵的身影及中国民众的身影、农村的风景等。小说结尾处描写作者看见日本士兵要斩杀中国士兵,条件反射地扭过头去,不由得为自己做出了作为一个人应有的反应而暗自安心。

节选及译文

　　北四川路を通り、打ち砕かれた惨澹たるざほくの廃墟を抜け北停車場に着く。線路のところには陸戦隊の歩哨が立っている。ガソリン・カーに乗車。満員だ。軍人ばかりで、将校が大半である。午後九時発車。上海の街が次第に遠去かって行く。暑い。窓を開けても、むっとするような熱気のある風が一層じっとりとした暑さを感じさせる。おまけに、眠いが、寿司詰なのでどうにも仕様がなく、居眠りをしていると、あちこちに頭を打っつけてばかり居る。蘇州でサイダアを買う。咽喉が渇いていたので

非常にうまかった。支那人が寒山寺の石刷を売っていて、何も云わらず窓のところに持って来て拡げてみせる。蘇州から先は線路の両側にはずっと深々と繁った楊柳の並木が続いて、水田の中で支那人の子供が沢山水を浴びている。ガソリン・カーが近づくと、手をあげて口々に、煙草進上進上、と連呼する。この支那の子供どもは自分で吸うための煙草をくれろというのだ。常州駅に着くと向こうの歩廊に貨物列車が着いているのに、びっしり支那人が乗っている。無蓋貨物列車なので柿色の傘を差していたり、菅笠や編笠を被っていたりする中に断髪の一寸綺麗な姑娘も交っている。日本の兵隊が水を配給したり、握飯を分配してやったりしている。上海へ帰る避難民だろう。がやがやと間断なく喋舌り、難しい表情をしているが、日本の兵隊が近づくと、にやにやと愛想のよい笑顔を作り、通り過ぎると、途端にもとの表情になって何やらしきりに喋舌り、中に、頭の禿げた世話役のようなのが居って、色々と指図をして居る。龍潭を出ると、右手に汽船の走るのが見え、揚子江だなと思っていると、丘陵の凹地の彼方に黄色い濁流が見え、駆逐艦が一隻、白い波頭を切って走るのが見え、左手を見ると、天文台のある紫金山と、蜿蜒と続いたぎざぎざのある南京の城壁とが見えて来た。午後四時半、南京駅着。歩哨に道を聞いて城門の方へ行く。飛行機が十台飛んで行く。焼けるような暑さである。両側は荒涼たる廃墟が続いているが、道路は非常に佳い。

　　经过北四川路，通过一片粉碎凄凉的闸北，就到了北火车站。铁路左近，有陆战队的步哨站着。上了火车，人已站满，全是军人，将校估了一大半。上午九时开车，上海的街逐渐远了。天很热，即使打开着窗，但悒人的热风，更使人感一层暑意。疲倦得很想睡，但因为车中塞得像香肠似的一无办法，纵使睡了下来，也是到处碰着头罢了。在苏州买了一瓶汽水喝。喝进喉咙觉得非常舒服。许多中国人在卖寒山寺的石印本，口都不开，只将字幅默默在窗口打开。从苏州起，沿铁路两旁都是些繁茂的杨柳树，水田里有许多中国孩子在洗澡。火车走近时，就张着手连声喊叫香烟香烟，意思就是要我们把自己吸的香烟送他们。到常州车站，看见对过月台上到着一列货车，上面挤满着中国人。因为是没有篷盖的车子，所以有的撑着油纸伞，有的戴着笠帽，其中还有一个剪发的漂亮姑娘。有日本兵一走近，马上做出笑脸，一走过后，又复突然换了一种表情，不知在噜吒些什么，其中有个好管事的光头在发号施令。车一出龙潭，右手见有轮船走着，心想是扬子江了，只见那边丘陵凹处一线黄色的浊流，一艘驱逐舰冒着白浪驰过，再看

左手，是天文台所在的紫金山和绵延蜿蜒的南京城墙。午后四点半到了南京站，向步哨问了路，就朝城门方面走去。上空有十架飞机在飞着，天气是灼人的热，两旁之间全是废墟，不过路倒是很好。

（哲非 译）

一、文学史知识练习题

1. 请判断以下关于国策文学的陈述是否恰当，恰当的请在句子后面的括号里打勾（√），不恰当的请在括号里打叉（×）。

（1）太平洋战争开始后，日本思想文化上的国家专制达到了登峰造极的地步，人道主义文学遭到打压与否定。（　　）

（2）1940 年，日本首相近卫文麿设立"大政翼赞会"，加强对思想文化的控制。（　　）

（3）日本文学报国会得到情报局和大政翼赞会的大力支持，目的是对文学活动进行全面控制，使文学家全面协助战争。（　　）

（4）1942 年，以日本文学报国会为中心，提出了"大东亚文艺复兴"的口号，在南京举行了第一次大东亚文学家代表大会。（　　）

（5）日本文学报国会在"文学报国"的口号下，到处举行"文艺报国讲演会"，文学家都变成了宣传战争的工具。（　　）

2. 请根据提示，选择合适的选项。

（1）1942 年，日本文学报国会成立，推举了以下哪位作家为会长？（　　）

    A. 菊池宽　　　　B. 德富苏峰　　　　C. 石川达三　　　　D. 高见顺

（2）以下哪一项是 1943 年成立的日本出版会发行的机关报？（　　）

    A.《日本读书新闻》　B.《文艺报国》　　C.《文艺》　　　　D.《改造》

（3）刊登在杂志《中央公论》上的谷崎润一郎的哪一部作品被禁止刊载？（　　）

    A.《刺青》　　　　　B.《细雪》　　　　　C.《春琴抄》　　　　D.《痴人之爱》

（4）1944 年，神奈川县特高警察处制造了什么事件，逮捕了《中央公论》《改造》等杂志的编辑十余人？（　　）

    A.“长崎事件”　　　B.“神户事件”　　　C.“横滨事件”　　　D.“东京事件”

二、思考题

何谓国策文学？在战争期间，文坛创作人成立了哪些组织，采取积极支持与协作战争的政策？主要代表人物有哪几位？

三、讨论题

日本战败以后，以无产阶级文学作家为主的新日本文学会发起追究作家战争责任的运动。请收集资料，进行调查研究，简要说明这一运动的经过。

7.3 / 抵抗与不顺从

　　1931年，九一八事变爆发；1937年，卢沟桥事变爆发；1941年，太平洋战争爆发。自1931年开始直至日本战败的1945年，在日本一般称为"十五年战争时期"。

　　十五年战争时期，日本的文学家们被迫协助进行战争宣传，但是仍然存在着不同形式的抵抗文学。其中表现最为突出的是无产阶级文学作家宫本百合子，她陆续创作了《乳房》（1935）、《杉树篱笆》（1939）、《三月的第四个星期天》（1940）、《早晨的风》（1940）等小说。在太平洋战争爆发的第二天早晨，百合子被捕入狱，在狱中的七个多月间，百合子与同在狱中进行斗争的共产党员丈夫宫本显治互相通信，战后以《十二年书信》为题出版。

　　与此同时，日本诗坛出现了金子光晴、小熊秀雄、小野十三郎、冈本润、壶井繁治等具有代表性的抵抗诗人。他们在困难的条件下，以各自的反抗方式发表了抵抗诗。金子光晴的诗集《鲨鱼》（1937）中的优秀诗歌，充满了对天皇制与法西斯的憎恶与抵抗。例如在《地狱之火》一诗中，诗人引用米南德的"和平即使在岩石缝里，也会让百姓幸福。战争即使在肥沃的土地上，也会让他们悲伤"，表达他的反战思想。

　　在战时严酷的形势下，艺术的抵抗也是抵抗文学不可忽视的组成部分。德田秋声的《缩影》、谷崎润一郎的《细雪》、永井荷风的《濹东绮谭》、川端康成的《雪国》等作品遭到查禁。阿部知二的《风雪》（1938）、广津和郎的《流逝的时代》（1941）、伊藤整的《得能五郎的生活与意见》（1941），以文人的孤高精神，对时代的重压进行直接或间接的抵抗。幸田露伴埋头于《芭蕉七部集》的注释，里见弴《风中火焰》（1942）仍然保持着艺术的独特性。总体来说，艺术的抵抗明显向着私小说、历史小说和风俗小说三个方向发展。

堀辰雄自 1937 年前后，取材于日本古典，特别是王朝文学，创作了《蜉蝣日记》及其续篇《杜鹃》《弃老》（以《更级日记》为原典）、《旷野》（受《今昔物语集》启发）等优美典雅的作品，而在作者自称为真正小说的《菜穗子》（1941）中则刻画了一个想摆脱孤独、挣扎着要活下去的女性形象。

出生于东京一个汉学家家庭的中岛敦，自东京帝国大学毕业后，担任私立横滨高等女子学校的教师，1941 年，作为南洋厅教科书编辑书记赴帕劳岛工作。1942 年 2 月刊登在《文学界》杂志上的小说《山月记》受到瞩目，3 月回到东京后，他又写作了小说《悟净出世》《弟子》《李陵》等，并发表了《光、风、梦》和《南岛谭》，1942 年 12 月因哮喘病发作去世。战后，中岛敦的作品作为战争期间具有高度艺术性的文学的代表受到关注。

成立于 1933 年的"中国文学研究会"（增田涉、松枝茂夫、竹内好、冈崎俊夫、武田泰淳等 5 人发起）同军部的对华政策唱反调，探寻新的道路。同人武田泰淳 1943 年写就《史记的世界——司马迁》一书。作者说，与《史记》中出现的英雄豪杰的豪放、伟大相较，"战争时期的官吏、学者、文化人看起来都不过是小小的泥偶"，可见这是一部借《史记》批判日本现状的书。

1945 年 8 月 15 日，昭和天皇在广播中宣告日本无条件投降，从此在战后废墟中兴起的民主主义文学在战争期间的抵抗文学基础上展开了丰富多彩的文学画卷。

中岛敦简略年谱

1909 年，5 月 5 日出生于东京四谷区箪笥町（今新宿区四谷三荣町）。中岛家自中岛敦祖父一辈开始致力于学问，拥有浓厚的汉学氛围。

1916 年，4 月进入奈良县郡山男子寻常小学学习，学业优秀。

1920 年，9 月因父亲工作调动的关系，举家迁至朝鲜京城，转学至京城府龙山公立寻常小学。

1925 年，10 月父亲调任关东厅立大连中学任教，中岛敦搬入伯母志津（任职于京城女校）家中，初夏赴"满洲"修学旅行。

1926 年，自京城中学毕业后，升入东京第一高等学校文科。

1927 年，8 月暑假回大连家中，因患肋膜炎入院，休学 1 年。

1928 年，11 月在《校友会杂志》上发表《某种生活》《吵架》。

1929 年，4 月参与《校友会杂志》编辑工作，6 月发表《蕨·竹子·老人》《有巡警的风景——一九二三年的一个素描》。秋天，创办同人杂志《simuposion》。

1930 年，1 月在《校友会杂志》上发表《D 市七月叙景》，4 月升入东京帝国大学国文学科。

1932 年，春天，与桥本高订婚，8 月赴"满洲"南部和中国北部旅行，并以此为素材创作了《游泳池畔》。

1933 年，4 月开始在东京帝国大学文学部攻读研究生，主要研究森鸥外，同时在私立横滨高等女校担任国语和英语教师。6 月，完成以伯父中岛端为原型创作的小说《斗南先生》。

1934 年，3 月从研究生院退学，7 月参加《中央公论》杂志举办的新人小说评选，创作的《虎狩》获得优秀奖，9 月哮喘病发作，一度危笃。

1936 年，8 月与三好四郎一起赴中国（上海、杭州、苏州）旅行。

1941 年，自 1939 年开始哮喘病日益严重，为调养身体，辞去横滨女校的工作。6 月，正式确定赴南洋厅工作，担任国语教科书的编写工作，7 月到达帕劳，不久患上阿米巴痢疾，后又患上登革热。9—11 月，赴附近群岛考察当地公立学校。12 月，因哮喘病发作，申请调回日本内地工作。

1942 年，2 月在《文学界》发表《山月记》《文字祸》，3 月出差回到东京，哮喘病再次发作。5 月，在《文学界》发表《光和风和梦》，成为第十五届芥川文学奖候选作品，同时创作《弟子》，7 月出版第一部文集《光和风和梦》，8 月向南洋厅提出辞呈，开始专职作家生活。10 月创作《李陵》《名人传》，11 月出版第二部文集《南岛谭》。12 月 4 日，因哮喘病导致心力衰竭去世，葬于多磨墓地。

1943 年，遗稿随笔集《章鱼树下》、小说《弟子》《李陵》发表。

短篇小说，为 1942 年 2 月作家中岛敦发表于《文学界》杂志上的成名之作。小说以清朝小说集《唐人说荟》中的"人虎传"为素材，因一直为日本文部科学省检定的国语教科书所收录，在日本可以说是家喻户晓。小说描写唐代陇西的李徵年轻中举，却不肯在俗官恶吏面前屈膝，想以诗作扬名。因经济窘迫，李徵不得已再次出仕，但是因为心高气傲，在一次去河南地方出差的时候发狂，在山中不知所踪。第二年，李徵的旧友袁傪在旅途中遇到食人虎袭击，可是老虎看见袁傪后，迅速躲进树丛中，说道："好危险啊。"袁傪辨认出这是李徵的声音，循着声音的方向打招呼，老虎回答说自己就是李徵，并向袁傪讲述了自己变成老虎的经过。李徵说，自己因为胆怯的自尊心、尊大的羞耻心以及怠于切磋琢磨的缘故才变成老虎，恳请袁傪将自己所作之诗记录下来。天亮之时，李徵向袁傪告别，袁傪回头望去，只见一只老虎从草丛中走了出来，头朝月亮大声咆哮。与原典相比较，中岛敦的创作主要表现在对李徵变虎理由的解释，原典中的因果报应故事在中岛敦的笔下转化为对艺术家心理、命运、存在的追究。

　　隴西の李徵は博学才穎、天宝の末年、若くして名を虎榜に連ね、ついで江南尉に補せられたが、性、狷介、自ら恃むところ頗る厚く、賤吏に甘んずるを潔しとしなかった。いくばくもなく官を退いた後は、故山、虢略に帰臥し、人と交を絶って、ひたすら詩作に耽った。下吏となって長く膝を俗悪な大官の前に屈するよりは、詩家としての名を死後百年に遺そうとしたのである。しかし、文名は容易に揚らず、生活は日を逐うて苦しくなる。李徵は漸く焦躁に駆られて来た。この頃からその容貌も峭刻となり、肉落ち骨秀で、眼光のみ徒らに炯々として、曾て進士に登第した頃の豊頬の美少年の俤は、何処に求めようもない。数年の後、貧窮に堪えず、妻子の衣食のために遂に節を屈して、再び東へ赴き、一地方官吏の職を奉ずることになった。一方、これは、己の詩業に半ば絶望したためでもある。曾ての同輩は既に遥か高位に進み、彼が昔、

鈍物として歯牙にもかけなかったその連中の下命を拝さねばならぬことが、往年の儁才李徴の自尊心を如何に傷けたかは、想像に難くない。彼は怏々として楽しまず、狂悖の性は愈々抑え難くなった。一年の後、公用で旅に出、汝水のほとりに宿った時、遂に発狂した。或夜半、急に顔色を変えて寝床から起上ると、何か訳の分らぬことを叫びつつそのまま下にとび下りて、闇の中へ駈出した。彼は二度と戻って来なかった。附近の山野を捜索しても、何の手掛りもない。その後李徴がどうなったかを知る者は、誰もなかった。

李徴，陇西人士，博学俊才。天宝末季以弱冠之年名登虎榜，旋即补任江南尉。然而个性狷介，自视甚高，颇以甘处贱吏为不洁。不久辞官不做，归卧故乡虢略，绝交息游，潜心于诗作。与其做一员低等官吏在俗恶的高官前长向屈膝，他毋宁成为一代诗家留名于百年之后。

不过，以文扬名并非易事，而生活却一天天困窘起来。李徴内心逐渐被一股焦躁驱赶。这时候起，他的容貌也日见峭刻，肉落骨秀，唯有两眼的目光比起往时更添炯炯。当年进士及第时那丰颊美少年的面影竟渐至无处可寻了。

几年过后，李徴困穷不堪，为了妻儿的衣食之姿，终于不得不屈膝，再度东下赴一处地方官吏的补缺。另一方面，这也是因为他对于自己的诗业已经半感绝望的缘故。

昔日的同侪早已遥居高位，当初被自己视作蠢物、不屑与之启齿之辈如今却成了自己不得不对之俯首听令的上司。不难想象，这对当年隽才李徴的自尊心是怎样的伤害。他终日怏怏不乐，一股狂悖之性越来越难以压抑。

一年后，在因公务羁旅在外，借宿汝水边上时，李徴终于发狂了。某日深夜，他忽然脸色大变，从床上跳起，一面嚷着些莫名其妙的句子，一面冲进了外面的夜色中。他就此再也没有回来。

在附近的山野里几番搜索，也未能发现任何踪迹。那之后的李徴到底怎么样了，无人知晓。

（韩冰 译）

一、文学史知识练习题

1.请判断以下关于抵抗文学的陈述是否恰当，恰当的请在句子后面的括号里打勾（√），不恰当的请在括号里打叉（×）。

（1）金子光晴在诗歌《地狱之火》中宣传反战思想。（　　　）

（2）阿部知二、广津和郎、伊藤整等作家以文人的孤高精神，进行直接或间接的抵抗。（　　　）

（3）艺术的抵抗是抵抗文学不可忽视的组成部分。（　　　）

（4）艺术的抵抗总体来说向着私小说、现代小说、风俗小说三个方向发展。（　　　）

（5）作家中岛敦取材于日本古典，特别是王朝文学，创作了《蜉蝣日记》及其续篇《杜鹃》《弃老》《旷野》等优美典雅的作品。（　　　）

（6）"中国文学研究会"由增田涉、松枝茂夫、竹内好、武田泰淳等人发起，他们同军部的对华政策唱反调，探寻新的道路。（　　　）

2.请根据提示，选择合适的选项。

（1）抵抗文学中表现最为突出的是以下哪一位无产阶级文学女性作家？（　　　）

　　　A.野上弥生子　　　B.平林泰子　　　C.宫本百合子　　　D.佐多稻子

（2）以下哪一位不属于抵抗诗人？（　　　）

　　　A.高村光太郎　　　B.金子光晴　　　C.冈本润　　　D.小野十三郎

（3）以下哪一部作品可以归入艺术的抵抗一类？（　　　）

　　　A.《鲨鱼》　　　B.《乳房》　　　C.《杉树篱笆》　　　D.《雪国》

（4）以下哪一位作家不能归入艺术的抵抗一类？（　　　）

　　　A.石川达三　　　B.中岛敦　　　C.堀辰雄　　　D.德田秋声

（5）以下哪一部作品不是中岛敦的创作？（　　　）

　　　A.《山月记》　　　B.《李陵》　　　C.《悟净出世》　　　D.《风雪》

二、思考题

在日本全面发动侵略战争之后，日本文坛的部分作家各自采用了何种方式进行艺术的抵抗？请举三四例进行简要说明。

三、讨论题

中国文学研究会的成员在战后的中国研究中发挥了重要作用。请查找资料，进行调查研究，简要说明该研究会主要成员在日本战后中国学研究中发挥的作用。

第八讲

8 昭和时期的文学（四）

8.1／昭和文学概述（日本战后）

　　1945 年 8 月 15 日，昭和天皇宣读《终战诏书》，日本宣布无条件投降，这场给亚洲和世界各国人民带来了深重灾难的侵略战争终于宣告结束。战后初期，日本社会剧烈动荡，民众陷入食不果腹、流离失所的窘迫境地。但是，另一方面，GHQ（驻日盟军总司令部）推动的一系列改革又让长期处于法西斯军事统治下的日本人民看到了新生的希望。战后改革涉及政治、经济、文化、教育等各个方面，通过解散财阀、实施农地改革、废除军国主义教育、确立政教分离等一系列措施，破除了民众对天皇的绝对信仰，使"和平主义"和"民主主义"成为日本战后初期的主流意识形态。价值观转向，社会秩序更迭，日本文学界就在绝望与希望并存的环境中重新恢复了生机，形成了老作家及中坚作家的文学、民主主义文学和战后派文学三足鼎立的局面。

　　其中，率先打破文坛沉寂状态的是久负盛名的老作家们。战争期间由于各种原因不得不保持沉默的老作家们，战后重拾创作热情，将他们纯熟的艺术世界再次展现于世人面前。永井荷风、谷崎润一郎、川端康成相继发表了酝酿已久的《舞女》《细雪》《雪国》等作品；志贺直哉的《灰色的月亮》、井伏鳟二的《今日停诊》《遥拜队长》描绘了战后初期的日本社会世态。针对战后的社会乱象，以坂口安吾、太宰治、织田作之助为代表的中坚作家以颓废、自嘲的姿态进行了猛烈抨击。他们在昭和十年代已经走上文坛，但未能占据主流地位，战后，他们提出反对世俗、反对权威、反对传统伦理道德的主张，呼应了当时甚嚣尘上的颓废主义风潮，形成了一股独特的文学潮流，被称为"新戏作派"或"无赖派"作家。

　　另一方面，以中野重治、宫本百合子、藏原惟人为代表的无产阶级作家，战后在继承无产阶级文学传统的同时，以普及民主主义文学为目标成立了新日本文学会，创办

机关杂志《新日本文学》，发表了《五勺酒》《播州平原》《我的东京地图》等众多作品。

与上述文学潮流相比，以崭新面貌出现的战后派文学在反思战争、描摹战后社会方面表现出了更为丰富的问题意识。战后派文学以《近代文学》提出的理论为基石，关注政治与文学的关系，强调文学的社会性和思想性，探讨战争责任问题，与战前、战中文学在题材、主题方面风格迥异。其中，野间宏的《阴暗的图画》提出了现代自我的实现问题，中村真一郎的《在死亡的阴影下》、梅崎春生的《樱岛》、大冈升平的《俘虏记》等作品揭露了战争对人性的摧残，均在文学界引起了强烈反响。在表现形式上，战后派文学摒弃自然主义和私小说写作传统，大量吸收西方现代文学的表现手法，给之后的文学创作带来了积极影响。

昭和三十年代，日本逐渐摆脱了战后初期的混乱状态，日本政府在 1956 年的《经济白皮书》中宣告"已经不是战后了"。在此时期登上文坛的"第三新人"作家与战后派作家风格迥异，他们回避社会政治问题，回归私小说传统，将描写日常生活和平凡人生作为文学主题。安冈章太郎的《海边的光景》、小岛信夫的《美国学校》、庄野润三的《静物》都属于此类作品。

继"第三新人"之后在文坛崭露头角的是被称为"社会派"作家的石原慎太郎、开高健、大江健三郎。他们的作品聚焦战后社会的空虚感和徒劳感，把文学创作的重心从思考个人问题重新拉回到作家介入社会现实的层面。特别是开高与大江的作品充满社会批判意识，一定程度上继承了战后派文学的创作精神。

1960 年，日本战后最大规模的群众运动——安保斗争以失败告终，这给知识分子和青年学生带来了一记重创。自昭和三十年代末期开始，高桥和巳、真继伸彦、柴田翔等人出于强烈的社会责任感，直面各种社会问题，创作了《忧郁的党派》《鲨鱼》《然而我们的日子》等作品，描写了包括安保斗争在内的战后民主运动的挫败给人们带来的迷惘情绪。

昭和四十年代，伴随着"政治季节"的落幕，日本成为世界第二大经济体，逐步进入消费主义社会。文学创作在消费文化的冲击下，出现了大众化倾向加剧的趋势。"内向的一代"作家就在这样的背景下登上了文坛。他们一方面坚持纯文学创作，另一方面又颠覆了近代文学寻求自我、确立自我的传统主题。古井由吉的《杏子》、黑井千次的《时间》、后藤明生的《夹击》，都围绕着努力寻找自我而不得这一主题展开，通过描写支离破碎的内心世界，象征性地表现了现代社会中迷失生存意义的个体的危机感。

昭和五十年代至昭和末期，村上龙、村上春树等战后出生的作家登上文坛，他们

的价值观和文学主张与之前的作家大不相同，作品着眼于都市生活中边缘人物的孤独感，呈现出无国界化等新特征。昭和末年，在商业化趋势的影响下，纯文学作品在注重艺术性的同时，可读性也有所增强，女作家吉本芭娜娜的创作就是其中一例。她的《厨房》《泡沫》《鸫》等作品屡次刷新畅销书销售记录，继"村上春树现象"之后在日本社会引发了两次"芭娜娜热潮"，甚至在世界范围内获得了为数不少的读者群体。

1989 年 1 月 8 日，日本改年号为平成，昭和落下帷幕，文学创作朝着更为多元化的方向发展。

一、文学史知识练习题

1. 请判断以下陈述是否恰当。恰当的请在句子后面的括号里打勾（√），不恰当的请在括号里打叉（×）。

（1）由宫本百合子等人推动的战后民主主义文学与战前的无产阶级文学并无关系。（　　　）

（2）战后派文学在主题、创作手法方面与战前、战中文学都有明显区别。（　　　）

（3）有意识地与战后派文学拉开距离，回归私小说传统，着重描写日常生活和平凡人生的是"第三新人"作家。（　　　）

（4）以大江健三郎为代表的社会派作家在"第三新人"之后登上文坛。（　　　）

（5）村上龙和村上春树是战前出生的作家。（　　　）

2. 请根据提示，选择合适的选项。

（1）1945 年 8 月 15 日，日本（　　　）天皇宣读终战诏书，宣布日本无条件投降。

　　A. 明治　　　　　　　B. 大正　　　　　　　C. 昭和　　　　　　　D. 平成

（2）以下哪个不属于战后初期文学的发展方向？（　　　）

　　A. 老作家及中坚作家的文学　　　　　　B. 民主主义文学

　　C. 战后派文学　　　　　　　　　　　　D. 国策文学

（3）以坂口安吾、太宰治、织田作之助为代表的作家被称为"新戏作派"作家或者（　　）作家。

　　A.战后派　　　　　B.无赖派　　　　　C.社会派　　　　　D.新兴艺术派

（4）大江健三郎及哪位作家的作品与战后派文学有一脉相承之处？（　　）

　　A.野间宏　　　　　B.远藤周作　　　　C.村上春树　　　　D.开高健

（5）关注政治与文学的关系，强调文学的社会性和思想性，探讨战争责任问题的是哪一文学流派的主张？（　　）

　　A.战后派　　　　　B.无赖派　　　　　C."第三新人"　　　D."内向的一代"

二、思考题

　　昭和后期（战败至昭和末年），日本文学界产生了哪些文学流派？其基本文学主张是什么？

三、讨论题

　　战败给日本社会带来了哪些变化，对日本文学的发展产生了怎样的影响？

8.2 战后文学的重建

　　如前所述，以永井荷风、谷崎润一郎为代表的文坛大家们在战前已形成了各自的文学世界，战后他们基本延续了之前的创作风格，作品主题和内容也不像新锐作家那样与战后的社会现实密切关联。但是，面对停滞的文坛，他们能够身先士卒，在短时间内发表众多高水准作品，对振兴战后文坛起到了重要作用。以耽美派代表作家永井荷风为例，仅 1946 年就发表了《勋章》《舞女》《浮沉》《来访者》等多部新作品。文坛大家们能够迅速复出，一方面因为他们积累丰富，重获自由后，压抑已久的创作热情得以抒发；另一方面也离不开战后出版环境变化这一客观条件。

　　战争时期，随着《国家总动员法》等法令的颁布，报纸、杂志等媒体受到了军部的严格管制。至 1941 年 9 月，日本的日刊报纸只剩下《朝日新闻》《每日新闻》等 54 种，报社数量减少了三分之二左右。1942 年，《改造》杂志因刊登《世界史的动向和日本》一文，被军部怀疑宣传共产主义，神奈川县特高科以此为由逮捕了数十名编辑和记者。在军部的镇压下，1944 年，中央公论社和改造社两大知名杂志社被勒令解散，其他文学杂志也陆续被勒令或自动停刊，出版途径锐减让早已陷入沉寂状态的日本文坛愈发荒芜。

　　战后，为战争服务的出版法和报道法被废除，日本出版界随之迎来了急速发展期。除战争期间停刊的《中央公论》《改造》等杂志相继复刊之外，《新生》《世界》《展望》《近代文学》等新创刊的杂志也大量涌现出来。1945 年，日本公开发行的杂志尚不足 2000 种，两年后杂志种类就已飞升到 7249 种。出版界的繁荣景象和读者宁愿忍饥挨饿也要购买书刊的阅读热情疑无给作家们带来了极大的鼓舞。

　　川端康成战前早已蜚声文坛，是老作家中的代表人物。日本战败后，面对衰败的社会景象，他将希望寄托于传统文化，通过回归古典寻求精神世界的重生，陆续发表了

《重逢》《雪国》《千只鹤》《山之音》等多篇佳作，继续活跃在战后文坛上。不仅如此，战后初期，川端还亲自参与了杂志的编纂和杂志社的运营工作。

1945年5月，镰仓笔会俱乐部成员高见顺、里见弴、大佛次郎等人为维持生计，在久米正雄和川端康成的提议下，开设了出租书屋——镰仓文库。如同川端所说，出租书屋如同悲惨时代的"一扇美丽的心灵窗口"，颇受镰仓居民欢迎。战后，镰仓文库的读者仍有增无减。1945年9月，镰仓文库升级为出版社，由久米正雄担任社长，川端康成任董事。12月，镰仓文库创办了第一份文艺综合杂志《人间》。在川端的斡旋下，《人间》邀请了改造社《文艺》杂志的前主编木村德三负责编辑工作。《人间》创刊号发行后，被一抢而空，成为当时的代表性综合杂志。1946年至1951年，《人间》杂志不仅刊登了横光利一、宇野浩二、正宗白鸟等文学大家的作品，也介绍了织田作之助、武田泰淳、野间宏等新锐作家的作品。

除发行杂志之外，镰仓文库还陆续出版了《现代文学选》《大众文学选》《世界文学选》等系列丛书，《现代文学选》收录了志贺直哉的《和解》、永井和风的《濹东绮谭》、谷崎润一郎的《各有所好》等知名作品。在发掘和培养文学新人方面，镰仓文库也颇有作为，三岛由纪夫的《香烟》便是在川端的推荐下得以发表在《人间》杂志上。后来成为"第三新人"作家的远藤周作，大学毕业后也曾在镰仓文库担任过《20世纪外国文学词典》的编辑。

由于纸张短缺、市场竞争激烈等因素，镰仓文库不幸于1949年宣告破产，但是以川端康成为代表的老作家们从创作和出版两方面为振兴战后文坛所做的贡献在文学史上留下了永久的痕迹。

井伏鳟二简略年谱

1898年，2月15日出生于广岛县福山市。原名井伏满寿二，因喜爱钓鱼，起笔名为鳟二。

1903年，5岁时弟弟、父亲相继去世。

1905年，4月进入加茂小学。

1911 年，广岛高等师范学校附属中学落榜。

1912 年，3 月进入旧制广岛县立福山中学，开始寄宿生活。

1917 年，5 月至 6 月到奈良、京都一带写生，想入桥本关雪门下学画，被拒。9 月插班入读早稻田大学高等预科（英文系）。

1919 年，4 月入读早稻田大学（大学部）法文系，与青木南八成为好友，开始创作以动物为题材的小说。

1921 年，4 月入读日本美术学校。

1922 年，5 月青木南八去世。因与俄国文学教授片上伸冲突，从早稻田大学和日本美术学校退学。

1923 年，7 月参加同人杂志《世纪》，发表《幽闭》。9 月关东大地震后返乡。10 月返回东京，拜田中贡太郎为师。

1925 年，在同人杂志《铁锤》上发表《深夜与梅花》与《海味小鱼》。

1926 年，1 月创办《阵痛时代》杂志，发表《寒山拾得》。9 月，发表纪念好友青木南八的随笔《鲤鱼》。由田中贡太郎引荐，拜访佐藤春夫。

1928 年，3 月参加由舟桥圣一、阿部知二、梶井基次郎等人组成的《文艺都市》派同人会。

1929 年，5 月将《幽闭》修改为《山椒鱼》，发表于《文艺都市》。11 月在横光利一及川端康成编辑的《文学》杂志上发表《屋顶上的大雁》。

1930 年，4 月加入新兴艺术派俱乐部，作品集《深夜与梅花》由新潮社出版。与太宰治相识。

1931 年，2 月在《改造》上发表《丹下府邸》，受到小林秀雄称赞。7 月出版第一部长篇小说《工作房间》。

1938 年，2 月发表《约翰万次郎漂流记》，获得第六届直木文学奖，树立了文坛地位。9 月成为《文学界》同人。

1939 年，7 月《多甚古村驻扎记》由河出书房出版。

1941 年，3 月随笔集《夏之狐》出版。11 月被日本陆军征用，派遣至新加坡，担任《昭南日报》总编，后在昭南日本学校工作。

1943 年，8 月当选为直木奖评委。12 月发表《征用日记》。

1945 年，7 月被疏散至老家广岛县福山市外加茂村。8 月 6 日广岛遭遇原子弹轰炸。

1949 年，8 月起在《别册文艺春秋》上连载《本日停诊》。

1950 年，2 月在《展望》上发表《遥拜队长》。7 月在《新潮》上发表《支离破碎》。

1956 年，5 月获得昭和三十年度日本艺术院奖。

1960 年，3 月当选为日本艺术院会员。

1965 年，1 月起在《新潮》发表《侄女结婚》，8 月改名为《黑雨》。

1966 年，11 月获得第二十六届文化勋章奖。

1993 年，7 月去世，享年 95 岁。

《遥拜队长》作品介绍

短篇小说。1950 年 2 月发表于《展望》杂志。

《遥拜队长》是井伏鳟二战后创作的一篇名作，描写了深受军国主义思想毒害的"遥拜队长"冈崎悠一战时的荒唐举动和战后的悲剧生活。

冈崎悠一家境贫寒，早年丧父，靠母亲一人养育长大，因为成绩优秀被村长和小学校长举荐到陆军学校读书。在马来西亚战场担任陆军小队长时，他总把"灭私奉公"挂在嘴上，对"皇国圣战"表现出绝对的服从，时常命令部下向着天皇所在的东方礼拜，因此得名"遥拜队长"。然而，对战争的狂热追随并未给冈崎带来他和母亲共同期盼的荣耀。战争尚未结束，冈崎就被遣送回家乡，不仅瘸了一条腿，人也变得精神失常。直到战后，冈崎的同乡与十在火车上偶遇他的老部下上田前曹长，人们才知道这一变故背后的原因。原来，在一次行军途中，冈崎在殴打对战争流露不满情绪的士兵时，不慎从卡车上摔下，士兵丢了性命，冈崎摔断了左腿，摔伤了头部。

回到村子后，失去俸禄的冈崎为了糊口，不得不像其他村民一样操持农活。但他被扭曲的心灵始终没有恢复正常，战后依然沉浸在战争幻想中，滑稽地维持着军人做派。一旦发病，冈崎就把村里的年轻人当成部下，勒令他们操练、遥拜，上演了一出出闹剧，被邻村年轻人怒斥为"军国主义余孽"。冈崎的母亲也深受其害，每次冈崎发病后，她都不得不把他关进仓房，挨家挨户地给村民们赔礼道歉。

《遥拜队长》以井伏鳟二的战时见闻为基础，笔调轻松幽默，但涉及的主题严肃深刻，通过冈崎的悲剧人生、士兵友村的悲惨遭遇和村民们战时战后的举动思考了战争

的本质，揭示了军国主义给人们带来的危害。

　　そのころ、この部隊の兵は半数以上まで、ジャングル瘡という皮膚病に冒されていた。湿地を歩いたり、ジャングル地帯の川を渡り歩いたりした兵は、たいていこの病気にかかっていた。下半身の随所に水虫のようなものが出来て、潰瘍が次第に深く食い込んで穴のあく皮膚病である。足のうら、脛、胯間、または急所などに、深さ何ミリかの穴ぼこが幾つも出来るのである。衛生兵は赤ヨジュウムの塗布療法によって、この得体のしれぬ悪疫を一掃しようとしたが、一時はこれが猖獗を極めた。入院中の遙拝隊長も、下半身の各所にこの病気が出来ているそうであった。隊長は夜営をした翌朝でも、戦況について何か朗報があると、きたない溝川の水でもかまわず沐浴して、東方を遙拝する癖があったので、そのジャングル瘡というものを貰ったのに違いない。元来、遙拝隊長は遙拝をすることが好きであった。輸送船のなかでも、ラジオで何か朗報なるものが伝わると、部下を甲板に整列されて東方を遙拝させ、万歳を三唱させた。そのあとで必ず訓辞をした。大陸の一都市を日本軍の飛行機が爆撃したというラジオのニュースが伝わっても、部下を甲板に招集して東方遙拝である。お昼のニュースで遙拝させ、夕方に同じニュースの繰り返しがきこえても、それが勝ちいくさであったと報道されている以上、また東方遙拝である。その結果、この部隊は遙拝部隊または遙拝小隊と言われるようになった。ほかの小隊や中隊の兵隊が、そういう通称を思いついてくれたのである。それでも遙拝隊長は、あるとき遙拝した後の訓辞をする際に、この部隊は遙拝するので有名になった故に、無名の時と違って滅私奉公の精神を集中して遙拝しなくてはいけないと言った。それからまた「お前たちも、戦陣訓を熟読玩味すれば、豁然として、遙拝の妙諦がわかってくるのだ。その妙諦がわかってくれば、そこに陶酔の境が展開されるのだ。」と云った。

　　遙拝隊長は輸送船のなかで、部下に遙拝させること以上に、兵隊に訓辞をするのが好きなようであった。訓辞をしたいばっかりに遙拝させるのだ、と悪口を言う兵も

いた。潜水艦が怖いので大言壮語で虚勢を張っているのだろう、という説もあった。あるとき「なぜ遥拝隊長に、他の部隊の隊長が、遥拝もいい加減にしろ、と言わんのだろう。」と、疑問を出した兵がいた。これは遥拝部隊の兵が誰しも持ち出したい問題だが、友村上等兵が「あのばかさ加減は、軍規違反じゃない、というだけの話じゃろう。いかに軍規が、寛大かということを語っとる。そのくせ、わしらがシャツ一枚でも盗まれたら、重罪じゃ。」と言った。概ね、友村上等兵は明け透けに口をきく男であった。その点、要領の悪い兵隊であったということになる……。──上田元曹長は、与十が汽車から降りる支度にとりかかろうとすると、こう言った。

「どうせ、君は遥拝隊長と顔を合わせるだろうね。会ったら、こう言ってくれ。昔の上田従卒は、隊長のことをみんな洗いざらいおしゃべりした。おかげでこの上田は、山陽沿線の風景を二時間以上にわたって黙殺しておった。それは、久しぶりに日本に帰った人間ではないかのようなものであった。遥拝隊長にそう言ってくれ。」

「そのことづけ、ソ連風の言い回しかたのつもりだな。もし悠一っつぁんにそれがわかったら、かんかんに腹を立てるだろう。悠一っつぁんは滅私奉公の権化だそうではないか。」

「なあに、たぶんあの遥拝隊長、まっさきに転向してるよ。さもなければ、いまだに瘋癲状態だね。」

那时候，这个部队的半数以上的士兵，都得了一种叫作森林疮的皮肤病。在湿地里跋涉，或蹚过森林地带的河水的士兵，大半都得了这种病。这是一种在下半身到处起一些癣疥之类的东西，渐渐溃烂，终于烂成一些窟窿的皮肤病。在脚心里，小腿上，胯间以及身上一些要紧的所在，会烂出好些几毫米深的窟窿来。卫生员想用涂抹红汞药膏的疗法扫除这种莫名其妙的恶症，可是它仍猖獗了一时。据说入了院的遥拜队长下半身各处也得了这种病。队长有种癖好，即使在夜间勤务之后，第二天早晨，一听到有什么战况的好消息，不管小河沟的水多么脏，也要沐浴一番，向东方遥拜，一定是因此他才得了这种森林疮的。本来，遥拜队长就是极喜欢遥拜的。甚至在输送船上，从收音机里一听到什么好消息，就要命令部下在甲板上整队，向东方遥拜，三呼万岁。在这以后，还必有一番训话。收音机传出日本飞机轰炸了中国大陆某一城市的消息时，他也要把部下集合到甲板上来，向东方遥拜。听了中午的新闻，遥拜一番，傍晚又听了同样的新闻，只要是打胜仗的消息，还得再向东方遥拜。于是，这支部队就被称为

遥拜部队或遥拜小队了。这是别的小队和中队的士兵给他们起的绰号。有了这个绰号之后，遥拜队长在一次遥拜之后训话时竟说道："这个部队由于遥拜而出了名，所以应不同于无名的时候，更要集中灭私奉公精神进行遥拜。"接着又说，"你们要是把战阵训熟读玩味一番，也会豁然领悟遥拜之妙谛的。如果领悟了这种妙谛，那就自有一种陶醉之境展现在你们眼前。"

遥拜队长在输送船上，比命令部下遥拜更喜欢的，是向士兵训话。有的兵甚至说这样的坏话：他是想训话，才叫大家遥拜的。也有人说，他因为害怕潜艇，所以才故作豪言壮语，虚张声势的。有一次，士兵里也有人质疑："为什么别的部队的队长不向遥拜队长说：'遥拜可以适可而止啦！'"这是遥拜部队的士兵谁都有的疑问，可是只有友村上等兵说："那种愚蠢的做法，也不能算作违反军规。就是这么回事吧！这说明我们的军规是多么宽大。可是咱们要丢了一件衬衫，可就是重罪呢！"友村上等兵，一般说来，是心里有什么嘴上就说什么的人。而这一点，也说明他是一个并不机灵的兵……

——当与十准备下火车的时候，上田前曹长这样说："你总会跟遥拜队长见面的吧。见到他，就说从前的上田勤务兵把队长的事连根带底都抖搂出来了。因为这个，这个上田有两个多钟头把山阳沿线的风景放过去了。好像不是久别重归、回到日本的人似的。你就跟遥拜队长这么说吧！"

"你这番托付，是故意学苏联式的说法吧。如果那位悠一仁兄知道了这点，又该把肚皮气鼓了。不是说，那位悠一仁兄是灭私奉公的化身吗？"

"哪里，那位遥拜队长会头一个转变的。不然的话，就是还处在疯痴状态。"

（刘仲平 译）

练 习

一、文学史知识练习题

1. 请判断以下陈述是否恰当。恰当的请在句子后面的括号里打勾（√），不恰当的请在括号里打叉（×）。

（1）战后，以永井荷风为代表的文坛大家们的文学理念和创作风格出现了根本性的变化。（   ）

（2）战后，在美国占领军的管制下，日本的杂志数量急剧减少。（   ）

（3）川端康成在镰仓文库出版社的创立和运营中发挥了重要作用。（   ）

（4）三岛由纪夫的《香烟》在《人间》杂志的刊载得益于川端康成的推荐。（   ）

（5）武田泰淳曾在镰仓文库担任过《20世纪外国文学词典》的编辑。（   ）

2. 请根据提示，选择合适的选项。

（1）1944年，被军部勒令解散的知名出版社是中央公论社和（   ）。

    A. 新潮社   B. 改造社   C. 近代文学   D. 文艺春秋

（2）下列哪一部作品不是川端康成在战后发表的？（   ）

    A.《伊豆舞女》   B.《雪国》   C.《千只鹤》   D.《山之音》

（3）下列不属于镰仓文库成员的是哪位作家？（   ）

    A. 川端康成   B. 久米正雄   C. 高见顺   D. 永井和风

（4）镰仓文库创办的第一份文艺杂志是（   ）。

    A.《世界》   B.《展望》   C.《人间》   D.《近代文学》

（5）下列哪一部作品是井伏鳟二在战后发表的？（   ）

    A.《舞女》   B.《灰色的月亮》   C.《山椒鱼》   D.《遥拜队长》

二、思考题

战后日本文坛为何得以迅速恢复生机？

三、讨论题

你对川端康成抱有怎样的印象？请用3至5个关键词来概括，并谈谈川端康成文学创作的特色。

8.3 / 宫本百合子与民主主义文学

　　战后初期，无产阶级文学家陆续发表了大量评论与作品，民主主义文学取得了极大的发展，宫本百合子在这其中发挥了积极作用，被日本文坛誉为"战后民主主义文学旗手"。宫本百合子原名中条百合，父亲是大正时期的著名建筑师，外祖父是明治时期的哲学家。家境优渥的宫本却走上了一条完全不同于父辈祖辈的路，成为一名优秀的无产阶级文学作家。

　　学生时代的宫本大量阅读俄罗斯文学作品，积累了良好的文学素养。17 岁时，宫本以其在父亲的故乡——郡山市开成山的见闻为基础，创作了小说《贫穷的人们》。小说主人公目睹当地农民的生活惨状，决心从年轻人的正义感和人道主义出发，融入到农民中去，为他们提供帮助，但是很快她就发现人们并不理解她的同情心。主人公觉察到自己与农民之间横亘着阶级差异的巨大鸿沟，仅靠同情心无法化解矛盾。这部处女作深受白桦派思想的影响，得到坪内逍遥的赏识，在《中央公论》发表后给宫本带来了"天才少女"的光环。1916 年，跟随父亲在北海道考察半年后，宫本创作了《乘风而来的倭人神》，描写了阿伊努民族日益没落并走向衰亡的命运。同情贫困阶层的疾苦，反对强权与压迫——宫本的人道主义思想在这些初期作品中得到了淋漓尽致的体现。

　　1919 年，为寻求自由和独立，脱离旧式家庭的束缚，宫本于赴美游学期间与语言学者荒木茂结婚，1924 年离婚，9 月起在《改造》杂志发表自传性长篇小说《伸子》。

　　1927 年，宫本与俄罗斯文学译者汤浅芳子踏上了游学苏联和欧洲各国的旅程。为期三年的旅行和访问，使宫本对资本主义的弊端和社会主义制度的优越性有了更为直观的认识，其思想从人道主义转为倾向社会主义。1930 年返回日本后，宫本立即加入了无产阶级作家同盟，负责《劳动妇女》杂志的编辑工作，次年加入日本共产党，投身于

无产阶级文学活动中。1933 年 2 月，担任无产阶级作家同盟书记长的小林多喜二惨遭杀害后，大批作家宣布转向，放弃马克思主义信仰，脱离革命运动。宫本百合子与丈夫宫本显治、藏原惟人等少数人则拒绝改变信仰。她不惧军国主义的高压政策，在战争时期仍笔耕不辍，创作了《越冬的蓓蕾》《乳房》等多篇小说及评论。宫本显治被捕入狱后，百合子为表示对丈夫的支持，特意将笔名改为宫本百合子。日本战败前，她本人也因批判战争数次被捕入狱，被军部禁止发表作品。1942 年，宫本百合子在狱中中暑，不省人事，身体受到极大损害。1951 年，年仅 52 岁的宫本百合子早早离开了人世。

从战后到去世前的短短六年时间里，宫本百合子创作了大量作品，包括具有自传性质的《两个院子》《道标》，以及描写战后社会生活、批判战争的《知风草》《播州平野》。不仅如此，她对战后民主主义文学的发展也做出了很大贡献。1945 年，宫本百合子与宫本显治、藏原惟人、中野重治等人成立了新日本文学会，呼吁日本的文学者应立足日本文学中的民主主义传统，继承文学遗产中有价值的东西，向先进的民主主义国家学习，创造出真正民主、艺术的文学作品。宫本百合子在机关杂志《新日本文学》的创刊号上发表了具有历史性意义的《歌声哟，唱起来吧！》一文，指出战后文学肩负着创作和普及民主主义文学的重任，作家应将自己置于社会和民众之中，真正的民主文学有如浑厚有力的合唱，需要每个人参与其中，为实现符合历史演变规律的社会发展而奉献自己的力量。宫本百合子热情又坚定地追求信仰，将建立自由平等的社会秩序视为人生理想，在文学创作中践行了自己的倡议。

宫本百合子简略年谱

1899 年，2 月 13 日出生于东京小石川区，原名中条百合。父亲中条精一郎是就职于文部省营缮科的建筑师，母亲葭江是明治时期伦理学家西村茂树的长女。10 月，因父亲工作需要，宫本跟随父母前往北海道生活，直到三岁返回东京。

1905 年，4 月进入东京本乡区驹本寻常小学读书，后转入本乡诚之小学。

1911 年，升入御茶水高等女子学校后广泛阅读，受到樋口一叶和王尔德的影响，四年级时对俄罗斯文学产生了浓厚兴趣。

1915 年，16 岁开始练习写小说，以农民的贫苦生活为素材，写作了《农村》。

1916 年，17 岁升入日本女子大学英文系预科，一学期后退学，着手修改《农村》，将题目改为《贫穷的人们》，经坪内逍遥推荐，9 月以中条百合子的笔名发表在《中央公论》上。

1917 年，1 月在《中央公论》发表小说《阳光灿烂》，5 月发表《神官宫田》。

1918 年，为了解阿伊努文化和阿伊努人的命运，5 月赴北海道，在阿伊努村停留三个月后写作了《乘风而来的倭人神》。9 月与父亲一起飞抵美国纽约。

1919 年，10 月在美国与语言学者荒木茂结婚。12 月独自返回日本。

1921 年，9 月在《太阳》杂志发表《背叛》，在《女性日本人》发表戏曲《入夜》。

1922 年，加入由山川菊荣发起，与谢野晶子、埴原久和代等人参加的俄罗斯粮食救济妇女会。

1924 年，夏天与荒木茂离婚。9 月在《改造》杂志发表长篇小说《伸子》的第一部作品。

1926 年，创作了《七楼居民》《房间》《缝子》等多部作品，在《改造》杂志九月号发表《伸子》最后一部作品。

1927 年，12 月与汤浅芳子经哈尔滨赴苏联游学，12 月 15 日到达莫斯科。

1928 年，8 月在《改造》发表《莫斯科印象》。11 月发表《红色的货车》。9 月与高尔基见面。秋天，与汤浅芳子沿伏尔加河游历。

1929 年，5 月至 11 月周游华沙、柏林、维也纳、巴黎、伦敦。

1930 年，11 月离开莫斯科返回东京。12 月中旬，加入全日本无产者艺术团体协会（纳普）日本无产阶级作家同盟。

1931 年，11 月担任日本无产阶级作家同盟妇女委员会负责人，负责编辑《劳动妇女》杂志，加入日本共产党。

1932 年，2 月与宫本显治结婚。4 月被捕，被关押 81 天后获释。

1933 年，2 月小林多喜二惨遭杀害，百合子在《无产阶级文化》《国民新闻》等杂志发表多篇纪念文章。10 月在《妇人公论》发表《马克西姆·高尔基其人及艺术》，11 月在《文化集团》发表《关于社会主义现实主义的问题》。12 月宫本显治被拘捕。

1934 年，1 月被拘捕。6 月因母亲去世被释放。12 月将户籍迁入宫本家。

1935 年，6 月出版评论集《越冬的蓓蕾》。10 月因违反治安维持法被起诉，关押于市谷监狱。

1936 年，6 月被判服刑 2 年，缓刑 4 年。

1937 年，10 月改笔名为宫本百合子。

1938 年，因作品长期被禁，身心皆受打击。12 月接受盲肠手术。

1940 年，发表《音容笑貌》《广场》《三个〈女大学〉》《关于漱石的〈行人〉》《昭和十四年间》等多部作品。

1941 年，1 月再次被禁止写作。12 月 9 日，太平洋战争爆发第二天，被扣押至驹入警署。

1942 年，在巢鸭拘留所中暑昏迷不醒，后被释放，但健康严重受损。

1944 年，6 月宫本显治被判无期徒刑。

1945 年，4 月显治放弃上诉，至北海道网走监狱服役。百合子决定迁居至网走，7 月滞留在福岛县弟弟一家的疏散处。8 月 15 日，日本无条件投降。9 月百合子赶往显治的家乡山口县。10 月返回东京。治安维持法废除后，显治获释出狱。百合子与显治以共产党员身份公开活动，为新日本文学会与妇女民主俱乐部的成立四处奔走。12 月在新日本文学创立大会作了题为《应对人民大众自发需求》的报告。

1946 年，1 月在《新日本文学》创刊准备号上发表《歌声哟，唱起来吧！》。3 月起发表长篇小说《播州平原》。9 月至 10 月在《文艺春秋》连载发表《知风草》。

1947 年，1 月至 8 月在《中央公论》连载发表《两个院子》。10 月发表《路标》，获得当年每日出版文化奖。

1948 年，身体欠佳，卧床静养。

1950 年，由筑摩书房出版《十二年的书信》。

1951 年，1 月 20 日，带病写作的宫本百合子突然辞世，享年 52 岁。4 月《播州平原》中译本由上海文化工作社出版。

《播州平原》作品介绍

1946 年 3 月至 1947 年 1 月连载于《新日本文学》，是宫本百合子战后发表的第一部长篇小说，被视为战后民主主义文学的代表作品。

小说从作家石田宏子在福岛县郡山市弟弟家收听日本无条件投降消息的场面开始

写起。宏子的丈夫石田重吉作为思想犯被关押在北海道的网走监狱，宏子原本打算迁居到网走陪伴重吉，却从婆婆的来信中得知重吉的弟弟直次应征入伍后在广岛遭遇原子弹爆炸，下落不明，于是宏子坐上列车赶往丈夫的老家探望婆婆。在从东北地区经东京辗转至山口县的路上，宏子不仅目睹了空袭导致的废墟景象，也从傲慢的年轻军官和退伍伤兵等人身上感受到战争对人们心灵的荼毒。

宏子来到婆婆家后，发现这里因为战争变成了悲惨的"寡妇镇"，很多家庭失去了男性顶梁柱，生活极为窘困。在帮助婆婆一家躲过洪水灾害后，宏子在报上看到治安维持法被废除，思想犯即将获释的消息。在牢狱中生活了十二年之久的重吉终于要重获自由了，宏子非常激动，决定返回东京与丈夫团聚。由于战后的混乱和水灾的影响，铁路时断时续，宏子经过一番艰苦的跋涉，好不容易才搭上一辆马车赶往明石，继续她的旅程。小说最后以宏子坐在马车上，看着充满活力的朝鲜青年欢快追逐，在秋阳西斜的播州平原上缓缓行驶的场面结束。

《播州平原》借助宏子的视角对战争结束后的日本社会进行了全面客观的描写，细致地刻画了日本历史上的一个重要时期，因此被伊豆利彦赞誉为具有纪念碑性质的作品。这部自传性小说不仅蕴含着宫本百合子一贯坚持的反战思想，也传达出她对战后日本社会重建所抱有的希望。

节选及译文

伸一が、柱時計を見てラジオのスイッチ係りになった。やがて録音された天皇の声が伝えられて来た。電圧が下っていて、気力に乏しい、文句の難かしいその音声は、いかにも聴きとりにくかった。伸一は、天皇というものの声が珍しくて、よく聴こうとしきりに調節した。一番調子のいいところで、やっと文句がわかる程度である。健吉も、小枝の膝に腰かけておとなしく瞬きしている。段々進んで「ポツダム宣言を受諾せざるを得ず」という意味の文句がかすかに聞えた。ひろ子は思わず、縁側よりに居た場所から、ラジオのそばまで、にじりよって行った。耳を圧しつけるようにして聴いた。まわりくどい、すぐに分らないような形式を選んで表現されているが、これ

は無条件降伏の宣言である。天皇の声が絶えるとすぐ、ひろ子は、

「わかった？」と、弟夫婦を顧みた。

「無条件降伏よ」

続けて、内閣告諭というのが放送された。そして、それも終った。一人としてものを云うものがない。ややあって一言、行雄があきれはてたように呻いた。

「——おそれいったもんだ」

そのときになってひろ子は、周囲の寂寞におどろいた。大気は八月の真昼の炎暑に燃え、耕地も山も無限の熱気につつまれている。が、村じゅうは、物音一つしなかった。寂として声なし。全身に、ひろ子はそれを感じた。八月十五日の正午から午後一時まで、日本じゅうが、森閑として声をのんでいる間に、歴史はその巨大な頁を音なくめくったのであった。東北の小さい田舎町までも、暑さとともに凝固させた深い沈黙は、これ迄ひろ子個人の生活にも苦しかったひどい歴史の悶絶の瞬間でなくて、何であったろう。ひろ子は、身内が顫えるようになって来るのを制しかねた。

健吉を抱いたまま小枝が縁側に出て、そっと涙を拭いた。云いつくせない安堵と気落ちとが、夜の間も脱ぐことのなかった、主婦らしいそのもんぺのうしろ姿にあらわれている。

伸一が、日やけした頬をいくらか総毛立たせた顔つきで、父親の方からひろ子へと視線をうつした。

「おばちゃん、戦争がすんだの？」

「すんだよ」

「日本が敗けたの？」

「ああ。敗けた」

「無条件降伏？ほんと？」

少年の清潔なおもてに、そのことは我が身にもかかわる屈辱と感じる表情がみなぎっているのを見ると、ひろ子はいじらしさと同時に、漠然としたおそれを感じた。伸一は正直に信じていたのだ、日本が勝つものだと。——しばらく考えていてひろ子は甥にゆっくりと云った。

「伸ちゃん、今日までね、学校でもどこでも、日本は勝つとばかりおそわったろう？おばちゃんは、随分話したいときがあったけれど、伸ちゃんは小さいから、学校できかされることと、うちできくことと、余り反対だと、どっちが本当かと思って困るだ

ろうと思ったのさ。だから黙っていたのよ」

　戦争の十四年間、行雄の一家は、初から終りまで、惨禍のふちをそーっと廻って、最小限の打撃でさけとおして来ていた。主人の行雄が、本人にとっては何の不自由もない些細な身体上の欠点から兵役免除になっていた。それが、そういう生活のやれた決定的な理由であった。所謂平和建設の建築技師である行雄は経済封鎖にあっていた。手元も詰りながら、一般のインフレーションの余波で何とか融通がついて、一年半ほど前から祖父が晩年を送ったその田舎の家へ一家で疎開暮しをはじめたのだった。

　戦争中、新聞の報道や大本営発表に、ひろ子が、疑問を感じる折はよくあったし、野蛮だと思ったり、悲惨に耐えがたく思ったりすることがあった。ひろ子の気質で、そのままを口に出した。行雄は、それもそうだねえと煙草をふかしている場合もあったし、時には、姉さんは何でも物を深刻にみすぎるよ。僕たちみたいのものは、結局どうする力もないんだから、聞かされるとおり黙って聞いていりゃいいんだ。そう云って、眼のうちに暗い険しい色をうかべる時もあった。戦争が進むにつれて、行雄の気分はその面がつよくなった。行雄のそういう気持からすれば、息子がきかされる話についても神経の配られるのを感じて、ひろ子はたくさんの云いたいことを黙って暮して来たのであった。

　十五日は、そのままひるから夕方になり、やがて夜になっても、村じゅうの麻痺した静けさは変らなかった。

　伸一看看挂钟，打开了收音机。没过多久，收音机里传来了录好的天皇的声音。电压变低了，那声音有气无力且用词晦涩，着实难懂。伸一觉得天皇的声音很稀奇，频繁地调试收音机想听得清楚些。信号最好的时候，终于能听出句子来了。健吉也在小枝腿上坐下来，乖乖地眨着眼睛。过了一会儿，他们隐约听到了"不得不接受波茨坦宣言"这样的话。宏子不由得从靠近走廊的地方膝行到收音机旁，把耳朵贴到了收音机上。虽然表达方式拐弯抹角，让人很难马上反应过来，但那就是无条件投降宣言。等天皇的声音一停下，宏子立即回头看看弟弟夫妇，对他们说："听明白了吗？""是无条件投降。"

　接下来是内阁劝谕的广播。然后，劝谕也播完了。没有一个人说话。行雄"哎呀"了一声，惊讶不已地呻吟道："真不敢相信。"

　那个时候，周围的安静让宏子感到十分错愕。空气在八月正午的酷暑中燃烧，田

地和山脉被无边无际的热气包围着。整个村子没有一点声音。真是寂静无声。宏子浑身上下都感受到了。八月十五日从正午到下午一点，就在整个日本沉默不语的时候，历史悄无声息地翻开了巨大的一页。凝重的沉默，让东北地区的小镇连同酷暑一起陷入了凝固状态，残酷的历史给宏子至今为止的生活也带来了诸多痛苦，这沉默就是历史窒息的瞬间。宏子的身体抑制不住地颤抖起来。

小枝抱着健吉走到走廊上，悄悄地擦掉眼泪。她穿着主妇们常穿的妇女劳动裤，之前就算在夜晚她也没有把劳动裤脱下来过，现在一言难尽的安心感和沮丧感，在她的背影上显露出来。

伸一晒黑的脸颊上汗毛有点倒竖起来，他把视线从父亲转向了宏子。

"姑姑，战争结束了吗？"

"结束了哦。"

"日本战败了吗？"

"嗯，战败了。"

"无条件投降，是真的吗？"

少年纯洁的面孔上充满了那屈辱事关自身的表情，宏子看了既心生怜惜，又感到一阵莫名的恐惧。原来伸一一直老老实实地相信日本会打赢啊。宏子想了一会儿，缓缓地对侄子说："小伸，直到今天，无论是在学校还是在其他地方，你听到的都只是日本会赢吧？姑姑曾经很想告诉你，但是我觉得小伸还小，如果在学校听到的话和在家里听到的话相差悬殊，你可能会困惑到底哪个才是真的，就一直没有跟你说。"

在战时的十四年时间里，行雄一家自始至终只在惨祸的边缘兜了一圈，以最小的损失躲了过来。主人行雄，因为身体上一点对本人来说并无妨碍的小缺陷，得以免除了兵役。这成了他们能维持如此生活的决定性原因。身为和平建设建筑工程师的行雄虽然因遭遇经济封锁而手头拮据，但是因为通货膨胀的影响，日子总算周旋地过来，一年半前，一家人搬到了祖父度过晚年生活的乡下，开始了疏散生活。

战争期间，对于报纸的报道和大本营发布的消息，宏子时常感到疑惑，有时也觉得很野蛮或者感到悲惨得难以忍耐。以宏子的性格，她就直接说出口了。而行雄则有时抽着烟说你说得也有道理，有时又会说姐姐把任何事都想得过于严重了，像我们这样的人，终究是无能为力的，别人怎么说，我们默默地听着就行了。有时他这么说的时候，眼里会浮现出阴郁冷冽的神色。随着战争的进展，行雄的这种表情越来越强烈了。从行雄的心情来推断的话，宏子感到他也在关注儿子学的东西，就把很多想说的话都按捺下

去，沉默着生活过来。

　　十五日，时间就这样从中午流逝到傍晚，不久又到了晚上，但整个村子木然的静谧仍然没有改变。

（高丽霞 译）

一、文学史知识练习题

1. 请判断以下陈述是否恰当，恰当的请在句子后面的括号里打勾（√），不恰当的请在括号里打叉（×）。

（1）宫本百合子的小说《贫穷的人们》受到了白桦派人道主义思想的影响。（　　）

（2）苏联游学经历促使宫本百合子的思想从人道主义转向了社会主义。（　　）

（3）在军国主义高压政策的迫害下，宫本百合子放弃了马克思主义信仰并创作了大量转向文学作品。（　　）

（4）《播州平原》是宫本百合子初登文坛发表的第一篇小说。（　　）

（5）《新日本文学》是新日本文学会的机关杂志。（　　）

2. 请根据提示，选择合适的选项。

（1）宫本百合子描写阿伊努民族日益没落并走向衰亡命运的是哪部作品？（　　）

　　A.《伸子》　　　　　　　　　　B.《贫穷的人们》

　　C.《乘风而来的倭人神》　　　　D.《播州平原》

（2）下列哪位作家曾陪同宫本百合子一同前往苏联游学？（　　）

　　A. 有吉佐和子　　B. 平林泰子　　　C. 佐多稻子　　　D. 汤浅芳子

（3）宫本百合子从苏联返回日本后，开始投身于（　　）文学活动中。

　　A. 无产阶级　　B. 白桦派　　　C. 战后派　　　D. 现实主义

（4）下列哪一篇是宫本百合子发表于《新日本文学》创刊号上的文章？（　　　）

    A.《道标》   B.《歌声哟，唱起来吧！》

    C.《两个院子》   D.《知风草》

（5）下列哪位作家不属于新日本文学会的成员？（　　　）

    A. 宫本百合子   B. 宫本显治   C. 藏原惟人   D. 小林多喜二

二、思考题

哪些作家为战后民主主义文学的成立和发展做出了贡献？请列举出他们的代表作品。

三、讨论题

战后的民主主义文学与战前的无产阶级文学有无共通之处？

8.4 / 无赖派文学

　　无赖派文学出现于第二次世界大战结束后，其存在时间不过短短三年，却给战后的日本文坛和社会带来重大影响。该流派批判以往的近代文学，反抗权威，整体呈现出一种自我嘲讽、否定一切的颓废倾向。太宰治是这一文学流派中最著名的作家之一。

　　青年时代的太宰治一直过着放荡不羁的生活。不过 1938 年，他在井伏鳟二的介绍下和石原美知子结婚后，度过了一段较为安稳的日子。这个时期的太宰相当高产，发表了《奔跑吧，梅勒斯》《女学生》《越级申诉》《富岳百景》等诸多优秀作品。日本战败后，太宰治面对无比混乱的道德秩序和弥漫于整个社会的投机取巧、见风使舵的"便乘主义"，愤然发出了反对的呐喊。

　　这一时期，无赖派的作家们没有像日本其他文学流派一样出版发行同人杂志，作家相互之间的关系也绝非亲密，但是他们的理念却出奇地一致——全盘否定既存的道德与社会秩序，呼吁人们直视自己内心深处的丑恶，宣称只有堕落到最底层才能正视自我，从而走向新生。太宰治作为无赖派活跃时期最为高产的作家，写下了许多知名度非常高的作品，如《维庸之妻》《人间失格》等等。其中，真正让太宰治步入人气作家行列的作品当属《斜阳》。

　　《斜阳》以贵族女性和子为第一人称展开叙述，描写了战后社会剧烈变动背景下贵族家庭走向没落的过程。该作不仅在文坛上，而且在社会上都引起了极大反响，甚至继而涌现出"斜阳族"这一流行语。《斜阳》女主人公的原型是太宰治的情人太田静子，这部作品也是以她的《斜阳日记》为基础写成的。《斜阳》中的出场人物都有太宰治自身的影子，主人公和子的弟弟直治最终选择用自杀结束痛苦的一生。太宰治的作品，特别是战后的作品中，这种走向颓废和毁灭的倾向尤其明显，太宰治本人也于 1948 年 6

月 13 日与情人山崎富荣一起在东京三鹰的玉川上水投水自尽。

太宰治的文学作品大多源自自己的经历，作品中的主人公也多是他自己的化身。尽管近似"私小说"的形式常为人诟病，但是这些作品确实深刻地描绘了软弱之人内心的痛苦与绝望。

除了自传性质的作品之外，太宰治也很擅长短篇小说，诸如《奔跑吧，梅勒斯》《越级申诉》都是脍炙人口的优秀作品。同时，他也创作过《女学生》《灯笼》《维庸之妻》等以女性为第一人称视角的作品，其中对于女性的刻画可谓深刻到位。

太宰治的作品在他死后人气不降反升，甚至在现代日本依然拥有大批忠实的年轻读者，受他的作品启发而衍生出的漫画小说更是数不胜数。二战后，日本社会逐渐从混乱状态中挣脱出来，而无赖派也随着其代表人物太宰治与织田作之助的去世逐渐走向了沉默。这个文学流派如同樱花一般只存在了短短三年，但是其提出的理念和表达的主题却对此后日本社会与文学的发展产生了极其深远的影响。这或许也是太宰治的文学时至今日依然拥有众多支持者的原因之一。

太宰治简略年谱

1909 年，6 月 19 日，太宰治出生于青森县北津轻郡，本名津岛修治。其时津岛家堂号"山源"，为县内首屈一指的大地主，其父也以名士身份活跃一方。

1927 年，4 月，完成初中四年的学业后，进入弘前高级中学文科甲组（英语科）。7 月，芥川龙之介的自杀使其受到巨大打击。9 月，结识艺妓小山初代。

1929 年，深受共产主义思潮影响，11 月起创作《地主一代》，中途因自己的阶级出身而烦恼。12 月试图服食麻醉药物自杀，未遂。

1930 年，3 月，从弘前高级中学毕业。4 月，进入东京帝国大学法文科。11 月，结识银座某酒吧的女服务员、有夫之妇田部シメ，同居三天后，二人一同于镰仓小动海角跳海自杀，田部殒命，太宰治则被认定犯有协助自杀罪，后免于起诉。

1932 年，春天，因参加地下运动而不断变换住所。6 月，得知小山初代与其同居之前的过往经历而深受打击。7 月，脱离左翼地下运动，并向青森县警察署自首。

1935 年，2 月，《逆行》发表于《文艺》杂志，为首次在同人杂志以外公开发表的作品。3 月，参加东京都新闻社入职考试落选，于镰仓自缢求死未遂。自帝国大学辍学。4 月，患盲肠炎入院治疗，因术后引发腹膜炎，服用可待因类中枢性镇痛药，导致后来服药成瘾。8 月，《逆行》入围第一届芥川奖候选佳作，屈居第二而未能获奖。结识佐藤春夫并拜其为师。

1937 年，3 月，与小山初代一同在水上温泉服用安眠药自杀，未遂，返京后与小山初代分手。这年至翌年，除偶尔写作一些散文随笔外，小说创作几乎完全停歇。

1938 年，7 月，渐渐从消沉中解脱出来，开始写作《离袂》。9 月，前往山梨县御坂山口的天下茶屋潜心创作长篇小说《火鸟》，但终未完成。11 月，井伏鳟二以长辈身份撮合太宰治与石原美知子订婚。

1939 年，1 月，在井伏鳟二家与石原美知子举行婚礼，婚后搬入位于甲府市御崎町的新居。9 月，迁至东京都三鹰村下连雀一一三号，除日本战败前后疏散避居外一直在此居住至去世。

1940 年，12 月，出席第一届"阿佐谷之会"（由居住在铁道中央线沿线的文士组成的联谊会），后成为该团体的常客。《女学生》单行本获第四届北村透谷奖。

1942 年，10 月，《花火》（战后改题为《日出之前》）发表于《文艺杂志》，却以与时局不相宜为理由被要求全文删除。12 月，母亲夕子去世，单身返回乡里。

1944 年，5 月，为写作《津轻》而前往津轻地方旅行。8 月，长子正树出生。12 月，受情报局和文学报国会之托创作《惜别》而前往仙台，调查收集鲁迅当年在仙台留学时的事迹。

1946 年，11 月，经过近一年半的疏散避难，偕同妻儿等返回东京三鹰市家中。与坂口安吾、织田作之助等一同参加《改造》杂志主办的座谈会。

1947 年，2 月，前往神奈川县下曾我造访太田静子，逗留一周后转往田中英光避难地伊豆三津浜。至 3 月上旬，执笔写作《斜阳》第一、二章，这段时期结识山崎富荣。4 月，在三鹰租借的工作室潜心写作《斜阳》，至 6 月完成。11 月，与太田静子的女儿治子出生。

1948 年，3 月起至 5 月执笔写作《人间失格》。这段时期甚感身体不适，失眠，经常咳血。4 月，八云书店开始刊行《太宰治全集》。6 月 13 日深夜，将《Goodbye》草稿、数封遗书、留给伊马春部的诗歌等置于桌上，与山崎富荣一同投身玉川上水自杀。19 日，遗体被发现。21 日，由丰岛与志雄任葬仪委员会委员长、井伏鳟二任副委员长，举行告别仪式。7 月，遗体被安葬在三鹰市黄檗宗禅林寺。

战争结束后的 1946 年，成为没落贵族又失去了父亲的主人公和子与母亲无力维持原本的生活，卖掉东京的房子移居伊豆。失去了经济来源的和子不得不开始尝试干农活。和子在干农活的过程中，感到自己逐渐变得粗野起来，身体也比以前更强壮；而和子的母亲却不习惯乡下的生活，身体日益衰弱。和子的弟弟直治参军后一度杳无音信，战后他幸运地平安归来，却对麻药产生了依赖性，不断拿家里的钱和上原二郎（住在东京的小说家，已婚）喝酒寻欢作乐，过着放浪形骸的生活。

和子的母亲虽然一直作为"最后的贵族"保持着上流阶层的高雅，默默守护着和子和直治两人，但她的身体状况不断恶化，最终因为肺结核，带着"圣母玛利亚一般的神情"去世。仿佛是追随母亲一般，直治也因为放荡颓废的生活和苦恼于爱上上原妻子一事最终选择了自杀。在直治的遗书中，他吐露自杀的原因是对于自己的贵族身份感到苦恼和绝望。遗书中，直治不断向这个世界提出反抗，然后又向和子提问："作为贵族被生下来，是否就是我们的罪孽呢？"遗书最终以"姐姐，我，是贵族"作为结尾。

另一方面，和子爱上了上原，并怀了上原的孩子。虽然是和有妇之夫的婚外恋，上原也因为怀孕一事离开了和子，但和子并没有绝望，反而下定决心要生下上原的孩子，并作为单身母亲和自己的孩子一同"和古旧的道德"不断战斗，"像太阳一样"生活下去。

《斜阳》是太宰治战后集大成之作，作品以女性第一人称视角深刻描述了二战结束后贵族走向没落的过程。该作不仅在文坛上，而且在社会上都引起很大反响，甚至涌现出 "斜阳族"这一流行语，也使得太宰治一跃步入一流作家的行列。《斜阳》中的主人公和子决定和未出生的私生子一起"像太阳一样"生活下去，这种积极的结局在太宰治情节灰暗、人物颓废的战后作品中是相当少见的。

节选及译文

「かず子」
と、とてもお優しくお呼びになった。

「はい」

　私は起きて、ベッドの上に坐り、両手で髪を掻きあげ、お母さまのお顔を見て、ふふと笑った。

　お母さまも、幽かにお笑いになり、それから、お窓の下のソファに、深くからだを沈め、

　「私は、生れてはじめて、和田の叔父さまのお言いつけに、そむいた。……お母さまはね、いま、叔父さまに御返事のお手紙を書いたの。私の子供たちの事は、私におまかせ下さい、と書いたの。かず子、着物を売りましょうよ。二人の着物をどんどん売って、思い切りむだ使いして、ぜいたくな暮しをしましょうよ。私はもう、あなたに、畑仕事などさせたくない。高いお野菜を買ったって、いいじゃないの。あんなに毎日の畑仕事は、あなたには無理です」

　実は私も、毎日の畑仕事が、少しつらくなりかけていたのだ。さっきあんなに、狂ったみたいに泣き騒いだのも、畑仕事の疲れと、悲しみがごっちゃになって、何もかも、うらめしく、いやになったからなのだ。

　私はベッドの上で、うつむいて、黙っていた。

　「かず子」

　「はい」

　「行くところがある、というのは、どこ？」

　私は自分が、首すじまで赤くなったのを意識した。

　「細田さま？」

　私は黙っていた。

　お母さまは、深い溜息をおつきになり、

　「昔の事を言ってもいい？」

　「どうぞ」

　と私は小声で言った。

　「あなたが、山木さまのお家から出て、西片町のお家へ帰って来た時、お母さまは何もあなたをとがめるような事は言わなかったつもりだけど、でも、たった一ことだけ、（お母さまはあなたに裏切られました）って言ったわね。おぼえている？そしたら、あなたは泣き出しちゃって、……私も裏切ったなんてひどい言葉を使ってわるかったと思ったけど、……」

　けれども、私はあの時、お母さまにそう言われて、何だか有難くて、うれし泣きに泣いたのだ。

「お母さまがね、あの時、裏切られたって言ったのは、あなたが山木さまのお家を出て来た事じゃなかったの。山木さまから、かず子は実は、細田と恋仲だったのです、と言われた時なの。そう言われた時には、本当に、私は顔色が変る思いでした。だって、細田さまには、あのずっと前から、奥さまもお子さまもあって、どんなにこちらがお慕いしたって、どうにもならぬ事だし、……」

　「恋仲だなんて、ひどい事を。山木さまのほうで、ただそう邪推なさっていただけなのよ」

　「そうかしら。あなたは、まさか、あの細田さまを、まだ思いつづけているのじゃないでしょうね。行くところって、どこ？」

　「細田さまのところなんかじゃないわ」

　「そう？そんなら、どこ？」

　「お母さま、私ね、こないだ考えた事だけれども、人間が他の動物と、まるっきり違っている点は、何だろう、言葉も智慧も、思考も、社会の秩序も、それぞれ程度の差はあっても、他の動物だって皆持っているでしょう？信仰も持っているかも知れないわ。人間は、万物の霊長だなんて威張っているけど、ちっとも他の動物と本質的なちがいが無いみたいでしょう？ところがね、お母さま、たった一つあったの。おわかりにならないでしょう。他の生き物には絶対に無くて、人間にだけあるもの。それはね、ひめごと、というものよ。いかが？」

　お母さまは、ほんのりお顔を赤くなさって、美しくお笑いになり、

　「ああ、そのかず子のひめごとが、よい実を結んでくれたらいいけどねえ。お母さまは、毎朝、お父さまにかず子を幸福にして下さるようにお祈りしているのですよ」

　私の胸にふうっと、お父上と那須野をドライヴして、そうして途中で降りて、その時の秋の野のけしきが浮んで来た。萩、なでしこ、りんどう、女郎花などの秋の草花が咲いていた。野葡萄の実は、まだ青かった。

　それから、お父上と琵琶湖でモーターボートに乗り、私が水に飛び込み、藻に棲む小魚が私の脚にあたり、湖の底に、私の脚の影がくっきりと写っていて、そうしてうごいている、そのさまが前後と何の聯関も無く、ふっと胸に浮んで、消えた。

　私はベッドから滑り降りて、お母さまのお膝に抱きつき、はじめて、

　「お母さま、さっきはごめんなさい」

　と言う事が出来た。

　"和子！"母亲非常温柔地叫我。

"唉！"我起身坐在床上，两手将起散乱的头发，看着母亲的脸，竟吃吃笑了出来。

母亲也微微一笑，然后将身体深深地嵌入窗下的沙发里，"有生以来，妈妈第一次没有服从和田舅舅的安排……妈妈刚才给舅舅写了回信。在信上写了：我的孩子们的事请让我来做主吧。和子，我们卖衣服吧！把咱们两个人的衣服一套一套地卖掉，尽情地花销，过奢侈的生活吧。我不想再让你干什么农活了。咱们可以去买高价蔬菜啊。每天干那么多田里的农活，太难为你了。"

事实上，我也开始对每天去田里干活感觉吃不消了。刚才那样发疯似的大哭大闹，也是因为田间劳作的疲劳和悲伤交织在一起，看什么都不顺眼，乱撒气。

我坐在床上，低着头没有吭声。

"和子。"

"唉！"

"你说你有地方去，指的是哪里？"

我意识到自己的脸红到了耳根。

"是细田先生吗？"

我沉默着。

母亲深深地叹了一口气。

"我可以说说以前的事吗？"

"好的。"我小声说道。

"你离开山木先生家，回到西片町的家里时，妈妈并没有责备你什么，不过，还是说了一句'你让妈妈失望了'，你还记得吗？当时你哭了……我也觉得不该使用'失望'那么重的字眼……"

其实，当时我挨了母亲这句责备，竟感慨万千，喜极而泣。

"妈妈那时候说的'失望'，不是指你离开山木家的事，而是因为山木先生说和子与细田原来是一对恋人。当我听到这句话时，脸都气得变色了。可不是生气吗？细田先生不是早就有妻儿了吗？不管你如何爱慕他，也是不可能有结果的……"

"他竟然说我们是恋人？太过分了，那只是山木自己的猜疑。"

"是这样吗？你难道不是还想着那个细田先生吗？你说的可去的地方是哪里？"

"不是细田先生那里呀。"

"是吗？那么是哪里？"

"妈妈，我最近思考了一些事情。人类完全不同于其他动物之处是什么呢？无论是

语言、智慧、思维，还是社会秩序，虽然都有某种程度的差别，但其他动物也都具备这些的吧。说不定它们还有信仰呢！人类自夸是'万物之灵'，但和其他动物没有什么本质上的不同。不过，妈妈，只有一样不同。你大概不知道吧。这是其他生物绝对没有，只有人类才有的东西，那就是所谓的'秘密'呀。你觉得对不对？"

母亲的脸上泛起红晕，嫣然一笑。

"啊，要是和子的秘密能结出丰硕的果实，妈妈就谢天谢地了！妈妈每天早上都在祈求你爸爸的在天之灵保佑和子幸福呢。"

我的脑海里忽然浮现出曾经和父亲一起开着车去那须野游玩，途中下车欣赏原野秋景的情景。记得遍野开满胡枝子、瞿麦、龙胆、黄花龙芽等秋天的花草，野葡萄还是青绿的。

然后我和父亲乘汽艇游览了琵琶湖，我跳进湖水中，栖息于水藻间的小鱼碰撞到我的腿，我看见我的腿鲜明地映在湖底，不停地晃悠着——这些情景是毫无关联地忽然浮现在脑海里的。

我从床上滑下来，抱住母亲的膝头，终于能够说出："妈妈，刚才真是对不起！"

（竺家荣 译）

练 习

一、文学史知识练习题

1.请判断以下关于无赖派文学的陈述是否恰当,恰当的请在句子后面的括号里打勾(√), 不恰当的请在括号里打叉（×）。

（1）无赖派是第二次世界大战后涌现的一个文学流派。（　　）

（2）太宰治获得了第一回芥川奖。（　　）

（3）太宰治非常擅长创作以女性第一人称叙述的作品。（　　）

（4）太宰治的许多作品里，故事的主人公原型都是他自己。（　　）

（5）无赖派作家之间的关系紧密，且创办了同人杂志。（　　）

2. 请根据提示，选择合适的选项。

（1）太宰治出版的第一部作品集是哪一个？（　　　）

　　　A.《晚年》　　　　B.《奔跑吧，梅勒斯》　　　C.《人间失格》　　　D.《樱桃》

（2）以下哪一本不是太宰治以女性第一人称视角创作的作品？（　　　）

　　　A.《女学生》　　　B.《灯笼》　　　　　　C.《越级申诉》　　　D.《斜阳》

（3）让太宰治真正步入人气作家行列的是以下哪一部作品？（　　　）

　　　A.《人间失格》　　B.《斜阳》　　　　　　C.《女学生》　　　D.《维庸之妻》

（4）太宰治的小说《斜阳》中主人公和子原型人物是？（　　　）

　　　A. 小山初代　　　B. 山崎富荣　　　　　C. 石原美知子　　　D. 太田静子

（5）纪念太宰治诞辰的那一天被称为（　　　）。

　　　A. 太宰忌　　　　B. 樱桃忌　　　　　　C. 斜阳忌　　　D. 修治忌

二、思考题

1.《女学生》《灯笼》等通过女性第一人称视角来推动故事情节发展，这是太宰治极为擅长的作品类型之一。结合这些作品，尝试探讨身为男性作家的太宰治是如何做到这一点的。

2. 结合《斜阳》《人间失格》等作品，谈谈你如何理解和评价太宰治在战后创作中呈现出的趋于颓废、反抗一切的无赖派倾向。

3. 太宰治的作品主人公的原型大都来自太宰治自身的人生经历。结合作品，谈谈这种具有"私小说"性质的作品形式给作品带来的影响。

三、讨论题

太宰治去世 60 多年后依然拥有大批忠实的读者，你认为这背后的原因是什么？结合你最喜欢的太宰治的作品，谈谈你的看法。

第九讲

9 昭和时期的文学（五）

9.1 / 战后派文学

战后派文学在战后文学史上占有重要地位。在战后初期的文坛上，与既成文学和民主主义文学相比，战后派文学更能体现战后社会的时代特征。这一流派的活跃时间大致为 1946 年至 1950 年前后，其兴起以日本战败、美军占领、军国主义清算等社会变革为背景，解体也与国际形势的变化密切相关。

战后派成员人数众多，主要由三个部分组成：《近代文学》同人、"第一批战后派"作家和"第二批战后派"作家。1946 年 1 月，荒正人、平野谦、本多秋五、埴谷雄高、山室静、佐佐木基一和小田切秀雄七位评论家，以"尊重人性""总结历史""艺术至上"为宗旨，共同创办了《近代文学》杂志。《近代文学》同人对自然主义文学、私小说持否定态度，对无产阶级文学、民主主义文学运动的不足提出了批评。他们期待政治与文学的关系产生新的变化，反对文学的功利主义，强烈要求实现文学的主体性，确立起现代的自我意识。《近代文学》派以深刻的思想性和进步性，吸引了花田清辉、加藤周一、野间宏、安部公房等大批评论家和作家加入，为战后派文学的开展提供了理论基础。

1946 年 4 月，野间宏的《阴暗的图画》在杂志《黄蜂》上刊登后，轰动了当时的文坛，发出了战后文学第一声。这篇小说描写了日本发动侵华战争前后，有进步倾向的知识青年在坚持革命道路和保全自我之间摇摆彷徨的苦闷心境。大学生深见进介的同学因参加左翼学生反战运动遭到镇压，深见对伙伴们的正义抉择感到敬佩，但残酷的现实又逼迫他不得不选择"既不殉教也不叛教"的第三条道路。

随后，梅崎春生的《樱岛》、中村真一郎的《在死亡的阴影下》、椎名麟三的《深夜的酒宴》、武田泰淳的《审判》等作品相继问世。这些作品与《阴暗的图画》存在着相似的倾向：它们均超越了日本文学的写实主义传统，大量借鉴象征主义等西方现代派

创作手法，重视内在自我的呈现，同时对战争的影响和战后的混乱进行了反省。这些作家被称为"第一批战后派"作家。从 1948 年开始，大冈升平的《俘虏记》《野火》、三岛由纪夫的《假面的告白》、安部公房的《红茧》《墙》、堀田善卫的《广场的孤独》等作品陆续发表，这些作家被称为"第二批战后派"作家。

战后派成员有着相似的人生经历，除"第二批战后派"之外，大多数人接受过马克思主义的洗礼，战前以不同方式参加过无产阶级文学运动，他们同情革命，又目睹革命失败。很多人在战争时代度过了青春岁月，经历了生死考验，对战争的残酷性和法西斯的野蛮性有着切身体会。因此，有些学者将战后派文学的核心内容归纳为"转向体验、战争体验和战败体验"，其中战争体验对战后派的影响最为深刻，这是促使战后派作家开展创作的直接动机。关于战后派文学的特点，本多秋五从四个方面进行了概括：①对政治与文学的关系认识敏锐；②具有存在主义倾向；③对自然主义文学和私小说传统进行了扬弃；④具有泛政治倾向，将政治、性、天皇制等作为文学创作的题材。

1950 年朝鲜战争爆发，随着日本经济的迅速复苏和美国对日政策的变化，以"反思战争"为主旨的战后派文学逐渐解体，战后派作家们转而开始了各自的创作活动。

野间宏简略年谱

1915 年，2 月 23 日出生于神户市东尻池，父亲野间卯一是农民出身的电工技师，笃信佛教，野间一家跟随父亲在横滨、神户、冈山等地生活。

1921 年，4 月进入西宫市今津小学。

1926 年，10 月父亲去世。靠母亲的劳作维持学业。

1927 年，4 月进入大阪府立北野中学。喜爱阅读夏目漱石、芥川龙之介、谷崎润一郎等人的作品，三年级开始给校友杂志投稿。

1932 年，4 月进入旧制第三高等学校。读书期间，受竹之内静雄的影响，了解到马拉梅、兰波等法国诗人。10 月与富士正晴、竹之内静雄创办同人杂志《三人》。热衷于阅读巴尔扎克、福楼拜、普鲁斯特、陀思妥耶夫斯基、托尔斯泰的作品。

1934 年，阅读法国作家安德烈·纪德的《刚果之行》《苏联之行》，思想向马克

思主义靠近。

1935 年，4 月进入京都帝国大学文学部法文科就读。接触"京大 kerun"（京都大学共产党地下组织）期间，遇到小学友人小野义彦。1936 年 5 月小野与永岛孝雄、布施杜生、村上尚治等创办杂志《学生评论》。1937 年 6 月，在日本当局的镇压下，《学生评论》停刊，永岛、布施死在狱中，村上在战场阵亡。

1938 年，3 月从京都大学毕业，毕业论文题目为《包法利夫人论》。毕业后在大阪市市政府就职，工作中结识部落解放运动领导人松田喜一等。开始拜访桑原武夫、井上靖。在杂志《日本诗坛》发表《兰波论》。

1941 年，10 月应征入伍，成为中部二十三部队步兵炮中队补充兵。

1942 年，先后被派往中国华北和菲律宾战场。10 月因疟疾从马尼拉回国。

1943 年，1 月被派回大阪部队。7 月，因违反治安维持法被关进大阪陆军监狱。年底获释。

1944 年，2 月与富士正晴之妹结婚。

1945 年，日本无条件投降后，开始写作《阴暗的图画》。

1946 年，加入青年文化会议，结识丸山真男、武田泰淳等人。4 月在《黄蜂》连载《阴暗的图画》。12 月发表《关于萨特》。加入新日本文学会。

1947 年，5 月与花田清辉、埴谷雄高等成立"夜之会"。8 月在《综合文化》杂志发表《脸上的红月亮》。加入日本共产党。

1948 年，1 月在《世界文化》连载《崩溃的感觉》。2 月在《群像》发表《前进的感觉》。6、7 月在《近代文学》连载《过往的收获》（《青年之环》前篇）。作为日本共产党地区委员，参加地方性人民斗争。

1949 年，3 月在《新日本文学》发表《关于战争小说》。4 月《青年之环》第一部由河出书房出版。

1950 年，1 月在《文艺》连载《青年之环》第二部。8 月在《近代文学》发表《无产阶级文学备忘录》。

1951 年，1 月在《人间》发表《真空地带》。

1953 年，1 月发表散文集《人生的探求》。8 月发表《二十世纪文学与民主主义文学》。9 月由三一书房出版《野间宏作品集》《野间宏诗集》。

1954 年，陆续发表《劳动者文学的问题》《孤立文学的克服》《思想与文学》等。

1955 年，11 月在《文学界》发表《青春之丧失》。

1959 年，4 月与安部公房、花田清辉、木下顺二等人成立推进戏剧改革的"三三会"。

1960 年，5 月作为日本文学代表团团长，与龟井胜一郎、大江健三郎等作家一同访问中国。

1962 年，9 月《我的塔矗立在那里》由讲谈社出版。受苏联作家同盟邀约，访问苏联。

1964 年，10 月被日本共产党开除党籍。

1966 年，出版《青年之环》第三部、第四部。

1969 年，1 月对话集《全体小说志向》由田畑书店出版。4 月《全体小说与想象力》由河出书房新社出版。

1970 年，《青年之环》六部作全五卷完成。

1974 年，当选为"日本亚非作家会议"首任议长。

1976 年，发表《狭山审判》。

1991 年 1 月，因食道癌去世。

《脸上的红月亮》作品介绍

短篇小说。1947 年 8 月发表于《综合文化》杂志。

从南方战场复员归来的北山年夫，结识了在同一栋大楼上班的堀川仓子。仓子是个年轻的"战争寡妇"，婚后第三年丈夫病死在南方战场，从此战争的创伤在她脸上化为挥之不去的愁容。同样饱尝战争之苦的北山被仓子深深吸引，他感到仓子的凄苦表情触动了他的内心。北山在日本国内受训时，已经体会到法西斯军队的残暴野蛮，来到菲律宾战场后更是不得不直面战争对人性的摧残。经历了日夜兼程急行军、代替战马拉炮车等残酷驱使后，战友中川二等兵体力不支，在北山面前轰然倒毙。中川死前不断向北山求救，但精疲力竭的北山为了保住自己的性命，没有伸出援手。北山幸运地熬过了战争，但见死不救的痛苦记忆却烙印在他的脑海里，成为阻拦他融入战后新生活的巨大障碍。

战争是促使北山和仓子成为知己的契机，同时也是阻碍他们相爱的原因。北山希望从同病相怜的仓子处获得慰藉，改变对自我的否定态度，在人生道路上迈出新的一步，

但是他又清醒地认识到自己和仓子处境一样，都深陷战后泥潭中，为了活下去辛苦挣扎，而现在的自己也和过去一样，仍是对他人的生存束手无策的利己主义者，即使想象到仓子逐渐失去生命力、化为灰烬的样子，也没有能力改变仓子的境遇。因此，最后北山舍弃了爱情，目送仓子一人下了电车。

《脸上的红月亮》批判战争对人性的摧残，揭示人在极端情况下暴露出来的利己主义，带有存在主义色彩，是战后派文学的佳作，被誉为"与战争苦闷有关的战后小说的精华"。

 节选及译文

　　電車は、すでに彼女の降りる四ッ谷に近づいていた。彼は尚も眼を据えたまま彼女の白い顔をみつめつづけた。と彼はふと彼女の白い顔の隅の方に何か一つの小さい斑点がついているのを認めた。そして彼の心は奇妙にその斑点のために乱れ始めた。それはほとんどあるかなきかを判定することさえ困難なほどの、かすかな小さな点であった。或いはそれは、何か煤煙か埃によってできたものであったかもしれない。或いは白粉の下からすいてみえる黒子であったかも知れない。とにかくその斑点は彼の心をこまかくゆすった。彼はその左の眼の上にある小さな斑点の存在をはっきり確かめたい衝動にかられて彼の視力をそこへ集めた。彼はその斑点をみつめた。しかし彼の心を乱すのは彼女の顔の上のその斑点ではなかった。そして彼は自分の心の中のどこか片隅に一つ小さい点のようなものがあるのを感じた。そしてその心の中にある斑点のようなものが何を意味するのか、彼には既に判っていた。彼はじっと心の内のその斑点のある辺りをみつめた。と彼は自分の心の中の斑点が不意に大きくなり、ふくらんでくるのを認めた。それは次第に大きくなり、彼の眼の方に近づいてきた。それは彼の眼の内側から彼の眼の方に近づいてきた。それは彼の眼の方に近づいてきた。「ああっ」と彼は心の中で言った。彼は堀川倉子の白い顔の中でその斑点が次第に面積を拡げるのを見た。赤い大きな円いものが彼女の顔の中に現われてきた。赤い大きな円い熱帯の月が、彼女の顔の中に昇ってきた。熱病を病んだほの黄色い兵隊達の顔

が見えてきた。そして遠くのび、列をみだした部隊の姿が浮んできた。

　ごーっという車輪の響きが、北山年夫の体をゆすった。そして、「俺はもう歩けん」という魚屋の中川二等兵の声が、その響きの中から、きこえてきた。「俺はもう手を離す、手を離す。」ごーっと車輪の響きが、北山年夫の体の底から起こってきた。沸騰したあついものが彼の体の底から湧き上がってきた。「離すぞ、離すぞ。」彼は中川二等兵の体が、自分のもとをはなれて死のほうへつきすすんでいくのを感じた。中川二等兵の体を死のほうへつきはなす自分を感じた。

　電車はごーと音を立ててトンネルをはなれた。北山年夫は、自分の体の底の方から湧き上がってくる暗い思いをじっと堪えていた。「仕方がない。仕方がないじゃないか。俺は俺の生存を守るために中川を見殺しにしたのだ。俺の生存のために。俺の生存のために。しかし、それ以外に人間の生き方はないではないか。」彼はしずかに自分の心をおさえて考えつづけた。「どうしようもなかったんだ。そして俺は、いまもまだあのときの俺なんだ。あの時と同じ状態に置かれたならば、やはり俺はまた、同じように、他の人間の生存を見殺しにする人間なのだ。たしかに俺は、いまもまだ、俺の生存のみを守っているにすぎないのだ。そして俺はこのひとの苦しみをどうすることも出来はしない。」彼は彼女の白い顔の輪郭の中から何か、彼女の心の息吹のようなものが彼の方にふきつけてくるのを感じた。「俺はこのひとの生存の中にはいることはできはしない。俺は俺の生存の中にしかないのだ。」そして彼は自分が彼女の心の息吹の中にあるものにぴったり触れることのできないことを感じた。「できはしない！他人の生存をどうすることもできはしない！自分の生存のみを守っている人間が、どうして他人の生存を守ることができよう。」と彼は考えていた。

　電車は四つ谷についた。電車はとまった。ドアが開いた。彼は堀川倉子の顔が彼を眺めるのを見た。彼女の小さな右肩が、彼の心を誘うのを見た。「家まで送り届けようか、どうしようか。」と彼は思った。

　「さようなら」と彼は言って顔をさげた。

　「ええ。」彼女は反射的に顔を後ろに引いた。そして苦しげな微笑が彼女の顔に浮かんだ。

　彼女が降り、戸がしまった。電車が動いた。彼は彼女の顔がガラスの向こうから、車内の彼をさがしているのを見た。そしてプラットホームの上の彼女の顔が彼から遠ざかるのをみた。彼は破れた硝子窓が彼女のその顔をこするのを見た。彼の生存が彼

女の生存をこするのを見た。二人の生存の間を、透明な一枚のガラスが、無限の速度
をもって、とおりすぎるのを彼はかんじた。

　　电车已经在靠近她要下车的四谷站了。他还在目不转睛地凝视着她雪白的脸庞。
忽然，他注意到仓子脸颊处有一个小小的斑点。那个斑点出其不意地把他的心搅乱了。
小小的斑点似有似无，很难辨认。可能是沾了煤烟或者尘埃，也可能是一颗从白粉下透
出来的黑痣。总之，那个斑点扰乱了他的内心。他被一阵冲动驱使着，想弄清楚左眼上
方的斑点到底是什么。他把注意力都投向那里，凝视着那个斑点。但是，扰乱他思绪的，
其实并不是她脸上的斑点。他感到自己内心深处的某个角落里有个小点一样的东西。至
于心里这个斑点样的东西意味着什么，他心知肚明。他静静地凝视着心里的斑点。他确
切地感到那个斑点忽然变大了，膨胀起来，越来越大，离他眼前越来越近。斑点从眼底
深处向他的眼前不断靠近。离眼前越来越近了。"啊！"他在心里喊了一声。他看见堀
川仓子雪白脸庞上的那个斑点越变越大。一个红色的、巨大的、圆圆的东西出现在她脸
上。一轮血红的、巨大的热带圆月在她脸上升起来了。染上热病的士兵们那发黄的脸庞
浮现出来。蜿蜒向远方、队形混乱的军队也跟着浮现出来。
　　电车车轮"哐镗"一声响，北山年夫的身体跟着摇晃起来。"我走不动啦！"车
轮的轰鸣声中传来了卖鱼的中川二等兵的喊声，"我要撒手啦！撒手啦。"车轮的"哐
镗"声从北山年夫的身体内部响起来。一个沸腾、滚烫的东西在他身体里升腾起来。"我
要撒手啦！我要撒手啦！"他感到中川二等兵的身体正离开自己走向死亡，而把中川二
等兵推向死亡的正是他自己。
　　电车"哐镗镗"地响着，离开了隧道。北山年夫默默地忍耐着从身体内部涌上来
的阴郁情绪。"没有办法。有什么办法呢？我是为了保全自己的性命，才对中川见死不
救的。为了我的性命。为了我自己的性命。这不就是人类的生存方式吗？"他安静地克
制着自己的情绪思考着。"那时没有办法啊。而且现在的我，还是过去的那个我。假如
再遇到那时的情况，我还是一样会对别人见死不救。的确，我现在也只是在保全自己。
我没有能力把这个人从痛苦中解救出来。"他感到有一股心灵气息般的东西，从她白皙
脸庞的轮廓里升起来，向着他迎面扑来。"我无法介入这个人的生活。我只能过自己的
日子。"他又感到自己无法触碰到存在于她心灵气息内部的东西。"做不到！我对别人
的生活无能为力！只顾着自己活命的人怎能守护别人呢？"他心里想道。
　　电车到四谷了。车停下来了。车门打开了。他看见堀川仓子在望着他。她那细巧

的右肩在轻叩他的心扉。他心想："要不要把她送回家呢？该怎么办才好？"

"再见，"说完他低下了头。

"嗯。"仓子条件反射似的点下头，脸上露出了痛苦的微笑。

她下了车，车门关上了。电车开动了。他看见她在车窗玻璃的另一侧寻找他，看见她的脸庞留在站台上，离他而去。他看见破碎的窗玻璃擦过她的脸庞，看见自己的生命擦过她的生命。他感到一面透明玻璃在两个人的生命之间飞快地穿行而去。

（高丽霞 译）

一、文学史知识练习题

1.请判断以下陈述是否恰当，恰当的请在句子后面的括号里打勾（√），不恰当的请在括号里打叉（×）。

（1）与同时代其他文学潮流相比，战后派文学更能体现战后社会的时代特征。（ ）

（2）《近代文学》同人延续了自然主义文学、私小说写作传统。（ ）

（3）野间宏的《阴暗的图画》被视为第一部具有战后文学特点的小说。（ ）

（4）战后派作家普遍拥护绝对天皇制。（ ）

（5）战后派作家的创作随战后派文学的解体而宣告终结。（ ）

2.请根据提示，选择合适的选项。

（1）下列不属于《近代文学》同人的是哪一位评论家？（ ）

        A. 坪内逍遥   B. 平野谦   C. 本多秋五   D. 埴谷雄高

（2）以下不属于战后派成员的是（ ）。

        A.《近代文学》同人   B. "第一批战后派"作家

        C. "第二批战后派"作家   D. "第三批战后派"作家

（3）下列哪部作品是 1946 年刊登在杂志《黄蜂》上的野间宏的作品？（　　）

　　A.《脸上的红月亮》　　　　　　　　B.《阴暗的图画》

　　C.《真空地带》　　　　　　　　　　D.《青年之环》

（4）下列不属于"第二批战后派"作家的是哪一位？（　　）

　　A. 大冈升平　　　　B. 三岛由纪夫　　　C. 野间宏　　　　　D. 安部公房

（5）下列哪项不是战后派成员的共同之处？（　　）

　　A. 尊重人性　　　　　　　　　　　B. 具有存在主义倾向

　　C. 追求现代自我的确立　　　　　　D. 信仰马克思主义

二、思考题

请简要概括战后派文学的特征。

三、讨论题

1962 年，战后派评论家佐佐木基一将战后派文学评价为"幻影文学"，你赞同这种说法吗？

9.2 / 大冈升平

　　大冈升平是"第二批战后派"作家的主要代表人物，著有《俘虏记》《野火》《武藏野夫人》等多部经典作品，历任芥川文学奖、野间文学奖评审委员，在战后文学史上占有重要地位。

　　大冈出生于商人家庭，但从中学时代就对文学抱有浓厚兴趣，受《富永太郎诗集》的影响开始学习法语，从此与法国文学结下了不解之缘。跟随小林秀雄学习法语时，大冈得以结识中原中也、河上彻太郎、今日出海、三好达治等作家，与中原中也成为知己。大冈非常欣赏中原中也作为诗人的才华，从战场复员回到日本后，经历了生死考验的大冈对中原的诗产生了强烈的认同感，开始着手整理中原的生平资料和诗歌，在二十多年的时间里陆续发表了《中原中也诗集》《中原中也》《中原中也全集》等诗集、传记作品。

　　在京都大学法文科就读期间，大冈研读了纪德等法国作家的作品，但真正给他带来深远影响的是司汤达文学。1933 年大冈阅读《巴马修道院》后，被司汤达深深折服，曾一度打算把研究司汤达作为自己毕生的工作。大冈陆续翻译了《阿尔芒丝》序言、《论爱情》等多部作品，同时将法国的司汤达研究介绍到日本，战后还梳理了司汤达文学在日本的接受情况，撰写了《明治的司汤达》《大正的司汤达》《日本的司汤达》系列书籍，成为日本文坛公认的司汤达研究专家。除在译介领域深耕细作外，大冈也将司汤达的创作手法吸收运用到作品创作中，形成了自己的独特文风，从《武藏野夫人》《花影》的心理描写便可见一斑。

　　大冈升平在四十多年的创作生涯中著述丰富，选题广泛，包括历史小说、推理小说、评论、随笔、译作等，其中最受关注的当属战争题材的文学作品。1944 年 7 月，大冈被派往菲律宾战场参战，第二年 1 月被美军俘虏，在莱特岛 (Leyte) 的收容所关押了 10

243

日本近现代文学史

个月后，于1945年12月被遣返回国。1946年，37岁的大冈在小林秀雄的鼓励下，将亲身经历写成了小说《俘虏记》，作品一经发表便受到高度评价，大冈以此为契机走上了作家道路。20世纪50年代以后，随着日本国内和国际形势的变化，以反思战争为主旨的战后派文学日趋没落，但是作为个体的战后派作家并没有停止创作，大冈就是其中一例。《俘虏纪》之后，他陆续发表了《野火》《莱特战记》《再赴民都洛岛》和《漫长的旅途》四部战争题材作品。《野火》发表于1952年，描写了日军士兵在生死关头，为保住自己性命，不惜同胞相残的故事，揭露了战争对人性的戕害，被山本健吉称赞为代表日本战争文学最高水准的作品。《莱特战记》发表于1967年，记述了大冈参与过的菲律宾战场莱特岛攻防战。《莱特战记》基于大量日美公开文书、军人回忆录、从军报道等资料创作而成，较为真实地还原了战争原貌，对普通士兵的命运表现出极大的关注，被日本文学界誉为"战记小说金字塔"。

大冈的战争题材作品以自身的战场体验为基础，对战争的罪恶和法西斯的野蛮性进行了掷地有声的控诉，有反战、进步的一面，但如我国学者指出的那样，大冈的作品缺少对战争全貌的描写，忽略了战争受害者的声音，虽然抨击了发动战争的军部，但是撇开了普通官兵的责任，对战争的侵略性质认识不足。

不过，也要看到大冈对战争和历史的认识是在不断深入的。1971年11月，大冈升平被推选为日本艺术院会员，他却拒绝接受这个称号。1986年，大冈在访谈中指出："日本人只强调自己遭到原子弹袭击时如何的悲惨，觉得似乎可以因此消除侵略中国和东南亚的罪过，这是十分错误的。"大冈能够持续思考战争责任问题，这在战后文坛是非常可贵的。

大冈升平简略年谱

1909年，3月6日出生于东京牛入区（今新宿区）。

1915年，进入涩谷第一寻常高等小学。

1920年，在堂兄大冈洋吉的建议下向杂志《赤鸟》投稿童谣作品《红丝带》。

1921年，升入青山学院中等部，大量阅读夏目漱石、芥川龙之介的小说。

1926 年，就读成城高等学校期间，学习德语，与富永次郎成为同学。

1927 年，富永次郎兄长的遗作《富永太郎诗集》出版，大冈通过诗集了解到象征主义诗人阿蒂尔·兰波的作品，以此为契机开始学习法语。

1928 年，通过成城国语教师村井康男的介绍，跟随小林秀雄学习法语，经由小林结识了中原中也、河上彻太郎、今日出海、三好达治等人。

1929 年，考入京都大学文学部法文科。与中原中也、河上彻太郎等创办同人杂志《白痴群》，发表译作《兰波》。

1930 年，结识永井龙男、坂口安吾。

1932 年，3 月京都大学毕业，毕业论文的研究对象为安德烈·纪德的《伪币制造者》。8 月至 10 月，在杂志《作品》发表文艺时评。

1934 年，入职国民新闻社。5 月起在《作品》连载长篇小说《青春》。翻译司汤达作品的长篇自传《亨利·勃吕拉传》。10 月，中原中也去世。

1935 年，从国民新闻社辞职。受坂口安吾之托，编辑《司汤达选集》。

1936 年，在《文学界》发表《司汤达》《〈红与黑〉司汤达试论之二》等文章。

1938 年，进入日法合办的帝国氧气公司担任翻译。

1939 年，4 月译著《司汤达》由创元社出版。

1941 年，8 月在《文学界》发表《司汤达〈海顿〉》。

1943 年，11 月入职川崎重工。

1944 年，3 月应召入伍。7 月被派往菲律宾战场，驻防民都洛岛的圣何塞。

1945 年，1 月被美军俘虏，收容到莱特岛的战俘医院。12 月被遣返回日本，回到家人暂住的兵库县明石市。

1946 年，写作《俘虏记》。翻译司汤达的《论爱情》。

1947 年，大冈编辑的《中原中也诗集》由创元社出版。

1949 年，3 月《俘虏记》获得横光利一奖。担任明治大学文学部法语文学教师。

1950 年，1 月在《新潮》发表《出征》，在《群像》连载《武藏野夫人》。9 月在《文艺春秋》发表《新俘虏与旧俘虏》。

1951 年，1 月在《文学界》发表《放浪者坂口安吾》。4 月编辑《中原中也全集》。

1952 年，2 月《野火》由创元社出版，5 月获读卖文学奖。12 月《定本俘虏记》由创元社出版。

1953 年，10 月获得洛克菲勒奖学金赴美，在耶鲁大学学习。

1954年，5月赴欧洲旅游，以巴黎为据点，周游英国、荷兰、奥地利和意大利。在《新潮》连载《一个留学生的手记》。

1958年，7月《大冈升平、武田泰淳、田宫虎彦、三岛由纪夫集》由筑摩书房出版。8月，在《中央公论》连载《花影》。12月由角川书店出版《朝之歌》（中原中也传）。

1959年，电影《野火》上映。

1960年，由筑摩书房出版新选现代日本文学全集《大冈升平集》。

1963年，1月在《群像》发表《战后文学复活》。由集英社出版新日本文学全集《大冈升平集》。

1964年，3月与龟井胜一郎、武田泰淳等一起进行了为期三周的中国旅行，走访北京、西安、上海。3月在《中央公论》连载《文学中国纪行》。4月在《东京新闻》发表《中国之旅》。8月编辑《昭和战争文学全集》（集英社）。

1971年，9月由中央公论社出版《莱特战记》。11月谢绝艺术院会员称号。

1978年，3月以《事件》荣获第三十一届日本推理作家协会奖。

1988年，12月25日，因脑梗塞去世。按照本人遗愿，未举行葬礼和告别仪式。

《俘虏记》作品介绍

短篇小说，1948年发表于《文学界》杂志2月号，1949年荣获第一届横光利一奖。

主人公"我"是一个35岁的中年士兵，1944年初应征入伍，接受了三个月训练便被派到菲律宾的民都洛岛作补充兵。出征前"我"还抱着胜利的希望，决心与祖国同命运，但到了战场上看到战友们相继死去，明白日美双方真实的战况后，"我"开始对自己和日本的命运深感绝望，"憎恨把祖国引向完全绝望的军部"，不再想为愚蠢的战争付出无谓的牺牲，甚至和战友商量起逃离战场的计划。

美军登陆后，"我"所在的中队疟疾蔓延，由于缺少医药，每天都有士兵丧命，"我"也不幸染上疟疾，此时却传来了美军来袭的消息。"我"体力不支，无法跟上大部队转移，几次侥幸逃命后，独自一人在丛林中找水时，偶遇一个年轻的美国士兵。在生死抉择的紧张关头，尽管对方毫无防备，"我"却下定决心不朝他开枪。美军士兵走后，口渴难

耐的"我"自感无法逃生，于是决定自杀，先后尝试了用手榴弹和枪自戕，都没有成功，最后在昏睡中成了美军的俘虏。

被俘后，"我"心情复杂，一度担心会被美军杀死，又为自己成为俘虏感到耻辱。美军士兵讯问之后，给"我"提供了水和药品，第二天"我"躺在担架上，欣赏着沿途的自然美景，才真切地意识到自己得救了，生命将延续到难以预测的未来。

《俘虏记》是一部带有纪实色彩的作品，取材于大冈升平在菲律宾战场的亲身经历。小说细腻地交代了"我"几次三番面对生死考验时的内心活动，极富感染力。围绕"我"为何没向美军士兵开枪的问题，作者从人性、动物性本能、绝望心理、父爱等多个方面反复分析，但是最终也没弄清楚什么才是真正的原因。《俘虏记》提起的战争对人性的影响，在战争中个体如何生存的问题，成为大冈战争题材作品持续探讨的主题。

节选及译文

それは二十歳ぐらいの丈の高い若い米兵で、深い鉄かぶとの下で頬が赤かった。彼は銃をななめに前方に支え、全身で立って、大股にゆっくりと、登山者の足どりで近づいてきた。

私はその不用心にあきれてしまった。彼はその前方に一人の日本兵の潜む可能性につき、いささかの懸念も持たないように見えた。谷のむこうの兵士が何か叫んだ。こっちの兵士が短く答えた。「そっちはどうだい」「異常なし」とでも話し合ったのであろう。兵士はなおもゆっくり近づいてきた。

私は異様な息苦しさを覚えた。私も兵士である。私は敏捷ではなかったけれど、射撃は学生のとき実弾射撃で良い成績をとって以来、妙に自信を持っていた。いかに力を消耗しているとはいえ、私はこの私がさきに発見し、全身を露出した相手を逸することはない。私の右手は自然に動いて銃の安全装置を外していた。

兵士は最初われわれを隔てた距離の半分を越した。そのとき不意に右手山上の陣地で機銃の音がおこった。

彼は振り向いた。銃声はなお続いた。彼は立ち止まり、しばらくその音をはかる

ようにしていたが、やがてゆるやかに向きをかえてそのほうへ歩き出した。そしてず
んずん歩いて、たちまち私の視野から消えてしまった。

　私はため息し苦笑して「さておれはこれでどっかのアメリカの母親に感謝されて
もいいわけだ。」とつぶやいた。

　私はこの後たびたびこの時の私の行為について反省した。

　まず私は自分のヒューマニティに驚いた。私は敵を憎んではいなかったが、しか
しスタンダールの一人物がいうように「自分の生命が相手の手にある以上、その人を
殺す権利がある」と思っていた。したがって戦場では望まずとも私を殺しうる無辜の
人に対し、容赦なく私の暴力を用いるつもりであった。この決定的な瞬間に、突然私
が眼の前に現われた敵を射つまいとは、夢にも思っていなかった。

　このとき私に「殺されるよりは殺す」というシニズムを放棄させたのが、私が既
に自分の生命の存続について希望を持っていなかったという事実にあるのは確かで
ある。明らかに「殺されるよりは」という前提は私が確実に死ぬならば成立しない。

　しかしこの無意識に私のうちに進行した論理は「殺さない」という道徳を積極的
に説明しない。「死ぬから殺さない」という判断は「殺されるよりは殺す」という命
題に支えられて、初めて意味を持つにすぎず、それ自身少しも必然性がない。「自分
が死ぬ」から導かれる道徳は「殺しても殺さなくてもいい」であり、必ずしも「殺さ
ない」とはならない。

　こうして私は先の「殺されるよりは殺す」というマキシムを検討して、そこに「避
け得るならば殺さない」という道徳が含まれていることを発見した。だから私は「殺
されるよりは」という前提が覆った時、すぐ「殺さない」を選んだのである。このモ
スカ伯爵の一見マキャベリスムチックなマキシムは、私が考えていたほどシニックで
はなかった。

　こうして私は改めて「殺さず」という絶対的要請にぶつからざるを得ない。

　　那是一个二十岁左右、高个儿年轻的美国兵，两颊在低垂的钢盔下缘泛着红色，
他把枪斜举在前面，全身直立，慢慢腾腾，大踏步，以登山运动的步伐向我近旁走来。

　　我给他这种毫不戒备的姿态弄呆了。看来，他根本没考虑到前方潜伏着一个日本
兵的可能性。山谷对面的士兵喊了一声什么，这士兵简短的答了一句，大概就是"那边
怎样""没情况"之类的问答。这士兵又慢腾腾地向我挨近。

我觉得紧张得透不过气来。我也是士兵呀，我虽不算敏捷，但在学生时期实弹射击就取得了好成绩，对射击还是很有信心的。尽管体力有所消耗，但因为我发现他在先，他又是全身露出，干掉他是有把握的。我的右手不自觉地动了一下，掀开了枪上的保险装置。

　　这士兵继续前进，当他把我们之间的距离缩短到一半时，右边山上的阵地忽然响起了机枪声。他转过头看去，枪声还在继续。他站在那里似乎是在判断这阵枪声。稍停之后，他慢慢地掉转了方向，朝山那边走去，然后快步前进，不一会儿就从我的视野里消失了。

　　我长出了一口气，苦笑了一下，喃喃自语道："啊，这一回我该受到美国的哪一位母亲的感谢了。"

　　后来，我常常对我此时此刻的行为进行反省。

　　首先，我对自己的恻隐之心感到很惊异，固然我并不憎恨敌人，但我记得司汤达小说中一个人物说过这样的话："自己的性命既然掌握在对方手里，就有权利把对方杀死。"所以在战场上对于那些无辜的但有可能杀死我的人，我准备无情地运用我的暴力。在这决定性的瞬间，对突然出现在眼前的对手动了不要开枪的念头，是我做梦也没想过的。

　　这时，使我放弃"与其被杀，莫如杀人"这种犬儒态度的，是由于我对自己生命的存续已不抱任何希望，这是确切无疑的。很明显，假如我注定要死，"与其被杀"这个前提就不能成立了。

　　但是，这个无意识地在我心底兴起的逻辑，并不能积极地解释所谓"不杀人"的道德行为。"因为自己将死，所以不想杀人"这个判断，当它由"与其被杀，莫如杀人"这个命题来支持时才有意义，它本身没有任何必然性。由"自己将死"而引出的道德行为是"可杀可不杀"，而不一定是"不杀"。

　　于是，我对上面讲的"与其被杀，莫如杀人"这个命题进行了探讨，发现其中包含着"如能避免尽可不杀"的道德观念。因此，当"与其被杀"这个前提被推翻时，我立即选择了"不杀"。这句莫斯克伯爵的显然带有马基雅维利意味的格言，并不像我所想的那样具有冷嘲意味。

　　因此，我不得不重新考虑"不杀"的绝对含意。

（申非　译）

一、文学史知识练习题

1.请判断以下陈述是否恰当，恰当的请在句子后面的括号里打勾（√），不恰当的请在括号里打叉（×）。

（1）大冈升平对俄罗斯文学抱有浓厚的兴趣。（　　　）

（2）大冈升平为中原中也作品的推介做出了很大贡献。（　　　）

（3）大冈升平在司汤达作品翻译和研究方面有很深的造诣。（　　　）

（4）小说《俘虏记》的发表奠定了大冈在战后文坛的地位。（　　　）

（5）1971年，大冈升平当选为日本艺术院会员。（　　　）

2.请根据提示，选择合适的选项。

（1）大冈升平曾跟随下列哪位老师学习法语？（　　　）

    A.小林秀雄　　　　　B.中原中也　　　　　C.三好达治　　　　D.野间宏

（2）大冈升平是哪一文学流派的代表作家？（　　　）

    A.新感觉派　　　　　B.战后派　　　　　C.民主主义文学　　D.无赖派

（3）下列哪部作品是大冈升平以在菲律宾战场被美军俘虏的亲身经历为基础写作的？（　　　）

    A.《武藏野夫人》　　　　　　　　B.《莱特战记》

    C.《阴暗的图画》　　　　　　　　D.《俘虏记》

（4）下列哪位作家给大冈升平的创作带来了深刻影响？（　　　）

    A.司汤达　　　　　B.萨特　　　　　C.兰波　　　　　D.巴尔扎克

（5）下列哪部作品以莱特岛攻防战为素材，被日本文学界誉为"战记小说金字塔"？（　　　）

    A.《俘虏记》　　　　　　　　B.《野火》

    C.《莱特战记》　　　　　　　D.《再赴民都洛岛》

二、思考题

大冈升平的文学创作与战争体验之间存在着怎样的联系？

三、讨论题

以司汤达作品为代表的法国文学给大冈升平的创作带来了怎样的影响？

9.3 / 安部公房

安部公房是战后日本第一个获得国际性赞誉的作家，他的创作体裁丰富多样，涉及小说、戏剧、报告文学等，作品被译介到三十多个国家，一度被视为诺贝尔文学奖的热门人选。

安部自幼爱好文学，高中及大学时代潜心研读萨特、海德格尔的哲学著作，醉心于里尔克和陀思妥耶夫斯基的作品，从东京大学医学部毕业后弃医从文，热心于文学创作。最早发现安部的文学才能并帮助他走上文坛的伯乐，是战后派代表作家埴谷雄高。在埴谷的推介下，1948 年，安部的长篇小说《粘土墙》改名为《在道路尽头的路标旁》由真善美社出版。这部处女作获得文学界的认可后，安部相继加入"近代文学会"和由野间宏、埴谷雄高、花田清辉等人组织的"夜之会"，成为"第二批战后派"作家的一员。

安部的文学常被称为"丧失故乡的文学"。在《在道路尽头的路标旁》《野兽们奔向故乡》等以故乡为主题的作品中，安部一方面指出"除了故乡以外没有真理"，"为了烦恼、欢笑和生活，人们必须拥有故乡"；另一方面又多次表示自己是没有故乡的人，在情感深处流淌着对故乡的憎恶感，他对故乡抱有的矛盾感情与其成长经历密不可分。安部出生于东京，不满一岁时随父母迁居至中国沈阳，直到 1946 年 10 月被遣返回日本之前，除在东京求学外，大部分时间都在沈阳度过。然而，由于战争带来的移民和殖民者双重身份，安部既无法对日本产生归属感，又自觉没有资格将沈阳当作故乡，于是变成了被世界抛弃，"彷徨在故乡边缘却走不进去的亚洲亡灵"。在基于自身经历创作的《野兽们奔向故乡》中，安部描写了战争孤儿久三在丧失了国家、故乡、身份等一切归属时的困顿处境，"房子到处都是，只要有房子就会有门，只要有门就会

牢牢地上了锁。门就在那里，但里面却是无限的遥远"，笼罩在久三心头的孤绝感一直延续到了安部之后的作品中。

20世纪50年代初，安部相继发表了《红茧》和《墙——S·卡尔玛氏的犯罪》两篇作品，运用超现实主义手法描写了由人到物的变形故事。前者的主人公走遍都市找不到安身之处，最后身体变成了空空的蚕茧壳；后者丧失了包括姓名在内的所有，变成了一堵在荒野中生长的墙。这两部作品将被异化的人的孤独感和恐惧感描写得淋漓尽致，映射了战后社会的混乱状态和人们对前途的迷茫心理，分别获得了战后文学奖和芥川文学奖。

进入60年代后，安部公房迎来了创作高峰期。他的长篇代表作《砂女》于1962年问世，1964年被改编为电影后荣获戛纳电影节评委会大奖，此后又获得多个海外文学和电影奖项。在安部的创作生涯中，《砂女》堪称一部里程碑式作品，它向世界展示了安部的跨民族、跨文化写作能力，使他成为当时日本文坛上最富国际声誉的作家。在《砂女》之后的《他人之脸》《燃尽的地图》《箱男》《密会》等作品中，安部继续将存在主义、超现实主义、荒诞派等西方现代文学的表现手法娴熟地融入到自己的创作中，通过一系列寓言化故事，对人与他人、人与社会之间错综复杂的关系，以及个体如何重建与外界的联系等现实问题进行深入思考，批判了日本社会在现代化进程中不断暴露出来的不合理性和荒谬性。

安部的文学也被称为"新的文学"，前卫性和实验性是其艺术世界的突出特征。登上文坛不久，安部就相继参加了"夜之会""现在之会""记录艺术之会"等前卫艺术团体，在学习吸收超现实主义、马克思主义等思潮的过程中，逐渐形成了独特的认识论和方法论。从20世纪50年代开始，安部将追求艺术革新的理念付诸实践，在小说、电影、戏剧、广播剧、电视剧等多个领域同时发力，试图打破电影、美术和文学等艺术形式之间的界限，以寻求表现社会现实的合适途径。安部在戏剧方面的突破最受人瞩目，不但创作了《朋友》《幽灵在这儿》等多部知名作品，还于1973年创办了"安部公房工作室"，开始自编自导戏剧。1979年，安部率领工作室赴美巡演，他的剧作被纽约时报赞誉为"富有行动力和想象力"的作品。

晚年的安部公房对克里奥尔语非常感兴趣。克里奥尔语是不同族群的人在缺少共同语言进行交流时创造出来的混杂性语言。安部认为克里奥尔语的产生需要两个前提：一是不拥有传统；二是具备被传统排斥的意识。不被传统束缚，才有超越传统的可能性。安部认为卡夫卡的文学具备了克里奥尔式的特征，而这种特征同样也存在于安部的作

品之中。超越民族和国家界限，在没有出路的地方寻求出路，在极限状态下寻求自由——这是安部借助文学创作进行的哲学之思，也是与其他战后派作家的相通之处。

安部公房简略年谱

1924 年，3 月 7 日出生于东京泷野川，祖籍北海道。父亲安部浅吉就职于"满洲医科大学"。母亲对无产阶级文学有过研究。安部出生后不久全家迁居到中国沈阳（当时的伪满洲奉天）。

1937 年，4 月进入奉天第二中学，大量阅读世界文学作品，擅长数学科目。

1940 年，初中毕业后回日本就读，4 月进入成城高中。因肺浸润休学一年，返回沈阳家中。

1943 年，4 月考入东京大学医学部。经常缺课，热衷于阅读里尔克的《图像集》。

1944 年，年底伪造诊断书返回沈阳。第二年冬天，父亲因感染斑疹伤寒去世。

1947 年，返迁回日本后，先回到北海道祖父母家。后独自一人回东京继续学业。一边卖蔬菜和煤球，一边开始文学创作。夏天，自费出版《无名诗集》。

1948 年，2 月发表《在道路尽头的路标旁》。3 月从东大毕业并结婚。相继发表《异端者的告发》《为了无名的夜晚》等文章后，加入《近代文学》会。9 月发表《道路尽头的标志》，加入"夜之会"，在花田清辉的影响下开始接触超现实主义。

1949 年，思想向共产主义靠近。

1950 年，12 月在《人间》杂志发表《红茧》，获得第二届战后文学奖。

1951 年，2 月在《近代文学》发表《墙——S·卡尔玛氏的犯罪》，获得第二十五届芥川奖。加入共产党。陆续发表《巴别尔塔的狐狸》《闯入者》等作品。

1952 年，1 月发表《诺亚方舟》。6 月发表《水中都市》。

1954 年，2 月发表长篇小说《饥饿同盟》。开始大量发表戏剧作品。

1955 年，7 月在《文艺》发表《棒》。

1957 年，1 月在《群像》连载《野兽们奔向故乡》。

1958 年，6 月《幽灵在此》在俳优座上演，获得岸田戏剧奖。7 月在《思想》

发表《新记录主义提倡》。

1962 年，2 月与花田清辉、大西巨人等人一同被日本共产党除名。6 月长篇小说《砂女》由新潮社出版。

1964 年，1 月在《群像》发表《他人的脸》。8 月访问苏联。

1967 年，3 月在《文艺》发表戏曲《朋友》。9 月发表《燃尽的地图》。

1968 年，2 月《砂女》获得法国 1967 年度最优秀外国文学奖。

1973 年，1 月成立"安部公房工作室"，正式开始戏剧活动。3 月小说《箱男》出版。

1975 年，11 月短篇集《笑月》出版。

1977 年，5 月被美国艺术与科学学院选为外籍名誉院士。12 月，长篇小说《密会》出版。

1979 年，5 月率领安部公房工作室赴美，在华盛顿、纽约、芝加哥等地上演戏剧《小象死了》。

1984 年，长篇小说《樱花号方舟》出版。

1986 年，4 月《水中都市》在北京中央戏剧学院小剧场试演。

1991 年，11 月出版长篇小说《袋鼠笔记》。

1992 年，出席美国艺术与科学学院名誉院士证书授予仪式。12 月 25 日深夜写作时颅内出血。

1993 年，1 月 22 日因急性心力衰竭而辞世。

 《砂女》作品介绍

长篇小说。1962 年由新潮社出版。

小说讲述了中学教师仁木顺平失踪和逃亡的故事。仁木厌倦了机械重复的都市生活，假期里只身一人来到海边的沙地采集昆虫标本。他希望此行能够发现新品种昆虫，用自己的名字去命名它，以此获得世人的关注。结果，他却事与愿违地被渔村村民骗入一处沙穴中。

沙穴里只有一个年轻的寡妇，仁木不甘心被囚禁于此度过余生，多次尝试逃走。这些尝试不幸都以失败告终了，最后他不得不留在沙穴里，与寡妇一起过着挖沙、清沙的单调生活。尽管时刻处于村民们的严密监视之下，仁木始终没有放弃逃跑的念头。为了重返外部世界，他甚至制作了一个捕捉乌鸦的陷阱，想靠乌鸦把自己被囚禁的消息传递出去。仁木给乌鸦陷阱取名为"希望"，从这个名字足可见他渴望重获自由的念头是多么的强烈。

　　七年后，寡妇因为宫外孕要到镇上就医，村民们在慌乱之中忘记收回绳梯，一个唾手可得的逃跑机会就这样出现在了仁木面前。然而，仁木只是沿着绳梯爬到洞口看了看，又回到了沙穴中。原来，他在制作乌鸦陷阱的过程中，意外发现了从沙中汲取地下水的方法，经过反复实验，他成功地研制出了储水装置。这个发明对村民们而言意义重大，可以帮助他们从挖沙换水的辛苦劳作中解脱出来，也让仁木体会到了前所未有的存在感和成就感。对此时的他来说，将取水方法教给村民远比逃回都市有意义得多。因此，他不再急于逃走，而是主动选择了留下。在逃离沙穴的问题上，仁木的态度出现了明显的转变，其原因在于他明白了都市生活和沙穴中的生活没有本质区别，重要的是他是否能为生活赋予意义，把命运掌握在自己手中。正如小说中所说的那样，领悟了自由真谛的仁木感到自己获得了一张空白车票，往返地点可以由他本人随意填写，逃亡不再是头等重要的事。

　　面对突如其来的厄运，仁木没有放弃对人生意义和存在价值的求索，他坚持不懈地与荒诞境遇进行抗争，最终实现了对自我和现实的超越。仁木的积极姿态既凸显了存在主义倡导的自主选择命运的理念，也呼应了超现实主义的抗争精神，让《砂女》和充满悲观迷惘情绪的《红茧》《墙》等作品区别开来。

节选及译文

　　八月のある日、男が一人行方不明になった。休暇を利用して、汽車で半日ばかり海岸に出掛けたきり、消息をたってしまったのだ。捜索願も、新聞広告も、すべて無駄におわった。

むろん、人間の失踪は、それほど珍らしいことではない。統計のうえでも、年間数百件からの失踪届が出されているという。しかも、発見される率は、意外にすくないのだ。殺人や事故であれば、はっきりとした証拠が残ってくれるし、誘拐のような場合でも、関係者には、一応その動機が明示されるものである。しかし、そのどちらにも属さないとなると、失踪は、ひどく手掛りのつかみにくいものになってしまうのだ。仮に、それを純粋な逃亡と呼ぶとすれば、多くの失踪が、どうやらその純粋な逃亡のケースに該当しているらしいのである。

　彼の場合も、手掛りのなさという点では、例外でなかった。行先の見当だけは、一応ついていたものの、その方面からそれらしい変死体が発見されたという報告はまるでなかったし、仕事の性質上、誘拐されるような秘密にタッチしていたとは、ちょっと考えられない。また日頃、逃亡をほのめかす言動など、すこしもなかったと言う。

　当然のことだが、はじめは誰もが、いずれ秘密の男女関係だろうくらいに想像していた。しかし、男の妻から、彼の旅行の目的が昆虫採集だったと聞かされて、係官も、勤め先の同僚たちも、いささかはぐらかされたような気持がしたものだ。たしかに、殺虫瓶も、捕虫網も、恋の逃避行の隠れ蓑としては少々とぼけすぎている。それに、絵具箱のような木箱と、水筒を、十文字にかけた、一見登山家風の男がS駅で下車したことを記憶していた駅員の証言によって、彼に同行者がなく、まったく一人だったことが確かめられ、その臆測も、根拠薄弱ということになってしまったのである。

　厭世自殺説もあらわれた。それを言い出したのは、精神分析にこっていた彼の同僚である。一人前の大人になって、いまさら昆虫採集などという役にも立たないことに熱中できるのは、それ自体がすでに精神の欠陥を示す証拠だというわけだ。子供の場合でも、昆虫採集に異常な嗜好をみせるのは、多くエディプス・コンプレックスにとりつかれた子供の場合であり、満たされない欲求の代償として、決して逃げだす気遣いのない虫の死骸に、しきりとピンを突き刺したがったりするのだという。そして、それが大人になってもやまないというのは、よくよく病状がこうじたしるしに相違ない。昆虫採集家が、しばしば旺盛な所有欲の持ち主であったり、極端に排他的であったり、盗癖の所有者であったり、男色家であったりするのも、決して偶然ではないのである。まして、そこから厭世自殺までは、

あとほんの一歩にすぎない。現に、採集マニアのなかには、採集自体よりも、殺
虫瓶のなかの青酸カリに魅せられて、どうしても足を洗うことが出来なくなった
者さえいるそうだ。……そういえば、あの男がわれわれに、その趣味を一度も打
ち明けようとしなかったこと自体、彼が自分の趣味を後ろ暗いものとして自覚し
ていた証拠なのではあるまいか。

　だが、そのせっかくのうがった推理も、事実として、死体が発見されなかった
のだから、問題にはならなかった。

　こうして、誰にも本当の理由がわからないまま、七年たち、民法第三十条によっ
て、けっきょく死亡の認定をうけることになったのである。

　　八月里的一天，一个男人失踪了。他利用休假去海边，听说那地方半天火车即
可到达，谁知他一去便杳无音信。家属向警察局报案，在报纸上刊登寻人启事，结
果都如石沉大海。

　　当然，如今个把人失踪了，也不是什么稀罕事。仅从统计数字来看，一年间就
有几百件失踪案件。然而，人被找到的可能性却微乎其微。换了杀人事件或者人身
事故，怎么都会留下清晰的证据，就连绑架，有关人员也总会明显地表示出大概的
动机。然而失踪者却不属此列，极难找到线索。如果有"纯粹逃亡"的说法，那么，
多数失踪事件，似乎都可纳入"纯粹逃亡"的范围。

　　而他的失踪，在找不到线索这一点上，也不例外。警方推测出他大概会去的地
方，可那边没有任何报告说发现了可疑的尸体；从他的工作性质上来看，好像他也
没接触过那种会导致被绑架的秘密。平时，他也丝毫没有流露过计划逃跑的口风。

　　当然，一开始谁都会想象"失踪"与秘密的男女关系有牵连。可从他妻子嘴里
听说，他旅行的目的仅仅是为了去采集昆虫标本。负责调查的警官也好，单位里的
同事也好，都觉得自己的思路像是被什么东西岔开了似的。真的，把杀虫瓶、捕虫
网作为"情爱逃亡"的幌子，那实在有些糊涂过头了。而且，据火车站的检票员回忆，
的确看到过一个登山队员模样的人：他把画具盒似的木箱和水壶交叉背在肩上，在
s车站下了车。据检票员的证词，确实只看到他一个人，没见有同行者。于是，"情
爱逃亡"的推测显然就站不住脚了。

　　又有人提出"厌世自杀"说。提出这个说法的是那男人的一个同事，一个热
衷于精神分析的人。据他介绍说，已经成了堂堂的大男人，却还热衷于收集昆虫标

本之类的东西，本身已经可以证明他精神上存在着某种缺陷。即使是个孩子，在采集昆虫标本方面表现出异常的嗜好，大多是有"恋母情结"，他们明知昆虫尸体绝不会逃走，却还是用大头针紧紧地固定住那些尸体，以此来发泄自己无法满足的欲望。要是成了大人以后，还戒不掉那种嗜好，可见病症是在一天天地加重。昆虫采集者往往是占有欲望旺盛的人，一个极端排他的人，有小偷小摸行为的人，甚至是个同性恋者，绝不是偶然。距离"厌世自杀"不过只有一步之遥。事实上，也许杀虫瓶里的氰化钾比采集活动本身更吸引那些昆虫收集爱好者，无论如何也不愿洗手不干。……这么说来，那人从未对我们挑明过他的兴趣，那态度本身，不就证明了他自己也觉得这种兴趣见不得人吗？

尽管他特地做出了周密推理，但没有事实依托，未发现尸体，也就成不了气候。就这样，谁也不知道真正的理由，一晃就是七年。根据民法第三十条规定，最后那男人家属只得接受了死亡认定。

（杨炳辰 译）

练 习

一、文学史知识练习题

1.请判断以下陈述是否恰当，恰当的请在句子后面的括号里打勾（√），不恰当的请在括号里打叉（×）。

（1）安部公房是"第二批战后派"作家的成员。（　　　）

（2）安部公房出生于沈阳，成长于东京。（　　　）

（3）安部公房对故乡抱有又爱又恨的矛盾态度。（　　　）

（4）《砂女》扩大了安部作品在世界范围的影响力。（　　　）

（5）安部公房的作品既超越现实又深刻地反映现实，与传统日本文学作品迥然有别。
　　　　（　　　）

2.请根据提示，选择合适的选项。

（1）安部公房的文学才能得到了哪位战后派作家的认可和赏识？（　　　）

    A. 野间宏　　　　　　B. 埴谷雄高　　　　　C. 大冈升平　　　D. 梅崎春生

（2）被公认为安部处女作的是哪部作品？（　　　）

    A.《在道路尽头的路标旁》　　　　　　　B.《野兽们奔向故乡》

    C.《砂女》　　　　　　　　　　　　　　D.《樱花号方舟》

（3）安部公房以哪部作品获得了芥川文学奖？（　　　）

    A.《红茧》　　　　　　　　　　　　　　B.《墙——S·卡尔玛氏的犯罪》

    C.《闯入者》　　　　　　　　　　　　　D.《他人之脸》

（4）安部公房在文坛崭露头角后，相继加入了近代文学会和（　　　）。

    A. 盾之会　　　　　　B. 文学报国会　　　　C. 夜之会　　　D. 新日本文学会

（5）安部公房认为（　　　）的文学具备了克里奥尔式的特征。

    A. 埴谷雄高　　　　　B. 花田清辉　　　　　C. 萨特　　　　D. 卡夫卡

二、思考题

    请结合具体作品阐述安部公房的文学特色。

三、讨论题

    《砂女》中的沙之世界有何寓意？

9.4 "第三新人"文学

　　日本有这样一批作家，他们出生于大正时期，于二战期间度过了青春岁月。在当时的时代背景下，经历了各种艺术思潮熏陶后，这部分作家将西方的文学技巧嫁接到了私小说中，以颇具私小说色彩的文体记录生活。这里将着重为大家介绍其中一位作家——远藤周作的文学。

　　远藤周作与安冈章太郎、吉行淳之介、曾野绫子等人，基于自身的探索与实践，写作风格在20世纪50年代初的日本文坛受到了认可，包揽了1953年至1955年的芥川文学奖。为区别于"第一批、第二批战后派"，文艺评论家山本健吉将他们定位为"第三新人"。

　　相比第一次、第二次战后派，"第三新人"不再过多地关注政治及意识形态问题，而是将笔锋转向描写现实生活中小人物的喜怒哀乐。远藤周作出于对自身信仰问题的追究，使得他的文学在"第三新人"中独具特色。

　　文学评论家川西政明指出：远藤周作的文学是由12岁时受洗成为基督徒、27岁至30岁之间的法国留学生活以及37岁至39岁间的病床生活构成的。这三段经历无疑都给远藤周作的文学创作带来了决定性的影响。

　　少年时代接受洗礼成为一名基督教徒决定了远藤周作文学的创作方向。远藤周作曾多次表示"基督教就如同母亲给自己穿上了一件不合身的西装，将西装变成合身的和服是自己一生的课题"。远藤周作早期评论时期的文章《诸神与一神》《天主教作家的问题》中就包含了他一贯的文学主张与问题意识。

　　1950年6月，远藤周作开始了长达两年半的法国留学生活。期间，面对象征着"文明"的法国人对日本人及其他有色人种抱有的偏见与无知，远藤周作越发意识到根

植于西方文明的基督教信仰与自身之间的距离感。这种意识具体体现在早期的短篇小说《至亚丁》《科尔奇馆》及评论《有色人种与白色人种》等作品中。

法国留学的另一项收获则是"萨德侯爵"式人物的发现。远藤周作在去往法国的船上所记日记中提到自己被萨德侯爵深深吸引，探索人性深处的罪恶成为远藤文学的另一个重要课题。从早期的小说《白种人》《黄种人》《海和毒药》至后期的作品《丑闻》与《深河》，"罪"与"恶"始终是远藤周作无法舍弃的课题。

1961 年，远藤周作因为肺结核复发再次住院，历经三次手术，心跳一度停止。接受第三次手术前日，远藤周作第一次看到了"踏绘"。以此为契机，病愈后的远藤走访了拥有"踏绘"历史的长崎，创作了其文学生涯的巅峰之作《沉默》。《沉默》中"母性的耶稣"，以及《死海之滨》中"永远的同伴者"等耶稣形象的塑造是远藤周作在这一时期对更符合日本精神风土的神的形象的不断探索。

远藤周作的最后一部长篇小说《深河》是远藤对自己文学生涯的一次清算。《深河》不仅探讨了人类内心的"善"与"恶"、"神"与"爱"，还涉及了死亡与转世、宗教的包容与对立等问题。远藤周作在《〈深河〉的创作日记》中写道："这部小说能否成为我的代表作？我越来越没有自信，但是可以确定的是，我人生的绝大部分都在这部小说之中。"

1996 年 9 月 29 日，73 岁的远藤周作在历经无数次病痛的折磨后溘然长逝。铃木秀子在远藤周作逝世十周年时，在《文学界》上发文指出：远藤周作无疑是日本近代文学史上最为优秀的作家之一，从其逝世开始如不经过五十年无法对其文学思想进行定位。的确，现在对其文学盖棺定论为时尚早，远藤文学是一块宝藏，更多的价值所在仍然有待挖掘。

远藤周作简略年谱

1923 年，3 月 27 日出生于东京巢鸭区，远藤家次男，父亲远藤常久，母亲郁，兄长远藤正介。父亲远藤常久当时任职于安田银行（富士银行的前身）。

1926 年，因父亲调职，全家移居大连。

1929 年，进入大连大广场小学就读。

1933 年，父母离异，跟随母亲回到日本，转学至神户市六甲小学。在天主教徒姨母的影响下，开始到教会听讲天主教公教要理。

1935 年，受洗成为天主教徒。从六甲小学毕业，进入滩中学就读。

1940 年，中学毕业。

1943 年，三年"浪人"生活之后，进入庆应大学文学部预科。入住天主教哲学家吉满义彦任舍监的学生公寓，在吉满的介绍下结识龟井胜一郎，次年拜访了堀辰雄。

1945 年，进入庆应大学文学部法文学科学习。开始阅读弗朗索瓦·莫里亚克、乔治·贝尔纳诺斯等法国现代天主教文学作家的作品。

1947 年，发表评论《诸神与一神》《天主教作家的问题》，受到神西清的赏识。

1948 年，在神西清的举荐下，发表评论《堀辰雄论备忘录》。

1950 年，7 月作为战后第一批留学生，前往法国留学，研究法国现代天主教文学。

1953 年，身体抱恙，提前结束留学，2 月乘坐赤城丸回国。

1954 年，11 月发表小说处女作《至亚丁》。经安冈章太郎的介绍，进入"构想之会"，结识吉行淳之介、庄野润三、三浦朱门、小岛信夫等人。

1955 年，发表小说《白种人》，获得第三十三届芥川文学奖。9 月与冈田幸三郎的长女顺子结婚。11 月发表小说《黄种人》。

1956 年，1 月首部长篇小说《青色小葡萄》在《新潮》上连载，6 月完结。6 月长子龙之介出生。

1957 年，6 月《海和毒药》在《文学界》上连载，10 月完结。

1959 年，1 月《火山》在《文学界》上连载，10 月完结。3 月《傻瓜先生》在朝日新闻上连载，8 月完结。11 月同顺子夫人一同前往法国，次年 1 月回国。

1960 年，回国后确诊为结核病复发，入住庆应医院。

1961 年，接受三次肺部手术。次年 7 月出院。

1963 年，1 月发表《男人与九官鸟》，移居东京都下的玉川学园，新居命名为狐狸庵，自称狐狸庵山人。

1966 年，3 月发表小说《沉默》，10 月《沉默》获得第二届谷崎润一郎奖。

1967 年，5 月被选为日本文艺家协会理事。8 月获得葡萄牙骑士勋章。

1968 年，1 月发表小说《影法师》。5 月《圣经物语》开始在《波》上连载（1973

年 6 月完结，历时 5 年）。

1969 年，1 月发表小说《母亲》。为准备下一部长篇小说前往耶路撒冷采风，2 月回国。9 月戏作《蔷薇之馆》上演。

1970 年，4 月同井上洋治、矢代静一等人一同前往耶路撒冷，5 月回国。10 月担任大阪世界博览会基督教馆的总策划，并获得罗马教廷颁发的骑士勋章。

1971 年，11 月电影《沉默》上映。

1973 年，6 月发表长篇小说《死海之滨》。

1976 年，1 月评传《铁的枷锁——小西行长传》在《历史与人物》上连载，次年 1 月完结。

1978 年，1 月评传《枪与十字架——有马神学校》在《中央公论》上连载，12 月完结。

1979 年，3 月获得艺术院奖。时隔 46 年再次到访大连，同月回国。12 月 31 日，长篇小说《武士》完稿。

1980 年，4 月发表长篇小说《武士》。11 月以长崎为历史舞台的小说《女人的一生》第一部在《朝日新闻》上连载，次年 2 月完结。12 月小说《武士》获得第三十三届野间文艺奖。

1981 年，身体欠佳，在家疗养，开始思考衰老与死亡的问题。6 月发表短篇小说《授奖仪式的晚上》。7 月小说《女人的一生》第二部在《朝日新闻》上连载，次年 2 月完结。

1982 年，6 月担任《莫里亚克著作集》的责任编辑，负责翻译小说《爱的沙漠》《黛莱丝·台斯盖鲁》。

1983 年，10 月长篇小品文《宗教与文学之间》（1985 年改题为《我爱的小说》）在《新潮》上连载，次年 11 月完结。

1985 年，6 月被选为日本笔会第十任会长。

1986 年，3 月发表长篇小说《丑闻》。10 月电影《海和毒药》上映，该影片获得了第十三届柏林电影节银熊奖。

1988 年，1 月战国三部曲之一的小说《反逆》在《读卖新闻》上连载，次年 2 月完结。

1989 年，4 月辞去笔会会长一职。7 月战国三部曲第二部《决战之时》在《山阳新闻》上连载，次年 5 月完结。

1990 年，2 月为创作长篇小说《深河》前往印度采风，同月回国。9 月战国三部曲最后一部《男人的一生》在《日本经济新闻》上连载，次年 9 月完结。

1992 年，9 月长篇小说《深河》完稿。

1993 年，5 月因肾功能衰竭入院接受腹膜透析，开始反复住院治疗。6 月集大成之作《深河》发表。

1994 年，1 月最后一部历史小说《女人》在《朝日新闻》上连载，10 月完结。小说《深河》获得第三十五届每日艺术奖。

1995 年，6 月电影《深河》上映。9 月突发脑出血紧急入住顺天堂大学医院。11 月获得文化勋章。

1996 年，4 月转院至庆应义塾大学医院，9 月 29 日去世。

《沉默》作品介绍

长篇小说，1966 年（昭和四十一年）3 月由新潮社出版。

故事发生在日本基督教禁教期间，情节的展开源自一份报告。罗马教会收到一份报告称由葡萄牙耶稣会派往日本的费雷拉神甫在长崎遭受"穴吊"的拷刑后，已宣誓弃教。这位神甫在日本生活了二十多年，身居教区长的高位，因此，如果情况属实，费雷拉神甫的弃教已经不只是他个人的挫折，而是整个欧洲信仰、思想的耻辱与失败。葡萄牙方面有三位年轻的司祭为了证实恩师并非弃教，远渡重洋，其中两位司祭洛特里哥和卡尔倍在澳门传教学院的帮助下顺利抵达日本。

两位司祭来到日本后发现虽然距离日本颁布禁教令（1587 年）已经过去 50余年，但是，长崎地区的小岛上依旧零散分布着不少隐匿身份的信徒。他们对两位司祭的到来感到无比的欣喜，对久违的弥撒、圣物表现出极大的渴望。同时，司祭也逐渐发现这些日本的信徒对自己的宗教似乎存在误解，比如这里的百姓对圣母比对基督还要崇敬，把基督教的上帝理解成了日本国民长久以来信仰的太阳等。之后的一段时间，司祭洛特里哥目睹了日本信徒被杀，自己也因为弃教者吉次郎的出卖遭到逮捕。长崎负责禁教的井上筑后守曾经也是信徒，深知信徒与司

祭的心理，他明白只有让司祭弃教才能真正动摇一般信众的心。为逼迫洛特里哥弃教，官差将三名信徒用草席包裹着扔进了海里，司祭卡尔倍也一同淹死在了大海之中。不久后，又有三名信徒被处以"穴吊"的酷刑，洛特里哥必须在坚持自己的信仰和解救这三个无辜的生命之间作出选择。最终，洛特里哥在已经改名为泽野忠庵的费雷拉神甫的劝说下，选择了弃教。当洛特里哥抬起脚准备践踏圣像时，铜板上的那个人对他说："踏下去吧！我就是为了要让你们践踏才来到这世上的。"

作者在小说中特别塑造了吉次郎这个软弱的信徒形象，阐述了不是所有世人都是圣人或英雄的观点。西方基督教严厉的"父性"特征并不适合日本的风土，当基督教传入日本后，日本人就已经加入了自己的理解，小说中呈现了一个对"弱者"充满关怀的"母性的"耶稣形象。

节选及译文

踏絵は今、彼の足もとにあった。小波のように木目が走っているうすよごれた灰色の木の板に粗末な銅のメダイユがはめこんであった。それは細い腕をひろげ、茨の冠をかぶった基督のみにくい顔だった。黄色く混濁した眼で、司祭はこの国に来てから始めて接するあの人の顔をだまって見下ろした。

「さあ」とフェレイラが言った。「勇気をだして」

主よ。長い長い間、私は数えきれぬほど、あなたの顔を考えました。特にこの日本に来てから幾十回、私はそうしたことでしょう。トモギの山にかくれている時、海を小舟で渡った時、山中を放浪した時、あの牢舎での夜。あなたの祈られている顔を祈るたびに考え、あなたが祝福している顔を孤独な時思いだし、あなたが十字架を背負われた顔を捕われた日に甦らせ、そしてそのお顔は我が魂にふかく刻みこまれ、この世で最も美しいもの、最も高貴なものとなって私の心に生きていました。それを、今、私はこの足で踏もうとする。

黎明のほのかな光。光はむき出しになった司祭の鶏のような首と鎖骨の浮い

た肩にさした。司祭は両手で踏絵をもちあげ、顔に近づけた。人々の多くの足に踏まれたその顔に自分の顔を押しあてたかった。踏絵のなかのあの人は多くの人間に踏まれたために摩滅し、凹んだまま司祭を悲しげな目差しで見つめている。その眼からはまさにひとしずく涙がこぼれそうだった。

「ああ」と司祭は震えた。「痛い」

「ほんの形だけのことだ。形などどうでもいいことではないか」通辞は興奮し、せいていた。「形だけ踏めばよいことだ」

司祭は足をあげた。足に鈍い重い痛みを感じた。それは形だけのことではなかった。自分は今、自分の生涯の中で最も美しいと思ってきたもの、最も聖らかと信じたもの、最も人間の理想と夢にみたされたものを踏む。この足の痛み。その時、踏むがいいと銅版のあの人は司祭にむかって言った。踏むがいい。お前の足の痛さをこの私が一番よく知っている。踏むがいい。私はお前たちに踏まれるため、この世に生まれ、お前たちの痛さを分かつため十字架を背負ったのだ。

こうして司祭が踏絵に足をかけた時、朝が来た。鶏が遠くで鳴いた。

　　现在，圣像就在他的脚边。微脏的淡色木板上有仿佛微波细浪的木头纹路，上面嵌着粗糙的铜版。那是张开的枯瘦的双手，戴着荆棘冠冕的基督丑陋的容颜！司祭黄浊的眼睛默默地看着来到这个国家之后第一次接触的那个人的面容。

　　“来吧！”费雷拉说，“鼓起勇气来！”

　　主啊！好久好久以来，我在心里无数次揣测你的容貌。尤其是来到日本之后，我揣测过几十次。在躲藏在友义村的山里时，在以小舟渡海时，在山中流浪时，在牢房的晚上。每晚祈祷时都想到你祷告的那副面孔；孤独时想起你祝福的脸；在我被捕的那天想起你背负十字架的表情：而那副面孔深深烙印在我灵魂上，变成这世界最美、最高贵的东西，活在我心中。现在，我却要用脚践踏这张面容。

　　黎明的微弱阳光，照射在司祭裸露的细如鸡颈的脖子上和锁骨突起的肩上。司祭双手拿起圣像靠近脸。他要用自己的脸贴在那被许多人的脚践踏过的脸上。圣像中的那个人，由于被许多人踏过，已磨损、凹陷，以悲伤的眼神注视着司祭，从那眼中，一滴眼泪似欲夺眶而出。

　　“啊，”司祭颤抖着，“好疼啊。”

"只是形式罢了。形式不都无所谓吗？"翻译很兴奋，催促着，"形式上踩踏一下就行了。"

　　司祭抬起脚，感到脚沉重而疼痛。那并不是形式而已。现在他要踏下去的，是在自己的生涯中认为最美的东西，相信是最圣洁的东西，是充满着人类的理想和美梦的东西！我的脚好疼呀。这时，铜版上的那个人对司祭说：踏下去吧！踏下去吧！你脚上的疼痛我最清楚了。踏下去吧！我就是为了要让你们践踏才来到这世上，为了分担你们的痛苦才背负十字架的。

　　就这样，司祭把脚践踏到圣像时，黎明来临，远处传来鸡啼。

（林水福 译）

一、文学史知识练习题

1. 请判断以下陈述是否恰当，恰当的请在句子后面的括号里打勾（√），不恰当的请在括号里打叉（×）。

（1）"第三新人"作家大多出生在昭和时期，幼年经历战争。（　　　）

（2）"第三新人"作家的作品具有私小说的特征，不同于第一批、第二批战后派的文学，"第三新人"更加注重描写现实生活中小人物的喜怒哀乐。（　　　）

（3）"第三新人"作家的写作风格在 20 世纪 50 年代初获得了日本文坛的认可，包揽了 1953 年至 1955 年的芥川文学奖。（　　　）

（4）27 岁至 30 岁的法国留学经历决定了远藤周作文学的创作方向。（　　　）

（5）27 岁至 30 岁的法国留学经历令远藤周作意识到了根植于西方文明的基督教信仰与自身之间的距离感。（　　　）

（6）"萨德侯爵"式人物的发现，令远藤周作开始了对人性中"恶"的思考。（　　　）

（7）远藤周作的长篇小说《沉默》是远藤文学的集大成之作，是远藤周作对自己文学生涯的一次清算。（　　　）

2. 请根据提示，选择合适的选项。

（1）以下哪一位作家不属于"第三新人"的代表作家？（　　　）

    A. 安冈章太郎   B. 山本健吉   C. 远藤周作   D. 吉行淳之介

（2）以下哪一部小说不属于远藤周作的早期作品？（　　　）

    A.《白种人》   B.《黄种人》 C.《海和毒药》 D.《深河》

（3）远藤周作的代表作《沉默》以日本哪一个城市为故事发生的背景城市？（　　　）

    A. 京都   B. 广岛   C. 长崎   D. 鹿儿岛

（4）以下不属于远藤周作文学主题的是哪一项？（　　　）

    A. 西欧与日本的精神风土、宗教风土的差异性问题   B. 人性深处的罪与恶

    C. 耶稣形象的探索   D."美"的追求

（5）远藤周作在哪一部作品中塑造了"永远的同伴者"的耶稣形象？（　　　）

    A.《死海之滨》   B.《沉默》   C.《丑闻》   D.《深河》

二、思考题

1. 请简述"第三新人"作家的创作风格。

2. 请简述远藤周作试图通过文学创作的方式解决哪些问题。

三、讨论题

1. 你读过远藤周作的哪部作品？谈谈你对这部作品的理解。

2. 远藤周作是一名天主教徒，又是一位作家，他的文学中涉及了许多有悖于天主教伦理的内容。对此，你是如何理解的？

10 昭和时期的文学（六）

10.1 / 社会派文学与大江健三郎

　　昭和三十年代，继"第三新人"之后，又有一批新人作家顶着耀眼的光环登上文坛，其中的代表人物是石原慎太郎、开高健和大江健三郎。1955 年，石原慎太郎以《太阳的季节》获得第三十四届芥川奖。1957 年，开高健以《裸体皇帝》获得第三十八届芥川奖。1958 年，大江健三郎以《饲育》获得第三十九届芥川奖。三位作家获奖时只有二十多岁，他们的活跃表现让这一时期的芥川奖成了名副其实的新人文学奖。日本文学界对年轻作家们寄予厚望，认为他们的作品在广度和深度上超过"第三新人"，继承了战后派文学的思想性和积极参与社会的特点，为他们送上了"社会派作家"的称号。

　　文学评论家平野谦则从时间方面着眼，把他们称为"纯粹战后派"，大江健三郎在随笔《"战后一代"内心中的战后》中表达了相似观点。大江指出自己 25 岁的人生中有 15 年是在战后度过的，无论是身体还是精神，都是在战后获得了更多的成长，趋于成熟，像自己这样的人就是"战后一代"。大江时常提及"战后"，战后对他的思想认识和文学创作具有重要意义。

　　"战后"意味着新的开始。大江出生于 1935 年，战争结束后，少年大江升入新制中学，跟随复员归来的年轻教师学习了新宪法课程。这段经历为大江的和平民主思想奠定了基础，从此之后，他自觉地将"主权在民、放弃战争"当成了指导日常生活的基本道义，将成为民主主义者奉为自己的人生理想。"战后"也意味着对旧的反思。从战争时代走来的大江，一以贯之地坚持反战思想。他不仅在公开演讲中呼吁日本人摒弃暧昧态度，正视历史，严肃地反思战争责任，也写作了《十七岁》《政治少年之死》等小说，直接抨击天皇制和天皇制支撑的超国家主义陷阱，警示年轻人要避免走上战争旧路。1994 年，大江荣获诺贝尔文学奖，他在题为《我在暧昧的日本》的演讲中特意介绍了战后文学者

们所做的工作："他们为日本军队的非人行为做了痛苦的赎罪，从内心深处祈求和解。直到今天，我始终自愿地跟在表现出这种姿态的作家们身后，站在这个行列的最末尾。"大江十分赞赏战后文学者们积极寻求新生的人生态度。所谓"新生"，指的是在正视社会和历史进程的基础上，确立起真正的现代主体性。为了实现这一愿望，大江突破了私小说文学传统，关注时代状况和社会话题，将他对战后社会的思考和质疑融入进了文学创作中。

1954 年进入东京大学后，大江一边跟随恩师渡边一夫学习法国文学，一边练习写作，创作了《火山》《野兽们的声音》等小说、戏剧脚本作品。1957 年，大江开始在文坛崭露头角。5 月，他的短篇小说《奇妙的工作》获《东京大学新闻》"五月庆典奖"，受到荒正人和平野谦高度评价。8 月，《死者的奢华》被评为芥川奖候选作品。1958 年1 月《饲育》获得芥川奖。

大江的文学生涯已经持续了六十多年，随着时代变迁，他的文学主题和创作风格出现了一定的变化。在以《死者的奢华》《饲育》《拔芽击仔》为代表的初期作品中，大江关注处于美军占领下的"监禁状态"，批判丧失了主体意识的日本国民的空虚生活。在 20 世纪 60 年代初创作的《我们的时代》《性的人》等作品中，大江导入"性"与"政治"概念，试图通过塑造"性的人"（避免对立、趋于同化的人）形象与"政治的人"（与他者对立、抗衡的人）形象刺激日本民众反思战后社会的根本问题。1963 年，脑部有残疾的儿子大江光出生，同年大江到广岛调查原子弹爆炸受害者现状。这两件事给大江带来了强烈震撼，成为他文学创作的转折点，促使他直面人类的共同课题，将"共生与反核"确立为新的文学主题，并陆续发表了《个人的体验》《广岛札记》《万延元年的足球队》《冲绳札记》《洪水涌向我的灵魂》《同时代游戏》等大量作品。20 世纪 90年代，针对新兴宗教问题，大江在《燃烧的绿树》《空翻》中探讨了无神时代如何实现灵魂救赎的问题。21 世纪，大江的创作进入了后期阶段，陆续发表了《被偷换的孩子》《愁容童子》《晚年式样集》等。这些作品多以"长江古义人"为叙述者，讲述大江身边发生的故事。

尽管各个时期的文学主题有所差异，但大江健三郎关注现实、以文载道的理念和人道主义情怀始终未变，直到如今，他仍在文坛辛勤耕耘，并且不遗余力地参加反战、护宪、反核等社会活动，保持着人道主义战士的姿态。

1935 年，1 月 31 日出生于爱媛县喜多郡大濑村。父亲大江好太郎是造纸原料商。

1941 年，4 月进入大濑国民学校，成绩优秀。

1944 年，祖母和父亲大江好太郎相继去世。

1947 年，新宪法实施，4 月升入新制大濑中学。

1948 年，初中二年级被推选为儿童农业协作会负责人。

1950 年，4 月升入爱媛县立内子高中，翌年 4 月转学至夏目漱石执教过的爱媛县立松山东高中。与伊丹十三成为好友。阅读中原中也、富永太郎、爱伦·坡等人的诗集以及渡边一夫的著作《法国文艺复兴断章》。

1954 年，4 月进入东京大学教养学部学习。9 月《老天叹息》被选为东大学生戏剧优秀脚本。

1955 年，9 月《火山》荣获第一届银杏奖，刊登在《学园》杂志上。

1956 年，4 月进入东京大学文学部法国文学系就读。9 月写作东大学生戏剧脚本《死人无口》《野兽们的声音》。

1957 年，5 月由《野兽们的声音》改编的小说《奇妙的工作》获得东大"五月祭"奖，刊登在《东京大学新闻》上，受到文学评论家平野谦的赞许。

1958 年，1 月在《文学界》发表《饲育》，以此获得第三十九届芥川奖。2 月在《新潮》发表《人羊》。3 月短篇小说集《死者的奢华》由文艺春秋社出版。6 月长篇小说《拔芽击仔》由讲谈社出版。9 月发表《意外之哑》。与石原慎太郎、江藤淳、谷川俊太郎等人结成"年轻的日本之会"，反对修订日美安全保障条约。

1959 年，东京大学毕业，毕业论文题目为《萨特小说中的形象》。发表长篇小说《我们的时代》。

1960 年，2 月与伊丹十三的妹妹由佳里结婚。参加"安保批判之会""青年日本之会"，明确表示反对日本与美国缔结安全保障条约。5 月参加以野间宏为团长的访华文学代表团，与竹内实、龟井胜一郎、开高健等人一同访问中国。陆续发表《孤独青年的休假》《青年的污名》《迟到的青年》《孤独青年的中国旅行》等作品。

1961 年，发表《政治少年之死》，受到右翼势力威胁。

1963 年，中篇小说集《性的人》出版。6 月患有先天疾病的长子大江光诞生。

1964 年，1 月在《新潮》发表《空中怪物阿贵》。8 月发表《个人的体验》。10 月起在《世界》连载随笔《广岛札记》。

1967 年，1 月起在《群像》发表《万延元年的足球队》。7 月女儿诞生。

1968 年，1 月在《世界》发表《生活在核基地的日本人——冲绳核基地与被辐射人群》。7 月在《中央公论》发表《核时代的森林隐遁者》。

1969 年，9 月起在《世界》连载长篇随笔《冲绳札记》。

1970 年，7 月出版演讲集《核时代的想象力》。就三岛由纪夫自杀事件多次发表意见。

1973 年，9 月《洪水涌向我的灵魂》由新潮社出版。

1975 年，恩师渡边一夫去世。

1976 年，赴墨西哥讲学，用英语讲授"战后日本思想史"。担任芥川文学奖评委直至 1984 年辞职。

1979 年，发表《同时代游戏》。

1980 年，发表《聪明的雨树》。

1982 年，发表《倾听雨树的女人们》。

1989 年，发表长篇小说《人生的亲戚》。《万延元年的足球队》瑞典文版出版。

1993 年，发表长篇小说三部曲《燃烧的绿树》。

1994 年，10 月获得诺贝尔文学奖，发表题为《我在暧昧的日本》的演讲。同年表示拒绝接受日本政府拟颁发的文化勋章。

1997 年，12 月母亲小石去世，伊丹十三自杀。

1999 年，6 月由讲谈社出版《空翻》。

2000 年，12 月由讲谈社出版《被偷换的孩子》。

2002 年，9 月由讲谈社出版《愁容童子》。

2003 年，11 月发表《二百年的孩子》。

2004 年，6 月加入加藤周一创办的"九条会"。

2009 年，12 月发表长篇小说《水死》。

2013 年，10 月发表《晚年样式集》。

短篇小说。1958 年 1 月发表于《文学界》。

"我"和弟弟、父亲生活在山谷里的开拓村。小小的村落古老且位置偏僻，"我"和村里的孩子们在这个相对封闭的空间中得以远离战争的侵扰，像是被坚硬的表皮和厚厚的果肉包裹着的种子一样，过着无忧无虑的童年生活。

一天，一架美军战斗机坠毁在村外的森林里，村民们全体出动，俘获了一个黑人士兵，把他关在我们父子三人居住的公用仓库下面的地窖里，像牲口一样饲养起来。起初，和其他村民一样，"我"对浑身散发着牛骚味的黑人士兵感到恐惧和敌意，但在为其送饭、清理马桶的过程中，"我"和黑人士兵渐渐熟悉起来。特别是当黑人士兵修好野猪套和村公所文书的义肢后，不仅是"我"，村里的孩子们也对他产生了朋友般的信任感，不再把他视为敌国士兵，而是带他在石板路上散步，到公共汲水场洗澡狂欢，和他结成了充满人性温暖的友谊。

已将黑人士兵视为生活一部分的"我"，一直很担心文书会从县里带来处置俘虏的命令，但是这一天还是来了。当"我"焦急地跑去给黑人士兵通风报信时，觉察到危险的士兵不再像过去那样温顺，而是变成了一头"拒绝理解的黑色野兽"，把"我"劫持为人质，仓皇逃到地窖里。村里的大人们不顾"我"的喉头已被黑人士兵勒出鲜血，强行砸破盖板，冲进地窖。"我"像兔子一样被黑人士兵提离地面，危险的处境让"我"心情复杂，既感到了恐惧和耻辱，也对背叛自己的黑人士兵和见死不救的大人们感到愤怒，对他们产生了敌意。最后，父亲抡起劈柴刀，把黑人士兵的头盖骨连同"我"的左手打得粉碎。"我"昏睡了两天，像"早产的羔羊"一样苏醒后，对现实产生了恶心感，认识到自己从此不再是孩子了——黑人士兵和大人们展现的自私人性和暴力行为促使"我"迎来了复杂的成长。

《饲育》荣获了第三十九届（1958 年）芥川奖，是大江健三郎早期最具代表性的作品，从山村儿童的视角对战争、人性、歧视、成长等主题进行了发人深省的思考。

节选及译文

　　『獲物』は長い両膝を抱え込み、顎を脛に乗せたまま充血した眼、粘りついて絡んで来る眼で僕を見上げた。耳のなかへ躰中の血がほとばしりそそぎこんで僕の顔を紅潮させる。僕は眼をそらし、壁に背をもたせて銃を黒人兵に擬している父を見上げた。父が僕に顎をしゃくった。僕は殆ど眼をつむって前に進み出、黒人兵の前に食物の籠を置いた。後ずさる僕の躰のなかで、突発的な恐れに内臓が身悶えし嘔気をこらえなければならない。食物の籠を黒人兵が見つめ、父が見つめ、僕が見つめた。犬が遠くで吠えた。明かりとりの向うの暗い広場はひっそりしていた。

　　黒人兵の注視の下にある食物籠が僕の興味を急に引き始める。僕は飢えた黒人兵の眼で食物の籠を見ているのだった。大きい数個の握飯、脂の乾くまで焼いた干魚、野菜の煮込み、そして切子細工の広口瓶に入った山羊の乳。黒人兵は長い間、僕が入ってきた時のままの姿勢で食物籠を見つめつづけ、そのあげく、僕が自分自身の空腹に痛めつけられ始めるほどなのだ。そして僕は、黒人兵が僕らの提供する夕食の貧しさと僕らとを軽蔑して、決してその食物には手をつけないのではないかと考えた。恥辱の感情が僕をおそった。黒人兵があくまでも食事にとりかかる意志を示さなかったら、僕の羞恥は父に感染し、父は大人の羞恥にうちひしがれ、やぶれかぶれになって暴れ始め、そして村中が恥に青ざめた大人たちの暴動でみたされるだろう。誰が黒人兵に食物をやるという悪い思いつきをしたのだろう。

　　しかし、黒人はふいに信じられないほど長い腕を伸ばし、背に剛毛の生えた太い指で広口瓶を取り上げると、手元に引き寄せて匂いをかいだ。そして広口瓶が傾けられ、黒人兵の厚いゴム質の唇が開き、白く大粒の歯が機械の内側の部品のように秩序整然と並んで剥きだされ、僕は乳が黒人兵の薔薇色に輝く広大な口腔に流しこまるのを見た。黒人兵の咽は排水孔に水が空気粒をまじえて流入する時のような音を立て、そして濃い乳は熟れすぎた果肉を糸でくくったように痛ましくさえ見える唇の両端からあふれて剥きだした喉を伝い、はだけたシャツを濡らして胸を流れ、黒く光る強靭な皮膚の上で脂のように凝縮し、ひりひり震えた。僕は山羊の乳が極めて美しい液体であることを感動に唇を乾かせて発見するのだった。

　　黒人兵は広口瓶を荒々しい音をたてて籠に戻した。それからは、もう彼の動作に最初のためらいはしのびこまなかった。握飯は彼の巨大な掌に丸め込まれて小さい菓

277
日本近現代文学史

子のように見えたし、干魚は頭の骨ごと黒人兵の輝く歯に噛み砕かれた。僕は父と並んで壁に背を支え、感嘆の感情におそわれながら、黒人兵の力に満ちた咀嚼を見守っていた。黒人兵は熱心にその食事に没頭し僕らに注意をはらわなかったから、自分の空腹をおし殺す努力をしなければならない僕は、父たちのすばらしい『獲物』を検討する、かなり息苦しい余裕を得たのだった。それは、確かになんというすばらしい『獲物』だったことだろう。

黒人兵の形の良い頭部を覆っている縮れた短い髪は小さく固って渦をつくり、それが狼のそれのように切りたった耳の上で煤色の炎をもえあがらせる。喉から胸へかけての皮膚は内側に黒ずんだ葡萄色の光を押しくるんでいて、彼の脂ぎって太い首が強靭な皺をつくりながらねじられることに僕の心を捉えてしまうのだった。そして、むっと喉へこみあげてくる嘔気のように執拗に充満し、腐蝕性の毒のようにあらゆるものにしみとおってくる黒人兵の体臭、それは僕の頬をほてらせ、狂気のような感情をきらめかせる……

"捕获物"怀抱两条长长的大腿，下巴摆在小腿之间。他抬起充血的双眼，目不转睛地注视着我。体内的血液迸发着涌入耳中，令我涨红了脸。我移开视线，抬头看向后背靠墙、举枪瞄准黑人大兵的父亲。父亲冲我抬了抬下巴，我几乎是闭着眼走上前，把食盒放在黑人大兵的面前。退回来的时候，体内的脏器在一种突发性的恐惧下翻江倒海，令我不得不忍住呕吐感。黑人大兵、父亲和我，都在注视着那个食盒。狗在远方吠叫。采光窗对面漆黑一片的广场上，寂静无声。

黑人大兵注视下的那个食盒突然开始引起我的兴趣。我看向饥饿的黑人大兵盯着的食盒，里面有几个大饭团、一堆脂肪烤到焦脆的鱼干、一些炖青菜和一瓶装在雕花玻璃广口瓶中的山羊奶。在很长的一段时间里，黑人大兵都一直保持着我进来时的姿势，直勾勾地盯着食盒，结果弄得我都开始被空腹感折磨得胃痛。我觉得，黑人大兵是在蔑视我们以及我们提供的寒碜晚餐，他决不会碰一下食物的，不是吗？一股羞耻感侵袭了我。如果黑人大兵到最后都没有表示出进餐的意愿，那么我的羞耻感就会感染给父亲，而父亲便会被成人的耻辱击倒，开始破罐破摔地闹事，最后村里的大人们都会因耻辱气得脸色发青，村里则会被他们的暴动所占据。到底是谁想出给黑人大兵送饭的傻主意的呢？

然而，黑人大兵却突然出人意料地，伸出了长长的胳膊，用手背上长着一层硬毛的粗手指，提起广口瓶，拿到近前闻了闻味道。接着，广口瓶被倾斜过来，黑人大兵张

开他好似厚胶皮的嘴唇，露出像机器内部零件一般、排列得井然有序的牙齿。我看到，乳汁流到黑人大兵闪耀着蔷薇色光泽的宽阔口腔里去了。他的喉咙发出水混合着空气流入排水孔中的声音，嘴唇如同被绳子扎起的熟透果肉般惨不忍睹。浓稠的乳汁从黑人大兵的嘴唇两侧溢出，顺着他露出的前颈，濡湿了敞开的衬衫，旋即流到胸口，在散发出黑色光泽的强韧皮肤上，像油脂似的凝缩，刺眼地颤动着。我感到口干舌燥，心情激动地发现，山羊奶竟是这样一种极度美丽的液体。

一阵叮当脆响，黑人大兵把广口瓶放回食盒。后来，他的动作中便不再包含一丝最初的迟疑。饭团握在他巨大的手掌中，看起来就像一个小小的点心。鱼干被黑人大兵用闪光的牙齿连头带骨嚼碎。我和父亲并排靠在墙上，注视着黑人大兵充满力量的咀嚼，被一阵感慨侵袭。黑人大兵热心专注地吃饭，丝毫没有注意过我们，因此便让不得不努力压住饥饿的我得到了一个令人呼吸困难的机会，一个能够研究父亲他们捉住的这头出色"捕获物"的机会。不管怎么说，他确实是一头出色的"捕获物"吧。

黑人大兵形状优美的头上，覆盖着一层蜷起的短发。由它们形成的紧实小漩涡，在黑人大兵如狼一般竖起的耳朵上，燃起一处处烟灰色的火焰。他前颈到胸前的皮肤，都散发着黝黑葡萄色的光。他胖得发亮的肥壮脖子上，长着强韧的皱褶。这些皱褶每扭动一下，都牵动着我的心。黑人大兵的体臭让令人窒息的呕吐感涌上了我的喉部，执拗地充满了我的喉头，像腐蚀性毒气似的渗透一切。它让我的脸颊发烧，令一种发狂般的情感熠熠生辉……

（李硕 译）

一、文学史知识练习题

1. 请判断以下陈述是否恰当，恰当的请在句子后面的括号里打勾（√），不恰当的请在括号里打叉（×）。

（1）1955 年，石原慎太郎获得直木文学奖，受到文坛关注。（　　　）

（2）战后对大江健三郎的思想认识和文学创作都具有重要意义。（　　　）

（3）"共生"和"反核"是大江文学的重要主题。（　　　）

（4）石原慎太郎富于人文情怀，一贯坚持反战、反天皇制思想。（　　　）

（5）1994 年大江健三郎获得了诺贝尔文学奖。（　　　）

2. 请根据提示，选择合适的选项。

1）以下哪部作品是大江健三郎的芥川奖获奖作品？（　　　）

　　A.《死者的奢华》　　　　　　　　B.《性的人》

　　C.《饲育》　　　　　　　　　　　D.《万延元年足球队》

（2）以下哪部作品是石原慎太郎的芥川奖获奖作品？（　　　）

　　A.《太阳的季节》　　B.《砂女》　　C.《苍氓》　　D.《沉默》

（3）以下哪部作品是开高健的芥川奖获奖作品？（　　　）

　　A.《金阁寺》　　B.《饲育》　　C.《裸体皇帝》　　D.《恐慌》

（4）大江健三郎着眼于新兴宗教问题的是下列哪部作品？（　　　）

　　A.《广岛札记》　　B.《性的人》　　C.《死者的奢华》　　D.《燃烧的绿树》

（5）石原慎太郎、开高健、大江健三郎被称为（　　　）作家。

　　A. 社会派　　　　B. "作为人"派　　C. 战后派　　　　D. "第三新人"

二、思考题

请结合作品简要介绍大江健三郎各个阶段的创作主题。

三、讨论题

大江健三郎被称为社会派作家的原因是什么？

10.2 / "作为人"派文学与"内向的一代"文学

　　为反对日本政府对日美安全保障条约进行修订，1959 年至 1960 年和 1970 年，日本爆发了两次安保斗争。1960 年安保斗争中，岸信介内阁不顾民意，强行通过新协定，不仅将日本重新带入战争风险，也违背了新宪法中"主权在民"的规定，引发了民众的强烈抗议，包括学生、工人在内，日本社会各界数十万人参与了示威游行，成为战后规模最大的社会运动。尽管日本国民群情激昂地参与其中，但两次安保斗争最终都以失败告终。安保斗争的失败让日本民众再度体会到战时被时代裹挟的无力感，对政治更加漠视，颓废情绪在青年一代中蔓延，给大江健三郎、村上春树等作家的创作造成了深刻的影响。而在两次安保斗争期间登上文坛的作家们，更是无法回避时代的惊涛骇浪。"作为人"派和"内向的一代"两批作家，在如何表现安保斗争落幕后的生活上，做出了截然不同的选择。

　　"作为人"派得名于杂志《作为人》，由高桥和巳、真继伸彦、小田实、柴田翔等人于 1970 年创办。杂志主张在社会和国家秩序面临崩溃的时候，应该努力争取作为人的尊严，恢复受压抑的个性，追求人生真谛。高桥和巳是"作为人"派的代表作家，他的作品继承了战后派文学的特点，富于社会性和哲理性。代表作《忧郁的党派》描写了追求进步却屡次遭遇挫折、失去方向的知识分子的忧郁和苦闷；《日本的恶灵》塑造参加安保斗争的政治犯和复员的特攻队员两个对立形象，批判了日本人遗忘历史的特点。柴田翔的《然而，我们的日子》、真继伸彦的《鲨鱼》也都围绕学生运动的挫折和理想信念的败北展开。"作为人"派强调社会责任，认为身为作家，如果不关注社会和时代问题，就是可耻的精神逃亡，应该在社会和政治的关系中创作文学作品，探讨现实社会的各种矛盾以及人的思想与社会现实之间的矛盾。然而，信念的屡次失败让他们不得不怀着无奈的心情面对现实，无奈、迷惘就成了"作为人"派文学的基调。

"内向的一代"文学产生于20世纪60年代末，主要成员包括古井由吉、黑井千次、后藤明生、阿部昭、柄谷行人、秋山骏等作家和评论家。他们是在"作为人"派之后登上文坛的第六批新人作家群体，通过芥川奖等各种文学奖项受到评论界关注。然而，与"第三新人"一样，"内向的一代"的称呼略带贬义色彩。1971年，文学评论家小田切秀雄在《九一八事变之后四十年来文学的问题》中指出，20世纪70年代的日本文坛上又出现了如同九一八事变之后的转向和脱离意识形态的动向，新人作家们只在自我和个人的状况中寻求自己作品的真实感觉，形成了"内向的一代"潮流，他们的出现是现代文学的一大问题。

　　"内向的一代"文学出现之初，在文坛引发了争议，以小田切秀雄为代表的评论家认为这一文学流派"缺乏社会意识""作品内容莫名其妙"；而以柄谷行人为代表的评论家则认为他们"走向内心不是放弃对现实的介入，而是希望在反思存在感日趋薄弱的过程中，找回真正的现实感，恢复自我与和外界的联系"。

　　"内向的一代"和"作为人"派作家年龄相仿，经历相似，都经历过战争、战后混乱、经济复苏和安保斗争等一系列波折动荡。但"内向的一代"没有像"作为人"派那样直接选取社会历史事件为素材，而是转为描写个人的日常生活，通过对日常生活进行抽象化处理来表现人物的自我分裂、自我解体等病态感受，以此警示人们去关注现代社会中迷失生存意义的危机状况。古井由吉的《杳子》描写了一个无法把握自我，行走吃饭都有障碍的女大学生。后藤明生的《夹击》讲述了主人公到处寻找一件二十年前考大学时穿过的旧式军服而不得的故事，用丢失的外套象征自我的空位。黑井千次的《圣产业周》等工厂小说则通过描写人与机器的矛盾，揭示了自我丧失与异化问题。

　　川西政明在《昭和文学史》中写道："不内向的作家在这个世上并不存在，'内向的一代'这个称呼之所以固定下来，是因为时代已经改变，文学从描写世界转变为描写自我内部小世界。""作为人"派与"内向的一代"文学潮流的更迭，呼应了昭和四十年代以后社会及文化的发展趋势。

古井由吉简略年谱

　　1937年，11月19日出生于东京。父亲毕业于庆应义塾大学，就职于银行，祖父

曾任众议院议员、岐阜县大垣共立银行董事。

1944 年，4 月进入第二延山国民学校。

1945 年，5 月遭遇空袭，家被烧毁。6 月疏散至岐阜县大垣父亲老家。7 月再遭空袭，疏散至母亲老家美浓。10 月返回东京，进入八王子第四国民学校就读。

1948 年，1 月转入港区白金小学。

1950 年，4 月升入高松中学。

1952 年，8 月搬入品川区御殿山。

1953 年，患腹膜炎入院。考入独协高中。后转入日比谷高中。

1954 年，广泛阅读德田秋声、正宗白鸟、托尔斯泰、陀思妥耶夫斯基、波德莱尔等人的作品。

1956 年，4 月考入东京大学。加入历史研究会明治维新史研究小组。大三开始学习德语。

1960 年，3 月从东大文学部德语系毕业，毕业论文题为"《卡夫卡的不满》——以《宣告》及之前的日记为中心"。4 月进入东大研究生院学习，研究课题为《20 世纪文学》，参加"全学连主流派"的安保斗争。

1962 年，3 月研究生院毕业，毕业论文题为《现代诗人之罪——从布洛赫看现代诗人问题》。4 月担任金泽大学德语教师。

1964 年，继续穆齐尔的相关研究。

1965 年，离开金泽，赴立教大学任职。

1966 年，着手翻译布洛赫的长篇小说《诱惑者》，加入文艺同人会"白描之会"。

1967 年，4 月《诱惑者》由筑摩书房出版社出版。

1968 年，1 月在同人杂志《白描》发表《星期四》。11 月发表《先导兽的故事》。

1969 年，7 月在《早稻田文学》发表《堇色的天空》。8 月在《海》发表《围成圆圈的女人们》。11 月在《白描》发表《雪下的螃蟹》，在《群像》发表《孩子们的路》，在《新潮》发表《我的随笔主义》。

1970 年，1 月《围成圆圈的女人们》获得第六十二届芥川奖提名。2 月在《海》发表《无眠的节日》。3 月从立教大学辞职。5 月在《新潮》发表《男人们的围坐》，参加与阿部昭、黑井千次、后藤明生、秋山骏等人的座谈会。8 月在《文艺》发表《杏子》。11 月在《群像》发表《妻隐》。

1971 年，1 月对谈《文体与生活》发表于《文艺》，《杏子》获得第六十四届芥川奖。

2 月母亲去世。10 月发表《行隐》。

1972 年，4 月发表《水》。9 月在《文学界》发表《狐》。

1973 年，1 月在《文艺》发表《弟弟》，在《新潮》发表《山谷》。9 月在《文艺》连载《梳子之火》。

1975 年，1 月在《波》连载《圣》。6 月发表《女人们的家》。

1977 年，1 月在《文学界》发表《赤牛》。9 月与后藤明生、坂上宏等人创办杂志《文体》。11 月在《文艺春秋》发表《哀原》。

1978 年，12 月发表《栖身之所》。

1979 年，3 月在《文体》连载《双亲》。

1980 年，11 月在《作品》连载《木槿》。

1982 年，发表《山躁赋》。

1986 年，发表《眉雨》《裸裸虫记》《中山坂》，担任芥川奖评审委员。

1989 年，《假往生传试文》连载结束。

1990 年，在《新潮》连载《乐天记》。

1996 年，3 月参加座谈会"文学的责任——内向的一代的现状"。5 月《白发之歌》连载结束。

2020 年，2 月 18 日因肝细胞癌去世。

《杏子》作品介绍

中篇小说。1970 年发表于《文艺》。

大学生 S 下山途中在山谷里遇到了同样独自登山的杏子。杏子呆坐在河边的石头上，无法行走。在 S 的帮助下，杏子才从险境中脱离出来，赶上了返回东京的列车。三个月后，两人在东京的车站再次偶遇并开始约会。随着交往的深入，S 发现杏子的行为举动有很多异于常人之处：去咖啡店约会，只能坐在固定位置；去公园约会，要一一确认沿途经过的车站，如若不然，杏子就会不知所措，陷入不安之中。事实上，杏子不仅苦于与他人和外部世界之间的疏离感，对自我也缺少把握，身体于她，如同异物，行走和饮

食都有障碍。回忆两人初次相遇的情景，杏子说当时是因为感到自己的身体和岩石融为了一体才失去了直立行走的能力。

　　杏子的姐姐很担忧杏子的身心状况，于是请 S 帮忙劝说杏子接受治疗。S 从杏子处得知姐姐年轻时有过和杏子一样的症状，现在已经痊愈，作为两个孩子的母亲过着平淡无奇的家庭生活。但在 S 看来，姐姐的"健康"生活经不起推敲，近似于行尸走肉，只是她学会了掩饰。而 S 并不希望杏子像姐姐那样恢复所谓的"健康"，他对杏子的理解日益加深，希望能和杏子共享这份对世界的异样感受。最后，杏子还是决定去医院接受治疗，但她感到处在异常和正常分界线上的自己是最美的。

　　《杏子》获得了第六十四届芥川文学奖，是古井由吉的成名作品。小说对女主人公的病态感受描写得极为细腻，凸显了主体性和现实性的丧失给自我存在带来的巨大危害，引发了人们对自我认同问题的关注，被视为"内向的一代"文学的代表作品。

节选及译文

　　食べ終えると杏子は立ち上がって、しばらくためらうようにテーブルの上を見つめていたが、いきなり残酷な手つきで自分の皿と彼の皿を、自分のカップと彼のカップを重ね合わせて、テーブルの真ん中に置いた。上のカップが下のカップの中で斜めに傾いで、把手を宙に突き出したまま落ち着いた。二人は顔を見合わせた。

　　杏子は一刻の時も惜しむように窓辺へ行って、三分の一ほど開いた厚地のカーテンをレースの上に引き、濃くなった暗さの中に白く顔を浮かせて、壁ぎわの長椅子に体を沈めた。

　　どうせ続かない釣り合いをひと思いに崩してしまおうと、二人は体を押し付け合い、ときどき息を潜めてはまだ釣り合いの保たれているのをいぶかり、やがて釣り合いの崩れ落ちる歓びの中へ奔放に耽りこんだ。

　　体を起こすと、杏子は髪をなぜつけながら窓辺へ行ってカーテンを細く開き、いつの間にか西空に広がった赤い光の中に立った。

　　「明日、病院に行きます。入院しなくても済みそう。そのつもりになれば、健康に

なるなんて簡単なことよ。でも、薬を飲まされるのは、口惜しいわ……」

　そう嘆いて、杏子は赤い光の中へ目を凝らした。彼はそばに行って右腕で杏子を包んで、杏子にならって表の景色を見つめた。家々の間を一筋に遠ざかる細い道の向こうで、赤みをました秋の日がやせ細った樹の上へ沈もうとしているところだった。地に立つ物がすべて半面を赤く炙られて、濃い影を同じ方向にねっとりと流して、自然らしさと怪奇さの境目に立って静まり返っていた。

　「あぁ、美しい。今があたしの頂点みたい」

　杏子が細く澄んだ声でつぶやいた。もう半ば独り言だった。彼の目にも、物の姿がふと一回限りの深い表情を帯びかけた。しかしそれ以上のものはつかめなかった。帰りの道のことを考え始めた彼の腕の下で、杏子の体がおそらく彼の体への嫌悪からかすかな輪郭だけの感じに細っていった。

　吃完点心，杏子站了起来，盯着桌子犹豫了一会儿，突然毫不客气地把自己的盘子和他的盘子、自己的杯子和他的杯子摆在一起，摆在桌子正中间。上面的杯子把手朝天，斜在下面的杯子里。两人互相看了看对方。

　杏子片刻时间也不想浪费，她走到窗边，把开着三分之一的厚窗帘拉拢，盖住蕾丝纱帘，随后在靠窗的长椅上躺下来，她那白皙的脸庞在一片浓黑中浮现出来。

　反正这平衡也难以维持，干脆狠下心把它打破吧——两人这么想着，用力把身体压向对方。他们时不时屏住呼吸，为仍在持续的平衡感到疑惑，但很快又尽情地投入到平衡即将崩溃的欢喜中了。

　杏子一起身，便一边梳理着头发，一边走到窗边把窗帘稍稍拉开，不知何时日暮余晖已经洒满了西边的天空，杏子就站在红色的光辉里。

　"明天，我就去医院。看样子不住院也可以。只要下定了决心，恢复健康这事太容易了。不过，需要吃药的话就有点不甘心……"

　她叹息着望向红色的余晖。他走到杏子身边，用右手搂住她，学着她的样子凝视外面的风景。房子中间有一条狭窄的小路伸向远方，在路尽头的方向，秋天的太阳更红了，正要沉入枯瘦的树丛中。地上的万物一面被烤得通红，另一面朝同一个方向洒下浓黑的影子，安静地站在自然和怪异的分界线上。

　"啊，好美啊！现在就是我人生中最美好的时刻。"

　杏子小声诉说着，声音细而清脆，多半是在自言自语。在他眼里，周围的事物也忽然

呈现出仅此一次、难得再见的深沉表情。不过，他能感受到的只有这些了。他已经开始考虑回家的路线，在他的胳膊下面，杏子的身体可能是出于对他的身体的厌恶，瘦得只剩下了单薄的轮廓。

（高丽霞 译）

一、文学史知识练习题

1. 请判断下面陈述是否恰当，恰当的请在句子后面的括号里打勾（√），不恰当的请在括号里打叉（×）。

（1）日美安全保障条约新协定因遭到日本民众的强烈抗议而被废除。（　　　）

（2）"作为人"派得名于杂志《作为人》。（　　　）

（3）高桥和巳是"作为人"派的代表作家。（　　　）

（4）"内向的一代"是在"作为人"派之后登上文坛的第六批新人作家群体。（　　　）

（5）"内向的一代"作家大多出生于战后，没有战争和战败体验。（　　　）

2. 请根据提示，选择合适的选项。

（1）请从下列选项中选出第一次安保斗争时执政的日本内阁。（　　　）

    A. 近卫文麿   B. 犬养毅   C. 岸信介   D. 吉田茂

（2）下列哪项不属于"作为人"派的文学主张？（　　　）

    A. 脱离意识形态   B. 强调作家的社会责任

    C. 关注时代和社会问题   D. 努力争取作为人的尊严

（3）下列哪部作品是高桥和巳的知名代表作？（　　　）

    A.《鲨鱼》   B.《忧郁的党派》

    C.《然而我们的日子》   D.《作为人》

（4）"内向的一代"由以下哪位文学评论家命名？（　　　）

    A. 小林秀雄　　　　B. 平野谦　　　　C. 小田切秀雄　　　　D. 川西政明

（5）与"内向的一代"文学理念近似的是哪一文学流派？（　　　）

    A. 社会派　　　　B. "作为人"派　　　C. 战后派　　　　D. "第三新人"

二、思考题

请简要概括"作为人"派与"内向的一代"在创作风格上的异同之处。

三、讨论题

两次安保斗争给包括"作为人"派和"内向的一代"在内的作家们带来了怎样的影响？

10.3　村上春树

　　村上春树可以说是当今日本现代文学的旗手，但同时也是距离现代日本文坛最远的一位作家。他并没有特别地去与其他作家交往，个人生活深入简出。村上春树仍在创作，目前还很难在文学史上对他下定论。他的小说文笔洗练、故事奇诡，同时蕴含着哲思，被翻译成多国语言，受到世界众多读者的欢迎。

　　村上春树的文学创作始于 1979 年，《且听风吟》获得第 23 届群像新人奖。丸谷才一当时担任评审会员，他评价道："村上春树所著的《且听风吟》是在现代美国小说的影响下诞生的作品。从中，我们可以看到作家十分努力地向库尔特·冯内古特、理查德·布劳提根等作家的文风学习。这种学习十分艰辛，要求学习者必须具备出众的才能。现今的日本小说正在努力试图从传统的现实主义小说中突围，但是尚未成功。虽然也有许多国外的作品可以借鉴，但是如村上春树般自如、巧妙地从现实主义牢笼中脱离的作家并不多，这部作品可以说是值得文坛瞩目的作品。"丸谷才一点出了村上春树小说的本质，同时很有预见性地提出村上会为日本文坛带来新的文体革命。1981 年在出版《1973年的弹子球》后他卖掉经营走上正轨的爵士乐酒吧，告别了黑白颠倒的生活方式，开始专事写作。

　　村上春树执笔以来，一直处在创作长篇小说的第一线。他认为写小说是一种职业，需要下功夫打磨写作技巧，不断追求故事的突破。而创作精力的旺盛离不开他极其规律的生活。专事写作后，他在创作之余勤于跑步。村上认为创作长篇小说与马拉松有共通之处，创作长篇小说对体力有十分高的要求，所以他在创作时像跑马拉松一样合理地分配自己的体力。同时，村上认为自己不是一位爆发型的天才小说家，正如同马拉松不需要短跑运动的天赋。通过不断地创作，他把故事推向新的高度。

村上的作品获得众多世界级文学奖。2006 年 3 月和 9 月村上春树先后获得了捷克的卡夫卡奖和爱尔兰的短篇小说奖。2009 年 2 月，年满 60 岁的村上又获得了旨在表彰作品涉及人类自由、人与社会和政治间关系的耶路撒冷奖。2011 年村上获得加泰罗尼亚文学奖，并在演讲中批判日本核电政策。在全世界内拥有众多拥趸，拿遍世界上各大重要文学奖项——村上春树称得上是一位世界级作家。

从文笔上看，村上借鉴美国现代小说，删繁就简。在早期创作《且听风吟》时，村上首先用英文写小说的开头，因为英语的熟练程度不高，只能用有限的词汇和语法来写，写出的句子都是短句。用母语写作时，脑中会充满母语的种种表达，而用外语写作时只能使用有限的词汇和表达，但所用之词只要有效搭配，便能传情达意。这时只能用尽量简单的语言讲述内容，把深奥的创作意图转化为浅显的文字，剔除多余的描写部分，于是文章也随之变得简凑。这样的"试验"使村上发现使用外语写作的有趣效果，掌握了自己的写作节奏后，他将英语写成的整整一章文字"翻译"成日语。说是翻译，并非死板的直译，而是灵活的重写。由此村上奠定了自己简约的文风。此外，小说中比喻奇妙、意象众多。行文中缺少的形容词表写部分替换成了比喻，更能让读者有直观的想象。而这些比喻往往是将毫不相关的意象放在一起，形成独特的审美价值，引发读者对物质极为发达的现代社会的思考。

从主题上看，村上追求的是通过包含"日本"灵魂元素的传统型物语，缔造出新的日本文学。传统文学的养分来自于上田秋成《雨月物语》开放式的灵魂世界。作家本人经历过日本 20 世纪 60 年代末 70 年代初左翼学生运动浪潮的洗礼，对运动的失望和个人主义的天性使得他更加关注内部世界。《世界尽头与冷酷仙境》《奇鸟行状录》《海边的卡夫卡》是他在自我探寻上比较有代表性的作品。

从叙事形式来看，村上春树的小说中经常会出现非现实世界与现实世界的并置。小说主人公往返于两个世界，可以说是日本传统物语的叙事结构，即彼岸世界与此岸世界的构造。同时在"自我"村上称之为"容器"的内部，存在着意识世界和潜意识世界的并置，这样的手法使得第一人称的小说拥有极大的文学创作空间。《奇鸟行状录》中妻子突然离开，主人公冈田亨迷失自我。在机缘巧合中他介入了日本的战争历史，后来钻入枯井，通过一种"似梦非梦"的奇妙经验得到了启示。在《奇鸟行状录》中，自我探寻是重要的主题，但较此前的作品更进一步，描绘了自我同他者的关系。《奇鸟行状录》也是村上春树创作的一个转折点。

最后，用三个关键词总结村上文学。第一，都市文学。村上用洗练的语言创造出

一个又一个都市传奇故事，表现了当代社会现实，有别于传统的写实主义。知性的语言、简洁的话语，冷峻之外由于比喻、意象的填充又充满温度。第二，危机文学。现代社会人面临的最大生存危机源于内在，在危机前小说中的人物选择逃避，冷眼观世界，反而构筑自我的新天地，看似逃避现实问题，却又对现实批判、反思，敏感、准确而含蓄地传递出时代氛围，描绘20世纪80年代日本青年尤其城市单身青年倾斜失重的精神世界。第三，潜意识文学。村上春树把自我比作一栋两层小楼，地上一层是社会性的，二层则是留给自我阅读、音乐等的空间。地上部分是与意识世界相连接的，而地下还存在地下室，这便是潜意识的世界。地下一层的世界便是自我平时意识不到而又存在的黑暗部分。而小说家村上则有能够打开地下二层的钥匙，从而描述更深层的意识世界，那便是具有普遍性的潜意识。

村上春树简略年谱

1949年1月12日出生于日本京都府京都市伏见区。出生不久后举家迁往兵库县西宫市夙川。

1955年就读于西宫市立香栌园小学。

1961年就读于芦屋市立精道中学。

1964年就读于兵库县立神户高中。

1968年考入早稻田大学第一文学部戏剧专业。

1971年在学期间与村上洋子结婚，10月迁入妻子娘家居住。

1974年在国分寺经营爵士乐酒吧"彼得猫"（店名以饲养的猫的名字命名）。开店的资金共计500万日元，一半是夫妻打工攒下的钱，另一半来自银行信贷。

1975年大学毕业，论文题目为《美国电影中的旅行思想》。

1979年长篇小说《且听风吟》出版，获第二十三届群像新人文学奖。

1980年长篇小说《1973年的弹子球》出版。

1981年移居千叶县船桥市。与村上龙的对谈集《慢慢走，别跑》出版。《且听风吟》改编成电影。译作《MY LOST CITY》（菲茨杰拉德著）由中央公论新社出版发行。

1982 年转让爵士乐酒吧专心从事创作，开始长跑。长篇小说《寻羊冒险记》出版，获野间文艺新人奖。

1983 年赴希腊旅行，雅典马拉松完赛。短篇集《去中国的小船》《遇见百分之百的女孩》、插图短篇集《象厂喜剧》出版。年末参加夏威夷火奴鲁鲁马拉松。

1984 年赴美国旅行。移居神奈川县藤泽市。短篇集《萤》、随笔集《村上朝日堂》出版。

1985 年移居东京涩谷区。长篇小说《世界尽头与冷酷仙境》、短篇集《旋转木马鏖战记》、插图童话《羊男的圣诞节》出版，与川本三郎合作的评论集《电影冒险记》出版。《世界尽头与冷酷仙境》获第二十一届谷崎润一郎奖。

1986 年移居神奈川县大矶町，赴意大利、希腊旅行。短篇集《再袭面包店》、随笔集《村上朝日堂的卷土重来》、插图随笔集《朗格汉岛的午后》出版。对谈集《村上春树去见河合隼雄》出版。

1987 年从希腊短暂回日本。随笔集《日出国的工厂》、长篇小说《挪威的森林》出版。

1988 年赴伦敦、意大利、希腊、土耳其旅行。长篇小说《舞！舞！舞！》出版。译作《司各特·菲茨杰拉德作品集》出版。

1989 年赴希腊、德国、奥地利旅行，后赴美国纽约。随笔集《村上朝日堂 嗨嗬！》出版。

1990 年返回日本。短篇集《电视人》《村上春树作品集 1979—1989》、游记《远方的鼓声》《雨天炎天》出版。译作《雷蒙德·卡佛全集》出版。

1991 年受聘美国普林斯顿大学客座研究员。参加波士顿马拉松赛。

1992 年赴美国新泽西州普林斯顿大学。长篇小说《国境以南 太阳以西》出版。

1993 年赴美国马萨诸塞州剑桥城塔夫茨大学任职。

1994 年赴中国、蒙古旅行。随笔集《终究悲哀的外国语》、长篇小说《奇鸟行状录》第 1、第 2 部出版。

1995 年由美国返回日本。《奇鸟行状录》第 3 部出版。

1996 年在东京采访地铁沙林毒气事件受害者。随笔集《村上朝日堂·漩涡猫的找法》、短篇集《列克星敦的幽灵》出版。《奇鸟行状录》获第四十七届读卖文学奖。

1997 年纪实作品《地下》、随笔集《村上朝日堂是如何锻造的》、文学评论集《给年轻读者的短篇小说导读》、插图传记《爵士乐群英谱》出版。

1998 年游记《边境近境》、漫画集《毛茸茸》、纪实作品《在约定的场所》出版。《在约定的场所》获 1999 年度桑原武夫奖。

1999 年赴北欧旅行。长篇小说《斯普特尼克恋人》、游记《如果我们的语言是威士忌》出版。

2000 年短篇集《神的孩子全跳舞》出版。与柴田元幸对谈集《翻译夜话》出版。

2001 年插图传记《爵士乐群英谱 2》、随笔集《村上广播》、插图随笔集《轻飘飘》出版。

2002 年长篇小说《海边的卡夫卡》出版。

2003 年翻译小说《麦田里的守望者》（杰罗姆·大卫·塞林格著）出版，通讯集《少年卡夫卡》、对谈集《翻译夜话 2 塞林格战记》出版。

2004 年长篇小说《天黑以后》出版。

2005 年插图小说《奇怪的图书馆》、随笔集《没有意义就没有摇摆》出版。

2006 年短篇集《东京奇谭集》出版。译作《了不起的盖茨比》（菲茨杰拉德著）出版。获弗兰克·奥康纳国际短篇小说奖。获弗兰茨·卡夫卡文学奖。

2007 年获 2006 年朝日奖、第一届早稻田大学坪内逍遥奖。随笔集《当我谈论跑步时我谈些什么》、插图小说集《村上 SONGS》出版。译作《漫长的告别》（雷蒙德·钱德勒著）出版。

2008 年获普林斯顿大学名誉文学博士。

2009 年获耶路撒冷文学奖。长篇小说《1Q84》第 1、第 2 部出版。

2010 年长篇小说《1Q84》第 3 部出版。《村上春树杂文集》出版。

2011 年获加泰罗尼亚文学奖，在获奖演说中批评日本"效率至上"的核电政策。

2012 年与小泽征尔合著的《与小泽征尔共度的午后音乐时光》获第十一届小林秀雄奖。

2013 年长篇小说《没有色彩的多崎作和他的巡礼之年》出版。

2014 年短篇小说集《没有女人的男人们》出版。

2015 年自传《我的职业是小说家》出版。

2017 年长篇小说《刺杀骑士团长》出版。

2019 年将手稿、收藏的黑胶长篇等全部赠予早稻田大学国际文学馆。

2020 年短篇小说集《第一人称单数》出版。

《挪威的森林》作品介绍

"挪威的森林"（NORWEGIAN WOOD）是 20 世纪 60 年代甲壳虫乐队（The Beatles）的一支"静谧、忧伤又令人莫名沉醉"的乐曲。小说的主人公渡边的昔日的恋人直子对此曲百听不厌。十八年后，渡边在飞往德国汉堡的波音 747 飞机上听到这首乐曲，不禁生情动容，伤感地沉浸在对往事的回忆之中。1968 年 5 月，离开故乡到东京上大学的渡边偶然与直子重逢。她是渡边高中时的朋友木月的恋人。高中时代，渡边和木月、直子三个人经常在一起。但由于木月突然自杀，三人的关系走到尽头。渡边与直子再次相会后开始每周约会。两人对于木月的逝去都感到困惑不解，这缩小了他们的距离。在直子 20 岁生日时两人发生了关系。但那之后，直子消失了。

几个月后直子来信说自己住进了深山的精神疗养院，渡边赶去探望，发现直子已有成熟女子的丰腴和娇美。渡边与直子海誓山盟，表示要永远等待直子。然而又一次偶然的相遇，渡边与低年级的女生小林绿子开始交往，绿子性格热情爽朗，"简直像迎着春天的晨曦蹦跳到世界上来的一头小鹿"。这一期间渡边的心情充满了苦涩和彷徨，一面念念不忘直子的病情和缠绵的柔情，同时又实在难以抗拒绿子大胆的表白和迷人的活力。不久，直子自杀的噩耗传来，各种痛楚和苦恼一齐压在渡边的心头。他从直子的同房病友玲子那儿得知，直子死前曾向她倾诉过对于渡边的一往情深。渡边的心中激起强烈的漩涡，沉溺在自责悔恨中不能自拔。他离开东京失魂落魄地过起了漂泊天涯的游子生活。最后，在玲子的好言规劝下，渡边表示要振作起来，找回自己对生活的热情，摸索今后的人生。

《挪威的森林》虽然被称为"100% 恋爱小说"，是日本前所未有的畅销书，但其实这部作品并非简单的爱情小说，而是准确描写出青春的迷惘与丧失，同时也探讨了生与死的宏大问题。"生死相近，甚至是互相包含"是《挪威的森林》故事的核心。作品追问现代的生存本质。

节选及译文

　十八年という歳月が過ぎ去ってしまった今でも、僕はあの草原の風景をはっきり

と思いだすことができる。何日かつづいたやわらかな雨に夏のあいだのほこりをすっかり洗い流された山肌は深く鮮かな青みをたたえ、十月の風はすすきの穂をあちこちで揺らせ、細長い雲が凍りつくような青い天頂にぴたりとはりついていた。空は高く、じっと見ていると目が痛くなるほどだった。風は草原をわたり、彼女の髪をかすかに揺らせて雑木林に抜けていった。梢の葉がさらさらと音を立て、遠くの方で犬の鳴く声が聞こえた。まるで別の世界の入口から聞こえてくるような小さくかすんだ鳴き声だった。その他にはどんな物音もなかった。どんな物音も我々の耳には届かなかった。誰一人ともすれ違わなかった。まっ赤な鳥が二羽草原の中から何かに怯えたようにとびあがって雑木林の方に飛んでいくのを見かけただけだった。歩きながら直子は僕に井戸の話をしてくれた。

（中略）

　でも今では僕の脳裏に最初に浮かぶのはその草原の風景だ。草の匂い、かすかな冷やかさを含んだ風、山の稜線、犬の鳴く声、そんなものがまず最初に浮かびあがってくる。とてもくっきりと。それらはあまりにくっきりとしているので、手をのばせばひとつひとつ指でなぞれそうな気がするくらいだ。しかしその風景の中には人の姿は見えない。誰もいない。直子もいないし、僕もいない。我々はいったいどこに消えてしまったんだろう、と僕は思う。どうしてこんなことが起りうるんだろう、と。あれほど大事そうに見えたものは、彼女やそのときの僕や僕の世界は、みんなどこに行ってしまったんだろう、と。そう、僕には直子の顔を今すぐ思いだすことさえできないのだ。僕が手にしているのは人影のない背景だけなのだ。

　　即使在经历过十八载沧桑的今天，我仍可真切地记起那片草地的风景。连日温馨的霏霏轻雨，将夏日的尘埃冲洗无余。片片山坡叠青泻翠，抽穗的芒草在十月金风的吹拂下蜿蜒起伏，透迤的薄云仿佛冻僵似的紧贴着湛蓝的天壁。凝眸远望，直觉双目隐隐作痛。清风拂过草地，微微卷起她满头秀发，旋即向杂木林吹去。树梢上的叶片簌簌低语，狗的吠声由远而近，若有若无，细微得如同从另一世界的入口处传来似的。此外便万籁俱寂了。耳畔不闻任何声响，身边没有任何人擦过。只见两只火团样的小鸟，受惊似的从草木丛中蓦然腾起，朝杂木林方向飞去。直子一边移动步履，一边向我讲述水井的故事。

（中略）

然而，此时此刻我脑海中首先浮现出来的，却仍是那片草地的风光：草的芬芳、风的清爽、山的曲线、犬的吠声……接踵闯入脑海，而且那般清晰，清晰得只消一伸手便可触及。但那风景中却空无人影。谁都没有。直子没有。我也没有。我们到底消失在什么地方了呢？为什么会发生这样的事情呢？看上去那般可贵的东西，她和当时的我以及我的世界，都遁往何处去了呢？哦，对了，就连直子的脸，遽然间也无从想起。我所把握的，不过是空不见人的背景而已。

（林少华 译）

练 习

一、文学史知识练习题

1. 请判断以下关于村上春树文学的陈述是否恰当，恰当的请在句子后面的括号里打勾（√），不恰当的请在括号里打叉（×）。

（1）村上春树早期作品文体主要模仿法国先锋派手法。（　　　）

（2）评论家普遍认为村上春树的作品不具有介入现实的特点。（　　　）

（3）按照村上春树关于自我的描述，《奇鸟行状录》是发生在潜意识世界的故事。（　　　）

（4）村上所说的地下二层的世界和心理学中的集体无意识概念有共通之处。（　　　）

2. 请根据提示，选择合适的选项。

（1）下列哪项不是村上春树的代表作品？（　　　）

    A.《挪威的森林》   B.《霍乱时期的爱情》

    C.《1Q84》   D.《奇鸟行状录》

（2）下列哪项符合村上春树对于自我的比喻？（　　　）

    A. 二层小楼   B. 枯井   C. 电梯   D. 电视

（3）一般认为村上春树更多地受到（　　　）的影响。

A. 美国现代文学　　　　B. 日本古典文学　　　　C. 中国文学　　　　D. 爵士乐

（4）《奇鸟行状录》并不是仅仅停留在"自我探寻"，更是寻求（　　）。

　　A. 意识与无意识的区分　　　　　　　　B. 灵与肉的分离

　　C. "自我"连接"他者"　　　　　　　　D. 自我的疏离

二、思考题

村上春树的小说作品是否受到欧美文学的影响？与日本近现代文学的关系如何？

三、讨论题

你认为村上春树的小说作品更多地体现出个人主义、与社会疏离的姿态还是积极地介入现实？

10.4 / 吉本芭娜娜

吉本芭娜娜原名吉本真秀子，是当代日本文坛的代表女作家。

芭娜娜的父亲吉本隆明是著名思想家、评论家，被誉为战后思想界巨人，姐姐是漫画家，母亲擅长古典文学。受家庭影响，芭娜娜自幼立志成为作家，早早开始练习写作，又因喜爱香蕉花，为自己起了一个不受国籍和性别限制、极富个性的笔名——"芭娜娜"。

1987 年 3 月，芭娜娜的毕业设计作品《月影》获得日本大学艺术学院院长奖。这份荣誉鼓舞了芭娜娜的创作热情，毕业半年后她参加了海燕新人文学奖的征文选拔，以短篇小说《厨房》摘取桂冠，一举成名。初入文坛的芭娜娜表现出了强劲的创作势头。1987 年发表的《泡沫 / 圣域》荣获艺术新人奖并得到芥川文学奖提名。1988 年至 1992 年，芭娜娜连续写作了《哀愁的预感》《鸫》《白河夜船》《N·P》等十五部作品。1989 年，吉本的六部作品全部登上畅销书榜单前二十名，引发了"芭娜娜热潮"，成为继村上春树之后在出版界引起轰动的新人作家。20 世纪 90 年代，芭娜娜的作品被广泛介绍到海外各国，获得意大利"SCANO 外国文学奖"等文学奖项。

1994 年，芭娜娜以《甘露》为界，将自己的创作划分为两个时期，《甘露》之后的作品在题材和表现手法方面出现了一些新的特点：如《玛丽佳的长夜 / 巴黎梦日记》《SLY》《不伦与南美》《虹》将旅行见闻与虚构性故事相结合；地铁沙林事件之后创作的《阿根廷婆婆》《王国》等减少了对神秘力量及超自然现象的描写。但是，无论在早期作品《月影》《厨房》中，还是在近几年的《橡果姐妹》《花床午歇》中，都贯穿着同样的主题，即"克服与成长"。芭娜娜擅长以抒情的诗性语言关照人们的孤独内心和突遭重大变故时的迷茫心理，但她的作品并不止于哀伤悲叹。比起"死亡"与"丧失"，她更着力于凸显"新生"与"重建"，通过描写人物受伤心灵的恢复过程，为读者展示

走出困境，实现自我成长的各种途径。芭娜娜作品"始于黑暗终于光明"的叙事风格获得了众多读者的认可，被视为疗愈文学的代表。

芭娜娜于昭和末年登上文坛，与她同时期开展创作活动的女作家还有山田咏美、角田光代、柳美里等人。战后，随着女性地位的提高，女性文学取得了快速发展，从昭和三十年代起日本文坛就活跃着大批女性作家，圆地文子、河野多惠子、有吉佐和子、大庭美奈子等人在作品中反抗传统家父长制度，批判"贤妻良母"角色对女性的束缚，表现出强烈的女性主体意识。芭娜娜等新人女作家延续了对家庭、亲情、爱情的关注，与前辈女作家们相比，她们的观念显得更前卫更富于个性。芭娜娜在成名作《厨房》中建构了一个由田边惠理子、田边雄一和樱井美影组成的特殊家庭。这个不囿于血缘束缚，不拘泥于传统性别分工，而是基于情感认同结合在一起的模拟家庭给因家庭解体陷入绝境的樱井美影以极大的包容和支持，对她重振自我起到了重要作用。非血缘家庭一直贯穿在芭娜娜各个时期的创作中，从这样的设定，不难看出芭娜娜对新型家庭形态和个人生活方式的期许。

除了女作家的独特视角，芭娜娜的口语文体和漫画风格也曾备受关注，因为反传统的创作手法，芭娜娜的作品曾被文学评论家批评为"看不懂的小说"。正如学者黑古一夫指出的那样，吉本芭娜娜和村上春树都是处于纯文学转型时代的作家。昭和末年，价值观和文化趋于多元化，纯文学不可避免地受到大众消费文化的影响，作品内容贴近社会现实，文学表现方式更加直观地呈现生活状态成为了必然趋势。

吉本芭娜娜简略年谱

1964 年，7 月 24 日出生于东京都文京区，原名吉本真秀子，为吉本隆明次女，自幼立志成为作家。

1987 年，3 月日本大学艺术学院毕业，作为毕业设计的短篇小说《月影》获得艺术学院院长奖。9 月《厨房》获得第六届海燕新人文学奖。

1988 年，1 月《厨房》由福武书店出版，成为畅销书。8 月《泡沫／圣域》由福武书店出版，《泡沫》获第九十九届芥川奖提名，《圣域》获第一百届芥川奖提名。12

月角川书店出版《哀伤的预感》。

1989 年，3 月中央公论新社出版《鸫》。7 月福武书店出版短篇集《白河夜船》。

1990 年，9 月对谈集《水果篮》问世。12 月角川书店出版《N·P》，1993 年该作品获得意大利 SCANO 文学奖。

1993 年，4 月新潮社出版短篇小说集《蜥蜴》。

1994 年，1 月福武书店出版长篇小说《甘露》。3 月幻冬社出版《玛丽佳的长夜 / 巴黎梦日记》。

1996 年，4 月幻冬社出版《SLY》。

1997 年，12 月中央公论社出版《蜜月旅行》。

1999 年，4 月 ROCKIN'ON 出版《无情 / 厄运》

2000 年，3 月幻冬社出版《不伦与南美》。9 月文艺春秋出版《身体都知道》。2000 年至 2001 年，吉本芭娜娜自选选集（4 部）出版。

2002 年，5 月幻冬社出版《虹》。8 月新潮社出版《王国 1》。笔名由"吉本ばなな"改为"よしもとばなな"。12 月 ROCKIN'ON 出版《阿根廷婆婆》。

2003 年，1 月新潮社出版《羽衣》。2 月生子。7 月文艺春秋出版《尽头的回忆》。

2004 年，1 月新潮社出版《王国 2》。

2005 年，11 月新潮社出版《王国 3》。

2010 年，每日新闻社出版《喂喂，下北泽》。新潮社出版《橡果姐妹》《王国 4》。

2014 年，10 月集英社出版《鸟们》。

2015 年，将笔名改回"吉本ばなな"。

2017 年，10 月幻冬社出版《吹上奇谭 1》。

2019 年，1 月幻冬社出版《吹上奇谭 2》。

《月影》作品介绍

短篇小说。创作于 1987 年 3 月，是吉本芭娜娜的毕业设计作品。

小说的创作灵感来源于麦克·欧菲尔德的同名歌曲《Moonlight Shadow》，讲述了

早月和阿柊两个年轻人走出恋人去世阴影，重获新生的故事。

少女早月因为一场交通事故失去了恋人阿等，因为事发突然，早月都没能跟阿等做最后的告别，这让早月对阿等的逝去更加难以释怀。孤独和苦闷让早月陷入了恶性循环，渴望睡眠又害怕睡眠，既盼着在睡梦中能见到阿等，又害怕从梦中醒来再次面对失去阿等的事实。饱受失眠折磨的早月，觉察到自己内心世界正面临的危机，她开始每天坚持晨跑，希望以此来寻求突破。一天，在桥头休息时，早月邂逅了神奇女孩浦罗。浦罗的外貌和言行举动都异于常人，在她的帮助下，早月在七夕这天，于黎明的蓝色晨霭中看到了阿等的影像。完成与阿等的告别仪式后，早月不再沉溺于痛苦，决定要好好活下去，勇敢地开始下一段旅程。

《月影》是吉本芭娜娜的处女作，语言清新，感情真挚，对人物内心世界的细腻描写打动了众多年轻读者的心灵，早月和阿柊的蜕变凸显了芭娜娜作品的一贯主题——"克服困境与自我成长"。

 节选及译文

そして沈黙がおとずれた。川音だけがごうごう響く中で、うららと並んで向こう岸をみつめていた。胸がどきどきして、足がふるえるように思えた。少しずつ、夜明けが近づいてくる。空の青がみずいろに変わり、鳥の声がくりかしてやってくる。

私は、耳の底にかすかにある音が聞こえる気がした。はっとして横を見ると、うららはいなかった。川と、私と、空と——そして風や川の音にまぎれて、聞きなれたなつかしい音がした。

鈴。まちがいなく、それは等の鈴の音だった。ちりちり、とかすかな音をたててだれもいないその空間に鈴は鳴った。私は目を閉じて風の中でその音を確かめた。そして、目を開けて川向こうを見た時、この2か月のいつよりも自分は気が狂ったのだと感じた。叫び出すのをやっとのことでこらえた。

等がいた。

川向こう、夢や狂気でないのなら、こっちを向いて立っている人影は等だった。

川をはさんで――なつかしさが胸にこみあげ、その姿形のすべてが心の中にある思い出の像と焦点を合わせる。

　彼は青い夜明けのかすみの中で、こちらを見ていた。私が無茶をした時にいつもする、心配そうな瞳をしていた。ポケットに手を入れて、まっすぐ見ていた。私はその腕の中ですごした年月を近く遠く、想った。私たちはただ見つめあった。2人をへだてるあまりにも激しい流れを、あまりにも遠い距離を、薄れゆく月だけが見ていた。私の髪と、なつかしい等のシャツのえりが川風で夢のようにぼんやりとなびいた。

　等、私と話したい？私は等と話がしたい。そばにいって、抱きあって再会を喜び合いたい。でも、でも――涙があふれた――運命はもう、私とあなたを、こんなにはっきりと川の向こうとこっちに分けてしまって、私にはなすすべがない。涙をこぼしながら、私には見ていることしかできない。等もまた、悲しそうに私を見つめる。時間が止まればいいと思い――しかし、夜明けの最初の光が射した時にすべてはゆっくりとうすれはじめた。見ている目の前で、等は遠ざかってゆく。私があせると、等は笑って手を振った。何度も、何度も手を振った。青い闇の中へ消えてゆく。私も手を振った。なつかしい等、そのなつかしい肩や腕の線のすべてを目に焼き付けたかった。この淡い景色も、ほほをつたう涙の熱さも、すべてを記憶したいと私は切望した。彼の腕が描くラインが残像になって空にうつる。それでも彼はゆっくりとうすれ、消えていった。涙のなかで私はそれを見つめた。

　完全にみえなくなった時、すべてはもといた朝の川原に戻っていた。横に、うららが立っていた。うららは、身も切れそうな悲しい瞳をして横顔のままで、

　「見た？」

　と言った。

　「見た。」

　と涙をぬぐいながら私は言った。

　「感激した？」

　うららは今度はこちらを向いて笑った。私の心にも安心が広がり、「感激した。」

　とほほえみかえした。光が射し、朝が来るその場所に、2人でしばらく立っていた。

　接下来是一阵沉默，唯有河水轰隆。在流水声中，我和浦罗并排站着，注视着对岸。

我心怦怦直跳，腿好像在发抖。黎明，一点点一点点向我们靠近。天空由藏青转为浅蓝，传来鸟儿的声声啼鸣。

我感觉耳膜中依稀听到一个声音，一惊，朝身旁望去，浦罗不见了。只剩下河水、我和天空——还有一个熟悉而亲切的声音，夹杂在风声与流水声之间在耳边响起。

铃铛！没错，那是阿等的铃铛声！叮铃叮铃的铃声隐约可闻，却不见人影。我闭上眼睛，在风中侧耳倾听。当我再次睁开眼向对岸望去的时候，我怀疑自己是不是疯了，而且比这两个月来的任何一天都疯得厉害。我费了好大劲才忍住没叫出声来。

阿等在那儿！

如果不是我在做梦或是精神有问题的话，那么站在河对岸、面朝这边的那个人影就是阿等！我们隔河相对，亲切的感觉涌上心头，对岸的身影和我心中、记忆中的影像对上焦点，融为一体。

他站在黎明的蓝霭中，向这边望来，眼睛里含着忧虑。我乱来的时候，他总是这副表情。他手插在口袋里，目不转睛地看着我。我想起来在他的臂弯里度过的或远或近的日子。我们俩就这样相互对望着。横亘在我们之间的是汹涌的河水，还有遥远的时空距离，这一切只有即将隐去的月亮在默默注视着。我的长发，还有我所熟悉的他的那件衬衫衣领在河风中飘摇，恍然如梦。

阿等，你有话想跟我说吗？我有话想对你说啊，想走到你的身边，抱住你，庆贺我们的重逢。可是，可是——我泪眼迷蒙——命运已经把我和你这么清清楚楚地分隔在河的对岸和这边，我无力回天啊。满面泪痕的我，可以做的只有观望。阿等也以同样悲哀的神情回望着我。多么希望时间可以停止！——然而，第一缕晨曦已经射出，一切都开始慢慢变淡。阿等在我的注目中渐渐远去。看我焦急起来，他笑着朝我挥手，一次又一次地挥手，消失在泛蓝的黑暗中。我也挥动着手臂，想要把我的阿等、那熟悉的臂膀和胳膊的轮廓，一切的一切，烙进眼中。这淡淡的景色，还有顺着脸颊流下的热泪，我渴望记下所有的这一切。他胳膊画出的弧线化为残影，身形却慢慢地淡下去，终究消失了。泪眼婆娑中，我目送他离去。

完全不见了，一切都恢复到了原先那个清晨的河岸。身旁站着浦罗，她神色悲戚，仿佛痛断心肝。她侧着脸问我："看到了吗？"

"看到了。"我擦着泪水。

"感动吗？"

这次她转向我，笑了。我的心情也逐渐释然，朝她报以一笑，说："感动。"

阳光洒下来，清晨来临了。我们两人在那里站了许久。

（李萍 译）

一、文学史知识练习题

1. 请判断以下陈述是否恰当，恰当的请在句子后面的括号里打勾（√），不恰当的请在括号里打叉（×）。

（1）吉本芭娜娜原名吉本真秀子。（　　　）

（2）吉本芭娜娜因喜爱香蕉花，将"芭娜娜"作为自己的笔名。（　　　）

（3）20 世纪 80 年代末，吉本芭娜娜的作品在日本掀起了"芭娜娜热潮"。（　　　）

（4）与前辈女作家相比，吉本芭娜娜的家庭观极为传统保守。（　　　）

（5）《厨房》中，田边惠理子、田边雄一和樱井美影以血缘为纽带构成了一个亲密家庭。（　　　）

2. 请根据提示，选择合适的选项。

（1）下列哪部作品是吉本芭娜娜借以登上文坛的成名作？（　　　）

    A.《不伦与南美》　　　B.《Ｎ·Ｐ》　　　　　C.《甘露》　　　　　　D.《厨房》

（2）吉本芭娜娜的《厨房》荣获了下列哪个文学奖项？（　　　）

    A. 海燕新人文学奖　　　　　　　　B. 芥川文学奖

    C. 女流文学奖　　　　　　　　　　D. 群像新人文学奖

（3）下列作品中哪部不是吉本芭娜娜的作品？（　　　）

    A.《哀愁的预感》　　　　　　　　B.《阿根廷婆婆》

    C.《挪威的森林》　　　　　　　　D.《白河夜船》

（4）下列作家中哪位是活跃在战后文坛的女作家？（　　）

      A. 紫式部　　　　　B. 柳美里　　　　　C. 樋口一叶　　　　D. 与谢野晶子

（5）下列哪部作品是芭娜娜受麦克·欧菲尔德的歌曲《Moonlight Shadow》启发而创
作的？（　　）

      A.《月影》　　　　B.《不伦与南美》　　C.《橡果姐妹》　　D.《花床午歇》

二、思考题

请简要说明吉本芭娜娜的文学主题。

三、讨论题

《月影》中的神奇少女浦罗，对主人公走出恋人去世的阴影起到了怎样的作用？

练习参考答案

1.1

一、文学史知识练习题

1.
(1) √　　(2) ×　　(3) √　　(4) ×

2.
(1) D　　(2) A　　(3) C　　(4) C

1.2

一、文学史知识练习题

1.
(1) √　　(2) √　　(3) ×　　(4) √　　(5) √

2.
(1) A　　(2) A　　(3) D　　(4) C　　(5) D

1.3

一、文学史知识练习题

1.
(1) √　　(2) ×　　(3) √　　(4) ×　　(5) √

2.
(1) A　　(2) C　　(3) B　　(4) C　　(5) C

1.4

一、文学史知识练习题

1.
(1) ×　　(2) √　　(3) √　　(4) √　　(5) ×

（6）　√

2.

（1）　D　　　　（2）　D　　　　（3）　C　　　　（4）　B　　　　（5）　B

（6）　A　　　　（7）　C

1.5

一、文学史知识练习题

1.

（1）　×　　　　（2）　√　　　　（3）　×　　　　（4）　×　　　　（5）　√

2.

（1）　B　　　　（2）　A　　　　（3）　D　　　　（4）　C　　　　（5）　B

2.1

一、文学史知识练习题

1.

（1）　×　　　　（2）　√　　　　（3）　×　　　　（4）　√　　　　（5）　√

2.

（1）　C　　　　（2）　D　　　　（3）　B　　　　（4）　B　　　　（5）　D

2.2

一、文学史知识练习题

1.

（1）　×　　　　（2）　√　　　　（3）　√　　　　（4）　×　　　　（5）　√

2.

（1）　B　　　　（2）　C　　　　（3）　A　　　　（4）　D　　　　（5）　D

2.3

一、文学史知识练习题

1.

（1）　√　　　　（2）　×　　　　（3）　√　　　　（4）　√　　　　（5）　×

（6） √

2.

（1） A （2） D （3） C （4） C （5） B

2.4

一、文学史知识练习题

1.

（1） √ （2） √ （3） √ （4） × （5） √

2.

（1） D （2） D （3） D （4） C （5） D

3.1

一、文学史知识练习题

1.

（1） √ （2） √ （3） × （4） √ （5） ×

2.

（1） D （2） D （3） D （4） C （5） B

3.2

一、文学史知识练习题

1.

（1） × （2） √ （3） × （4） √ （5） √

2.

（1） C （2） D （3） C （4） D （5） A

3.3

一、文学史知识练习题

1.

（1） √ （2） √ （3） × （4） √ （5） ×

2.

（1）　　B　　　（2）　　D　　　（3）　　D　　　（4）　　D　　　（5）　　B

3.4
一、文学史知识练习题
1.
（1）　　√　　　（2）　　√　　　（3）　　√　　　（4）　　×　　　（5）　　√
2.
（1）　　B　　　（2）　　C　　　（3）　　D　　　（4）　　D　　　（5）　　B

3.5
一、文学史知识练习题
1.
（1）　　√　　　（2）　　√　　　（3）　　√　　　（4）　　√　　　（5）　　√
2.
（1）　　B　　　（2）　　A　　　（3）　　B　　　（4）　　C　　　（5）　　C

4.1
一、文学史知识练习题
1.
（1）　　×　　　（2）　　√　　　（3）　　×　　　（4）　　×　　　（5）　　√
2.
（1）　　C　　　（2）　　B　　　（3）　　C　　　（4）　　D

4.2
一、文学史知识练习题
1.
（1）　　√　　　（2）　　√　　　（3）　　×　　　（4）　　√　　　（5）　　√
2.
（1）　　B　　　（2）　　C　　　（3）　　B　　　（4）　　D　　　（5）　　B

4.3

一、文学史知识练习题

1.
（1） ×　　（2） √　　（3） √　　（4） √　　（5） ×

2.
（1） C　　（2） B　　（3） A　　（4） B

4.4

一、文学史知识练习题

1.
（1） ×　　（2） √　　（3） √　　（4） √　　（5） ×
（6） √　　（7） √　　（8） ×

2.
（1） D　　（2） A　　（3） C　　（4） D　　（5） C
（6） A　　（7） B

5.1

一、文学史知识练习题

1.
（1） √　　（2） √　　（3） √　　（4） √　　（5） √

2.
（1） D　　（2） A　　（3） B　　（4） D　　（5） D

5.2

一、文学史知识练习题

1.
（1） √　　（2） ×　　（3） √　　（4） √　　（5） √

2.
（1） D　　（2） A　　（3） D　　（4） C

5.3

一、文学史知识练习题

1.

（1）　×　　（2）　√　　（3）　√　　（4）　√　　（5）　×

2.

（1）　B　　（2）　A　　（3）　D　　（4）　C　　（5）　B

5.4

一、文学史知识练习题

1.

（1）　×　　（2）　√　　（3）　×　　（4）　√　　（5）　√

2.

（1）　A　　（2）　C　　（3）　B　　（4）　D　　（5）　A

5.5

一、文学史知识练习题

1.

（1）　√　　（2）　×　　（3）　√　　（4）　√　　（5）　×

2.

（1）　D　　（2）　D　　（3）　B　　（4）　D　　（5）　C

6.1

一、文学史知识练习题

1.

（1）　√　　（2）　√　　（3）　×　　（4）　×　　（5）　√

（6）　√

2.

（1）　A　　（2）　B　　（3）　D　　（4）　D　　（5）　C

6.2

一、文学史知识练习题

1.

（1）　×　　　（2）　√　　　（3）　×　　　（4）　×　　　（5）　√

2.

（1）　D　　　（2）　B　　　（3）　C　　　（4）　B　　　（5）　A

6.3

一、文学史知识练习题

1.

（1）　×　　　（2）　√　　　（3）　×　　　（4）　×　　　（5）　√

2.

（1）　C　　　（2）　C　　　（3）　B　　　（4）　D　　　（5）　C

6.4

一、文学史知识练习题

1.

（1）　×　　　（2）　×　　　（3）　√　　　（4）　√　　　（5）　√

（6）　√

2.

（1）　B　　　（2）　C　　　（3）　D　　　（4）　A　　　（5）　B

7.1

一、文学史知识练习题

1.

（1）　√　　　（2）　×　　　（3）　√　　　（4）　×　　　（5）　√

2.

（1）　A　　　（2）　D　　　（3）　D　　　（4）　C　　　（5）　A

7.2

一、文学史知识练习题

1.

（1）　√　　　（2）　√　　　（3）　√　　　（4）　×　　　（5）　√

2.

（1）　B　　　（2）　A　　　（3）　B　　　（4）　C

7.3

一、文学史知识练习题

1.

（1）　√　　　（2）　√　　　（3）　√　　　（4）　×　　　（5）　×

（6）　√

2.

（1）　C　　　（2）　A　　　（3）　D　　　（4）　A　　　（5）　D

8.1

一、文学史知识练习题

1.

（1）　×　　　（2）　√　　　（3）　√　　　（4）　√　　　（5）　×

2.

（1）　C　　　（2）　D　　　（3）　B　　　（4）　D　　　（5）　A

8.2

一、文学史知识练习题

1.

（1）　×　　　（2）　×　　　（3）　√　　　（4）　√　　　（5）　×

2.

（1）　B　　　（2）　A　　　（3）　D　　　（4）　C　　　（5）　D

8.3

一、文学史知识练习题

1.

（1） √　　　（2） √　　　（3） ×　　　（4） ×　　　（5） √

2.

（1） C　　　（2） D　　　（3） A　　　（4） B　　　（5） D

8.4

一、文学史知识练习题

1.

（1） √　　　（2） ×　　　（3） √　　　（4） √　　　（5） ×

2.

（1） A　　　（2） C　　　（3） B　　　（4） D　　　（5） B

9.1

一、文学史知识练习题

1.

（1） √　　　（2） ×　　　（3） √　　　（4） ×　　　（5） ×

2.

（1） A　　　（2） D　　　（3） B　　　（4） C　　　（5） D

9.2

一、文学史知识练习题

1.

（1） ×　　　（2） √　　　（3） √　　　（4） √　　　（5） ×

2.

（1） A　　　（2） B　　　（3） D　　　（4） A　　　（5） C

9.3

一、文学史知识练习题

1.

（1） √　　　（2） ×　　　（3） √　　　（4） √　　　（5） √

2.

（1） B　　　（2） A　　　（3） B　　　（4） C　　　（5） D

9.4

一、文学史知识练习题

1.

（1） ×　　　（2） √　　　（3） √　　　（4） ×　　　（5） √

（6） √　　　（7） ×

2.

（1） B　　　（2） D　　　（3） C　　　（4） D　　　（5） A

10.1

一、文学史知识练习题

1.

（1） ×　　　（2） √　　　（3） √　　　（4） ×　　　（5） √

2.

（1） C　　　（2） A　　　（3） C　　　（4） D　　　（5） A

10.2

一、文学史知识练习题

1.

（1） ×　　　（2） √　　　（3） √　　　（4） √　　　（5） ×

2.

（1） C　　　（2） A　　　（3） B　　　（4） C　　　（5） D

10.3

一、文学史知识练习题

1.

（1）　×　　　　（2）　√　　　　（3）　√　　　　（4）　√

2.

（1）　B　　　　（2）　A　　　　（3）　A　　　　（4）　C

10.4

一、文学史知识练习题

1.

（1）　√　　　（2）　√　　　（3）　√　　　（4）　×　　　（5）　×

2.

（1）　D　　　（2）　A　　　（3）　C　　　（4）　B　　　（5）　A